ハヤカワ文庫SF

〈SF2401〉

円

劉慈欣短篇集

劉 慈欣

大森 望・泊 功・齊藤正高訳

早川書房

8918

THE CIRCLE and Other Stories

by

Liu Cixin

(圆 by 刘慈欣)

Originally published in 2015 in

《带上她的眼睛：刘慈欣科幻短篇小说集 I》&《梦之海：刘慈欣科幻短篇小说集II》

Translated by

Nozomi Ohmori, Ko Tomari, Masataka Saito

Co-published by Chongqing Publishing & Media Co., Ltd.

重慶出版集团
CHONGQING PUBLISHING GROUP CO.,LTD.

Published 2023 in Japan by

HAYAKAWA PUBLISHING, INC.

目次

鯨歌 7
地《じ》火《か》 33
郷村教師 101
繊維 163
メッセンジャー 183
カオスの蝶 201
詩雲 251

栄光と夢……313
円円《ユエンユエン》のシャボン玉……389
二〇一八年四月一日……427
月の光……447
人　生……477
円……495
訳者あとがき／大森望……527

円

劉慈欣短篇集

鯨歌

鯨歌

大森望・泊功訳

ワーナーおじさんは自分の船の舳先に立ち、大西洋の静かな大海原を眺めながら考え込んでいた。彼には考え込む習慣がほとんどない。いつだって、考えるまでもなくどう行動すればいいかわかっていたし、実際これまでずっと、考えることなく行動してきた。しかし今回ばかりは、たしかに厄介な事態に陥っていた。

ワーナーおじさんは、メディアでは悪魔みたいに報道されるけれど、実際の外見は、悪魔どころか、むしろサンタクロースに似ている。なるほど目つきは鋭いものの、まるまると太った顔にはいつもやさしくて豪放磊落《らいらく》な笑みが浮かんでいるし、銃を携帯する習慣もない。上着のポケットには小さくてよく切れるナイフが入っていて、それを使って果物の皮を剝いたり、人を殺したりする。どちらのときも、ワーナーおじさんはいつもにこやかな笑みを絶やさない。

三千トンもあるこの豪華な自家用クルーズ船には、手下八十人と、黒い肌をした若い南米美女二人のほかに、高純度のヘロインが二十五トンも積まれていた。これは彼が南米のジャングルにある工場で二年もかけて精製した最高級品だった。二カ月前、精製工場はコロンビア政府軍に包囲され、ブツはどうにか運び出せたものの、そのときの銃撃戦でワーナーの弟と三十数人の手下が犠牲になった。このブツを急いで金に換え、今度はボリビアもしくは東南アジアの黄金の三角地帯《ゴールデントライアングル》に新しい精製工場を建てて、人生をかけて築いてきた麻薬帝国を維持する肚づもりだった。ところがどっこい、それからいままで一カ月以上のあいだ、クルーズ船は海の上を漂いつづけている。ブツはただの一グラムもアメリカ本土に運び込めていない。そもそも、税関を通すことが不可能だった。ニュートリノ検出器が発明されて以来、どんな手を使っても麻薬は隠せなくなっている。一年前には、鋼鉄を輸入するときに使われる一個あたり十トン以上もある鋼片《ビレット》の中にヘロインを鋳《い》込んだが、やっぱりいとも簡単に見つけられてしまった。

その後しばらくして、ワーナーおじさんは妙案を思いついた。軽飛行機を使う方法だ。約五十キロのブツを載せた安価なセスナ機をマイアミへ飛ばし、海岸線を通過したら、パイロットが体にブツをくくりつけてスカイダイブする。こうすれば、軽飛行機一機は失うとしても、五十キロのブツで大儲けできる。これは完璧な方法に思われたが、アメリカ政府は衛星と地上レーダーを組み合わせた巨大な空中監視システムを構築し、パラシュートで降下してきたパイロットを発見し追跡できるようにした。ワーナーおじさん配下の勇敢な若者たちは、パラシュート降下の途中で発見され、警察が待ちかまえている地上へと降りていく羽目になった。その後、ワーナーおじさんはボートでの陸揚げを試みたが、結果はもっと悲惨だった。沿岸警備隊の哨戒艇すべてにニュートリノ検出器が備えつけられていて、距離三千メートル以内なら、目標のボートを走査して麻薬を発見することができた。

ワーナーおじさんは小型潜水艦を使うことさえ考えたが、アメリカ政府が冷戦時代に完備した水中監視網のおかげで、潜水艦は海岸から遠く離れていても発見されてしまうのだった。

ワーナーおじさんは途方に暮れ、こういう事態を引き起こした科学者たちを恨んだ。しかしその一方で、科学者が自分を助けることもありうるのではないかと考えて、アメリカに留学している末っ子に、金に糸目はつけないからなにか方法を考えろと命令した。そしてけさのこと、べつの船からクルーズ船に乗り移ってきたワーナー・ジュニアは、探している人物が見つかったと父親に告げた。

「彼は天才だよ、パパ。カリフォルニア工科大学《CIT》で知り合ったんだ」

ワーナーおじさんは軽蔑するように鼻を鳴らした。

「ふんっ、天才だと？　おまえはＣＩＴでもう三年も費やしているのに、一向に天才になれずにいるじゃないか。天才がそんなに簡単に見つけられるもんか！」

「でも彼は、ほんとに天才なんだよ、パパ！」

ワーナーはクルーズ船の甲板に置かれたデッキチェアに腰を下ろし、あのよく切れるナイフをポケットから出してパイナップルの皮を剝きはじめた。南米美女二人も彼の両側に座って、ぱんぱんに肉がついた肩をマッサージしている。ワーナー・ジュニアが連れてきた人物は、かなり離れた舷側のほうに佇《たたず》み、ずっと大海原を見ていたが、このときになってようやくこちらにやってきた。彼は驚くほど痩せていた。首は一本の棒のようで、体と不釣り合いに大きな頭をとても支えられそうにないくらい細く、そのシルエットはどことなくエイリアンを思わせる。

「デイヴィッド・ホプキンズ博士。海洋生物学者だよ」ワーナー・ジュニアが彼を紹介した。

「手を貸していただけるそうですな、先生」ワーナーおじさんはサンタクロースの笑みを浮かべて言った。

「ええ。荷物を海岸まで運んでさしあげましょう」ホプキンズは無表情のまま言った。

「なにを使って？」ワーナーおじさんは気のない口調でたずねた。

「クジラです」ホプキンズは短く答えた。

ワーナー・ジュニアが手を振って合図すると、二人の手下が奇妙なものを運んできた。透明のプラスチックのような素材でつくられた、流線形の小型ロケットみたいに見える。高さ一メートル、長さ二メートルで、サイズは軽乗用車くらい。中には二つの座席があり、座席の前には小型ディスプレイを搭載した簡単な計器パネルがついている。座席の後方には荷物用と思われるスペースがあった。

「この船体は、人間二人と約一トンの貨物を運べます」とホプキンズが言った。

「で、こいつはどうやって海の中を五百キロも進んで、マイアミの海岸までたどり着くのかね？」

「クジラが口にくわえて運びます」

ワーナーおじさんが莫迦《ばか》笑いをはじめた。細くかん高い笑い声から磊落な笑い声へと変わっていく途中で、喜び、怒り、懐疑、絶望、恐怖、悲しみなど、あらゆる感情がそこに表れた。ワーナーの大笑いはいつも同じだが、それが実際にどんな感情を表しているのかは、本人以外、知る由もない。

「すごいじゃないか、ハカセくん。で、そのおサカナちゃんは、いくら払ったら言うとおりに泳いで、目的地まで行ってくれるのかな？」

「クジラは魚ではありません。海洋哺乳動物です。料金は、わたしに払っていただければけっこうです。クジラの脳には、すでにバイオ電極がとりつけてあります。脳に埋め込まれたコンピュータが外部からの信号を受信し、それをクジラの脳波信号に変換します。その結果、クジラの行動すべてを外から制御することができます。この装置を使って」

ホプキンズはポケットからテレビのリモコンのようなものをとりだした。

ワーナーはそれを見て、さらにけたたましく笑い出した。

「わははは、この子はきっと『ピノキオ』を見たことがあるんだな。あははは……わっはっはっは」笑いすぎて息ができなくなり、体を二つに折ると、持っていたパイナップルを甲板に落としてしまった。「……ははは……あの人形、ほら、ピノキオだよ。じいさんといっしょに大魚に呑まれた……ははは……」

「パパ、彼の話を聞いてよ。彼のやりかたはほんとすごいんだから」ワーナー・ジュニアが懇願するように言った。

「……あははは……ピノキオとじいさんは魚の腹ん中で長いこと過ごしたんだ。それで二人は……ははは……中でろうそくを灯《とも》したんだっけか。……わっはっはっは……」

ワーナーはとつぜん笑うのをやめた。莫迦笑いが消える速さは、まるで部屋の灯《あか》りのスイッチをパチンと消したかのようだった。しかし、その顔にはまだサンタクロースの笑みが貼りついたままだった。彼はうしろにいた女の子のひとりにたずねた。

「ピノキオは、嘘をつくとどうなるんだったかな？」

「鼻が伸びるのよ」女の子が答えた。

ワーナーは立ち上がると、パイナップルの皮を剝いていたナイフを片手に持ち、反対の手でホプキンズのあごを持ち上げると、彼の鼻をじっくりためつすがめつした。うしろの手下たちは黙ってそれを眺めていた。

「おまえたち、こいつの鼻が伸びていると思うか？」ワーナーはにやにやしながら女の子たちにたずねた。

「もう伸びかけてるわ、ボス！」

女の子の片方が甘ったるい声で言った。他人がワーナーの手にかかって不幸に見舞われるのを見物することは、彼女たちの楽しみのひとつだった。

「そりゃいかんな。助けてやろう」

ワーナーはそう言いながら、息子が止める間もなく、ホプキンズの鼻の先を鋭いナイフで切りとった。血が流れ出したが、ホプキンズはあいかわらず平然とした顔で、ワーナーが彼のあごから手を離したあとも、まだ両手を垂らしてじっと立っていた。血が滴り落ちるままにしているせいで、まるで最初から顔に鼻がついていなかったかのようだった。

「このハカセくんをそいつの中に押し込んで海へ放り出せ」と言って、ワーナーは無造作に手を振った。南米の大男二人がホプキンズを透明ボートの中に押し込むと、ワーナーはリモコンを拾って、ボートのハッチ越しにホプキンズに手渡した。サンタクロースが子どもにおもちゃを渡すときのように親しげな態度だった。

「ほれ、これを持っていきな。そいつでおまえのかわいいクジラちゃんを呼び出すがいい……わっはっはっは……」と言って、また莫迦笑いをはじめた。ボートが海面に落下して高々と水しぶきを上げると、ワーナーは顔から笑みを消して珍しく真顔になり、「遅かれ早かれ、おまえは海の上で死ぬことになるぞ」と息子に向かって言った。

波に揺られて海面で上下している透明ボートは、泡のようにもろく無力に見えた。

と、そのときとつぜん、クルーズ船に乗っていた二人の女の子が悲鳴をあげた。舷側から二百メートルほど離れた海面に、巨大な水塊が出現した。その水塊は驚くべき速さで移動し、真ん中から分かれて二つの巨大な波になったかと思うと、そのあいだからひとすじの真っ黒い尾根が姿を現した。

「シロナガスクジラだ。全長四十八メートル」ワーナー・ジュニアは父親の耳元で言った。

「ホプキンズ博士は、あれをポセイドンと呼んでる。ギリシャ神話に出てくる海神の名前だよ」

黒い尾根はボートから数十メートルのところで姿を消し、つづいて巨大な尾びれが、黒い帆のように、海面から垂直に立ち上がった。やがてシロナガスクジラの巨大な頭部が透明ボートの近くに現れ、大きく口を開けると、ふつうの魚がパンくずをぱくっと食べるようにしてボートを呑み込んだ。それから、シロナガスクジラはクルーズ船のまわりを泳ぎはじめた。

生きた黒い山がおごそかに海面を移動すると、大きな波がクルーズ船に打ち寄せ、轟音が響いた。傲岸不遜《ごうがんふそん》を絵に描いたようなワーナーでさえ、その光景を前にして畏敬の念に打たれた。神に出会ったような感覚だった。それは海神の化身であり、大自然の化身だった。

シロナガスクジラはクルーズ船をぐるっと一周したあと、向きを変え、まっすぐクルーズ船めがけて突進してきた。巨大な頭部が船のそばで海面からぬっと浮上する。ムラサキガイの殻が付着し、岩礁のようにざらざらになったシロナガスクジラの表皮がクルーズ船からはっきり見えた。彼らはそのときはじめて、シロナガスクジラの巨大さを実感した。つづいて、シロナガスクジラはその大きな口を開け、ボートを吐き出した。透明ボートは、ほぼ一直線にクルーズ船の舷側を通過し、甲板に転がり落ちた。ハッチが開き、ホプキンズが這い出てきた。鼻から滴る血が服の胸のあたりを濡らしていたが、それをべつにすると元気そのもののようだった。

「早く医者を呼べ。ピノキオ博士が怪我してるじゃないか!」ワーナーは、ホプキンズの怪我が自分とまったく無関係であるかのように大声で叫んだ。

「デイヴィッド・ホプキンズです」ホプキンズは重々しく言った。

「きみのことはピノキオと呼ばせてもらうよ」ワーナーおじさんはまた例のサンタクロースの笑みを浮かべて言った。

数時間後、ワーナーとホプキンズは透明ボートに潜り込んだ。うしろの座席には、小分けして防水袋に詰められた一トン分のヘロイン。ワーナーはみずから同行すると言い張った。すっかり澱《よど》んでどろどろになっている血流に活を入れるには、冒険が必要だ。これはまちがいなく、いままでの人生でもっとも刺激的な旅行になるに違いない。

ロープで吊り下げられたボートが乗員たちの手で慎重に海面に降ろされたあと、クルーズ船はゆっくりとボートから離れていった。

ボートのキャビンで座席についた二人は、すぐに海の揺れを感じた。ボートの上半分が海面に出ているので、大西洋の夕陽の光がキャビンに射し込んでいる。ホプキンズはリモコンのボタンをいくつか押して、シロナガスクジラを呼んだ。海水をかき混ぜるような低い音が遠くから響き、その音が次第に大きくなってきた。シロナガスクジラの巨大な頭が海面に現れ、その口がこちらに迫ってくる。ワーナーは、ボートが猛スピードでブラックホールの中に吸い込まれていくような気がした。明るい空間が急激に縮小して一本の細い線になり、ついには消えてしまった。すべてが闇の中へと沈み、ガガガーッという大きな音が聞こえるだけ。それは、シロナガスクジラの上あごの内側にある巨大なヒゲ板のあいだを海水が通過する音だった。つづいて、エレベーターが下降するときのような無重力感。シロナガスクジラが深海に向かって潜りはじめたらしい。

「すばらしいよ、ピノキオくん……はっはっはっは……」ワーナーは漆黒の闇の中でまた狂ったような笑い声をあげた。それは恐怖の表れか、もしくは恐怖を隠すための笑い声だった。

「ろうそくをつけましょう。ミスター・ワーナー」ホプキンズの声は、自分の世界に戻ってくつろいでいるかのように、朗らかで楽しげだった。ワーナーはそれに気づいて、いっそう恐ろしくなった。そのとき、ボートの中に小さな灯りがともった。灯りはボートの先端で、冷たく青白いかすかな光を放っている。

最初にワーナーの目に入ったのは、キャビンの外に一列に並ぶ黒い柱だった。それぞれの柱は大人の背丈ぐらいの高さで、根本から先端に向かって先細りになっている。その正体はすぐにわかった。シロナガスクジラのヒゲだ。

ボートは、たえまなく動きつづけるやわらかな泥沼の表面に浮かんでいるような感じだった。天井は弧を描き、巨大な骨格がつくるアーチ形の梁《はり》が見える。泥沼の地面もアーチ形の梁もうしろに向かって傾斜し、たえずかたちを変える大きな黒い穴へとつづいていた。その穴がシロナガスクジラの喉だと気づいて、ワーナーはまた神経質に大笑いしはじめた。まわりには湿った靄《もや》がたちこめ、青白い光のもとでは、神話に出てくる魔窟に身を置いているような気がした。

キャビンのディスプレイにはバハマ諸島とマイアミ付近の海図が表示されていた。ホプキンズがリモコンでシロナガスクジラを操縦しはじめると、ディスプレイの海図上にひとすじの軌跡が現れた。

「航海がはじまりました。ポセイドンのスピードはとても速いので、五時間ほどで目的地に到着します」とホプキンズは言った。

「このまま窒息しちまうってことはないよな？」ワーナーはできるだけ不安を表に出さないようにしてたずねた。

「もちろんそのようなことはありません。クジラは哺乳動物だと言いましたよね。ポセイドンは肺呼吸をしているのです。だからここにはじゅうぶんな酸素がありますし、フィルターを通すことで正常に呼吸できます」

「ピノキオくん、あんたはほんとうに悪魔みたいなやつだな。これだけのことをいったいどうやってやり遂げた？ たとえば、電極とコンピュータをどうやってこいつの頭の中に植えつけた？」

「わたしひとりでは無理ですよ。まずポセイドンに麻酔を施す必要がある。使う麻酔薬は五百キログラム。つまりこれは、数十億ドルを費やした軍事研究プロジェクトなんです。わたしはそのプロジェクトの責任者でした。ポセイドンはアメリカ海軍の財産で、冷戦時代にはワルシャワ条約機構の国々の海岸にスパイや特殊部隊を送るために使われていた。わたしはほかの研究プロジェクトでもリーダーをつとめていました。たとえば、イルカやサメの脳に電極を埋め込み、体に爆弾を仕掛けて、自由に操縦できる文字どおりの魚雷に変えるとか。アメリカ政府のために多大な貢献を果たしてきたのに、その後、国防予算が削減されると、彼らはわたしの尻を蹴飛ばし、あっさりお払い箱にした。だから、研究所を離れるとき、行きがけの駄賃にポセイドンを連れ出したのです。この何年か、わたしと彼は、太平洋、大西洋、インド洋などの大海原を遊歴してきました」

「だったら聞かせてもらいたいが、ピノキオくん、そのポセイドンをこんな仕事に使うことに対して、なんというか、その……道徳的な葛藤ってやつはないのか？　まあ、おれが道徳について語るのはちゃんちゃらおかしいと思うだろうが。南米にある、うちの麻薬精製工場には化学者や技師がおおぜいいて、その連中はそういう悩みを持ってるらしいからな」

「まったくありませんよ、ミスター・ワーナー。自分たちの汚い戦争のために、人類は罪のない動物たちを奉仕させている。これがすでに最大の不道徳ですよ。わたしは国家と軍のために大きな貢献をしてきました。だから、ほしいものを手に入れる権利がある。それが与えられないのなら、自分で奪いとるしかない」

「ははは……そうだな。自分で奪いとるしかないよな！　わははは……」ワーナーの笑い声が唐突に途切れた。「おい！　こりゃなんの音だ？」

「ポセイドンの潮吹きの音ですよ。呼吸してるんです。このボートには感度の高いソナーが装備されていて、外界のあらゆる音を増幅します。耳をすましてください……」

水を打つ音に混じってブーンというハミングのような音が聞こえた。しだいに大きくなり、また小さくなり、やがて消えていった。

「いまのは一万トン級のタンカーですね」

　とつぜん、前方にある一列に並んだ巨大なヒゲがゆっくり動き出したかと思うと、轟音とともに海水が勢いよく押し寄せてきて、ボートはたちまち水中に没した。ホプキンズがボタンをひとつ押すと、小型ディスプレイの海図が消え、かわりに複雑な波形が現れた。それは、シロナガスクジラの脳波だった。

「ああ、ポセイドンが魚群を発見したんですね。食事をしたがっている」

　シロナガスクジラが巨大な口を大きく開けると、前方に深海の底知れぬ闇が広がった。だしぬけに魚の群れが出現し、それがひとかたまりになって大きな口から入ってきて、すさまじい勢いでボートにぶつかった。キャビンの二人は、灯りを反射してまばゆく銀色に輝く魚の群れに視界を埋めつくされた。魚たちは自分たちの運命を知る由もない。珊瑚礁《さんご》に開いた大きな穴に吸い込まれたぐらいにしか思っていなかっただろう。

　ガガガガガと轟音が響き、泳ぐ魚の群れのあいだに、下がってくる巨大なヒゲが見え隠れした。しかし、シロナガスクジラの巨大な口はまだ開いたままだった。水が流れるかん高い音がひとしきりつづいたあと、今度は魚の群れがとつぜん逆戻りしてきて、クジラのヒゲがつくる柵に堰《せ》き止められた。クジラの口の中の海水が外に排出されているのだと、ワーナーはすぐに思い当たった。クジラは、魚といっしょに入ってきた海水を大きな空気圧で押し出している。その恐ろしい圧力によって水面がボートの周囲を垂直になって移動していくのをワーナーは驚きの目で見守った。

　やがて、クジラの口内の海水はすべて吐き出された。吸い込んだ魚の群れは、巨大なヒゲの柵の前に積み重なり、ぴちぴちと跳びはねている。すると今度は、ボートの下のやわらかい〝地面〟が動きだした。蠕動《ぜんどう》するこの〝地面〟は、すばやく動く波状の起伏が列をなし、積み重なった魚はその起伏の動きによって奥へと運ばれていく。クジラがなにをしようとしているのか気づいた瞬間、ワーナーの全身が恐怖で凍りついた。

「安心してください。ポセイドンはわたしたちを呑み込んだりしませんよ」

　ワーナーがなにに怯えているか、ホプキンズにはお見通しだった。

「彼はわれわれを識別できます。人間がひまわりの種を食べるとき、口の中で殻と中身を分けられるのと同じですよ。このボートは、彼が食事をとるさい、多少は邪魔になりますが、ポセイドンはもう慣れっこになっています。魚の群れが大きいときなんかは、食べる前に一時的にボートを吐き出すこともありますけどね」

　ワーナーはほっとした。例の莫迦笑いをするところだが、もうそんな力は残っていなかった。微動だにしないボートの外で、魚の山が後方のあの真っ暗な大きい穴のほうに向かってゆっくり移動していくのをぼんやり眺めていた。二、三トンはありそうな魚の山がシロナガスクジラの巨大な喉の奥に消えると、山崩れのような音が響いた。

ワーナーはショックで長いあいだ茫然と黙り込んでいた。しばらくすると、ホプキンズがとつぜん彼の体をつついた。

「音楽が聞こえますか?」ホプキンズはソナーのスピーカーの音を大きくした。

ゴロゴロという低い音が鳴り、ワーナーは信じられない思いでホプキンズを見返した。

「ポセイドンが歌ってるんです。これはクジラの歌ですよ」

断続的に響く低音の中から、しだいにある種のリズムが聞きとれるようになってきた。さらにメロディーまでも聞こえてきた……。

「彼はなにをしてる? 求愛?」

「それがすべてというわけではありません。海洋科学者たちはクジラの歌を長いあいだ研究してきましたが、いまもその意味をすべて明らかにすることには成功していません」

「もともと意味なんかないのかもしれんぞ」

「いや、その逆です。意味が深遠すぎて、人間には理解できないのです。科学者たちはそれを一種の音楽言語だと考えていますが、同時に人間の言語では表現しがたい多くのことを表現しているのです」

クジラの歌がはっきりと聞こえてきた。大海原の魂が歌っているかのようだった。クジラの歌では、稲妻が激しく打ちつける混沌とした原始の海の中、生命の輝きが蛍の光のように明滅した。クジラの歌では、生命が好奇と恐れに満ちた目を見開き、うろこがついた脚で最初の一歩を踏み出して海をあとにすると、まだ噴火がつづく陸地へと上がった。クジラの歌では、恐竜帝国が寒さの中で滅亡し、時間は飛ぶように流れ、滄海《そうかい》が桑畑に変じるほど世界が激しく移り変わり、氷河が去ったあとの大地には、野に咲く小さな花のように知性が生まれた。クジラの歌では、文明はすべての大陸に亡霊のように出没し、アトランティスは閃光と轟音の中で海底に沈んだ……海戦のたびに鮮血が海を赤く染め、数え切れないほどの帝国が誕生しては滅亡した。すべてはまたたく間に現れ、またたく間に消え去った……。

シロナガスクジラは、想像を絶するほどはるかな過去の記憶を持って、生命の歌を歌っている。自分の口に含んでいる卑小な罪悪など、まったく気にかけることもなく……。

シロナガスクジラは真夜中にマイアミ沖に到着した。それ以降は、すべてが驚くほど順調に進んだ。浅瀬で座礁するのを避けるため、シロナガスクジラは海岸から二百メートル以上離れた沖合いで停止した。月がとてもきれいな夜だった。ビーチに生《は》えているヤシの木のシルエットがはっきりと見分けられた。ブツを受けとる人間は八人で、全員が軽量ウエットスーツを着ていた。彼らは一トンのブツをてきぱき陸揚げすると、ワーナーの言い値を気前よく支払い、今後またブツがあれば、あるだけ買うと約束した。

彼らは、ワーナーとホプキンズが小さな透明ボートで厳重な海上警備網をくぐり抜けてきたことに驚いていた。もっと言えば、最初は二人が生きている人間なのかどうかも怪しんでいたくらいだった（このとき、ホプキンズが操るポセイドンはすでに沖まで泳ぎ去り、取引現場を離れていた）。半時間後、ブツを受けとった連中が引き揚げると、ホプキンズはシロナガスクジラを呼び戻し、二人はそれぞれドルの現金をつめこんだスーツケースを二つずつ両手に持って帰路に就いた。

「わははは……やったな、ピノキオ」ワーナーは上機嫌だった。「今回の稼ぎはみんなあんたにやろう。今後については、おれとあんたで折半だ。あんたはもうこれで一千万ドルの大金持ちだぞ、ピノキオ！……わははは……あと二十回以上は往復しなきゃな。そうすりゃ、二十トン以上あるブツがぜんぶ捌《さば》ける」

「もしかしたら、そんなに何度も往復せずに済むかもしれません。少し改良すれば、一回で二トンから三トンは運べるようになるでしょう」

「わははは……すごいぞ、ピノキオ！」

ポセイドンが海の中を静かに航行しているあいだに、ワーナーは眠ってしまった。どれぐらいの時間が経っただろう、ワーナーはホプキンズに揺り起こされた。小型ディスプレイの海図と航跡を見ると、帰りの航程はもう三分の二まで消化されている。なんの異常もなさそうだ。しかし、ホプキンズに言われて耳をすますと、海面を進む船の音が聞こえてきた。すでに耳慣れた音だったので、不審そうにホプキンズを見返した。しかし、そのまま聴いていると、どこかおかしいことに気づいた。前と違って、今回は音の大きさに変化がない。

この船は、シロナガスクジラを追いかけている。

「どれぐらい経つ？」ワーナーがたずねた。

「半時間経ちました。その間《かん》、何度か針路を変えてみたんですが」

「どうしてこんなことが？　沿岸警備隊の哨戒艇なら、クジラにニュートリノ・スキャンなどするはずがない」

「スキャンされようがされまいが関係ありませんよ。クジラはいま、麻薬を積んでないんですから」

「それに、もし捕まえる気なら、マイアミ沖がいちばん簡単だった。どうしていままで待つ必要が？」

ワーナーは困惑しながらディスプレイの海図を見つめた。彼らはすでにフロリダ海峡を通過し、現在、キューバ沿岸に近づいている。

「ポセイドンがまもなく息継ぎします。海面に浮上することになりますが、十数秒だけです」ホプキンズがリモコンを手にとり、ワーナーはゆっくりうなずいた。ホプキンズがリモコンを操作すると、体にGがかかる感覚とともに、シロナガスクジラが浮上しはじめた。ほどなく、ザバーッという波の音がして、クジラは海面に出た。とつぜんキャビンが揺れ、ソナーから低音の響きが聞こえてきた。つづいてまた同じ低音が響き渡ると、今度はシロナガスクジラが狂ったように暴れはじめた。揺れが激しくなり、ボートはクジラの口の中をぐるぐる転がり、巨大なヒゲに何度も激しくぶつかってガンガン大きな音を立てた。その衝撃で二人はあやうく意識が飛びそうになった。

「船が発砲してきた！」

ホプキンズは驚愕の叫びをあげた。彼はリモコンでできるだけシロナガスクジラを落ち着かせたあと、潜水の指令を出したが、クジラはその指令を実行せず、なおも海面を狂ったようにでたらめに泳ぎ回っている。ホプキンズは震えを感じた。震えはシロナガスクジラの巨大な体から伝わってくる。それは痛みに対する震えだった。

「早く脱出しよう。でなきゃおしまいだ！」ワーナーが大声で叫んだ。

ホプキンズはボートを吐き出す指令を出した。シロナガスクジラはこの指令にはしたがってくれた。ボートはクジラの口からものすごいスピードで飛び出し、たちまち海面に浮上した。大西洋からすでに太陽が昇り、朝陽のまぶしさで一瞬、目が眩《くら》んだ。しかし二人は、自分たちの足が水に浸かっていることにすぐ気づいた。さっきクジラのヒゲに激しく衝突したことで、船体にいくつか穴が開き、海水がどんどん入ってきている。ボート全体がすでに大きく変形していて、どんなに力を振り絞ってもハッチを開けることができない。そこで二人は、船内にあるものをなんでも使って穴をふさぎはじめた。スーツケースの中の札束まで使ったが、役には立たなかった。海水がどんどん入ってくる。キャビンの中の海水はたちまち胸の高さにまで達した。ボートが沈没する直前の一瞬、ホプキンズは相手の船を見た。それはとても大きな船で、船首には変わったかたちの大砲が備えつけられていた。その砲口から閃光がパッと迸《ほとばし》ったかと思うと、矢にロープをつけたような砲弾が、暴れもがいているシロナガスクジラの背中に命中した。

シロナガスクジラが最後の力を振り絞って身を躍らせ、海面に巨大な波を起こすと、その鮮血があたり一面を赤い色に変えた……。

ボートは沈みはじめ、シロナガスクジラから流れる赤い血が霧のようにたちこめる海中へと落ちていった。

「おれたちゃ、いったいだれの手にかかって死ぬんだ？」水があごまで来たとき、ワーナーはたずねた。

「捕鯨船ですよ」ホプキンズが答えた。

ワーナーは最後の莫迦笑いをはじめた。

「国際公約ではもう五年も前に捕鯨を全面禁止にしたのに！　この恥知らずども！」ホプキンズは大声で罵《ののし》った。

ワーナーは狂ったように笑いつづけている。「……わっはっはっは……あいつらが道徳なんか気にするもんか……わっはっはっは……。社会がなにも与えてくれないから……わははは……自分で奪いとりにきたんだからな……あははは……自分で奪いとりに……」

ボート全体がとうとう海の中に沈んでしまった。薄れていく意識の中で、ホプキンズとワーナーは、シロナガスクジラのポセイドンがふたたび荘重なクジラの歌を歌いはじめたのを聞いた。生涯最後のその歌声は血の色で染まった海を貫き、大西洋にいつまでも長く響き渡った……。

地《じ》火《か》

地火

大森望・齊藤正高訳

父は人生の終わりにさしかかっていた。呼吸は苦しげで、重さ百キロの鋼材を炭鉱で担いでいたときよりはるかに大きなエネルギーを使っている。土気色《つちけ》をした顔は、眼ばかりがぎょろぎょろし、血中酸素濃度の低下により、唇は紫色だった。見えないロープでゆっくり首を絞められた結果、父の苛酷な人生におけるささやかな希望や夢のすべては、空気を貪《むさぼ》りたいという欲求に呑み込まれている。しかし、父の肺は、ステージ3の珪肺症《けいはいしょう》を患う炭鉱労働者の例に洩れず、網状の繊維がからみあう黒い塊となり果て、吸い込んだ空気から酸素をとりだして血流に送り出すことができない。黒い塊の原因となった粉塵は、二十五年のあいだに父が炭鉱ですこしずつ吸い込んできたものだった。ひとりの人間が一生かけて掘り出した石炭の、ほんのわずかな一部。劉欣《リウ・シン》は、父の病床のかたわらにひざまずいた。父の気管が発するかん高い笛のような音が心を裂く。ふとそのとき、その呼吸音にノイズが混じっていることに気づいた。父がなにか言おうとしている。

「なんだい、父さん？　なにか言いたいことがあるの？」

父の眼はじっと劉欣《リウ・シン》を見つめている。その末期の息に、また聞きとれないノイズが混じった。さっきよりもさらに切迫した言葉に聞こえた。劉欣《リウ・シン》は、父の言葉をなんとか理解しようと必死になり、同じ質問をくりかえした。いったいなにを言いたいんだろう。

ノイズが消え、呼吸音はかすかな喘《あえ》ぎに変わり、最後に軽い痙攣《けいれん》が全身に走ったかと思うと、もう動かなくなった。生命を失った父の眼は、まだじっと劉欣《リウ・シン》を見つめている。自分の最期の言葉を息子が聞いてくれたかどうか、切に知りたがっているかのように。

劉欣《リウ・シン》は茫然としたまま、父の眼から視線を離せず、ベッドのかたわらに立っていた母が気を失ったことにも、看護師が父の鼻から管を抜いたことにも気づかなかった。劉欣《リウ・シン》は、頭の中にこだまする、あのノイズだけを聴いていた。ひとつひとつの音節が、レコード盤に刻まれた溝のようにくっきりと、劉欣《リウ・シン》の記憶に刻まれた。

それから何カ月も、ずっとそんな状態がつづいた。あのノイズは昼夜を分かたず、来る日も来る日も劉欣《リウ・シン》を苦しめ、ついには呼吸まで妨げるようになった。息をしたいなら、この先も生きつづけたいなら、あの言葉の意味を明らかにする必要がある。

そんなある日、自分も長く病んでいる母が言った。おまえはもう大きいのだから、この家を支えなければならない。高校に行くのはやめて、炭鉱の、お父さんがいた班に入りなさい。

こうして劉欣《リウ・シン》は、父の弁当箱を持ってぼんやりと家を出た。一九七八年の冬の風に吹かれて炭鉱《ヤマ》へと歩き、父さんの2号坑に赴いた。真っ暗な坑道の入口は、じっとこちらを見つめているひとつ眼のようだった。坑道の奥深くまでずっとつづいている防爆灯の列がその瞳だ。それは、父さんの眼だった。あの切迫したノイズが耳の中に甦《よみがえ》り、劉欣《リウ・シン》は一瞬にして、父のいまわのきわの言葉がなんだったのかを理解した。「坑《した》に降りるな……」

＊＊＊

二十年後。

ベンツで来たのは場違いだったな、と劉欣《リウ・シン》は思った。目立ちすぎる。いまでは少数ながら高層ビルが建ち、道路沿いにはホテルや店も増えているが、それでもこの炭鉱街では、すべてが冴えない灰色に包まれている。

車が鉱山局に着いたとき、局舎前の広場にはおおぜいが座り込んでいた。支給品の作業服や汗染みの浮いたTシャツ姿の彼らに交じると、劉欣《リウ・シン》のスーツと革靴は、ベンツ以上に場違いだった。彼らは一様に押し黙ったまま、ブランドものの二千ドルのスーツをじっと見つめてくる。その視線が針のようにちくちくと肌を刺し、劉欣《リウ・シン》は目を伏せて歩きながら、顔が赤くなるのを感じた。

鉱山局に入る大階段の途中で李民生《リ・ミンシェン》とばったり出くわした。中学時代の同級生で、いまは地質課の主任技師をしている。二十年前と変わらず、痩せ細った猿のような体つきだが、顔には疲労のしわが深く刻まれ、両腕に抱える巻いた図面が重い荷物のように見えた。

「炭鉱はもう半年も賃金が払えなくて、労働者は座り込みをしている」再会のあいさつを交わしたあと、李民生《リ・ミンシェン》はそう言って、広場の一団を指さしてから、珍しいものでも見るように、劉欣《リウ・シン》を上から下まで眺めまわした。

「状況はまだ改善してないのか？ 大秦線（一九九二年に開業した貨物鉄道）ができて、そのあと二年も減産したのに」

「いったんはよくなったが、また悪化したんだ。石炭産業そのものの問題だからな。どうしようもないよ」

李民生《リ・ミンシェン》は長いため息をつき、話を切り上げて歩き出そうとしたが、劉欣《リウ・シン》がそれをひきとめて言った。「力を貸してほしい」

李民生《リ・ミンシェン》は苦笑して、「中学時代のおまえは、ろくに飯も食えてなかったくせに、おれたちがこっそり鞄に入れた食料配給切符を突き返したじゃないか。他人の力を借りるような男じゃないはずだ」

「いや、ぜひとも借りたいんだよ。地下の小さな石炭層を探してほしい。埋蔵量が三万トンを超えないくらいのやつ。ただし、周囲から独立している必要がある。それがキーポイントだ。他の石炭層とのつながりが少なければ少ないほどいい」

「まあ……探せなくはないが」

「その石炭層と周囲の詳細な地質資料も要る。できるだけ詳しい資料が」

「それも問題ないだろう」

「じゃあ、今夜にでも、細かい打ち合わせをしよう」

劉欣《リウ・シン》はそう言ってから、歩き出そうとした李民生《リ・ミンシェン》をまたひきとめた。「ぼくがなにをするつもりか、聞きたくないか？」

「いまは自分が生きのびることにしか興味がない。彼らといっしょだよ」と言って広場に座り込む群衆にあごをしゃくり、李民生《リ・ミンシェン》は去っていった。

劉欣《リウ・シン》も、歳月にすり減った階段をまた昇りはじめた。建物の高い壁についた炭塵が、山々とその上の雲を描いた水墨画のように見える。いまもまだそこに掛けられている『毛主席、安源に行く』（劉春華が若き日の毛沢東を描いた、文化大革命のシンボル的な油彩画。一九六七年制作）の巨大な複製画は、炭塵の汚れもなく、あいかわらずきれいなままだが、額縁と絵の表面は、時の流れを如実に物語っていた。絵に描かれた人物の深く静かな眼差しを二十年ぶりに目にして、生まれ故郷に帰ってきたという実感が劉欣《リウ・シン》の胸に湧いてきた。

二階に上がると、局長室は二十年前と変わらない部屋にあった。大きな扉は革張りに変わっていたが、表面に裂け目ができたまま放置されている。劉欣《リウ・シン》はその扉を押し開けた。半分白くなった髪をこちらに向け、デスクの上に広げた図面に見入っている局長の姿が目に入った。そちらに歩み寄ると、坑道掘削の図面であることがわかった。局長は、外の座り込みを気にも留めていないようだった。

「きみが責任者か？　石炭産業省の例のプロジェクトの？」局長はちょっと顔を上げてそうたずねると、また図面に目を落とした。

「はい。これは遠大な計画です」

「ああ、できるだけ協力しよう。だが、目下の状況は、見てのとおりだ」と言って、鉱山局長はあらためて顔を上げ、右手を差し出した。劉欣《リウ・シン》はその顔に、李民生《リ・ミンシェン》の顔に見たのと同じ疲労のしわを見てとった。握手したとき、右手の指が二本変形しているのがわかった

──炭鉱で負った古傷の名残だ。

「科学研究担当の張《ジャン》副局長のところへ行くといい。もしくは趙《チャオ》技師長のところでもいい。わたしは暇がない。すまんな。一応の結果が出たら、また話そう」そう言って、局長は図面に注意を戻した。

「父をご存じですね。局長はかつて、父の班の技師でした」と言ってから、劉欣《リウ・シン》は父の名前を口にした。

局長はうなずいた。「お父さんはよき労働者、よき班長だった」

「石炭産業の現状をどう思いますか?」劉欣《リウ・シン》は唐突にそう質問した。本題に鋭く切り込まないかぎり、局長の注意をひけないと思ったからだ。

「なにをどう思うって?」局長は顔も上げずに訊き返した。

「石炭産業は典型的な伝統産業であり、時代にとり残された斜陽産業です。労働集約型で、労働条件は悪く、生産効率は低く、莫大な輸送能力を必要とします……石炭産業はかつてイギリスの重要な産業でしたが、イギリスは十年前にすべての炭鉱を閉鎖しました」

「われわれには関係ない話だ」局長はなおも顔を上げずに言った。

「そうです。しかし、それを変えなければならない! 石炭産業の生産方式を根本的に改革するのです! でなければ、現在の苦境から永遠に脱出できません」劉欣《リウ・シン》は窓辺に歩み寄り、外の群衆を指さした。「無数の炭鉱労働者たちが、その生き方を根本的に変えることができないまま働いている。きょう、ぼくがここにやってきたのは……」

「坑《した》に降りたことは？」局長が口をはさんだ。

「ありません」ややあって、劉欣《リウ・シン》は答えた。「生前の父に禁じられていました」

「そしてきみはその言いつけを守った」と局長は言った。図面に屈み込んだままなので、表情は読めない。劉欣《リウ・シン》の肌に、針に刺されるようなさっきの感覚がまた戻ってきた。暑い。この季節、スーツとネクタイは空調の効いた部屋にはぴったりだが、ここにはエアコンがなかった。

「聞いてください。ぼくには目標があります。夢があります。父が死んだことをきっかけに抱いた夢です。この夢、この目標のために、ぼくは大学に行き、海外で博士号をとりました……石炭産業の生産方式を根本から改革し、炭鉱労働者の運命を変えたいんです」

「手短に頼む。わたしも暇じゃないからな」と言って、局長は自分のうしろのほうを手で示した。それが外の座り込みを指しているのかどうか、劉欣《リウ・シン》にはわからなかった。

「お時間はとらせません。できるだけ簡単に言います。石炭産業の生産方式は、効率の低い労働集約型で、きわめて劣悪な労働環境のもと、石炭を地下から掘り出し、その後、鉄道・道路・船舶など大量の輸送力を占有して使用地点まで運び、ガス発生装置を使って石炭ガスに変えるか、もしくは発電所に送って、粉砕したのちボイラーで燃やすか……」

「もっと簡単に、もっと単刀直入に」

「ぼくのアイデアは、炭鉱を巨大なガス発生装置に変えることです。炭層にある石炭を地下で可燃性ガスに変え、その後、石油や天然ガスを採掘するのと同じ方法でとりだし、専用のパイプラインを通じて使用地点まで送ります。石炭の使用量がもっとも多い火力発電所でも利用できます。そうすれば、坑道は不要になり、石炭産業はいまとまったく違う、現代的な新しい産業に生まれ変わるのです！」

「自分のアイデアが新しいと思うか？」

劉欣《リウ・シン》自身、新しいとは思っていなかった。もちろん、いま目の前にいる局長――一九六〇年代の鉱業学院で優秀な成績を収め、現在、国内でもっとも権威ある採炭専門家のひとり――が、新しいと思ってくれると期待しているわけでもない。石炭地下ガス化は、数十年前から世界的な研究課題だったから、当然、局長はよく知っているだろう。この数十年、多くの研究所や国際企業が無数の気化触媒を開発してきたが、いまのところまだ、石炭地下ガス化は見果てぬ夢にとどまっている。人類が一世紀近く見つづけている夢。理由は簡単で、触媒の価格が、生成されるガスよりはるかに高価だからだ。

「いいですか。ぼくの方法なら、触媒を使うことなく、地下ガス化を実現できるんです！」

「どんな方法だ？」局長はついに、デスクの図面をわきに押しやった。じっくり意見を聞く気になったようだ。劉欣《リウ・シン》は大いに勇気づけられ、アイデアを開陳した。

「地下の石炭に点火します！」

局長は、しばし無言のまま劉欣《リウ・シン》を見つめていたが、やがておもむろに煙草に火をつけると、身振りで話のつづきを促した。本気で聞いてくれるつもりらしい。だが、劉欣《リウ・シン》の興奮はすぐに冷めた。局長はべつだん熱意を持っているわけではない。日夜つづく、つらく味気ない仕事の合間に、ちょっとした気晴らしを見つけただけのこと。それも、可笑《おか》しな莫迦者が、無料でコントを演じてくれるというわけだ。しかし劉欣《リウ・シン》は、それを承知のうえで、決然と説明をつづけた。

「採掘は、既存の油井《ゆせい》掘削機を使って、地表から炭層まで、一連の試錐孔《ボアホール》を掘ることで可能になります。これらのボアホールには以下の用途があります。その一、孔《あな》を通じて大量のセンサーを地下炭層に投入する。その二、地下炭層に点火する。その三、水もしくは水蒸気を注入する。その四、燃焼のための空気を送り込む。その五、石炭ガスをとりだす。

地下炭層は、点火されて水蒸気に触れると、次のような反応を起こします。まず、炭素が水と反応して一酸化炭素と水素、また、二酸化炭素と水素を生成します。その後、炭素と二酸化炭素が一酸化炭素を生成し、一酸化炭素と水がさらに二酸化炭素と水素を生成します。最終的に、水性ガスに似た可燃性ガスが生じますが、可燃成分は、水素が五〇パーセント、一酸化炭素が三〇パーセントです。これが、産出される石炭ガスです。

センサーは、炭層各所における燃焼状況およびすべての可燃性ガスの生成状況を超低周波信号で地表に伝え、これらのデータをコンピュータが解析して、炭層の燃焼場モデルをつくります。このモデルにもとづき、地表からボアホールを介して地下の燃焼場の範囲や深さをコントロールできるようになります。具体的には、ボアホールを通して注水することで燃焼を抑制する一方、高圧空気もしくは水蒸気を送ることで燃焼を促進します。理想的な不完全燃焼状態をつくりだし、産出量を最大化するため、燃焼場モデルの変化に応じてコンピュータがすべてを自動的に処理します。

いちばん注意すべきなのは、もちろん燃焼帯のコントロールですが、これについては、燃焼が広がる行く手にあらかじめボアホールを掘削し、そこに高圧水を注入して地下水壁を形成することによって遮断できます。火勢が比較的激しいところでは、ダムの施工に用いるセメントを高圧で注入し、この壁で燃焼を遮断することも可能です……聞いてらっしゃいますか、局長？」

先ほどから響いてくる外の騒音に、局長の注意力が削《そ》がれていた。いまの説明を聞いて局長が脳裡に思い描いたイメージは、きっと自分が夢想しているものとは違うだろう。劉《リウ》欣《シン》にはそれがわかっていた。地下炭層に点火することがなにを意味するか、もちろん局長は知っている。現在、地球上の大陸には、燃えつづけている炭鉱が多くある。中国にもいくつかある。

去年、新疆《しんきょう》で、劉欣《リウ・シン》は生まれてはじめて地火《ディフォ》（地下で起こる火災。日本語では〝地中火〟）を見た。見渡すかぎり、地面にも山の斜面にも草木一本なく、空気中には硫黄臭のする熱波がうねり、その熱波が周囲の光景を揺らめかせていた。まるで全世界が水中に没したか、焼き網の上に置かれたかのような光景だった。夜になると、地面にぼんやりした赤い光の帯が何本も見えた。無数の地割れから光が洩れている。地割れのひとつを覗き込んで、劉欣《リウ・シン》は息を呑んだ。まるで地獄の入口だった。赤い輝きは地中深くから発しているが、それでもやはり、凶暴な熱が感じられた。顔を上げて、夜のとばりに覆われた赤い光の網目に視線を向けると、地球が薄い地殻にくるまれた燃える炭だということを実感した。劉欣《リウ・シン》に同行していたのは、アグリという名のたくましいウイグル族の男で、中国唯一の炭層消火隊の隊長だった。劉欣《リウ・シン》がここに来たのは、彼を自分の研究室に招くためだった。

「ここを離れることは、まだすこしむずかしい」アグリは訛りの強い中国語で言った。

「おれはこの地火《じか》を見て育った。おれにとってこの火は、世界の欠かすことのできない一部だ。太陽や星と同じように」

「生まれたときから、この火が燃えていたと？」

「いや、劉《リウ》博士、この火は清朝のころから燃えている」

劉欣《リウ・シン》はその場に茫然と立ちつくし、闇にたぎる熱波を前に、ぶるっと身震いした。

アグリはつづけた。「おれは、あんたを手伝うより、とめるべきだな。いいか、劉《リウ》博士、これは遊びじゃない。あんたが手を染めている計画は悪魔の所業だ！」

＊＊＊

いま、鉱山局の外の騒ぎは、さらに激しくなっていた。局長は立ち上がり、窓辺へと歩きながら、劉欣《リウ・シン》に向かって言った。

「国がこの計画に投じた六千万元を、もっと他のことに使ってくれていたらと、心からそう願うね。やるべきことがたくさんあるのは見てのとおりだ。ではまた」

劉欣《リウ・シン》は局長のあとについて、局舎の外に出た。座り込みに参加する炭鉱労働者の数はさらに増えていた。リーダーが群衆に向かってなにか叫んでいるが、言葉は聞きとれない。

劉欣《リウ・シン》の注意は人だかりの一角に引きつけられた。そこには車椅子の一団がいた。これほど多くの車椅子が一ヵ所に集まっているのを見たのははじめてだった。うしろから新たな車椅子が続々とやってくる。どの車椅子にも、労働災害で足を失った鉱夫が乗っている……。劉欣《リウ・シン》は息苦しくなり、ネクタイをゆるめた。顔を伏せ、急ぎ足で人だかりを抜けると、自分の車に乗り込んだ。あてもなくベンツを走らせたが、頭の中はからっぽだった。しばらくして、ようやく車を停めると、子どものころによく遊んだ小高い丘の上まで来ていることに気づいた。ここからは炭鉱《ヤマ》がよく見える。劉欣《リウ・シン》は車を降り、長いあいだ、ただじっとそこに立ちつくしていた。

「なにを見てる？」という声に、劉欣《リウ・シン》はふりかえった。いつの間にか、李民生《リ・ミンシェン》がそばに立っていた。

「母校だ」劉欣《リウ・シン》は遠くを指さした。それは、小中学校がいっしょになった大きな鉱山学校だった。広いグラウンドが目をひく。二人はともに少年時代をそこに埋葬したのだった。

「なにもかも覚えているつもりでいるのか？」李民生《リ・ミンシェン》はそばにあった石に腰かけると、疲れた口調で言った。

「覚えているとも」

「あの秋の午後、太陽はかすんでいた。おれたちはグラウンドでサッカーをしていた。するとだしぬけに、校舎の大きなスピーカーが鳴りはじめた……覚えているか？

スピーカーからは哀愁漂う葬送曲が流れていた。しばらくすると、張《ジャン》・建《ジェンジュン》軍が裸足で走ってきて、『毛主席が死んだ』と言った……。

おれたちは、建《ジェンジュン》軍のことを反革命分子だと罵り、叩きのめした。それでもあいつは、毛主席に誓って嘘じゃないと泣きながら言い張った。しかしだれも信じず、警察に突き出そうと、建《ジェンジュン》軍をひきずって歩き出した……。

だが、校門まで来るとおれたちの足どりは重くなった。校門の外でも葬送曲が流れていたからだ。空と大地がその暗い音楽で満たされているかのようだった……。

あの葬送曲が、もう二十何年、おれの頭の中でずっと流れつづけている。近ごろじゃ、あの曲が流れるとき、裸足で走ってくるのはニーチェで、彼はこう言うんだ。『神は死んだ』と」李民生《リ・ミンシェン》は吠えるような笑い声をあげた。「ああ、そうだろうとも。おれは信じるよ」

劉欣《リウ・シン》は幼馴染みをにらみつけた。「どうしてそんな人間になった? 知らないやつみたいじゃないか!」

李民生《リ・ミンシェン》はだしぬけに立ち上がり、劉欣《リウ・シン》をにらみ返すと、丘のふもとに広がる灰色の世界に指を突きつけた。「どうしてあんな炭鉱になった? 知らない場所みたいじゃないか?」そう言うと、またくずおれるようにして座り込んだ。「あの時代、親父たちは誇り高い一団だった。誇り高くすばらしい炭鉱労働者の一団だった。親父は八級工で、ひと月に百二十元も稼いだ。あの時代の百二十元だぞ！（八級は、八級賃金制における最高等級。当時の労働者の平均月収は五十元程度）」

劉欣《リウ・シン》はしばらく黙り込み、それから話題を変えようとしてたずねた。「家族は元気か？　奥さん……たしか、珊《シャン》だったか？」

李民生《リ・ミンシェン》はまた苦笑いを浮かべた。「去年、出張に行くと言いながら、職場からは年休をとって、おれと娘を残して姿を消した。二カ月後に手紙が来たよ。カナダからだった。この先ずっと炭団《たどん》屋につきあって人生を棒に振るのはごめんだとさ」

「莫迦な。きみは高級技師じゃないか！」

「違いなんかあるもんか」李民生《リ・ミンシェン》は指先で大きな円を描いて、眼下に見える鉱山を囲った。

「女房にとっちゃ、みんな同じ炭団屋の仲間なのさ。なあ、おれたちがどうして技師になりたいと思ったか、覚えてるか？」

「記録的な産出量だったころのことだ」劉欣《リウ・シン》は言った。「ぼくらは父さんたちに弁当を届けにいった。坑道に降りたのは、二人ともあのときがはじめてだった。中は真っ暗で、父さんや、そばにいた鉱夫たちにぼくはこうたずねた。炭層がどこにあるのか、どうしてわかるの？　坑道でどっちの方向に掘るか、どうしてわかるの？　いちばん不思議だったのはこれだ。深い地下で両方向から穴を掘っていって、穴と穴がどうしてぴったり合うの？

そしたら、おまえの父さんがこう答えた。坊主、その答えはだれも知らない。知っているのは技師だけだ、と。そして、坑道を出たとき、ヘルメットとクリップボードを手に持って図面を囲んでいる二、三人を指して、おまえの父さんが言ったんだ。『見ろ、あれが技師だ』って。覚えてるか、民生《ミンシェン》？　子どもの目にも、彼らはどこか違って見えた。とにかく、首にかけているタオルが白かった……。いま、ぼくらは子ども時代の夢をかなえた。もちろん、思ったほど輝かしいことじゃないが、それでも、せめてもの責任を果たすために、なにかをなしとげなきゃならない。でないと、自分で自分を裏切ることになる。そうじゃないか？」

「もういい！」李民生《リ・ミンシェン》はとつぜん怒りの声をあげて立ち上がった。「おれはずっと責任を果たしてきた。ずっとなにかをなしとげてきた。だが、おまえはどうだ？　一日じゅうずっと夢の中じゃないか！　本気で思ってるのか、炭鉱労働者を深い坑道から救い出せると？　この炭鉱をガス田に変えられると？　あの仮説が正しくて、おまえの実験が成功したとしよう。そしたらどうなる？　あのおもちゃのコストを計算したことがあるか？　それに、何万キロもあるパイプラインをどうやって敷設する？　知ってるか、おれたちはいま、石炭の鉄道輸送費さえ払えないんだぞ！」

「長い目で見てくれ。数年後、数十年後……」

「くたばれ！　いまのおれたちには、数日後の保証もないんだぞ！　おまえは一日じゅうずっと夢の中だとさっき言ったが、ガキのころからいつもそうだった。もちろん、北京の六鋪炕《ろくほこう》（原注　国家石炭設計院の所在地）の静かな古いビルにいるなら、それもいいだろう。だが、おれには無理だ。おれは現実の中にいるからな！」李民生《リ・ミンシェン》はくるりと背を向けて立ち去ろうとしたが、思い出したようにつけ加えた。「ああ、忘れてたよ。おまえに伝えることがあって来たんだった。局長がうちの課をおまえのプロジェクトの担当にした。仕事は仕事だ。やれるかぎりのことをやる。三日後、試験炭層の位置と詳細な資料を渡す」そう言うと、李民《リ・ミン》生《シェン》はもうふりかえらずに行ってしまった。

劉欣《リウ・シン》はそのまま、少年時代を過ごした炭鉱を眺めていた。高い櫓《やぐら》のてっぺんで大きなウインチが回転し、見えないケージを坑内の奥深くへと送り込んでいる。父が働いていた坑道に出入りする電動トロッコの列が見えた。選炭棟の外では、数えきれないほどたくさん並んだ石炭の山の前を貨物列車がゆっくり通過してゆく。劉欣《リウ・シン》が少年時代のいちばん楽しい時間を過ごした映画館やサッカー場。巨大な鉱員浴場——こんなに大きな浴場があるのも、炭鉱なればこそだ。その広い浴槽の炭塵に黒く染まった湯の中で、劉欣《リウ・シン》は泳ぎを覚えた。そう、海や川から遠く離れたこの場所では、浴場で水泳を習うのだ。

遠くに目をやると、大きなボタ山が見える。百年以上にわたり、採掘した石炭からとりのぞかれた黒い石が積み上げられてきた山だ。周囲の丘よりずっと高い。ボタに含まれる硫黄が雨水で発熱し、青い煙を上げている……。なにもかも、長年降り積もった炭塵の層に包まれ、同じ暗い灰色になっていた。それが劉欣《リウ・シン》の少年期の色、彼の人生の色だった。目を閉じ、炭鉱の音を聞いていると、時が止まったような気がする。

ああ、父さんの炭鉱《ヤマ》、ぼくの炭鉱《ヤマ》……。

＊＊＊

谷は、炭鉱にほど近い場所にあった。昼には山向こうから炭鉱の煙が昇り、夜には炭鉱の灯りが空を照らす。石炭を運ぶ列車の汽笛も四六時中聞こえる。いま、劉欣《リウ・シン》、李民生《リ・ミンシェン》、アグリの三人は、その谷の中央に立ち、荒涼たる光景を眺めていた。山裾では、痩せこけた山羊の群れを追って、牧夫がゆっくり歩いていくのが見える。この谷の地底にあるのが、石炭ガスの採掘試験に選ばれた、独立した小さな炭層だった。李民生《リ・ミンシェン》と地質課の技師が一カ月がかりで資料室の書類の山から探し出した場所だった。

「ここは主な採掘区からかなり遠い。その分、地質資料はあんまり詳細じゃない」と李民《リ・ミン》生《シェン》は言った。

「資料に目を通したが、試験炭層は大炭層からすくなくとも二百メートル近く隔たっている。問題ないだろう。はじめよう！」劉欣《リウ・シン》は興奮した口調で言った。

「おまえは炭鉱地質の専門じゃないし、この土地の実状に関する知識はさらにお粗末だろう」李民生《リ・ミンシェン》が言った。「もっと慎重になったほうがいい。もうすこし考えてみろ」

「考えてみるまでもない。ここで実験するなどありえない」アグリが割り込んだ。「資料を見たが、データが粗い。試錐孔《ボアホール》の間隔が広すぎるし、一九六〇年代はじめの調査結果だ。新たに地質調査を実施して、この炭層が孤立していることが確実に証明されないかぎり、実験ははじめられない。おれと李《リ》技師とで調査プランをつくった」

「そのプランにしたがって調査すると、どのくらい時間がかかる？」劉欣《リウ・シン》がたずねた。

「どのくらい追加投資が要る？」

「地質課のいまの余力を考えると、最短でも一ヵ月は必要だ」李民生《リ・ミンシェン》が言った。「予算は細かく計算していないが、ざっと見積もって……どうしても二百万はかかるだろう」

「もう時間がないし、かける金もない」と劉欣《リウ・シン》は言った。

「じゃあ、省に要求しろ」アグリが言う。

「石炭産業省に？　省の連中は、このプロジェクトを葬りたがってる。上はとにかく結果を求めているから、期間の延長や予算の追加を要求すれば、自分で自分の首を絞めることになる。ぼくの直感では、この炭層で大きな問題はないはずだ。だったら、些細なリスクくらい無視できるだろう」

「直感？　リスク？　このプロジェクトにそんなものを持ち込むな！」アグリが血相を変えて言った。「劉《リウ》博士、この火をどこで使うかわかっているのか？　あんたはそれを些細なリスクと呼ぶのか？」

「もう決めたことだ！」劉欣《リウ・シン》は手を振ってアグリとの議論を打ち切り、ひとり歩み去った。

「李《リ》技師、あの狂人をどうして止めない？　あんたはおれと同じ側の人間だろう！」アグリは李民生《リ・ミンシェン》に問いただした。

「おれはただ、自分に求められている役割を果たすだけだよ」李民生《リ・ミンシェン》は冷たく言った。

＊＊＊

谷では三百人あまりがそれぞれの作業を進めていた。物理学者、化学者、地質学者、鉱山技師のほかに、意外な専門家も招集されている。アグリの率いる十数人の炭層消火隊、河北省の任丘《レンチウ》油田から来た石油掘削チーム二班、それに、地下防火壁を担当する水理工学技師および作業員から成る大所帯のチーム。現場に集められているのは、何台もの大型掘削機と山積みのドリルロッド、コンクリートミキサー一台とセメント袋の山、轟音を響かせながら液状セメントを地中に注入している高圧スラリーポンプ、それに、空気と水を送り込むための高圧ポンプ群、蜘蛛《くも》の巣のように複雑にからみあう色とりどりのパイプ……。二カ月前にはじまった土木工事は、この小さな試験炭層を囲むように、全長二千メートル以上に及ぶセメント防火壁を地下に設置した。本来は水力発電所の建設工事に際して、ダムの基礎の防水に用いる技術だが、劉欣《リウ・シン》はそれを地下防火壁に転用することを思いついた。高圧で注入された液状セメントは地中でかたまり、地火をはねつける強固な防壁となる。この防火壁に囲まれた区画では、掘削機が百本近い試錐孔《ボアホール》を掘り、それぞれの孔がまっすぐ炭層まで達していた。ボアホール群はたがいにパイプで連結され、そのパイプは三種類の高圧ポンプにつながって、それぞれが水、水蒸気、圧縮空気を注入する。

最後の工程で〝地ネズミ〟が投入された。これは、新開発の自走式燃焼場センサーにつけられた俗称だ。劉欣《リウ・シン》が設計したこの風変わりなマシンのかたちは、ネズミより砲弾に似ている。長さは二十センチほどで、頭部にドリルがあり、尾部に駆動輪がついている。地ネズミはボアホールに入ると、ドリルと駆動輪で地中を百メートル以上掘り進み、あらかじめ設定された位置に自分で移動する。高温高圧下でも作動するため、炭層が点火されたあとも、地層を貫通できる超低周波信号で、位置座標および各種パラメータをメインコンピュータに送ってくる。現在、この炭層にはすでに千機以上の地ネズミが投入されていた。そのうち半数は防火壁の外に配置され、地火が防火壁を突破してこないか監視する役割を果たしている。

劉欣《リウ・シン》は、大きなテントの中で、スクリーンの前に立っていた。スクリーンには防火圏が表示され、コンピュータは受信した信号をもとに、すべての地ネズミを輝点《きてん》で表示している。それらが画面に密集しているところは、まるで星図のようだ。

すべての準備が整った。防火圏中央のボアホールの奥底には二つの太い点火プラグが設置され、プラグから延びるケーブルは劉欣《リウ・シン》のいる大テントに置かれた大きな赤いボタンにつながっている。すべての関係者が持ち場につき、固唾《かたず》を呑んで待ち受けていた。

「考え直したほうがいい、劉《リウ》博士」アグリが静かに言った。「あんたは恐ろしいことをしようとしている。地火の怖さを知らない」

「もういい。アグリ、きみは勤務初日から周囲の不安と恐怖を煽《あお》ってきたし、ぼくに関する苦情を本省にまで訴えた。とはいえ、公平に見れば、このプロジェクトに対するきみの貢献ははかりしれない。この一年のきみの働きがなければ、こんなに早くこの実験を行うことはできなかっただろう」

「劉《リウ》博士……」アグリは懇願するような口調で言った。「こんなことをする必要はない。

地底の悪魔を解き放つな！」

「いまさらやめられると思うかい？」劉欣《リウ・シン》は笑って首を振り、かたわらに立つ李民生《リ・ミンシェン》のほうに目を向けた。

「おまえの指示どおり、すべての地質資料について六度めのチェックを実施したが、問題はなかった」李民生《リ・ミンシェン》はそう言って、画面上の防火圏の外を何ヵ所か指さした。「危なそうな箇所には、ゆうべ、防火壁をいくつか追加しておいた」

劉欣《リウ・シン》は点火スイッチの前に歩み寄った。指を赤いボタンの上に置き、すこし間を置いた。祈りを捧げるように目を閉じる。唇が動いていたが、その言葉を聞きとれたのは、いちばん近くにいる李民生《リ・ミンシェン》だけだった。

「父さん……」

劉欣《リウ・シン》は赤いボタンを押した。音も光も、いっさいなかった。谷は前のままだった。しかし、地下深くでは、一万ボルトを超える電圧で点火プラグが雪のように真っ白な高温のアークを放った。大型スクリーン上では、プラグの位置に赤い点が現れた。半紙の上に朱墨を落としたように、みるみるその赤が広がってゆく。劉欣《リウ・シン》がマウスを動かすと、画面が切り替わり、コンピュータは地ネズミのデータにもとづいて生成した燃焼場モデルを表示した。それは、どんどん大きくなるタマネギ状の球体だった。タマネギの層のひとつひとつが等温層をあらわしている。高圧ポンプがうなりをあげ、燃焼を促進する空気を炭層に注入する。燃焼場は風船を膨らませるように大きくなっていく……。一時間後、コンピュータが高圧水のポンプを起動すると、画面上の燃焼場は針を刺した風船のようにかたちを歪めたが、体積そのものは小さくなっていない。

劉欣《リウ・シン》はテントを出た。太陽はもう丘の向こうに沈んでいた。暗くなった谷に、各種の機械のうなりがこだまする。三百人あまりのスタッフは、全員、テントの外で、ドラム缶ほどの直径があるノズルヘッドを囲んでいた。劉欣《リウ・シン》がそちらに歩いていくと、彼らが道を空けてくれた。劉欣《リウ・シン》はノズルの足もとにある小さな台に歩み寄った。台にはすでに二人の作業員が乗っていた。その片方が、歩いてくる劉欣《リウ・シン》を見て、開閉バルブを回しはじめた。もうひとりがライターで松明《たいまつ》に火をつけ、劉欣《リウ・シン》に手渡した。バルブが回るにつれ、ノズルからしゅうしゅうと気体の洩れる音が響きはじめた。その音が劇的に大きくなり、ガラガラ声の巨人の咆哮《ほうこう》のように谷全体に轟《とどろ》き渡った。周囲を埋めた三百余の顔が、期待と緊張の入り交じった表情で、松明の炎をじっと見つめている。劉欣《リウ・シン》はまた目を閉じて、あの言葉を心に念じた。

「父さん……」

そして、松明をノズルの噴出口に近づけ、人類初の石炭ガス井《せい》に点火した。

ボンという音とともに、巨大な火柱が空に向かって立ち昇り、たちまち十数メートルの高さに達した。火柱はノズルの噴出口では澄んだ青だが、上に行くにつれてまばゆい黄色に変わり、そこから次第に赤くなってゆく。火柱は空中で低く力強い音をたてている。離れたところにいる人々にも、その猛烈な熱が感じられた。山々はその光に明るく照らされ、遠くから見れば、黄土高原の上空にまばゆいランタンが出現したかのようだった。

群衆の中から、白髪の人物——鉱山局長が進み出てきた。劉欣《リウ・シン》の手を握り、「頭のかたいこのロートルからの祝福を受けてくれ」と言った。「きみは成功した！　だが、それでもやはり、できるだけ早く消してほしい」

「これでもまだ信じてくれないんですか？　消しはしませんよ。ずっと燃やしつづけて、この国全体、いや全世界に見せるんです！」

「全世界がもう見た」局長はうしろにひしめくテレビ局のカメラを指さした。「知ってのとおり、試験炭層と周囲の大炭層との距離は、いちばん近いところでは二百メートルもない」

「でも、その危険な位置には、三層の防火壁を設置し、さらに高速掘削機が何台かスタンバイしています。問題は起きませんよ！」

「わからん。ただ、不安なだけだ。きみたちは国のエンジニアだから、わたしに口をはさむ権限はない。しかし、たとえ成功したように見えても、新しい技術にはつねに潜在的危険がある。この数十年、そういう危険を少なからず見てきた。そのおかげで頭がかたくなってしまったのかもしれんが、ほんとうに心配なんだよ……しかし」局長はふたたび劉欣《リウ・シン》に握手を求めた。「それでもやはり、きみには感謝している。石炭産業の未来に対する希望を、この老人に見せてくれた」火柱をしばらく見つめてから、局長は言った。「お父さんも喜んでいるだろう」

それから二日で、さらに二つのノズルに点火され、火柱は三本になった。このとき、試験炭層の産出量は、標準給気圧に換算して、毎時五十万立方メートルに達した。これは、火力発電用の大型石炭ガス化炉百基分以上に相当する。

地下炭層燃焼場は、すべてコンピュータで管理されているが、その面積は防火圏の総面積の三分の二を超えないようにコントロールされ、境界は安定していた。炭鉱の求めに応じて、燃焼場の調整テストが何度も行われた。劉欣《リウ・シン》はコンピュータ画面上でマウスを使って燃焼場を囲む円を描き、その後、マウスをクリックして円を縮小した。外の高圧ポンプの音が変わった。一時間後には、実際の燃焼場が、縮小された範囲内にまで後退するはずだ。それと同時に、大炭層との距離が近い危険な箇所には、幅二百メートル以上の防火壁を二枚追加した。

劉欣《リウ・シン》がやるべきことはほとんどなかったので、取材対応と対外折衝に多くの時間を費やした。デュポンやエクソンなどの世界的巨人をはじめ、国内外の多くの大企業が次々にやってきて、このプロジェクトに巨額の投資を申し入れ、共同開発の意向を示した。

三日め、炭層消火隊の隊員がひとり、劉欣《リウ・シン》に面会にやってきて、隊長が疲労で倒れかけていると告げた。隊員いわく、この二日間、アグリは消火隊を率いて、狂ったように演習をくりかえしている。さらに、国立衛星リモートセンシング・センターの人工衛星を借りて、この地域の地表温度を監視している。夜は防火圏の外をひと晩かけて見てまわり、もう三日も眠っていないらしい。

劉欣《リウ・シン》は本人と対面した。たくましかった体はずいぶん痩せ細り、目が充血している。「眠れないんだよ」とアグリは言った。「目を閉じると悪夢を見る。あちこちで火柱が上がり、火の森のようになって……」

「監視衛星を借りるのは大きな出費だ」と劉欣《リウ・シン》はおだやかに言った。「そんなことが必要だとは思わないが、もう済んだことだし、きみの判断は尊重する。アグリ、いずれまた、力を借りるときが来る。きみの炭層消火隊がやるべきことはそう多くないだろうが、もっと安全な場所にも、消防隊は必要になる。きみは疲れている。いったん北京に戻って、二、三日、休養したらどうだ」

「いまここを離れるって？　莫迦な！」

「地火の上で育ったから、ぬきがたい恐怖心があるんだろう。いまはまだ、新疆炭鉱のように大きな炭層火災をコントロールすることはできないが、すぐ可能になる。新疆に最初の商用石炭ガス田をつくるつもりだ。そうなれば、あの地火もコントロールできるようになり、きみの故郷も美しいぶどう園に変わる」

「劉《リウ》博士、おれはあんたを尊敬している。だからこうして、あんたの下で働いている。しかし、あんたはいつも自分を高く評価しすぎだ。地火にとってみれば、あんたなんか、ただの子どもにすぎない！」アグリはそう言って苦い笑みを浮かべ、首を振りながら去った。

＊＊＊

災厄は五日めに襲ってきた。夜が明けたばかりの時刻、劉欣《リウ・シン》はだれかに揺り起こされた。目の前にアグリが立っていた。息が上がり、目がすわって、熱病にでもかかったような顔だった。ズボンの裾が露に濡れている。彼は、レーザープリンタで出力した写真を劉欣《リウ・シン》の顔の前につきつけた。あまりに近すぎて、視界がふさがれた。それは、衛星から送信されてきた赤外線写真だったが、鮮やかな抽象画のようで、劉欣《リウ・シン》には判読できなかった。劉欣《リウ・シン》はとまどってアグリを見た。

「行くぞ!」アグリは大声で言うと、劉欣《リウ・シン》の手をひっぱってテントを出た。

劉欣《リウ・シン》はアグリのあとについて北斜面を登りながら、ますます困惑を深めていた。第一に、いま向かっているのはもっとも安全な方角だ。こちらの方角では、大炭層から千メートル以上も離れている。第二に、アグリは丘の山頂近くを登っているが、ここからだと防火圏ははるか下にある。こんな場所に、いったいどんな異常が起こりうるのか。丘のてっぺんまでたどりついて、劉欣《リウ・シン》は喘ぎながらそう質問したが、アグリはさらに遠いところを指さした。劉欣《リウ・シン》は胸を撫で下ろし、アグリの神経過敏ぶりに笑い声をあげた。災厄なんか起こってないじゃないか。

炭鉱は、アグリが指さしている場所のすぐ先にある。その山と、二人がいま頂上に立っている丘とのあいだは、ふもとの草地へとつづくなだらかな斜面になっていた。アグリの指先はそこを指していた。

炭鉱も草地も、この距離からではいたってのどかに見えたが、しばらくじっと眺めているうちに、劉欣《リウ・シン》は、斜面の草地に妙なところがあることに気づいた。よく見ないとわからないくらいだが、草の緑が周囲とくらべてやや濃くなっている円形の場所がある。劉欣《リウ・シン》は心臓をぎゅっと鷲《わし》摑みにされたような気分になり、アグリとともに、その緑濃い円に向かって斜面を駆け下りた。

たどりつくと、斜面に膝をつき、円の内側の草を仔細に観察した。外側の草とくらべると、熱湯をかけられたみたいに萎《しお》れて、地面にぺたりと張りついている。草の上から手を押しつけてみると、明らかに地下の熱を感じた。そして、昇ってきた朝陽の光を浴びて、円の中心に、ひとすじの湯気がゆらゆらと立ち昇るのが見えた……。

午前中いっぱいかけて緊急掘削し、さらに地ネズミ千機以上を投入して、悪夢のような事実がついに判明した。大炭層に火がついたのである。燃焼の範囲はもはや確定できない。地ネズミが地下を進む速度は毎時十数メートルにすぎず、大炭層は試験炭層よりもずっと深いところにある。その熱が地表に達したということは、すでに長時間にわたって燃焼がつづいていて、火災範囲がとてつもなく広いことを意味する。

不可解な事態だった。燃えている大炭層と試験炭層のあいだには千メートルの土壌と岩石帯があるが、そちらにはなんの異常もない。地火は、この千メートルの隔離帯をはさんで、両端で燃えている。大炭層の火災は、試験炭層と関係がないのではないかという説まで出た。しかし、それは自己欺瞞でしかなく、その仮説を唱えた当人さえ、本気で信じているわけではなかった。調査を進めるうち、夜になってようやく事情が明らかになった。

試験炭層から外に向かって、幅のせまい石炭の帯が八本延びていた。もっともせまいところでは幅が半メートルしかなく、探知することは困難だった。

八本のうち五本は防火壁に遮断されていたが、三本は地下深く潜り、ぎりぎりのところで防火壁の底をくぐり抜けていた。この三本の〝蛇〟のうち、二本は途中で切れていたが、最後の一本が、千メートル離れた大炭層まで通じていた。これらの帯は、実際は、もともと石炭でいっぱいだった地層に生じたひび割れで、その亀裂が地表にまで達しているため、燃焼に好都合な酸素の供給源になっていた。つまり、この石炭の帯が、試験炭層と大炭層をつなぐ一本の導火線の役割を果たしたのである。

三本の帯は、李民生《リ・ミンシェン》の資料には記載されていなかった。実際、こんな幅のせまい石炭帯はきわめて珍しい。母なる大自然が仕掛けた残酷なジョークだった。

「どうしようもなかったんだ。子どもが尿毒症をわずらって、透析をつづけなきゃいけない。このプロジェクトの報奨金が、のどから手が出るほどほしかった。だから、全力でおまえを阻止しようとはしなかった……」李民生《リ・ミンシェン》は蒼白な顔でそう言って、劉欣《リウ・シン》から目をそらした。

翌日の早朝、劉欣《リウ・シン》と李民生《リ・ミンシェン》とアグリの三人は、二つの地火にはさまれた丘のてっぺんに立っていた。鉱山と峰のあいだに広がる草地はすべて深い緑色に変わり、きのう見た円は焦げた黄色になっていた。ふもとには湯気がたちこめ、炭鉱はぼんやりかすんでいる。

アグリが劉欣《リウ・シン》に言った。「新疆の炭層消火隊と大型設備が専用機で太原《たいげん》（山西省の省都）に着いた。もうすぐここに来る。全国各地のチームもここに向かっている。現状、地火は急速に広がりつつある」

劉欣《リウ・シン》はアグリを見やった。長い沈黙のあと、ようやく低い声でたずねた。「抑えられるか？」

アグリは首を振った。

「教えてくれ。どのくらい希望がある？　もし酸素を遮断できたら、それとも注水して消火できたら……」

アグリはまた首を振った。「おれはこの仕事をずっとつづけているが、それでも地火はおれの故郷を焼き尽くした。前に言ったとおり、地火の前では、あんたは子どもにすぎない。地火がなんなのかさえ、あんたにはわかってない。あの深い地下の火は、毒蛇よりつかみどころがなく、幽霊よりも底知れない。あれがどこに行こうが、人間には阻《はば》めない。おれたちの足の下には、膨大な量の質の高い無煙炭が眠っている。悪魔が一億年も前から渇望してきたものだ。あんたはいま、その悪魔を解き放ち、無尽蔵のエネルギーと力を与えてしまった。ここの地火は、新疆の百倍の規模になる！」

劉欣《リウ・シン》はこのウイグル族の肩をつかみ、やけになって揺さぶった。「どれだけ希望がある？　ほんとうのことを言ってくれ！」

「ゼロだ」アグリはのろのろと首を振って言った。「劉《リウ》博士、今生《こんじょう》では罪を償えない」

＊＊＊

局舎で緊急会議が開かれた。鉱山局の幹部と五つの炭鉱の鉱長のほか、市長をはじめ市政府の主立った役人たちの一団も不安な面持ちで席に着いた。会議では、まず緊急対策本部が設置され、局長が総指揮を担当し、劉欣《リウ・シン》と李民生《リ・ミンシェン》は司令部のメンバーになった。

「李《リ》技師とともにベストを尽くすつもりです。しかし、申し上げておきますが、われわれは現在、犯罪者の立場です」と言って、劉欣《リウ・シン》は、離れた席に顔を伏せて座っている李民生《リ・ミンシェン》を見やった。

「いまはまだ責任を追及するときではない」局長は劉欣《リウ・シン》を見て言った。「行動しろ、余計なことは考えるな。いまのがだれの言葉かわかるか？　きみの父親だ。かつて、彼の班の技師だったとき、わたしはノルマを達成するため、彼の警告も聞かず、むやみに採掘範囲を拡大し、その結果、切羽《きりは》に大量浸水を招いた。班の二十数人は水に囲まれ、坑道の一角に閉じ込められた。全員のヘッドランプが消えて、あたりは真っ暗だったが、ライターを灯す者はなかった。ひとつにはガス爆発の恐怖のため。もうひとつは酸素を消費するからだ。浸水によって空気の出入りが完全に遮断されていた。顔の前に手を出しても、五本の指も見えないような暗闇だった。そのとき、きみの父親が言った。『たしか、この上にも坑道が通っているはずだ。たぶん、この天井はそんなに厚くないだろう』と。それから、つるはしで天井を掘る音が聞こえてきた。ほかの人間も手探りでつるはしを手にとってそれにつづき、闇の中で掘りはじめた。酸素濃度がだんだん下がって、呼吸が苦しくなり、頭がくらくらしてきた。それよりなにより、あの暗闇がこたえた。地上の人間には想像もできない、絶対の闇。光と言えば、天井につるはしがぶつかるときに散る火花だけだった。生きつづけること自体がまさに拷問だったが、きみの父親が支えになってくれた。彼は暗闇の中、何度も何度もあの言葉をくりかえした。『行動しろ、余計なことは考えるな』と。どれだけ掘りつづけたかわからない。窒息して気を失いかけたそのとき、天井の一部が崩落し、頭上から防爆灯の光が射した……。のちにきみの父親から聞いた話では、天井がどれだけ分厚いか、まったく知らなかったそうだ。だが、あのときのわれわれに、やれることはほかになかった。『行動しろ、余計なことは考えるな』。この言葉は、それ以降の長い歳月のあいだに、ますます深くわたしの脳裡に刻まれた。いま、その言葉を、お父さんにかわってわたしからきみに伝えよう」

全国各地から駆けつけた専門家が会議の席で意見を出し、消火計画を策定した。選択できる手段は多くない。三つだけだ。一、地下火災の酸素供給を断つ。二、液状セメントを注入してカーテングラウトをつくり、火災の進路を遮断する。三、地下火災に大量の水を注ぐ。この三つの対策を同時に進めたが、第一の方法は実行困難であることが早々に判明した。地下に酸素を供給しているルートがわからないし、見つかったとしても密閉するのがむずかしい。第二の方法は、炭層の深度がもっと浅く、延焼スピードが遅い場合には有効だが、いまの火勢の速さには追いつけない。もっとも有望なのは第三の消火方法だということになる。

火災の情報はまだ公表されていなかったため、消火はひっそりと進められた。任丘油田から緊急に調達した高出力掘削機が、人々の好奇の目にさらされながら、炭鉱街の道路を通過した。山々に軍が入り、ヘリコプターが空を旋回した……。不安が雲のように炭鉱に垂れ込め、さまざまな噂が野火のように広がりはじめた。

大型掘削機が地下火災の行く手をさえぎるように一列に並んだ。ボーリングが完了すると、熱い煙を噴き上げるボアホールに、百台あまりの高圧ポンプから注水がはじまった。水量は莫大で、炭鉱も市街もすべて断水になり、住民の不安と騒動がまた大きくなった。しかし、その甲斐あって、当初の結果は有望だった。対策本部の大型スクリーン上では、赤く示された火災の延焼方向に、いくつも黒い円が現れた。各ボアホールを中心に広がっていく円は、注水によって地中の温度が急速に下がっていることを示していた。この円が一列につながれば、火勢を遮断する希望が持てる。

しかし、わずかに明るい状況もそれほど長くはつづかなかった。掘削櫓《リグ》のそばにいる劉《リウ》欣《・シン》のもとに、油田掘削チームの隊長がやってきた。

「劉《リウ》博士、ボアホールの三分の二はもうこれ以上掘削できない！」隊長は、掘削機と高圧ポンプの轟音に負けじと声を張り上げて怒鳴った。

「とんでもない。注水孔をもっと増やさなければ」

「だめだ！　孔内圧力が急激に上昇している。これ以上掘削すれば、噴出が起きる！」

「莫迦な！　ここは油田じゃない。地下に高圧ガス層はない。なにが噴出する？」

「あんたになにがわかる？　とにかく、うちは掘削をやめて撤退する！」

劉欣《リウ・シン》は怒りにまかせて、隊長の油で汚れた襟をつかんだ。「だめだ！　掘れ、命令だ！　噴出などありえない！　わかるか？　ぜったいにない！」

劉欣《リウ・シン》がまだ怒鳴っているうちに、掘削櫓のほうから爆発音が轟いた。ふりかえると、重いシール材が二つに割れて吹き飛び、黄色がかった黒い水柱が、ばらばらになったドリルパイプの破片とともに空中に噴き出した。まわりから叫び声があがる。水柱に含まれる土砂の量が減って、しだいに色が薄くなってきたかと思うと、今度はそれが真っ白に変わった。地下に注入されていた水が地火に熱せられ、高圧蒸気になったのだ。櫓のてっぺんでは、荒れ狂う蒸気に噴き上げられてゆっくりと回転する掘削作業員の体が見えた。作業台の上にいた他の三人の技師はあとかたもなく姿を消していた。

次に演じられたのは、さらに恐ろしい一幕だった。白い巨竜の頭が空中をゆっくりと上昇し、掘削櫓よりも高くなった。まるで空に浮かぶ白髪の悪魔のようだった。

その悪魔とガス井の噴出口とのあいだには、櫓の残骸のほか、なにもなかった。しゅうしゅうという不気味な音が響いているだけ。もう噴出が止まったと思ったのか、若い作業員が何人か、おそるおそるそちらに近づいていく。劉欣《リウ・シン》はそのうちの二人をあわててつかまえて、大声で叫んだ。「行くな！　死ぬぞ！　過熱蒸気だ！」

その場にいた技師たちは、この奇妙な光景の意味をすぐに理解したが、一般の作業員はなかなか状況を呑み込めずにいた。常識に反して、水蒸気は目に見えない。目に見える白い湯気は、水蒸気が空気中で冷えたときにできる微小な水滴だ。高温高圧下では、水蒸気は、摂氏四百度から五百度に達する恐るべき過熱蒸気となる。すぐに冷えるはずもなく、いまは、掘削櫓より高いところでしか白くならない。このような蒸気は、通常、火力発電所の高圧ボイラーの中にしか存在しないが、ひとたびパイプから噴出すると（その種の事故は何度も発生している）短時間で壁を貫通するほどの威力がある。

いま、茫然と見守る人々の前で、ついさっきまで濡れていた掘削櫓が、見えない過熱蒸気によってみるみる乾き、空中にぶら下がっていた太いゴムホースが蠟燭《ろうそく》のように溶けはじめた。この悪魔の蒸気が鉄製の櫓にぶつかり、身の毛のよだつ音をたてる。

地下注水は不可能になった。たとえ注水できたとしても、地下火災に対する消火効果より、水の燃焼促進効果のほうが高い。


緊急対策本部の全メンバーは、地火の前線からもっとも近い第三炭鉱4号坑の前に集まっていた。

「火災はすでにこの炭鉱の採掘区域に迫っている」とアグリは言った。「そこまで到達したら、坑道は地火にとって強力な酸素供給源になり、火勢は数倍にふくれあがるだろう……。これが現在の状況だ」そこで口をつぐむと、炭鉱における最大の禁忌に触れることをためらうかのように、落ち着かない表情で局長と鉱長たちを見やった。

「で、坑道の現状は？」局長は落ち着いた口調でたずねた。

「八つの坑道で、通常どおりの採炭と掘削が行われています。主に、動揺が広がらないようにするために」と、鉱長のひとりが答えた。

「作業はすべて中止。坑内の人員は全員退去させろ。しかるのちに……」局長は言いよどみ、二、三秒、沈黙した。

その二、三秒が、全員にとって、とてつもなく長く感じられた。

「……閉山する」ついに局長は、炭鉱労働者にとってもっともつらい言葉を口にした。

「いや、だめだ！」李民生《リ・ミンシェン》が叫んだ。そのあと、自分が理由を考えていなかったことに気づいたように言った。「閉山……閉山なんて……大混乱になる。それに……」

「もういい」局長は軽く手を振った。その目がすべてを物語っていた。おまえの気持ちはわかる。おれも同じだ。みんな同じだ。

李民生《リ・ミンシェン》は頭を抱えてしゃがみこんだ。肩が震えていたが、声をあげて泣くことはできなかった。炭鉱の責任者と技師たちは4号坑の前に黙って立ちつくしていた。その広い入口は、巨大なひとつ眼のように彼らを見ている。二十年前、少年時代の劉欣《リウ・シン》を見ていたように。

全員が、齢《よわい》百年に及ぶこの老いた炭鉱を悼《いた》んでいた。

どれだけ時間が経ったか、鉱山局の技師長が低い声で沈黙を破った。「坑内の設備はできるだけ搬出しよう」

「それに」鉱長が言った。「爆破チームを組織しないと」

局長はうなずいた。「時間がない。そうしてくれ。わたしは国に連絡する」

「工兵を使えないか？ 炭鉱労働者で爆破チームを編成するのは……おそらく問題があるだろう」鉱山局の党委員書記が言った。

「それは考えたが」鉱長が言う。「現在到着しているのは一個小隊だけだ。ひとつの坑道を爆破するだけでも人員が足りない。さらに言えば、彼らには炭鉱の爆破作業の経験がない」

＊＊＊

地火からの距離がもっとも近い4号坑が最初に操業を停止した。電動トロッコに乗り込んだ鉱夫たちが次々に坑口《こうぐち》に出てくると、百人以上から成る爆破チームが、ドリルパイプの山のまわりで待機していた。鉱夫たちは、なにをしているのかと彼らにたずねたが、爆破チーム自体、自分たちがなにをする予定なのか知らなかった。掘削機のそばに集まれという命令を受けただけだという。ふいに、全員の注意が一方に向いた。トラックの車列がやってくる。先頭車両は銃を携えた武装警官でいっぱいだった。警官たちはトラックから飛び降りると、後続車両のために場所を確保した。あとからやってきた十一台のトラックが停車し、防水シートがすばやく剝がされて、きちんと並んだ黄色い木箱《クレート》が現れた。鉱夫たちはそれを見て顔色を変えた。中身がなんなのか知っていたからだ。クレートひとつに二十四キロの硝酸アンモニウム油剤爆薬《ANFO》が収められ、トラック十台分の量を合計すると五十トンにおよぶ。最後尾の小型トラックは、爆薬を縛るのに使う竹紐と、黒いビニール袋を満載していた。その袋の中に雷管が入っていることを鉱夫たちは知っていた。

劉欣《リウ・シン》と李民生《リ・ミンシェン》はトラックの運転席から飛び降りて、任命されたばかりの爆破チーム隊長を見やった。縮れた頰髯《ほおひげ》を生やした筋肉質の男で、筒のように巻いた図面を持ってこちらにやってくる。

「李《リ》技師、おれたちになにをやらせる気だ？」隊長は図面を広げながらたずねた。

李民生《リ・ミンシェン》はかすかに震える指で図面をさした。「三本の発破帯は、それぞれ全長三十五メートル。具体的な位置は下の図面に書いてある。発破孔の直径は百五十ミリと七十五ミリで、それぞれ、二十八キロと十四キロの爆薬を詰める。密度は……」

「なにをやらせる気かと聞いてるんだ」

隊長の苛烈な視線に見すえられ、李民生《リ・ミンシェン》は声もなく目を伏せた。

隊長が部下たちをふりかえって怒鳴った。「兄弟、こいつらはおれたちに坑道を爆破させる気だ！」ざわめきが湧き起こり、鉱夫たちがじりじりとこちらに迫ってきた。武装警官が半円形に整列して壁をつくり、彼らをトラックに近づけまいとする。しかし、黒い人間の波を受けとめきれず、防衛線が歪み、突破されそうになった。なにもかも、沈鬱な空気の中で進行し、聞こえるのは地面をこする足音と銃の撃鉄を起こす音だけだった。だが、最後の瞬間、群衆は動きをとめた。局長と鉱長がトラックのステップに姿を現したからだ。

「おれは十五の歳からこの炭鉱で生きてきた。それを壊すのか？」ひとりの老鉱夫が怒鳴った。顔が黒い炭塵にびっしり覆われていても、ナイフで刻んだようなしわははっきり見てとれた。

「閉山したら、どうやって暮らす？」

「なんのために爆破する？」

「炭鉱暮らしはいまでもきついのに、まだ痛めつけるのか？」

群衆の怒りが爆発した。怒声の波が一段また一段と高くなる。炭塵で黒くなった顔の海に、白い歯が閃《ひらめ》く。局長は黙ったまま冷静にタイミングをはかり、群衆の怒りの声がコントロールの利かない騒乱になる寸前、おもむろに口を開いた。

「あれを見ろ」と言って、局長は坑口のそばにある丘を指さした。その声は大きくはなかったが、怒声の波はすぐに静まり、その場にいた全員がそちらに目を向けた。

丘のてっぺんに、一本の石炭の柱が立っていた。高さは二メートルほどで、表面はでこぼこだった。炭塵に覆われた石造りの手すりがそのまわりを囲んでいる。

「みんなあれを老炭柱と呼んでいるが、あれが建ったときは柱じゃなかったのを知っているか？　真四角の大きな石炭の塊だった。百年前、清朝の張之洞《ちょうしどう》総督が、開山式典の際に建てたものだ。百年のあいだの風雨で柱になってしまったが、その百年で、われわれの炭鉱《ヤマ》がどれだけの大災害に耐えてきたか、だれか覚えているか？　この歳月は短くないぞ、同志諸君。四世代か、五世代だ！　その百年のあいだに、われわれがほかになにひとつ学ばず、なにひとつ覚えていなかったとしても、これだけは覚えておかねばならない」

局長は、黒い人海に向かって手を振った。

「天《そら》は落ちない！」（「どんな災厄があってもこの世の終わりではない（なんとかなる）」との含意がある）

群衆は凍りついたように動かなくなった。呼吸さえ止まったかのようだった。

「中国のあらゆる産業労働者、あらゆるプロレタリアートの中で、われわれより長い歴史を持つ者はいない。われわれより多くの風雨と災厄に耐えてきた者もいない。だが、炭鉱労働者の上に天が落ちてきたか？　否！　われわれ全員がいまここにこうして立ち、あの老炭柱を見ていることがなによりの証拠だ。われわれの天は落ちない。過去に天は落ちなかった。将来も、天が落ちてくることはない！

困難？　そんなものはまるで珍しくない。同志諸君、われわれ炭鉱労働者が楽に暮らせたことがいつあった？　ご先祖さまの代から数えても、楽に暮らせた日がいつあった？　指折り数えて、よく考えてみろ。この中国とそれ以外の全世界に、いったい何種類の産業があり、何種類の労働者がいる？　そしてその中に、われわれより大きな困難を強いられている産業がひとつでもあるか？　ない。そんなものはひとつもない。困難のなにが珍しい？　困難がないほうが不思議だ。なぜならわれわれは、天を戴いて立つだけではなく、地をも支えて立つからだ！　もし困難を恐れていたら、とうの昔に死に絶えていただろう。だが、社会と科学は進歩している。多くの才能ある人々が、われわれのために新たな方法を考えてくれている。いま、われわれはひとつの解決策を手にした。この暮らしを一変させる希望ができた。暗い坑道を出て、太陽の下、青空の下で、石炭が採れるようになる！　炭鉱労働が人もうらやむ仕事になる！　この希望は、まだ生まれたばかりだ。信じられないというなら、南の谷に行って、あの大きな火柱を見るがいい！　だが、まさにそのための努力が、この災厄を引き起こした。それについては、のちほど詳しく説明しよう。いま、われわれが知らねばならないのは、これが炭鉱労働者にとって、最後の困難かもしれないということだ。美しい明日のために代価を払う必要があるというなら、われわれは一団となってそれに立ち向かおう。先人が何代にもわたってそうしてきたように。今度もまた、天は落ちなかった！」

群衆が無言で解散したあと、劉欣《リウ・シン》は局長に向かって言った。「あなたと父さん、二人と出会うことができて、たとえ死んでも、この人生に悔いはありません」

「行動しろ、余計なことは考えるな」局長は劉欣《リウ・シン》の肩を叩き、その体を引き寄せて抱擁した。

＊＊＊

４号坑の爆破作業がはじまった翌日、劉欣《リウ・シン》と李民生《リ・ミンシェン》は肩を並べて主坑道を歩いていた。足音がうつろにこだまする。第一発破帯を通過するとき、薄暗い照明のもと、高い天井に発破孔がいくつも穿《うが》たれているのが見えた。起爆用の発破線が色とりどりの滝のように垂れ下がり、床の上でとぐろを巻いている。

「昔は炭鉱が嫌いだった」李民生《リ・ミンシェン》が言った。「自分の青春を呑み込む炭鉱を憎んでいた。でも、いまはもうわかったよ。おれと炭鉱は、ひとつになっている。憎もうが愛そうが、炭鉱はおれの青春だった」

「自分を責めることはないさ」劉欣《リウ・シン》は言った。「結局ぼくらも、なにがしかのことはなしとげたんだから。英雄になれないまでも、戦って斃《たお》れた」

二人は、自分たちが死について話していることに気づいて黙り込んだ。

そのとき、アグリが後方から息せき切って走ってきた。「李《リ》技師、あれを見ろ！」彼は坑道の天井を指さした。それは太い帆布製のパイプで、下に通じる通風管だった。いまはしぼんでいる。

「しまった。通風はいつ止まった？」李民生《リ・ミンシェン》は色を失っていた。

「もう二時間になる」

李民生《リ・ミンシェン》がトランシーバーに向かって怒鳴り、すぐに通気課の課長と二名の技師が駆けつけた。

「換気を再開する手段はないよ、李《リ》技師。下の設備はなにもかもぜんぶ——通風設備、送風機、モーター、防爆スイッチ、風管に至るまで——とりはずして運び出した」と通気課長が説明した。

「莫迦か！　だれがはずせと言った？　死にたいのか？　クソが！」李民生《リ・ミンシェン》はふだんの態度をかなぐり捨て、大声で罵った。

「李《リ》技師、言葉に気をつけてくれ。だれがはずせと言ったかって？　坑道を封鎖する前に、できるかぎり多くの設備を運び出すように、局長がはっきり命じた。みんな、その会議に出ていたじゃないか。この二日間、徹夜で働いて運び出した設備の価値は、もう百万元以上になる。なのに、そのわれわれを罵倒するのか？　そもそも、どうせ閉めるんだろう。換気してなんの意味がある？」

李民生《リ・ミンシェン》はため息をついた。いままでずっと真相を公表せずにいたため、こんな問題が起こったのだ。

「なぜだ？」通気課が帰ったあと、劉欣《リウ・シン》は聞いた。「送風は止めるべきじゃないのか？　そうしたほうが、地下に届く酸素の量を減らせるだろう」

「劉《リウ》博士、まったくあんたって人は、理論には強いが、実践はからきしだな。現実を前にすると、五里霧中もいいところだ。李《リ》技師の言うとおり、夢ばかり見ている！」とアグリが言った。地火が発生して以降、劉欣《リウ・シン》に対してますます遠慮がなくなっていた。

李民生《リ・ミンシェン》が説明した。「この炭鉱はガスの発生率が高いんだ。換気がストップすれば、すぐにメタンガスが坑道の下に溜まりはじめる。地火がそこまで到達したら、大爆発する可能性がある。その威力で坑口の封鎖が吹き飛ばされるかもしれない。すくなくとも、酸素の新たな供給ルートができるのは確実だ。こうなったら、発破帯をもうひとつ増やすしかない！」

「しかし、李《リ》技師、上の二つの発破帯は、まだ半分しか作業が終わってないし、三つめはまだ作業をはじめてもいない。なのに、地火は南採掘区に近づいている。予定している三つの発破帯の作業を終える時間もないかもしれない」アグリが言った。

「実は……」劉欣《リウ・シン》はおそるおそる切り出した。「ひとつ思いついたことがある。うまくいくかどうかわからないが」

「はっ！　これは珍しい。史上はじめてじゃないかな」アグリが冷笑するように言った。

「あの劉《リウ》博士が、こんなに自信のない発言をするとは。博士でも、決断する前に他人の意見を聞くことがあるんだな」

「ぼくが言いたいのは、この最深部の発破帯はすでに作業が終わっているということだ。この一本をまず爆破することはできないか？　そうしたら、坑道の底で爆発が起こっても、すくなくともひとつは障壁がある」

「それがうまくいくなら、もうやっている」李民生《リ・ミンシェン》が言った。「爆破の規模が大きいから、発破をかけたあとの坑内に有毒ガスと粉塵が長時間充満して、その後の作業が不可能になる」

　地火の進行速度は予想よりも速かった。緊急対策本部は、爆薬の設置を終えた二本の発破帯だけを起爆すると決定し、できるだけ早く全作業員を退避させるように指示した。すでに日没が近かった。坑口に近い生産棟でスタッフ全員が図面を囲んで立ち、分岐トンネルを使って最短距離で発破線を引く方法を検討していたとき、ふいに李民生《リ・ミンシェン》が言った。

「なにか聞こえる」

こもったような低い響きが地下から伝わってきた。大地がげっぷをしたような音。数秒後、また同じ音が響いた。

「メタンガス爆発だ。地火が採掘区に達した！」アグリがこわばった口調で言った。

「まだすこし距離があるはずじゃなかったのか？」

劉欣《リウ・シン》の問いに答える声はなかった。地ネズミを使い切ってしまったから、いま利用できる手段では、地火の位置と進行速度を正確に測ることはむずかしい。

「退避！」

李民生《リ・ミンシェン》はトランシーバーをひっつかんで怒鳴ったが、どんなに叫んでも返事はなかった。

「上がってくる前、張《ジャン》隊長は作業中にぶつけて壊してしまわないようにと言って、トランシーバーを発破線のところに置いていきました」爆破チームのクルーのひとりが言った。

「下じゃ、鑿岩機《さくがんき》を何十台も同時に使っているから、その音がうるさすぎて声は聞こえません」

李民生《リ・ミンシェン》はヘルメットも持たずに生産棟を飛び出すと、トロッコを呼んで、最大速度で坑道へと降りていった。追いかけて外に出た劉欣《リウ・シン》は、トロッコが坑口に消える寸前、李民生《リ・ミンシェン》が手を振るところを見た。その顔には笑みが浮かんでいた。李民生《リ・ミンシェン》の笑顔を見るのはずいぶんひさしぶりだった。

大地がさらに二、三度げっぷを洩らし、それから沈黙が降りた。

「いまの一連の爆発で、坑内のメタンガスはもう尽きたのかな?」劉欣《リウ・シン》はそばにいた技師にたずねた。相手は驚いたように彼を見返した。

「尽きた? 冗談でしょう。炭鉱からもっとメタンガスが放出されるだけですよ」

その言葉と同時に、足もとの地球そのものが爆発したようなすさまじい轟音が響きわたり、坑口がたちまち赤い炎に包まれた。爆風が劉欣《リウ・シン》の体を宙高く投げ上げ、まわりの世界が激しく回転した。ばらばらの石片や枕木がいっしょに宙を舞い、果物の種をぺっと吐き出すように、火炎の中からトロッコが放り出された。

劉欣《リウ・シン》の体は地面に叩きつけられた。砕けた石が雨あられと降り注ぐ。そのひとつひとつが血にまみれているような気がした。鈍い響きがさらに何度か聞こえた。坑内で爆薬が爆発した音だった。意識を失う前、劉欣《リウ・シン》は坑口の炎が消え、かわりに濃い煙の雲が湧き上がるのを見た……。

＊＊＊

一年後。

劉欣《リウ・シン》は地獄さながらの場所を歩いていた。空に黒い煙がたちこめ、太陽はかろうじてそれとわかる赤い円盤にすぎない。塵の摩擦によって生じる静電気で、ときどき煙の中に稲妻が閃き、その青い光を浴びて、地火の上の炭鉱が浮かび上がり、その光景が劉欣《リウ・シン》の脳裡に焼きついた。山のあちこちに散らばる坑口から煙が立ち昇っている。煙の下のほうは地火に照らされて獰猛《どうもう》な暗赤色に輝き、上に行くにつれて黒くなり、天地のあいだでくねる蛇の怪物のように見える。

道路は焼けつくように熱く、アスファルトは溶け、一歩ごとに靴底が剝がれそうになる。むっとする空気には硫黄のにおいが充満し、ときおり雪のような灰が落ちてきて、あたり一面に白く降り積もる。道路は防塵マスクをつけた避難民やその車であふれていた。完全武装の兵士が交通を整理して道路の秩序を保ち、煙の中を飛ぶヘリコプターが、落ち着いて行動するようにとスピーカーで避難民に呼びかけている……。分散移住は冬にはじまり、一年で終わる計画だったが、地火の勢いがとつぜん激しくなり、急遽《きゅうきょ》予定が前倒しになった。そのせいで、なにもかも混乱に支配されていた。裁判所も、劉欣《リウ・シン》に対する被告人質問をくりかえし延期している。けさにいたっては、拘置室から見張りがだれもいなくなったため、劉欣《リウ・シン》はふらりとひとりで出てきたのだった。

舗装道路以外の地面は乾燥してひび割れ、その亀裂に灰が厚く積もり、靴底で踏むと、もうもうと舞い上がる。池からは湯気が立ち昇り、黒い水面に魚と蛙の死骸が浮いていた。いまは真夏だが、地上の草はすべて枯れ、灰の中に埋もれて、一点の緑もない。樹木もすべて枯れて、中には、木炭と化した枝を奇怪なY字の腕のように薄暗い空に向かって伸ばし、煙を上げている木立もある。すべての建物は人間が退去してもぬけの殻だった。いくつかの窓から、濃い煙が上がっている。地火の熱に追い立てられたネズミが巣穴からぞろぞろ出てきて、驚くべき大群となって道路を横断していく。

山の懐深く入り込むにつれて、地火の熱はいよいよ激しくなり、足首のあたりまで上昇してくる。空気はさらにねっとりして粉塵の密度が高くなり、マスクをつけていても呼吸が苦しい。地火の熱は均等ではないため、劉欣《リウ・シン》は本能的に灼熱の地面を避けながら歩いていたが、通れるルートはだんだん少なくなってきた。熱がとびぬけて高いところでは、建物が炎に包まれていた。火の海の中で、ときおりビルが倒壊する轟音が響きわたる……。

劉欣《リウ・シン》は坑口までたどりつき、立坑のひとつの前を通りすぎた。立坑は、もはや地火の煙突と化している。高い鉄塔は地火の高温で赤熱し、肌が粟立つようなかん高いノイズを発していた。劉欣《リウ・シン》は、そのすさまじい熱源を迂回せざるを得なかった。

選炭棟は濃い煙に呑まれ、そのうしろに並んでいた石炭の山はもう何日も燃えつづけ、ひとつに溶け合って赤く輝く巨大なかたまりになり、そのあちこちから火の手が上がっている……。

ここにはもうだれもいない。熱で靴底が焼け、流れた汗が蒸発して体がからからに乾く。呼吸は苦しく、体はショック状態の一歩手前だったが、意識ははっきりしていた。かろうじて残った生命力で、最後のゴールに向かって歩きつづけた。坑口から噴き出す地下の赤い輝きが劉欣《リウ・シン》を招いている。なんとかたどりついた。劉欣《リウ・シン》は笑みを浮かべた。

劉欣《リウ・シン》は、坑口の向かいにある生産棟のほうに足を向けた。最上階の窓から煙が出ているものの、さいわい建物自体はまだ炎上していない。ドアが開いたままになっている正面玄関を抜けて通路を歩き、広い更衣室に足を踏み入れた。窓の外から地火に照らされ、並んだロッカーも含めて、部屋全体が赤く染まっている。劉欣《リウ・シン》は番号をたしかめながらロッカーの列の前を歩き、ほどなく、探していた番号を見つけ出した。このロッカーには、子どものころに父から聞いた思い出がある。その当時、父は採炭班の班長になったばかりだった。いちばん粗野な班で、率いるのがたいへんだというもっぱらの評判だった。荒くれ者の若い班員たちは、最初のうち、父のことなど歯牙にもかけていなかった。始業前の打ち合わせで、ロッカーの扉のひとつが壊れているので釘を打って修理するように父が指示したときも、遠慮がちな態度のせいですっかり舐められていた。班員たちは、嘲《あざけ》りの言葉をいくつか投げつけただけで、あとは父を無視してトランプの札を切り、ポーカーゲームに興じていた。父はしかたなく、だったら釘をくれ、おれが自分でやる、と言った。だれかが何本か釘を投げて寄越したが、父がハンマーを貸してくれと言うと、今度はだれも返事をしなかった。だが、班員たちはすぐに唖然とすることになった。父が親指で軽々と釘を木枠に押し込んだからだ。これで状況が一変し、班員たちはきちんと整列して、始業前の注意をおとなしく聞くようになった……。

そのロッカーは、施錠されていなかった。劉欣《リウ・シン》が扉を開くと、中の衣類はそのまま残っていた。この二十数年、父のロッカーを使ってきた鉱山労働者たちのことを想像して、彼はまた笑みを浮かべた。衣服をとりだし、まず分厚い作業ズボンを穿《は》いてから、同じように分厚い作業服を着た。汚れほうだいに汚れて、汗と油の強烈な臭いがした。驚くほど懐かしく感じるその臭いが劉欣《リウ・シン》の気持ちを落ち着かせ、一種の安心感を与えてくれた。つづいて長靴を履き、ヘルメットをかぶり、ロッカーのいちばん奥からヘッドランプをとりだすと、作業服の袖で灰を拭い落としてからヘルメットにとりつけた。バッテリーを探したが、見つからない。べつのロッカーを開けてみると、そこにあった。その無骨な重い鉱灯バッテリーを腰のベルトに着ける。もしかしたら充電されていないかもしれないと、ふと思った。炭鉱が操業を停止して一年になる。しかし、ランプ室の場所は覚えていた。更衣室の向かいだ。子どものころ、何度もそこで、女工たちの作業を眺めたものだった。彼女たちは、黄色い煙を上げる硫酸をものともせず、バッテリーを充電していた。だが、いまは無理だ。ランプ室には硫酸の黄色い煙がたちこめている。劉欣《リウ・シン》は、ヘッドランプをつけたヘルメットを儀式ばった仕草でおごそかにかぶると、灰にまみれた鏡の前に立った。赤く揺らめくその鏡の中に、劉欣《リウ・シン》は父の姿を見た。

「父さん、ぼくがあとを継いで坑に降《した》りるよ」劉欣《リウ・シン》は笑みを浮かべてそう言うと、建物を出て、地火の噴き出す坑口に向かって歩いていった。

のちに、ヘリコプターのパイロットが語ったところでは、2号坑の上を低空で飛行し、一帯の最後のパトロールをしたとき、坑道の入口近くに人影が見えたという。地火の赤い光の中、その姿は黒い切り絵のようだった。その人物は坑道に向かって歩いていたが、次の瞬間にはもう、赤い輝き以外、なにも見えなくなっていた。

百二十年後（ある中学生の日記）

昔の人はほんとにバカで、昔の人はほんとに苦労した。

どうしてわかるのかって？　きょう、石炭博物館の見学に行ったからだ。いちばん印象に残ったのはこれ。

固体の石炭がある！

最初、ぼくらは不思議な服を着せられた。その服にはヘルメットがついていて、ヘルメットにはライトがついていた。そのライトから延びる線は、ぼくらが腰に提《さ》げている重くて四角いものとつながっていた。最初、ぼくはそれがコンピュータだと思った（それにしてはちょっと大きすぎるけど）。まさかそれがライトのバッテリーだったとは。こんなに大きなバッテリーなら、レーシング・カーだって動かせるのに、小さなライトをひとつ点灯するだけだなんて。それから、ぼくらは丈の長いレインブーツを履いた。先生の説明だと、初期の鉱山労働者が坑道で着たユニフォームだそうだ。坑道ってなんですかと訊いた生徒もいたけど、すぐにわかりますと先生は答えた。

ぼくらは、幅のせまい二本の金属製レールの上を一列に連なって走る車に乗った。大昔の鉄道列車に似ているけれど、サイズがずっと小さくて、頭上のケーブルから電力が供給されている。電動車両は、動き出すとすぐ、長いトンネルの黒々した入口に入っていった。

中はとても暗くて、ところどころ天井に貧弱な照明がついているだけだった。ぼくらのヘッドランプの光も弱くて、近くにいる人の顔がかろうじてわかる程度。風が強くて、耳もとでヒューヒュー鳴った。まるで深い穴に落ちていくみたいだった。艾娜《アイナ》が悲鳴をあげた。やれやれ、あの子はなにかというとすぐこんなふうに叫ぶんだ。

「みなさん、いまから坑道に降りますよ！」と先生が言った。

しばらくして、車両が停止した。ぼくらは、それまで通ってきた比較的広いトンネルから、べつの分かれ道に入った。ずいぶんせまくて窮屈なトンネルで、もしヘルメットをかぶっていなかったら、頭にいくつもこぶができていただろう。ヘッドランプで見まわしても、なにひとつはっきりとは見えない。艾娜《アイナ》とほかの女子たちがまた悲鳴をあげて、怖いと叫んだ。

しばらくすると、前方の空間が広くなった。天井を支える柱が何本も立っている。遠くのほうに、光の点がたくさん見えた。ぼくらのヘッドランプと同じ光だった。近づいてみると、たくさんの人たちがいろんな作業をしていた。長いドリルみたいなもので、トンネルの壁に穴を開けている人がいた。ドリルはモーターで動いていて、そのモーターが身の毛もよだつような騒音を発している。よく見えない黒いものを鉄のシャベルですくって、レール車両の上やベルトコンベアの上に移している人もいた。粉塵がときどき雲みたいに広がって向こうのものが見えなくなり、粉塵の中にランプの光のすじができた。「みなさんが見ているのは、初期の鉱山労働の姿です」

「みなさん、ここが切羽です」と先生が言った。

何人か、鉱山労働者がこっちに歩いてきた。ホログラムだとわかっていたから、ぼくは道をゆずらなかった。何人かの体がぼくをすりぬけたとき、彼らの顔がはっきり見え、ぼくはびっくりした。

「先生、当時の中国の炭鉱は、黒人を雇ってたんですか?」

「その疑問に答えるために、当時の切羽の空気を実際に体験してみましょう。さあ、よく聞いてください。体験するためには、バッグに入っている防塵マスクをつけます」

ぼくらがマスクをつけると、また先生の声が聞こえた。「これは現実だということを忘れないように。ホログラムじゃありませんからね!」

黒い粉塵が吹きつけてきた。ヘッドランプの光に照らされて、黒い粒子の濃密な雲がきらきら光っているのを見て、ぼくはぎょっとした。そのとき、艾娜《アイナ》がまた叫んだ。合唱のリードでもないだろうに、女子が何人か、つられていっしょに叫び出した。そして、とうとう男子の声もそれに加わった。笑ってやろうと思ってうしろをふりかえったけれど、その顔を見た瞬間、自分も叫び声をあげてしまった——顔が真っ黒になっている。黒くないのは防塵マスクだけだ。そのとき、髪の毛が逆立つような悲鳴が聞こえた。先生の声だった。

「なんてこと！　斯亜《スー・イア》、あなた、マスクしてないじゃない！」

斯亜《スー・イア》はほんとにマスクをしてなくて、ホログラムの炭鉱労働者みたいに、顔全体がまっ黒になっていた。「歴史の授業で、先生が何回も言ってました。この授業の目的は過去の時代を感じることにあるって。だからこうやって、ちゃんと感じてたんです」と言って、斯亜《スー・イア》は真っ黒な顔に白い歯を閃かせた。

どこかでアラームが鳴り、一分もしないうちに、涙滴形のマイクロホバーカーがやってきて、ぼくらの前で音もなく停止した。時代感がだいなしだ。ホバーカーから降りてきたのは二人の医師だった。本物の炭塵はすべて吸収され、ホログラムの炭塵が浮かんでいるだけだったから、医師たちが炭塵を通り抜けても白衣はすこしも汚れなかった。二人は斯《スー》亜《イア》の手を引いて車に連れていった。

「きみ！」医師が斯亜《スー・イア》をにらんで言った。「肺が重い損傷を受けたから、すくなくとも一週間は入院だ。保護者に連絡するからね」

「待ってよ！」斯亜《スー・イア》が叫んだ。高性能の完全隔離型内部循環マスクを不器用に装着しながら、「百年前の労働者もこんなものをつけてたんですか？」

「その口を閉じて、早く病院に行きなさい」先生が言った。「どうして規則どおりに行動できないの？」

斯亜《スー・イア》はそれに答える間もなく車に押し込まれた。

「この博物館でこんな事故が起きたのははじめてだ」医師の片方が、ホバーカーに乗り込む前に厳しい口調でそう言って、先生に指を突きつけた。「あなたの責任ですよ！」ホバーカーは来たときと同じように音もなく発進した。

ぼくらは見学ツアーを再開した。すっかり元気をなくした先生が、また説明をはじめた。

「炭鉱ではあらゆる作業に危険がともない、体力をひどく消耗しました。たとえば、天井を支えているこの鉄製の支柱。切羽での採掘作業が終わると、すべて撤去して回収しなければなりません。この作業を支保工《しほこう》解体と言います」

ホログラムの鉱山労働者が鉄のハンマーで支柱の真ん中の固定ピンを叩き、二つに折り畳んでから肩に担いで運んでいく。ぼくはもうひとりの男子といっしょに、地面に置いてある支柱を運ぼうとしたけど、死ぬほど重いことがわかった。

「支保工解体は危険な仕事です。撤去の途中で、天井が崩れるかもしれません……」

そのとき、頭の上から、不吉な摩擦音がした。顔を上げると、支保工をとりさったばかりの岩盤に亀裂が生じているのが見えた。反応する間もなく崩落し、ホログラムの大岩の破片がぼくの体をすりぬけて地面に落ち、大きな音をたてた。粉塵が舞い上がり、なにも見えなくなる。

「いまの事故を落盤と呼びます」先生の声がすぐそばで響いた。「みんな、注意して。危険な岩は、上から落ちてくるだけとはかぎらなくて……」

先生が言い終わらないうちに、垂直に立っていた壁の一部がこちらに倒れてきて、地面から現れた巨人の手に押されたみたいに、かなりの距離を移動した。すさまじい音がして、ぼくらは岩石のホログラムに埋もれ、ヘッドランプはぜんぶ消えてしまった。暗闇と悲鳴の中で、また先生の声が聞こえた。

「いまの事故はガス突出と言います。メタンガスは、炭層に封じ込められているあいだにどんどん圧力が高まり、いま見たとおり、その力に耐え切れなくなったとき、切羽の岩壁がガスに吹き飛ばされてしまうのです」

全員のランプがふたたび点灯し、みんな安堵の息を吐いた。そのとき、不思議な音が聞こえてきた。大きくなったり小さくなったりしている。大きいときは馬が群れになって走っているようだし、小さいときは巨人のささやき声のようだ。

「みんな、気をつけて。洪水が来る！」

先生の言葉の意味をまだ呑み込めずにいるうちに、近くのトンネルから太い流れが噴き出てきて、切羽はたちまち水浸しになった。濁った水が膝まで上がってきたかと思うと、もう腰まで浸かってしまった。ヘッドランプの光が水面に反射して、岩壁の上にぼんやりした光の模様を映し出す。水面には炭塵で黒くなった枕木やヘルメットや弁当箱が浮いていた……。水があごまで達したとき、ぼくは本能的に大きく息を吸った。次の瞬間、頭のてっぺんまで完全に水中に没していた。自分のランプの光が濁った暗がりを照らし、下からひっきりなしに泡が昇ってくるのが見える。

「炭鉱の浸水事故には多くの原因が考えられます。地下水かもしれないし、地表の水源とつながったのかもしれない。いずれにしても、地下の洪水に際しては、地上の洪水よりも、人命に対する危険がずっと大きくなります」水中に、先生の声が聞こえた。

水のホログラムは一瞬で消え去った。周囲のすべてはもとどおりだった。そのとき、不思議なものを見つけた。おなかがふくれた鉄のガマガエルみたいなもの。とても大きくて重そうだ。先生にそれを見てもらった。

「それは防爆スイッチよ。坑道のガスは可燃性の気体だから、オンオフのときに火花が出ないように、専用のスイッチを使います。これは、坑道におけるもっとも恐ろしい危険と関係しています……」

また、大きな爆発音が轟いた。でも、前の二回とは違って、今度の音は体の内側から響き、鼓膜を破って外に出てきたみたいだった。あらゆる方向から押し寄せる巨大な力がぼくの細胞をひとつひとつ圧縮しているような気がした。まわりの空気から放たれる赤い輝きが坑内を隅々まで満たし、灼けつく熱波の中で、ぼくらはその輝きの中に突入した。それから、輝きが消え、すべては真っ暗闇に沈んだ……。

「ガス爆発を実際に目撃した人はほとんどいません。坑道でガス爆発に遭遇したら、生きて帰ることはむずかしいからです」暗闇の中、先生の声が幽霊のようにこだました。

「昔の人は、いったいなんのためにこんな怖いところに来たんですか？」と艾娜《アイナ》が質問した。

「これを採るためです」先生はそう言って黒い石をかざした。ぼくらのヘッドランプの光を浴びて、石の無数の小さな切子面がきらきら輝いた。ぼくがはじめて固体の石炭を見たのはこのときだった。

「みなさん、わたしたちがいま見たのは、二〇世紀半ばの炭鉱です。その後、油圧支柱や大型の炭層掘削マシンなど、いくつかの新しい機械や技術が開発され、二〇世紀最後の二十年間に実用化されたおかげで、炭鉱労働者の置かれている状況はいくらか改善されましたが、それでも炭鉱の労働環境は劣悪で、危険に満ちていました。その状況が変わったのは……」

そこから先の話はつまらなかった。先生は石炭ガス化の歴史について説明した。この技術が利用されはじめたのは、いまから八十年前のこと。当時、世界の石油は枯渇しかけていて、わずかに残った油田を確保しようと大国が中東に派兵し、世界大戦が勃発する瀬戸際だったけれど、そのとき、石炭ガス化技術が世界を救った……。そんなことはだれでも知ってる。退屈だった。

次に、ぼくらは現代の炭鉱を見学した。とくに珍しいものがあったわけじゃない。そのへんでよく見るようなパイプが何本も地下から出て、遠くへ延びていくだけ。もっとも、中央管理センターの中に入って、地火のホログラムを見たのははじめてだった。すごく大きかった! それから、地中の火災を監視するニュートリノ・センサーと重力波レーダー、それにレーザー掘削機も見た……けど、どれもこれもやっぱり退屈だった。

先生はこの炭鉱の歴史をふりかえった。百年あまり前、ここは制御不能になった地火に焼きつくされ、完全に鎮火するまで十八年かかった。そのあいだ、ぼくらの美しい街は荒れ地になった。草木から煙が立ち昇り、太陽も月も光を失い、人々は家をなくして離散した。失火の原因についてはいろんな説がある。地下兵器実験のせいだと言う人もいれば、グリーンピースという当時の団体が関与したと言う人もいる。

ぼくらは〝古きよき時代〟を懐かしむ必要はない。その時代の生活は、危険と混乱に満ちていた。いまの時代にがっかりする必要もない。この時代だって、いつかは〝古きよき時代〟と呼ばれることになるんだから。

昔の人はほんとにバカで、昔の人はほんとに苦労した。

鄉村教師

乡村教师

大森 望・齊藤正高訳

最後の授業を前倒しにしなければ。

肝臓から激しい痛みがまた突き上げてきて、気が遠くなった。もはやベッドから起き上がる気力も残っていないが、なんとか窓辺に這い寄った。ガラスが月の光を反射して銀色に輝き、その小さな窓が別世界に通じる扉のように見える。向こうの別世界では、すべてがきらきら美しく輝いているはずだ。溶けることのない雪と銀とでつくられた箱庭のように。がたがた震えながら頭をもたげ、窓の外を見た。すると、幻想はたちまち消え失せた。

彼が生涯を過ごしてきた村が、遠くに見えた。

月明かりに照らされた村は、百年前に捨てられた集落のように、静かに横たわっていた。こうして眺めると、黄土高原に特有の平らな屋根の家々は、黄色い土のこぶと見分けがつかない。月夜の村は周囲と同じ色に染まり、黄土に溶け込んでいた。村の入口に立つ槐《えんじゅ》の古木の影だけがやけにくっきりと黒い。枯れた枝にかかるカラスの巣はさらに黒く、この暗い銀の絵に墨を数滴垂らしたようだった。

実際は、この村にも美しくあたたかな時季がある。たとえば、村の男女が出稼ぎから帰ってくる、秋の収穫期。人々のざわめきと笑い声が村にあふれ、家々の屋根では刈りとられたトウモロコシが金色に輝き、脱穀場では子どもたちが刈りたての干し草のあいだを転げまわる。正月には、脱穀場が水銀灯に照らされ、舟形御輿《みこし》や獅子舞が練り歩いて、にぎやかな日が何日もつづく。獅子は、表面の塗装が剝げかけた、カタカタと歯が鳴る木製の頭《かしら》だけが残っている。新しい体にする布を買う余裕が村にないため、シーツを何枚か使って代用しているが、それはそれでなかなか風情《ふぜい》があった……。

しかし、正月十五日ともなれば、働き手はみんな出稼ぎに行ってしまい、村はひっそりと静まり返る。毎日、家々の煙突から夕食の煙が立ち昇りはじめる黄昏《たそがれ》どきには、老人がひとりふたり外に出てきて、無数のしわを刻んだ胡桃《くるみ》のような顔を上げ、槐にかかる夕陽が消えるまで、山の向こうにつづく道をじっと眺めている。日が暮れると、村ではすぐに灯《ひ》が消える――子どもと老人は寝るのが早いし、電気代は高い。いまでは、一キロワットアワーあたり一元八角まで値上がりしている。

どこかで犬の鳴く声がした。その声は小さく、寝言のようだった。

月光に照らされた村を囲む黄色い大地を眺めているうち、ふいに、黄土が静かな水面《みなも》のように見えてきた。ほんとうに水ならよかったのに。実際は、もう五年も旱魃《かんばつ》がつづいている。収穫したいなら、飲み水を土地に撒かねばならない。畑のことを思い出し、彼はさらに遠くに視線を移した。

月光のもと、小さな山の畑は、巨人が山に登ったときに残した足跡のように見えた。ニンジンボクとヨモギしか生えない岩山では、畑はあちらにひとつ、こちらにひとつとつくれるだけ。農機はおろか、家畜さえ入れず、人力で耕すしかない。去年、ある農機メーカーが、小さな土地でも耕せる手押し式の小型耕耘機《こううんき》を売りにきた。品物は悪くなかったが、村人たちはお笑い草だとせせら笑った。こんな土地で、どれだけの作物がとれる？　刺繡《ししゅう》するみたいに細かくタネを播《ま》いて、一年の食い扶持《ぶち》になればいいほうだ。旱魃にでもあたれば、タネの代金も出やしない！　こんな畑のために、一台三千元から五千元もするディーゼル耕耘機を買えと？　おまけに、一リットル二元もする軽油を入れる？　へっ！　この山の人間の苦労が外の連中にわかるもんか。

そのとき、窓の外をいくつかの小さな影が横切った。それほど遠くない畔道《あぜみち》で、輪になってしゃがんでいる。なにをしているのかはわからないが、自分の生徒たちだということはわかった。近くにさえいれば、目で見なくても、存在を感じとれる。彼が一生をかけて磨いてきたこの直感は、人生の最期にあってさらに研ぎ澄まされ、鋭敏になっていた。月の光のもとでも、劉宝柱《リウ・バオチュ》と郭翠花《グオ・ツイホア》がいるのはわかった。まちがいない。二人とも、この村の子どもだから、本来、学校に住む必要はないが、それでもやはり、彼はこの二人も寄宿舎に受け入れた。

劉宝柱《リウ・バオチュ》の父親は十年前、美人が多いことで有名な四川省から嫁を買い、宝柱《バオチュ》が生まれた。五年後、子どもが成長して手がかからなくなると、ある日、嫁は四川省に逃げ帰った——家に置いてあったありったけの現金を持って。このときから、宝柱《バオチュ》の父親は人が変わってしまった。最初は博打。村の独り者とつるんで遊び、負けが込むと家財道具を売り払い、家が壁と寝床だけになるまで散財した。つぎは酒。毎晩、一本八角で買える芋焼酎の五百ミリリットル瓶をガブ飲みして酔っぱらい、息子の宝柱《バオチュ》にあたり散らした。毎日一度は殴り、三日に一度はめちゃくちゃにぶちのめす。先月は夜中に火掻き棒でぶん殴って、あやうく息子を殺してしまうところだった。

郭翠花《グオ・ツイホア》はさらに悲惨だった。母親は、この村には珍しく正式に嫁いできた女性で、夫にとっても、それは名誉なことだった。しかし、よく見えたのは最初のうちだけだった。嫁入りしてまもなく、花嫁のようすがおかしいと村のみんなが気づきはじめた。生家まで嫁を迎えにいったのは親戚の村人だが、そのときはいたってまともだったという。きっとそのときだけ、正気になる薬かなにかを飲んでいたんだろう。そもそも、鳥も糞を落とさないようなこんな僻地の貧しい山村に、ちゃんとした女性が嫁に来てくれるわけがない……。口さがない村人はさまざまに噂した。しかし、どう噂されようと、翠花《ツイホア》は生まれ、苦労して育った。母の心の病はだんだん重くなり、やがて、とんでもないことをしでかすようになった。昼は包丁を振りまわして人に切りつけ、夜は家に火をつけようとする。ほとんどいつも、身の毛がよだつような薄気味悪い声で笑っている……。

この二人以外は、みんな村外の子どもたちだった。いちばん近い村でも、山道を五キロも歩かなくてはならないため、毎日通うのはむずかしく、学校の宿舎に住むしかない。この簡素な村の小学校で、一学期のあいだずっといっしょに暮らすことになる。子どもたちは、最初の登校日、自分用の布団ひと組と、米か麦をひと袋背負ってくる。十人を超える子どもたちが、学校の大きな竈《かまど》を使って食事をつくった。冬になると、子どもたちは竈を囲み、野菜や、糊《のり》みたいな粥が大鍋でぐつぐつ煮えるのを見守る。竈の中でトウモロコシの芯がオレンジ色に燃え、その火が子どもたちの顔を照らす。彼がいままでの人生で見た、もっとも心温まる場面だった。持っていけるものなら、この場面を切り抜いて、あの世に持っていきたかった。

た。宿舎の外の畔道で輪をつくっている子どもたちのあいだで、赤い小さな火が燃えはじめた。銀灰色の月夜を背景に、炎の赤が目を惹いた。子どもたちが線香を燃やしている。それに加えて、紙銭を燃やしはじめた。オレンジ色の火明かりが子どもたちの顔を照らす。それを見ていると、あの竈の情景を思い出した。

そしてもうひとつ、それによく似た光景も頭に浮かんだ。

学校が停電になると（電線が切れる場合もあるが、たいていは電気代を払っていないためだった）、夜の授業では、手に蠟燭《ろうそく》を持って黒板を照らした。「見えますか？」と質問すると、いつも「見えません！」という答えがいっせいに返ってくる。こんな小さな明かりではたしかによく見えない。しかし、ふだんから日中は子どもたちの欠席が多いので、夜の授業をしないわけにはいかない。そこでもう一本火をつけて両手に蠟燭を持つと、今度もまた、「まだ見えません！」と子どもたちが叫ぶ。そこで、さらに一本灯した。それでもはっきりとは見えないが、子どもたちはもうなにも言わなかった。いくら言っても、それ以上はお金が足りなくて蠟燭を増やせないのがわかっているからだ。蠟燭の光のもと、子どもたちの顔が現れては消えた。それはまるで、闇から脱け出そうと必死になっている小さな虫の群れのようだった。

子どもたちと明かり、子どもたちと明かり、子どもたちと明かり……夜はいつも、子どもたちと明かりだった。現世で彼の脳裡に深く刻まれている場面だ。

子どもたちは彼のために線香や紙銭を焼いてくれている。そのことはわかっていた。前に同じことをしたときは彼は子どもたちを叱った。しかし、今度だけはこの迷信をとがめる気になれなかった。彼はこれまで、一生をかけて、子どもたちの心に科学と文明の炎を燃え立たせようとしてきたが、いまはよくわかる。この辺鄙《へんぴ》な山村をすっぽり覆う愚昧《ぐまい》と迷信にくらべて、その光がなんと弱く小さいことか。夜の教室で灯したあの蠟燭のようだ。

半年前、村人の一団が学校にやってきて、もともと古くて壊れかけていた寄宿舎から垂木《たるき》をとり外そうとした。老君廟《ろうくんびょう》（道教の始祖とみなされる老子を神格化した太上老君を祀る社）の社殿を修理するのに使うのだと言う。「宿舎に屋根がなくなったら子どもたちはどこに寝泊まりする？」と言うと、「教室で寝ればいいだろう」と村人は答えた。「教室は隙間風も雨漏りもひどくて、冬の寒さがしのげない」と反論したが、「どうせ他所《よそ》の子じゃないか」と返された。彼は天秤棒を振りまわして必死に阻止しようとしたが、反対に村人に叩きのめされ、肋骨が二本折れた。心根の優しい人が、十五キロの山道を担いで、町の病院まで運んでくれた。

傷の状態を診察してもらったときに、検査で食道がんが見つかった。珍しいことではない。このあたり一帯は、食道がんの多発エリアだった。

災い転じて福となるとはまさにこのことですよ、と医者はうれしそうに言った。あなたの食道がんはまだ早期で、転移もしていない。手術をすればすぐによくなるでしょう。食道がんは手術で治癒する割合がもっとも高い腫瘍のひとつです。命拾いしましたね。

　そのあと彼は、省都の専門病院に行って診察を受け、手術にいくらかかるのかたずねてみた。「あなたの事情なら、うちの病院の低所得者向け医療扶助病棟に入院できますし、その他の費用も減免されますから、費用はたいしてかかりませんよ。二万元ちょっとでしょう」と医者は答え、辺鄙な山村から来た患者だとは思いもせず、入院手続きについてくわしく教えてくれた。彼は黙って聞いていたが、気がつくと、「手術しなかった場合、残された時間はどのくらいですか？」とたずねていた。

　医者はあっけにとられた表情でしばらく二の句の継げないようすだったが、やがて、「半年というところでしょうね」と答えた。それを聞いて、彼はほっと息をついた。大きな慰めだった。それならすくなくとも、今年の卒業生を送り出すことはできる。

　実際、二万元などとても出せはしない。民営学校の教師は安月給だが、長年勤めてきたし、妻子もない独り者だから、道理から言えば、いくらか蓄えがあってもおかしくない。しかし、金はみんな、子どもたちのために使ってしまった。いったい何人の生徒のかわりにどれだけ学費を払ったか、もうはっきり思い出せない。最近では、劉宝柱《リウ・バオチュ》と郭翠花《グオ・ツイホア》がいる。それに、子どもたちの食事にタンパク質や脂質が足りないときは、給料で肉やラードを買ってくることも多かった。……とはいえ、いままで生徒のために使った金をぜんぶ貯めていたところで、どうせ手術費用の十分の一にもならなかっただろう。

省都の大通りを駅に向かって歩いた。もう日は暮れて、街のネオンが魅惑的な光を放ち、めまいがするほどカラフルできらびやかだった。それに、あの高層ビル群。夜になると、雲を衝いてそびえたつ巨大な提灯に変貌する。夜空を漂う音楽は、あるいは狂おしく、あるいはしなやかに、一小節ずつ進んでいく。

自分が属していない世界で、彼は、長いとは言えないこれまでの人生をゆっくり回想した。気持ちはしごく落ち着いていた。人にはそれぞれの運命がある。二十年前、中学を卒業して山村の小学校に帰ってきたとき、彼は自分の運命を選んだ。

もっと言えば、この人生の大部分は、村の学校の恩師がくれたものだった。いま自分が教えている小学校で、彼は子ども時代を過ごした。父母は早くに死んでしまい、小学校の先生が自分の子のように育ててくれた。あの簡素な校舎が我が家だった。暮らしは貧しかったが、子ども時代、けっして愛情に餓えてはいなかった。

ある年の冬休み、いっしょに年を越そうと言って、先生が彼を自分の郷里に連れていってくれた。先生の実家は遠かった。雪の積もった山道をえんえん歩きつづけて、先生の家がある村の灯りが見えたときは、もう真夜中になっていた。

そのとき、背後にらんらんと光る緑色の点が四つ現れた。狼の眼だ。当時は、山にたくさん狼がいた。学校のまわりでも狼の糞がよく見つかった。一度、その灰色の糞に火をつけて教室に投げ込む悪ふざけをしたことがある。煙がもうもうと教室に充満し、生徒たちは咳き込んで逃げ出す騒ぎになり、あとで先生にさんざん絞られた。

その夜、二匹の狼はゆっくり近づいてきた。先生は近くの木から太い枝を折りとると、それを振りまわして狼を威嚇しながら、「村まで走れ！」と彼に怒鳴った。動転した彼は、無我夢中でやみくもに走った。あの狼が先生の横を素通りして自分を追いかけてきやしないか、ほかの狼が来たらどうしよう、そんなことばかり考えていた。

息も絶え絶えに村に駆け込み、猟銃を持った人々を連れてやっと戻ったときには、先生は糊のように凍った血だまりの中に横たわっていた。片脚が半分と両腕がまるごと、狼に食いちぎられていた。町の病院に運ばれる途中で、先生は息をひきとった。彼は、松明《たいまつ》の光のもとで先生の眼を見た。先生の頬は無惨に食いちぎられ、もう話すことはできなかったが、その眼の光が必死に心残りを訴えていた。彼はそれを読みとり、恩師の心残りを記憶に刻んだ。

中学を卒業すると、町役場の悪くない職をすすめられたが、それを断って、自分の親類がひとりもいないこの山村に帰ってきた。恩師が最後まで心残りに思っていた小学校に戻り、先生になるために。学校は、教員がひとりもいなくなって何年も経ち、すっかり荒れ果てた廃校になっていた。

それほど昔ではないが、国家教育委員会が新しい政策を打ち出した。民営学校の教師制度を廃止するかわり、その一部は、試験と審査を経れば、公務員に採用されることになったのである。教員免許を手にしたときは、国家が認めた小学校教師になったのだと実感してうれしかったが、ただそれだけだった。同僚たちは大喜びしていたが、彼自身は民営学校の教師だろうが公務員だろうが、なんでもかまわなかった。村の小学校で学び、卒業して実社会へと歩み出す生徒たちのことだけを考えていた。山を出ていく者もいれば、山里に残る者もいたが、一日も授業を受けたことのない子どもとは多少なりとも違う人生を歩むことになる。

この山里は、この国でもっとも貧しい地区のひとつだ。しかし、いちばん恐ろしいのは貧しさではない。いちばん恐ろしいのは、そこに住む人間たちが現状に慣れきって、すっかり麻痺していることだった。

何年も前のことだが、生産請負制が導入されることになり、村では畑の分配がはじまった。農機具その他も分配されることになり、村に一台しかない耕耘機について、ガソリン代をどうするか、機械を利用する順番をどうするのか議論になったが、村の意見はまとまらず、最終的に採用された解決案は、耕耘機を分けることだった。この家には車輪、あの家はシャフトというように、機械を文字どおり分配したのである。

その二カ月前には、あるメーカーが貧困地区支援のため、村にやってきて、地下水の汲み上げポンプを設置してくれた。電気代が高いことも考え、ディーゼル・エンジンとじゅうぶんなディーゼル燃料も置いていった。とてもすばらしい支援策だったが、その人たちが行ってしまうと、村人はすぐに機材を売り払った。ポンプから燃料まで一式ぜんぶが千五百元で売れた。村じゅうで二度、たんまりごちそうを食べ、よい年越しができた。

皮革加工業者が工場を建設したいと村に申し入れをしてきたこともある。村人はなにも考えずに土地を売った。工場が建つと、皮をなめすときに用いる硫酸ナトリウムが川に流れ込み、井戸にも浸透した。その水を飲むと、全身に赤い腫れものができる。それでも気にする者はおらず、よい値で土地が売れたと自慢するばかりだった。

嫁をとれなかった村の男たちは、博打か酒に明け暮れて、畑には出ない。みんな、きちんと計算しているのだ。毎年、県から貧困救済のための給付金が出る。その金額を計算してみると、小さな山で一年のあいだ汗水たらして土くれを耕して得られる収入よりはるかに高くなる。

貧すれば鈍す。そして、文化がなければ、人はみな、生き甲斐を失う。貧しい山と汚染された水は、たしかに人間の希望を奪うかもしれない。しかし、ほんとうの絶望は、村人たちのあの死んだ眼だった。

歩き疲れて、彼は歩道のわきに座り込んだ。目の前に豪華なレストランがあった。街路に面した側はすべてガラス張りで、華やかなシャンデリアが歩道にまで光を投げかけている。レストラン全体が巨大な水族館で、中にいる着飾った客たちは観賞魚の群れのように見えた。窓際のテーブルに、肥満体の男が座っていた。髪や顔は油を塗ったようにテカり、太った蠟細工に見える。男の両脇には、露出度の高い服を着たすらりとした体つきの女たちが座っていた。男が片方の女の耳元でなにかささやくと、彼女が大笑いしはじめ、男もつられて笑い出す。もうひとりの女はかわいらしく怒って、二つのこぶしで男を叩く……。

思いもしなかった。あんなに背の高い女がいるなんて。秀秀《シウシウ》の背丈は彼女たちの半分くらいだろう。……長いため息が洩れた。ダメだ。また秀秀《シウシウ》のことを思い出してしまう。

秀秀《シウシウ》は村でただひとり、山の外に嫁いでいかなかった娘だった。山を出たことがないから、外の世界が怖かったのかもしれないし、なにかべつの理由があったのかもしれない。秀秀《シウシウ》とは二年ほど付き合い、もうちょっとで結婚するところだった。秀秀《シウシウ》の家族とも気心が知れていたから、あとは千五百元の腹痛め（原注　西北農村の結納のひとつ。母が娘を産むときに腹を痛めたことに対する補償）を払うだけでよかった。だがそのころ、出稼ぎに行っていた者たちが村に帰ってきた。彼と同い年の二蛋《アルダン》は字が読めないが、頭はよかった。街へ行って家々をまわり、換気扇を掃除する仕事をはじめて、たった一年で数万元を稼いできた。一昨年、二蛋《アルダン》が帰省して、一ヵ月ほど村にいたとき、秀秀《シウシウ》はどういうわけか、二蛋《アルダン》を好きになった。

秀秀《シウシウ》の家族はだれも字が読めない。秀秀《シウシウ》の家のざらざらした土壁には、泥や瓜の種がくっついているだけでなく、短い線や長い線が何本も引いてある。それは、秀秀《シウシウ》の父親がずっとつけてきた帳簿だった。

秀秀《シウシウ》も学校に行ったことがないが、彼女は幼い時分から、字が読める人に好意をもっていた。彼といい仲になったのも、それが主な理由だったのだろう。しかし、二蛋《アルダン》がくれた安物の香水と金メッキのネックレスによって、そんな好意はすべて消し飛んでしまった。

「字が読めたって、生活の助けにはならないのよ」と秀秀《シウシウ》は言った。当時、字が読めれば稼ぎにつながることを彼は知っていたが、わが身をふりかえって考えてみると、確実に食べていけるという点において、自分は二蛋《アルダン》にとうてい敵《かな》わない。だから、なにも言えなかった。そんな彼を見て、秀秀《シウシウ》は無言で立ち去り、あとには鼻をつく香水の匂いだけが残った。

二蛋《アルダン》と結婚して一年後、秀秀《シウシウ》は赤ん坊を産んで死んだ。あの産婆のことはまだ覚えている。錆《さ》びた器具を火でちょっと炙《あぶ》っただけで中に突き入れた。秀秀《シウシウ》は運が悪かった。銅の洗面器いっぱいに出血し、町の病院に運ばれていく途中で死んだ。二蛋《アルダン》は、婚礼に三万元を散財した。村では前代未聞のことだった。それなのに、秀秀《シウシウ》が町の病院で出産する費用を、二蛋《アルダン》はどうして惜しんだのか？

あとで聞いた話では、病院の出産費用は二、三百元だという。たったの二、三百元。しかし、村ではずっとそういう慣わしだった。子どもを産むために病院に行く者などいない。だから、二蛋《アルダン》を怪しむ者はおらず、秀秀《シウシウ》はそういう運命だったのだとあっさりかたづけられた。これもあとから聞いた話だが、二蛋《アルダン》の母親とくらべたら、秀秀《シウシウ》はまだしも幸運だった。二蛋《アルダン》が生まれたときはたいへんな難産で、赤ん坊が男の子だと産婆から知らされた父親は、子どもだけ助かればよいと腹を決め、母親を驢馬《ろば》の背にくくりつけると、その驢馬を歩きまわらせて、無理やり二蛋《アルダン》を出産させた。その現場を見た人の話によると、庭一面が血の海だったという……。

長い回想からわれに返ると、深いため息が出た。故郷の村の無知と絶望に押しつぶされ、窒息しそうな気分だった。

しかし、子どもたちには希望がある。冬の寒い教室で、蠟燭の照らす黒板を見つめている子どもたちにとっては、彼自身もまた、一本の蠟燭だった。いつまで照らしていられるか、どれほど明るいかなど、どうでもよかった。蠟燭である以上、てっぺんから根もとまで火を灯しつづけるだけのことだ。

立ち上がって歩き出した。そう遠くまで行かないうちに書店を見つけて中に入った。街はいい。夜でも開いている書店がある。帰りの旅費だけを残して、所持金をぜんぶ使って本を買い込んだ。小学校の小さな図書室の棚を埋めるのだ。

真夜中、重い本の袋を二つ提げて、帰りの列車に乗り込んだ。

＊＊＊

地球から五万光年あまり離れた天の川銀河の中心部では、二万年つづいた星間戦争が終局を迎えていた。

宇宙空間に、一辺が十万キロメートルの正方形がゆっくりと現れた。まるで、輝く星々をそこだけ四角くはさみで切りとったように見える。その内側は、周囲の宇宙よりもさらに暗い、虚無の中の虚無だった。その暗黒の正方形から、なんらかの実体が現れ出てきた。形状はそれぞれだが、どれも月ほどの大きさで、輝く銀色だった。それらの物体はゆっくりと数を増やし、やがて正確な立方体陣形に整列した。

暗黒の正方形からおごそかに出航したこの銀の方陣は、さながら、宇宙の永劫の壁に飾られた一枚のモザイク画だった。漆黒の天鵞絨《びろうど》を背景に、輝く純銀のピースで構成されたその姿は、宇宙交響楽を具現化したかのようだった。暗黒の正方形はじょじょに消えて、星々がその場所を埋め、銀の方陣だけが星々のあいだに荘厳に浮かんでいる。

いま、銀河炭素生命連邦の星間艦隊が、この巡航の最初の時空遷移を終えたのだった。

艦隊の旗艦では、連邦の最高執政官が、眼前に横たわる、銀色に輝く金属の大地を眺めていた。どこまでも無限につづくプリント基板のように、そこには複雑なパターンが広がっている。ときおり、きらめく流線形の小型艇が何隻か現れ、数秒のあいだ、パターンに沿って猛スピードで移動したかと思うと、とつぜん出現した深い穴の奥に音もなく消えていく。時空遷移のさいにいっしょに運ばれてきた宇宙塵がイオン化され、暗赤色の輝きを発する雲となって、銀の大地の上空にかかっている。

最高執政官はいかなるときも沈着冷静であることで知られている。彼のまわりをつねにおだやかに囲んでいるライトブルーの知性フィールドは、その性格の象徴だった。しかしいまは、ほかのメンバーと同じく、執政官の知性フィールドも、かすかな黄色を帯びていた。

「ついに終わったな」最高執政官の知性フィールドが振動し、両脇に立つ元老院議員と艦隊総司令官にメッセージを伝えた。

「はい。ようやく終わりました。戦争の歴史はあまりにも長すぎて、はじまりを忘れてしまうほどです」元老院議員が答えた。

そのとき、艦隊が亜光速航行を開始した。各艦の亜光速エンジンが同時に始動すると、ブルーに輝く数千の太陽が旗艦のまわりにとつぜん現れ、銀の大地が無限の鏡面のようにそのブルーの輝きを反射して、太陽の数を二倍にした。

遠い記憶に火がついたかのようだった。実際、戦争のはじまりを忘れることなど、できるはずもない。その記憶は数百世代にわたって伝えられてきた。炭素連邦の数兆の民の脳内にただ存在するだけでなく、まだ鮮やかに生きていて、心と骨にまで深く刻まれている。

いまから二万年前、ケイ素帝国が銀河外縁から連邦に向かって全面進攻を開始した。一万光年にわたる戦線で、ケイ素帝国の艦隊の恒星間航宙艦五百万隻が、恒星蛙跳《フロッグジャンプ》をいっせいに敢行したのである。各艦が恒星一個のエネルギーを使って時空ワームホールを開き、そこからべつの恒星へと遷移する。そしてまた、その恒星のエネルギーを使って第二のワームホールを開き、また遷移する。

ワームホールを開くのに大量のエネルギーを消費するため、恒星のスペクトルに赤方偏移が生じ、宇宙船が遷移を終えると、ゆっくりもとに戻る。数百万隻から成る艦隊が同時に恒星フロッグジャンプを行うことは恐ろしい効果をもたらした。銀河外縁に長さ一万光年に達する赤い帯が出現し、それが銀河中心に向かってくる。そのようすは、光学装置では視認できないが、超空間モニター装置によってディスプレイに表示することができた。変色した恒星の赤い帯は、さしわたし一万光年の血の津波のごとく、炭素連邦の支配領域に迫ってきたのである。

炭素連邦に属する文明世界のうちで、はじめてケイ素帝国の攻撃を受けたのは、惑星〈緑洋《グリーンシー》〉だった。この惑星は二重星の周囲を公転し、その表面はすべて海洋で覆われていた。生命に満ちた海には、やわらかな蔓《つる》植物が浮かび、海中で森林をかたちづくっている。おだやかで美しい惑星だった。透明な体を持つ〈緑洋〉人がこの森林をふわふわ漂い、楽園のような文明を開花させていた。しかし、あるときとつぜん、数万のまぶしい光線が空から落ちた。ケイ素帝国艦隊がレーザー攻撃によって海洋を蒸発させたのである。〈緑洋〉はたちまち沸騰する大鍋となり、五十億の〈緑洋〉人をふくむすべての生命が熱湯の中で悶え苦しみながら死に絶えた。海洋は煮えた有機物で緑のポタージュとなった。最終的に海はすべて蒸発し、美しかった〈緑洋〉は分厚い水蒸気に包まれた地獄の灰色惑星になった。

この事件が、天の川銀河全体を巻き込む星間大戦に発展した。それは炭素文明とケイ素文明のあいだで起こった激しい生存競争だったが、どちらの陣営も、この戦争が二万銀河年もつづくことになるとは予想していなかった。

現在、歴史家をべつにすると、両陣営のあいだで百万隻以上の艦船が激突した大会戦がどれだけあったのか、はっきり記憶している者はほとんどいない。最大規模だった戦いは、第二腕戦役である。この戦いは、銀河の第二渦状腕ではじまり、双方合わせて一千万の艦船が投入された。記録によれば、広大な戦場で爆破された超新星は二千を超える。それら超新星は暗い宇宙で憤怒の炎をあげ、第二渦状腕全体が超強力な放射線の海と化し、無数のブラックホールがいまもそこに亡霊のように浮かんでいる。

この戦役が終わるころには、双方とも保有戦力がほとんど尽きていた。あれから一万五千年が過ぎた現在、第二腕戦役も神話の出来事のように思える。それでも、古戦場はいまも残り、戦闘が現実だったことを証明している。古戦場は銀河でもっとも恐ろしい場所だが、それは放射線やブラックホールのためではない。当時、とてつもない規模の艦隊が戦術行動のために超近距離ジャンプを敢行した。信じられないことだが、恒星間戦闘機のドッグファイトでは、距離数千メートルのジャンプさえ行われていたらしい。かくして、古戦場の時空は鼠《ねずみ》に齧《かじ》られたチーズのように穴だらけになった。この宙域に入り込んだ宇宙船は、空間の歪みによって一瞬で細長いワイヤにされたり、数億平方キロメートルの広さを持つ薄膜となって荒れ狂う放射線の嵐に粉砕されたりする。それ以上にしばしば起こるのは、時空の歪みのかけらにぶつかった宇宙船が、建造前の金属材に退行したり、反対に急激に古びて塵と成り果てたりする事故だった。乗員は一瞬で胎児に戻るか、白骨に変わってしまう……。

この戦争の最終決戦は神話ではない。わずか一年前のことだ。天の川銀河の第一渦状腕と第二渦状腕の中間にある荒涼とした宇宙空間に、ケイ素帝国は最後の力を投入した。百五十万隻から成る艦隊を組織し、半径千光年におよぶ反物質障壁を展開したのである。炭素連邦の第一次攻撃艦隊は、この障壁のすぐ手前へとダイレクトにジャンプし、そのまま反物質雲の中に突入した。反物質の密度は希薄だったが、破壊力は絶大で、連邦の艦船はその場でまばゆい火球と化した。それでもなお、彼らは目標に向かって勇猛果敢に突進していった。長い火炎の尾を引き、光る航跡を残して突き進む三十万の流星は、炭素＝ケイ素戦争のもっとも壮絶な悲劇のひとコマだった。

この流星群は反物質雲の中を通過する過程でしだいに数を減らし、ケイ素艦隊の前線のすぐ近くで完全に消滅した。しかし、彼らの犠牲によって、反物質雲の中に、後続の炭素連邦艦隊の通り道が穿たれた。この戦役の結果、ケイ素帝国最後の艦隊は、天の川銀河でもっともわびしい宙域――第一渦状腕の先端にまで追いつめられたのである。

いま、炭素生命連邦に属する艦隊は、最後の任務を果たそうとしていた。それは、第一渦状腕の中央に、五百光年にわたる隔離帯をつくる作戦だった。この宙域に位置する無数の恒星を破壊し、帝国の恒星フロッグジャンプを封印することが目的だった。恒星フロッグジャンプは大型艦にとって長距離高速攻撃を可能にする唯一の手段であり、最大ジャンプ距離は二百光年におよぶ。しかし、この隔離帯が完成すれば、ケイ素帝国の重量級戦艦が銀河中心に進攻するためには、五百光年の距離を亜光速航行で踏破するしかない。そうなれば、帝国は事実上、第一渦状腕の先端に閉じ込められ、銀河中心の炭素文明にとって大きな脅威ではなくなる。

「連邦元老院からの要請をお伝えします」元老院議員が知性フィールドで執政官に伝達した。「元老院は、隔離帯に含まれる恒星を破壊する前に、生命保護評価を行うことを強く求めております」

「元老院の意向は理解している」最高執政官は答えた。「この長い戦争で生命が流した血すべてを合わせれば、千個の惑星の海を満たせるであろう。戦争が終結したいま、銀河にとって最大の急務は、生命に対する尊重をとり戻すことだ。ここで言う生命には、炭素生命のみならず、ケイ素生命も含まれる。それゆえ、われわれはケイ素文明を殲滅《せんめつ》しなかった。しかし、ケイ素帝国は、生命についてなんら感情を持たない。大戦の前、戦争と征服は彼らの本能であり娯楽だった。いまやそれは彼らの遺伝子とプログラムの一行一行に埋め込まれ、生存の究極目標となっている。しかも、ケイ素生物の情報蓄積量と処理能力はわれわれよりはるかに高く、ケイ素帝国は迅速に復興することが予想される。したがって、われわれはじゅうぶんに広い隔離帯を構築せねばならない。この状況で、隔離帯に含まれる数億の恒星すべてについて、生命保護評価を行うことは現実的ではなかろう。第一渦状腕は銀河系でもっともさびれた宙域だが、生命のいる惑星を持つ恒星の数がじゅうぶん多ければ、それらを残すことで、ジャンプ可能な密度に達する可能性がある。もし仮に、ケイ素帝国の中型艦が一隻、そうした恒星を使ってジャンプし、隔離帯を突破して連邦宙域に侵入するようなことがあれば、わがほうにとてつもない損害が生じる。よって、隔離帯では、各惑星について生命レベルの保護評価を行うことはできない。文明レベルの評価のみを行う。この銀河の他の宙域にいる高度な生命すべてと原始的な生命すべてを救うため、隔離帯の中にいる原始的な生命には、犠牲になってもらうしかない。この点はすでに元老院に説明してある」

元老院議員は言った。「元老院も、執政官閣下と連邦防衛委員会の主張を理解しております。それゆえ、わたしが携えてきたのは要請であって、決議ではありません。しかしながら、隔離帯の中で3C級以上の文明を築いている恒星に対しては、保護を与えねばなりません」

「その点に疑念はない」最高執政官の知性フィールドに落ち着いた赤が閃いた。「隔離帯における文明の評価は厳格に行われる！」

艦隊総司令官の知性フィールドがはじめてメッセージを伝えた。

「ご両名とも、案じすぎですな。第一渦状腕はこの銀河でもっとも荒廃した宙域。３Ｃ級以上の文明など存在するはずがありましょうや」

「そう願いたい」最高執政官と元老院議員が同時に同じメッセージを発した。三人の知性フィールドの共振が弧を描くプラズマの波紋となって銀の大地の上空に拡散していく。

このとき、艦隊は次の時空遷移を開始し、無限に近い速度で天の川銀河第一渦状腕に向かった。

＊＊＊

夜も更けたころ、蠟燭の光のもと、クラスの子どもたちが宿舎にある先生のベッドを囲んでいた。

「先生、やめようよ。授業はあしたにすればいい」と男の子が言った。

彼はなんとか唇を歪めて笑みを浮かべた。「あしたはあしたの授業がある」ほんとうに、あしたがあればいい。そのときは、またべつの授業をしよう。でも、たぶん無理だと直感が告げていた。

手でうながすと、子どものひとりが小さな黒板を彼の布団の胸もとに置いた。この一カ月は、こんなふうに授業をしてきた。力がなくなった手で、半分に減ったチョークをうけとり、どうにか黒板に当てた。その瞬間、激痛が走り、指が震えて、チョークの先がカタカタと黒板にぶつかって白い点々をつけた。

省都から帰って以来、もう病院には行っていない。あれから二カ月経って肝臓が痛みはじめ、がん細胞が転移したことを知った。激痛はさらにひどくなり、すべてを圧倒する痛みになる。片手で枕の下を探り、鎮痛剤をとりだした。よく見かける、プラスチックシート入りの錠剤だ。末期がんの激痛に、こんな薬はなんの効果もない。しかし、暗示のせいだろうか、それを飲むと多少は痛みがやわらぐような気がした。病院で処方される鎮痛薬のペチジンはべつだん高価な薬ではないが、病院から持ち出して勝手に投薬することはできない。たとえ持ち出せたとしても、注射をしてくれる者がいなかった。

いつものようにプラスチックシートから鎮痛剤二錠を押し出したが、すこし考えて、残った十二錠をすべて出し、ひと口に呑み込んだ――どうせ、この先もう薬を服用する必要はない。

それから、黒板に字を書こうとしてあがいたが、上体がとつぜんがっくりと片側に倒れてしまった。子どもたちのひとりが急いで洗面器を持ってきて、口もとにさしだした。そこに黒い血を吐き、枕にもたれて弱々しくあえいだ。

子どもたちのあいだから低いすすり泣きが聞こえる。

黒板に字を書く努力をやめ、力なく手を振って黒板を下げさせた。かわりに話しはじめたが、その声は風に飛ばされる蜘蛛の糸のように細かった。

「きょうの授業は、この二日間と同じく、中学の授業だ。本来、カリキュラムにはないが、きみたちのほとんどは、この先、中学の授業を受けることはないだろう。だから、最後に話しておこう。すこし深い学問がどんなものかわかる。きのう読んだ魯迅の『狂人日記』はよくわからなかっただろうが、わかってもわからなくても、何度もくりかえし読みなさい。暗記してしまうのがいちばんいい。大きくなったら、きっとわかる。魯迅はすばらしい。彼の本は中国人ならだれもが読まなくてはいけないよ。きみたちの将来でも、きっと読まれているだろう」

疲れがひどかった。息の乱れが収まるまでちょっと休んで、揺れ動く蠟燭の炎を見つめた。魯迅の文章の一節が頭に浮かんだ。『狂人日記』の一節ではなく、教科書にも載っていない。すり切れるほど読んだ『魯迅全集』の端本《はほん》に載っていた文章の一節で、何年も前にはじめて読んだときから、脳裡に深く刻まれていた。

「たとえばひとつの鉄の部屋があるとしよう。この部屋にはどこにも窓がなく、壊すこともできない。中には熟睡している人がおおぜいいて、まもなく全員が窒息死する。彼らは昏睡から死に至るので、死の苦痛を感じることはない。いま、あなたが大声を出して彼らに呼びかければ、不幸な少数が目を覚まして現実に直面し、救いようのない臨終の苦しみを味わうことになる。それでもあなたは、彼らに対して正しいことをしたと思いますか？」

「しかし、その少数はすでに立ち上がった。だとすれば、この鉄の部屋を壊すという希望がないとは言えまい」（魯迅「吶喊」序より）

彼は最後の力を振り絞って、授業をつづけた。

「きょうは、中学の物理の授業をしよう。物理という言葉を聞いたことがないかもしれない。これは物質の道理をあつかう学問で、とても奥深い……この授業ではニュートンの三法則について話したい。ニュートンは、イギリスの大科学者だ。彼は三つの驚くべき法則を発見した。この三つの決まりは、天と地のすべてにあてはまる。太陽や月の動きも、水や風の動きも、この三つの法則にしたがっている。この三つの決まりを使えば、いつ日食が起きるかも、一分一秒の狂いもなく計算できる。日食というのは、村の年寄りが言う、天の狗《いぬ》が太陽を食べる出来事だ。人類が月に行ったときも、この三つの決まりを使った。では、ニュートンの三法則を順番に説明しよう。まずは、ニュートンの第一法則。静止中あるいは等速度運動中の物体は、ほかの力が加わらないかぎり、その状態をつづける」

子どもたちは蠟燭の光のもと、黙って彼を見つめていた。反応はない。

「つまり、野原で石臼を倒して転がせば、どこまでもずっと転がりつづけて、地の果てまで行っても止まらないということだ。宝柱《バオチュ》、なにを笑ってる？　そうだね。もちろん、そんなことはありえない。摩擦力があるからね。摩擦力が石臼を止めてしまう。この世界に摩擦力のない環境などない……」

そうだった。彼の人生でも、摩擦力は大きかった。村ではよそ者で、村人と同じ氏姓を持つわけでもない。くわえて、持ち前の頑固な性格のせいで、この数年、村人から恨みを買っている。村の家を一軒一軒まわって子どもを無理やり小学校に入学させたし、ときには父親の商売にくっついて村を出た子を県まで追いかけて学校に連れ戻したり、学費は自分が立て替えると胸を叩いて約束したりしたこともある。そういう行動で村人に好意を抱かれることはまったくなかった。ありていに言えば、人生をどんなふうに生きるべきかという考えかたが、村人とはまるきり違っていたのである。彼が一日じゅう声を嗄《か》らして話すことは村の人々にとってなんの意味もなく、むしろ疎《うと》まれる原因になった。病院の検査でがんを宣告される前、県政府に行って教育局と直談判し、校舎の修繕費用として大金を調達した。ところが、村人がその一部を流用して、節句の祭りに芝居の一座を呼んで二日間上演してもらうことを決めた。それを知った彼はおおいに腹を立て、また県政府に行って副県長をひっぱってくると、村から金をとり戻したが、そのときには、もう芝居の舞台が完成していた。校舎は修繕されたものの、この件で彼は村人から相手にされなくなり、その後の生活はさらにきびしくなった。まず、村の電気屋――村長の甥――が学校の電線を切った。さらに、煮炊きや暖房用の藁《わら》を村人から分けてもらえなくなった。そのため、彼は自分の土地で作物を育てるのをあきらめ、その時間を使ってひとりで山に登って薪をとるようになった。ほかにも、例の垂木の事件……。こういう摩擦力はいたるところにあって、彼の心と体を疲弊させた。等速直線運動をすることなど不可能で、止まらざるを得なかった。

もしかしたら、もうすぐ行くことになる世界には摩擦力などないかもしれない。そこではすべてがなめらかだ。だとしても、それがなんになる？　そんな世界に行ったとしても、彼の心は、塵芥《じんかい》と摩擦力に満ちたこの世界と、全人生を傾けてきたこの小学校に残るだろう。彼がいなくなったら、残った二人の教師も学校を離れるに違いない。力を込めて押しつづけてきたこの小学校は、穀物畑を転がる石臼のように止まってしまう。そう考えて、彼は深い悲しみに沈んだ。この世だろうと、あの世だろうと、事態を挽回する力など自分にはない。

「ニュートンの第二法則はちょっとわかりにくいから、あとにしよう。先に第三法則だ。ある物体が第二の物体に力をおよぼすとき、第二の物体も第一の物体に力をおよぼす。この二つの力は大きさが等しく、方向は反対だ」

子どもたちはまたしばらく黙り込んだ。

「わかったかい？　だれか、説明できるかな？」

クラスでいちばん勉強のできる趙拉宝《チャオ・ラバオ》が口を開いた。

「どういう意味かはわかるけど、変だと思います。昼間、李権貴《リ・チアングイ》とけんかして、ぼくは顔を殴られて、痛くて腫れてきた。だから、正しく言うと、力は同じじゃない。ぼくが受けた力は、あいつが受けた力よりずっと大きかった！」

彼はひとしきり咳き込んでから、生徒に説明した。

「痛いのは、おまえの頬が権貴《チアングイ》のゲンコツよりやわらかいからだね。だけど、たがいに作用する力はやっぱり等しい……」

手を使って説明しようとしたが、もう手が上がらなかった。四肢が鉄の塊のように重い。この重みは全身に広がり、体が床板にめりこんで、さらに地下へと沈んでいくようだった。

もう、時間がない。

＊＊＊

「ターゲットナンバー103371 5、絶対目視等級3・5、恒星進化段階は上部主系列星。二つの惑星を発見、平均軌道半径はそれぞれ1・3および4・7距離単位。惑星1に生命を発見、紅69012号艦より報告」

連邦艦隊の十万隻はさしわたし一万光年の帯状宙域に展開している。そこに隔離帯を構築する予定だった。工程のはじめに五千個の恒星を試験的に破壊することになっている。そのうちで、惑星を持つ恒星は百三十七個。生命が存在する惑星は、このターゲットが最初だった。

「第一渦状腕はほんとうに荒れ果てているな」執政官が慨嘆した。知性フィールドが振動してホログラフィを投射し、旗艦の床と頭上の星野を覆い隠す。執政官と総司令官と元老院議員の三人は、無限に広がる虚空に浮かんでいるように見えた。それから、最高執政官が、探査機から送信された映像にホログラフィ入力を切り替えた。青い光を放つ火球が虚空に現れる。最高執政官の知性フィールドが正方形の白い枠をつくってから、枠のサイズを調整し、恒星を囲んで火球の映像を隠した。三人はふたたび無限の暗黒に突入した。しかし、その暗闇の中に、今度は小さな黄色の光点が現れた。倍率が調整されると、惑星の映像が急速に大きくなり、虚空の半分を占めた。三人は、惑星が反射するオレンジ色の光に覆われた。

濃密な大気に包まれた惑星だった。オレンジ色の気体の海、沸き立つ大気の運動が複雑に変化する模様を描いている。映像はなおも拡大しつづけ、空間のすべてを占めて、三人の視界はオレンジ色の気体の海に呑み込まれた。探査機は濃霧の中を進み、ようやく霧が霽《は》れると、この惑星の生命体が見えた。

それは、濃密な大気の上層を浮遊する気球状の生物だった。表面に美しい模様があり、色とかたちがたえず変化して、線になったり斑点になったりする。一種の視覚言語かもしれない。気球には長い尾があり、その先端がときおりまばゆく輝いた。光は先端から尾を伝って気球本体にまで伝わり、そこでほんのりした蛍光に変わる。

「四次元スキャン開始！」紅６９０１２号艦の当直士官の大尉が言った。

細いビームが気球の群れをすばやくスキャンした。このビームは原子数個分の幅しかないが、ビームの内部は、通常空間よりも空間次元が一次元多くなっている。データは艦に転送され、メインコンピュータのストレージ内で、気球の群れは数京枚の薄片にスライスされた。薄片一枚は原子一個分の厚さしかない断面で、クォーク一個一個の状態に至るまで正確にすべてを記録していた。

「デジタル鏡像の合成開始！」

メインコンピュータのストレージ内で数京枚の薄片が本来の順序で積み重ねられ、気球の群れをヴァーチャルに再現した。コンピュータ内部の果てしないデジタル空間に、この惑星の土着生物の正確な複製ができあがった。

「3C級文明テストを開始！」

デジタル空間でコンピュータは気球生物の思考器官を特定した。それは気球内部の複雑に入り組んだ神経叢《そう》の中心にある楕円体だった。コンピュータはこの脳の構造を一瞬で分析し、低位の感覚器すべてをバイパスして、この脳とのあいだにダイレクトな高速情報インターフェイスを確立した。

文明テストに際しては、膨大なデータベースからランダムに問題が選択される。テスト対象の種属がそのうち三問に正解すれば合格となる。対象種属が三問に正解できなかった場合、テスト実施者には二つの選択肢がある。すなわち、対象種属を不合格とみなすか、テストを継続するか。継続する場合、問題数に制限はなく、正解した問題が三問に達するまでつづき、そこで合格したと見なされる。

「3C級文明テスト第一問、あなたたちが発見した物質の最小単位を述べよ」

「ディディ・ドゥドゥドゥ・ディディディディ」と気球は答えた。

「第一問、不正解。第二問、物体における熱エネルギーの流れについて、あなたたちはどのような特徴を観察しましたか？　また、その流れは逆転できますか？」

「ドゥドゥドゥ・ディディ・ディディドゥドゥ」と気球は答えた。

「第二問、不正解。第三問、円の直径と円周の比は？」

「ディディディディドゥドゥドゥドゥドゥ」と気球は答えた。

「第三問、不正解。第四問……」

「そこまで」十問めを出題したとき、最高執政官は言った。「時間がない」

そう言うと、艦隊総司令官をふりかえり、指示を伝えた。

「特異点爆弾、発射！」総司令官が命令した。

特異点爆弾の質量は、最大のものでは百億トンを超え、最小のものでも数千万トンに達するが、大きさは持たず、厳密な意味で幾何学的な点である。それと比較すれば、一個の原子でさえ無限に大きい。紅６９０１２号艦の兵器庫から滑り出てガイドレールを離れたとき、特異点爆弾は、かすかな蛍光を放つ直径数百メートルの球体のように見えた。この蛍光は、行く手にある宇宙塵がマイクロブラックホールに吸い込まれるさいに生じる放射線だった。

恒星の重力崩壊で生まれるブラックホールと違って、このマイクロブラックホールは宇宙のはじまりとともに形成された。ビッグバンに先立って存在していた特異点のミニチュア版だ。炭素連邦もケイ素帝国も、天の川銀河の深淵でマイクロブラックホールを集める艦隊を保有している。海洋惑星出身の種属は、それを〝遠洋漁業船団〟とあだ名していたが、船団が持ち帰るのは魚ではなく、この銀河でもっとも威力のある兵器のひとつであり、恒星を破壊する唯一の手段だった。

兵器庫のガイドレールを離れた特異点爆弾は、母艦が投射した力場ビームに沿って加速し、まっすぐ目標に向かう。しばらくして、芥子《けし》粒のようなブラックホールが標的の恒星の燃え盛る海に命中した。地球の太平洋に半径百キロの深い穴が出現したところを思い浮かべれば、この情景に近いかもしれない。沸き立つ奔流があらゆる方向から一点に集まり、膨大な量の恒星物質がブラックホールに吸い込まれ、そこで消失した。物質が吸い込まれてゆくときに出る放射線が恒星表面でまばゆく輝き、指環に嵌《は》められたダイヤモンドのように見えた。

ブラックホールが恒星の内部深くに沈むにつれて輝きが薄れ、さしわたし数百万キロにまで広がる渦が見えるようになった。この巨大な渦は強烈な光を発しながらゆっくり回転し、しだいに色彩を変えていく。艦から見ると、それはまるで虹色の恐ろしい顔のようだった。光はすぐに薄れ、渦もゆっくり消えて、恒星の表面は本来の色と明るさをとり戻した。しかしそれは、崩壊前の最後の静けさだった。ブラックホールが恒星の中心にまで達すると、この貪欲な饕餮《とうてつ》は、急激に密度が増した物質を狂ったように貪った。一秒間に吸い込まれる物質の総量は、中程度の惑星百個以上にも相当する。ブラックホールが物質を呑み込むときに放たれる超強力な放射線は恒星の外側へと向かうが、恒星物質に妨げられるため、恒星表面まで達するものはごくわずかだった。その結果、余った放射線のエネルギーは恒星内部にとどまり、対流層を破壊して平衡状態を崩した。外から観察すると、恒星の色がじょじょに変化し、淡い赤から明るい黄色、黄色から鮮やかな緑、緑から深い紺碧、紺碧から不気味な紫へとシフトしていくのがわかった。このとき、恒星中心のブラックホールからの放射は、恒星自身の放射より何桁も大きくなっていた。エネルギーの多くは不可視光線として放出されるため、紫色が濃くなった。その姿は、果てしない虚空に浮かんで悶え苦しんでいる霊魂のようだ。その苦悶が急に激しくなり、紫色が極限に達すると、この恒星は、本来なら数十億年つづくはずの一生に早すぎるピリオドを打った。その全プロセスに、一時間もかからなかった。

全宇宙を呑み込むような強烈な光が閃いたかと思うと、ゆっくり薄れていった。恒星があった場所には、恒星物質の薄い層が風船をふくらませたように球状に広がり、それが急速に膨張しはじめた。その風船は、爆発によって外に吹き飛ばされた恒星表面だった。巨大な風船がどんどん大きくなって透明になると、その内部に第二の風船が現れた。そしてさらにその内側に第三の風船が……。宇宙に出現した精巧なガラス玉のようだが、いちばん内側の球でも、恒星本来の表面積の数十万倍ある。いちばん外側の球面が膨張によってあのオレンジ色の惑星を通過すると、惑星は一瞬で気化した。背後の恒星爆発の光景が壮大すぎるため、惑星の蒸発を肉眼で確認することは不可能だった。膨張する恒星物質の風船の大きさにくらべれば、惑星など塵ひとつにも満たない点にすぎなかった。

「任務とはいえ、気が滅入りますね」執政官と元老院議員の知性フィールドが暗くなったのを見て、総司令官が言った。

「またひとつ、生命ある世界が滅びた」と最高執政官が言った。「太陽の光を浴びて蒸発する朝露のように……」

「第二渦状腕戦役を思い出してください、閣下」総司令官が言った。「二千あまりの超新星が爆破され、生命を育む十二万の惑星が、両陣営の艦隊もろとも蒸発したのです。ここにいたっては、感傷に浸る贅沢など許されません」

元老院議員は、総司令官の言葉を無視して、執政官に向かって単刀直入に言った。

「ランダム抽出されたサンプル地点のスポット走査だけでは信頼性がありません。どこかべつの地点に、惑星文明のしるしが見つかるかもしれない。エリア走査を実施すべきです」

「その点については議会と話し合った」執政官は言った。「隔離帯には、破壊すべき恒星が一億以上ある。惑星系の数は一千万以上、惑星の数は五千万に達すると推定される。時間がない。ひとつひとつの惑星についてエリア走査を行うことは現実的ではない。探査ビームの直径をできるだけ大きくして、サンプル地点の面積を広げることにしよう。あとは、文明が惑星表面に平均的に分布していることを祈るしかない」

＊＊＊

「次に、ニュートンの第二法則について説明しよう」

彼は焦っていた。限られた残り時間のうちで、子どもたちにできるだけ多くを教えておきたい。

「ある物体の加速度は、加えられた力に比例し、その物体の質量に反比例する。まず最初に説明すると、加速度というのは、速度が時間によって変化する、その変化の割合のことだ。加速度は、速度とは違う。速度が大きくても、加速度が大きいとはかぎらないし、加速度が大きくても、速度が大きいとはかぎらない。たとえば、ある物体の現在の速度が毎秒１１０メートルで、２秒後の速度が毎秒１２０メートルだとする。その加速度は、１２０から１１０を引いて２で割って、５メートル毎秒――いや、５メートル毎秒毎秒（5m/s^2）になる。もうひとつ、現在の速度が毎秒10メートルで、２秒後の速度が毎秒30メートルだとする。その加速度は、30から10を引いて２で割ると、10メートル毎秒毎秒（10m/s^2）。ほら、あとの例のほうが、速度は小さいが、加速度は大きいだろう。毎秒毎秒というのは、距離を秒で二回割っていることを示し……」

とつぜん頭の中がクリアになり、思考が速くなっていることに自分で驚いた。それがなにを意味するのかはわかっていた。命の蠟燭はすでに根もとまで溶けて、芯が横倒しになっている。そして、最後に残った小さな蠟のかけらに火が移り、十倍も明るい炎が、いま赤々と燃えはじめたのだ。さっきまでの激痛は消え失せ、体はもう重くない。それどころか、すでに肉体の存在を感じなくなっている。いまの彼は、狂ったように働く脳だけの存在だった。宙に浮いた脳は、いままでに自分が蓄積した情報をできるだけたくさん、できるだけ速く、子どもたちに与えようと全力をつくしていた。

だが、話して伝えるのでは間に合わない。この中の知識を直接分け与えることができたらいいのに。これまで一生かけて蓄積してきた——けっして多いとは言えないが、それでも彼にとって大切な——知識は、脳の中に、無数の小さな真珠のように存在している。水晶の斧でその脳を音もなく断ち割ると、すべての真珠が床に飛び散り、すると子どもたちが、年越しの飴玉を奪い合うように、我先にその真珠に飛びつく……。彼は、そんなしあわせな空想をもてあそんだ。

「わかったかい?」と不安な思いでたずねた。もう子どもたちの姿は見えないが、声は聞こえる。

「わかったよ! 先生、もう休んで!」

最後の炎が弱まっていくのを感じる。

「きみたちがわかっていないことはわかっている。でも、暗記しなさい。いずれわかってくるから。ある物体に生じる加速度は、加えられた力に比例し、その物体の質量に反比例する」

「先生、ほんとにわかったから。お願い、休んで!」

最後の力で彼は叫んだ。

「暗記しなさい！」

子どもたちは泣きながら暗唱しはじめた。

「ある物体の加速度は、加えられた力に比例し、その物体の質量に反比例する。ある物体の加速度は、加えられた力に比例し、その物体の質量に反比例する。ある物体の加速度は、加えられた力に比例し、その物体の質量に反比例する……」

数百年前にヨーロッパで土に還った輝かしい頭脳が書き記した言葉が、二〇世紀中国のおそろしく辺鄙な山村に、きつい西北方言の子どもたちの声を通して響き渡り、その声で蠟燭の火が消えた。

子どもたちは、生命を失った先生の体を囲んでわんわん泣き出した。

＊＊＊

「ターゲットナンバー５００９２１４７３。絶対目視等級４・71。恒星進化段階は主系列星中央。九個の惑星あり。青８４２１０号艦より報告」

「なんと精妙にして美しい惑星系だ！」総司令官が驚きの声をあげた。

執政官も同感だった。

「たしかに。サイズの小さな固体惑星と、大きなガス惑星の配置にリズムを感じる。小惑星帯の位置もすばらしい。美しいネックレスのようだ。それに、もっとも外側の、メタンの氷に覆われた小さな天体が、カデンツァの最後の音符のように、ひとつの終わりと新たな始まりを示している」

「こちら、青84210号艦。もっとも内側にある第一惑星に生命探査を実行。探査ビーム発射。当該惑星に大気なし。自転速度は緩慢、表面温度に大きな落差あり。一号サンプル地点を探査。結果、白。二号サンプル地点を探査。結果、白……十号サンプル地点を探査。結果、白。報告。当該惑星に生命なし」

「この惑星の表面温度は溶鉱炉に相当する」艦隊総司令官がいらだたしげな口調で言った。

「これ以上、時間を浪費する必要はあるまい」

「二号惑星の生命探査を開始。ビーム発射。当該惑星に濃厚な大気あり。表面温度は比較的高く、分布は均等。大部分は酸性の雲層。一号サンプル地点を探査。結果、白。二号サンプル地点を探査。結果、白……十号サンプル地点を探査。結果、白。報告。当該惑星に生命なし」

「わたしの直感だが、第三惑星には生命がいる可能性が高い」最高執政官のメッセージが、四次元通信を経由し、一千光年離れた青８４２１０号艦の当直士官にただちに伝わった。

「三十個のサンプル地点を探査せよ」

「閣下、時間の余裕がありません！」総司令官がいさめた。

「指示したとおりにせよ」執政官はきっぱりと言った。

「承知しました、閣下。第三惑星の生命探査を開始。ビーム発射。当該惑星に中密度の大気あり、表面は大部分が海洋に覆われ……」

＊＊＊

宇宙空間から放たれた生命探査ビームはアジア大陸のやや南寄りを照射し、地上に直径五千メートルの円をつくった。日中なら、観測者は驚くべき光景を目にしたことだろう。ビームが照射された範囲では、無生物がすべて透明に変わる。ビームに照らされた中国西北部の山岳地帯は水晶の山脈に変貌して陽光を屈折させ、山の下にある大地は忽然《こつぜん》と消え失せて、惑星の地下深くまで見通せるようになった。しかし、生きとし生けるもの――人間や樹木や草――は不透明なままなので、透きとおった水晶をバックに、くっきりと目立つ。ただし、この効果はわずか半秒しかつづかず、探査ビームが初期化を終えると、すべてはもとに戻った。もし実際にそのようすを見ていた観測者がいたとしても、一瞬の幻覚だと思ったことだろう。どのみち、いまは深夜で、だれもなにひとつ目撃しなかった。

その探査ビームの中心に、あの山村の小学校があった。

＊＊＊

「一号サンプル地点を探査。結果……緑、緑です！　報告、ターゲットナンバー5009 21473の第三惑星に生命反応あり！」

そして、探査ビームの範囲内にいた生命体がデータベースに分類されていった。生命体の構造の複雑さと知性レベルの予備的な推定によってランク付けが行われ、四角い遮蔽物の中にいる生命体が首位となった。ビームは急速に収束し、その遮蔽物を照らした。

青84210号艦から送信された映像を執政官の知性フィールドが受信し、宇宙空間をバックにそれを展開した。山村の小学校の映像が、一瞬、全宇宙を占めた。画像処理システムが遮蔽物を除去していたものの、問題の生物群の映像は鮮明とは言えなかった。輪郭がぼやけ、惑星表面のケイ素を主とする黄色い土壌と区別がつかない。コンピュータが映像内の無生物を削除した。比較的サイズの大きな生物が、同種の複数の生物に囲まれていたが、その大型の生物からはすでに生命が失われていたため、コンピュータによって同時に削除された。残された数体の生物は、虚空に浮かんでいるように見えたが、それでもなお、外見はあまりぱっとしなかった。のっぺりしていて、色彩に乏しい。黄色っぽい植物のような生命体だ。遺伝的に見てめざましい表現型を有する種属でないことは明らかだった。

青８４２１０号艦から四次元ビームが発射された。青８４２１０は地球の月とほぼ同じサイズの恒星間宇宙戦闘艦で、それが木星軌道の外側に停泊しているため、太陽系の惑星が一時的にひとつ増えたように見えた。四次元ビームは三次元宇宙を瞬時に貫いて地球に到達すると、小学校の寄宿舎の屋根を通過し、十八人の子どもを素粒子レベルでスキャンした。データの洪水は人類には想像もつかない速度で宇宙に伝送された。青８４２１０号艦のメインコンピュータは、たちまち子どもたちのデジタルコピーをストレージ空間につくりあげた。

十八人の子どもは、無限の虚空に浮かんでいた。背景の色はなんとも形容しがたい。実際は、いかなる色もないヴァーチャル空間だった。完全な無色透明が無限遠まで広がっている。子どもたちは、思わず手を伸ばして、そばにいるクラスメートの手をつかもうとしたが、伸ばした手はなんの抵抗もなく相手の体をすりぬけた。子どもたちは言い知れない恐怖を感じた。コンピュータはそれを感知し、彼らを落ち着かせるために、この生命体にとってなじみのある環境が必要だと判断した。シミュレーション空間の背景が、彼らの惑星の空と同じ色に変更された。

子どもたちはとつぜん青空を目にした。太陽もなく、雲もなく、塵すらない。ただただ青かった。これ以上なく純粋で深い青。足もとも大地ではなく、頭上と同じ青。この無限の青空の中で、子どもたちだけが唯一の実体だった。コンピュータは、このデジタル生命体がまだ恐怖を感じていると判断した。それから一億分の一秒のあいだ思考し、コンピュータはその理由を理解した。銀河系の大多数の生命体は虚空に浮いていても恐怖を感じないが、この生命体は違う。彼らは大地の生物なのだ。そこでコンピュータは、子どもたちに大地を与え、さらに重力の感覚を与えてみた。

子どもたちは、足もとにとつぜん出現した大地に驚いた。その大地は純白で、黒い線によって整然と升目に仕切られている。まるで無限に広がる原稿用紙のようだった。しゃがみ込んで地面に手を触れた子どももいた。それは、いままでに触れた中でもっともなめらかな平面だった。二本の足で歩こうとしても、もとの位置から一歩も進めなかった——この地面は絶対平面で、摩擦力がゼロだからだ。自分たちがどうして滑って倒れないのか、子どもたちは不思議に思っていた。そのとき、ひとりの子どもが片方の靴を脱いで放り投げた。靴は等速直線運動で地面を滑り、一定の速度でどこまでも遠ざかっていく。子どもたちはそのようすに見とれた。

彼らは、生まれてはじめて、ニュートンの第一法則を目《ま》のあたりにしたのだった。

と、そのとき、抑揚のない声がデジタル空間に響いた。

「3C級文明テスト開始。第一問、あなたたちの星で生物が進化する原理は自然淘汰ですか、それとも遺伝子変異ですか？」

子どもたちはただ茫然と沈黙している。

「第二問、恒星のエネルギー源について簡単に説明してください」

子どもたちはとまどいながらも黙ったままだった。

……

「第十問、あなたたちの惑星の海洋を満たしている液体の分子式を述べてください」

あいかわらず、子どもたちは黙っている。さっきの靴は小さな点になり、地平線の彼方で見えなくなった。

「もういい！」一千光年離れた旗艦で、総司令官が最高執政官に向かって言った。「こんな調子でやっていては、プロジェクトの第一段階をスケジュールどおりに終えられません」

最高執政官の知性フィールドが、弱く同意の振動を発した。

「特異点爆弾、発射！」

命令を載せたビームが四次元空間を経由して、太陽系に停泊している青84210号艦に一瞬で到達した。兵器庫のガイドレールからかすかな光を発する球体が滑り出て、見えない力場ビームに沿って加速しながら太陽に向かう。

最高執政官、元老院議員、艦隊総司令官の注意は他の宙域に向けられた。生命のある惑星がいくつか発見されたが、最高レベルの生物でも、泥の中で生きる蠕虫《ぜんちゅう》止まりだった。恒星の爆発は、一時《いちどき》に打ち上げられた花火のように連続して起こった。三人は叙事詩のような第二腕戦役を思い出していた。

どれだけ時間が経ったかわからない。執政官の知性フィールドの一部が、太陽系に関心を戻した。彼は青84210号艦の艦長の声を聞いていた。

「危険宙域離脱準備。時空遷移に備えよ。カウントダウン開始。遷移三十秒前！」

「待て。特異点爆弾の目標到達まで、どれだけ時間がある？」

執政官の質問に、総司令官と元老院議員が注意を向けた。

「現在、第一惑星の軌道を越えるところです。目標到達まで、およそ十分間」

「五分間でもう一度テストしろ」

「承知しました、閣下」

青8421 0号艦の当直士官の声が聞こえてきた。

「3C級文明テスト、第十一問、三次元空間の平面に描かれた直角三角形について、その三辺にはどんな関係がありますか？」

沈黙。

「第十二問。あなたたちの惑星は、星系で何番目の惑星ですか？」

沈黙。

「無意味ですよ。閣下……」総司令官が呆れたように言った。

「第十三問。物体にほかの力が加わらないとき、その物体の運動状態は？」

デジタル空間の広々とした青空に子どもたちの声が響き渡った。

「静止中あるいは等速度運動中の物体は、ほかの力が加わらないかぎり、その状態をつづける」

「第十三問、正解。第十四問……」

「待て！」元老院議員が当直士官を制止し、「次の問題も、超低速力学の基礎的な近似法則に関するものではないか」と指摘した。執政官に向かって、「テスト規則に違反するのではありませんか？」とたずねる。

「もちろん違反していない。どちらも、データベースからの出題だからな」総司令官がかわりに答えた。意外にも彼は、この生命体に魅きつけられていた。

「第十四問。相互に作用する二つの物体のあいだに働く力の関係を述べよ」

子どもたちは答えた。

「ある物体が第二の物体に力をおよぼすとき、第二の物体も第一の物体に力をおよぼす。この二つの力は大きさが等しく、方向は反対！」

「第十四問、正解！　第十五問、ある物体について、その質量、受ける力、加速度の関係を説明せよ」

子どもたちは声をそろえて言った。

「ある物体の加速度は、加えられた力に比例し、その物体の質量に反比例する！」

「第十五問、正解。文明テスト合格！　恒星５００９２１４７３第三惑星に３Ｃ級文明の存在を確認」

「特異点爆弾、方向転換！　目標を外せ！」

執政官の知性フィールドが閃き、命令をフルパワーで青８４２１０号艦に伝えた。

太陽系では、太陽に向かっている現在の軌道から特異点爆弾を離脱させるべく、長さ数億キロにおよぶ力場ビームがたわんだ長い竿のように弓なりになった。青８４２１０号艦の力場エンジンが最大出力で稼働し、その巨大な放射熱によって冷却器が暗赤色から輝く白に変わる。ビームに加わった新たな推力ベクトルがしだいに効果を発揮して、特異点爆弾の軌道が曲がりはじめた。しかし、特異点爆弾はすでに太陽のすぐそば、水星軌道の内側まで到達している。衝突を避けられるほど大きく針路を曲げられると確信できる者はひとりもいなかった。

銀河全体が、超空間中継を通して、そのぼんやりした黒い球体の行方を見守っていた。わずかに方向を変えた特異点爆弾は、はっきりわかるほど輝きを増した。太陽のまわりの粒子密度が高い宙域に入ったことを示す、憂慮すべきしるしだった。艦長は時空遷移を起動する赤いボタンに手を置いていた。爆弾が太陽に命中した場合、ただちにこの宙域を離脱するためだった。

しかし最終的に、特異点爆弾は、太陽の外側すれすれのところを弾丸のように通過した。わずか数十キロメートルの距離で太陽表面をかすめたとき、太陽大気中の物質がブラックホールに吸い込まれたことで、爆弾の光度が最大に達した。太陽のすぐそばにまばゆく輝く青白い光球が出現し、しばらくのあいだ、たがいに近づきすぎた連星のように見えた。この奇現象は、人類にとって永遠に解けない謎となるだろう。

青白い光球が高速で通過したあと、太陽の火炎の海は色を失った。静かな水面を航行する快速艇のように、ブラックホールの引力は太陽表面に三日月形の黒い航跡を残し、その波紋が大きく広がって、太陽の半球全体を翳《かげ》らせるほどになった。

特異点爆弾が太陽を離れるとき、一本の巨大なプロミネンスをうしろに引きずっていた。太陽から立ち昇るそれは、全長百万キロ以上もある、美しく軽い薄絹のようだった。その先端は外に向かって激しく燃え盛り、逆巻く無数のプラズマの渦のかたまりとなって花開いた。

特異点爆弾は、太陽近傍を通過したのち、また暗くなり、ほどなく宇宙の永遠の闇に消えた。

「あやうく炭素文明をひとつ滅ぼすところでしたな」元老院議員が長いため息をついた。

「まことに不思議だ！　こんな辺境に3C級文明が存在したとは！」総司令官も感に堪えないようすだった。

「まさしく」と執政官は言った。「炭素連邦も、ケイ素帝国も、文明の拡大および養成計画の対象に、この宙域を含めていない。もしこれが単独で進化した文明だとするならば、実際、きわめてまれな事態ということになる」

「青84210号艦、その惑星系にとどまり、第三惑星の全表面文明テストを実施せよ。予定されていた任務は、他の艦に交代させる」と総司令官が命令した。

＊＊＊

木星軌道上のデジタルコピーたちと違って、山村の小学校にいた子どもたちは、変わったことにはなにひとつ気づかなかった。宿舎に立てた蠟燭の光のもと、先生の遺体を囲んで、ただ泣きつづけていた。どれだけ泣いたか知れないが、とうとう疲れはてて静かになってきた。

「村に行って大人に話そうよ」郭翠花《グオ・ツイホア》がまだすすり泣きながら言った。

「それでどうする？」劉宝柱《リウ・バオチュ》が頭を垂れた。「先生が生きているあいだ、村の連中はずっと悪口を言っていた。棺桶代も出してくれないよ！」

子どもたちは、自分たちで先生を埋葬することにした。てんでに鋤や鍬を持ち、学校のそばの山に墓穴を掘りはじめた。全宇宙の輝く星々が静かにそれを見つめていた。

＊＊＊

「なんと！　あの文明は3C級どころか5B級ですぞ！」

青８４２１０号艦から送信されてきた調査報告を見て、元老院議員が驚きの声をあげた。

人類が建設した都市の超高層ビル群の映像が、旗艦のブリッジに投影されていた。

「彼らはすでに核エネルギーを利用し、化学推進方式で宇宙に進出し、衛星に着陸を果たしています」

「基本的な特徴は？」総司令官がたずねた。

「どんな面をお知りになりたいのですか？」当直士官が問い返した。

「たとえば、彼らの記憶遺伝レベルは？」

「彼らに記憶遺伝はありません。すべての記憶が後天的に獲得したものです」

「ならば、個体間の情報伝達方法は？」

「非常に原始的で、たいへん珍しい方法です。彼らの体には、きわめて薄い振動する器官が備わっています。彼らはそれを使って、酸素と窒素を主体とするこの惑星の大気を振動させて疎密波をつくりだし、この音波に情報をのせて伝達します。受信にも同様の薄膜器官が用いられ、音波から情報をとりだします」

「その方法による情報伝達速度は？」

「おおよそのところ、毎秒１ビットから10ビットです」

「なに？」この答えを聞いた旗艦の全員が笑い出した。

「たしかです。われわれもはじめは信じられませんでしたが、くりかえし確認したので、まちがいありません」

「莫迦なことを言うな、大尉」総司令官が青８４２１０号艦の当直士官を怒鳴りつけた。「きみの報告どおりなら、記憶遺伝もなく、音波で情報を伝達し、しかも毎秒わずか1ビットから10ビットの速度でしかコミュニケートできない生物が、５B級文明を生み出したことになるんだぞ。それも、星系外の高次な文明の助けを借りることなく、完全に自分たちだけの力で」

「しかし閣下、たしかにそのとおりなのです」

「だとしたら、世代間で知識を伝えるすべがないではないか。文明が発展するためには、知識が世代を超えて蓄積されていくことが必須条件だ！」

「彼らの文明には、ある特定の役割を持つ一群の個体が存在します。人口の一定割合を占めておおむね均等に分布するこれらの個体群が、世代間で知識を伝達する媒介となっております」

「まるで神話だ！」

「いや」元老院議員が言った。「銀河文明にも、太古のむかし、そのような個体群はたしかに実在した。その時代にも、きわめてまれな存在だったから、星間文明進化史を専門とする研究者以外にはほとんど知られていないが」

「世代間で知識を伝達するための個体がいる、と？」総司令官が当直の大尉にたずねた。

「彼らは〝教師〟と呼んでいます」

「教──師？」

「失われた古代文明の単語で、われわれには耳慣れない言葉です。一般的な古代語データベースでは見つけられませんでした」

そのとき、太陽系から送られてきたホログラフィ映像がズームアウトした。群青色の地球が宇宙空間でゆっくり回転している。

執政官は言った。「独自に発展した文明というだけでじゅうぶん珍しいが、さらに5B級まで到達したとなれば、この銀河系では過去に──すくなくとも炭素連邦時代には──例がない。この文明が、外部から干渉されることなく発展をつづけるよう見守ってやらねばならぬ。そうすれば、古代文明に対する理解が深まるばかりか、現在の銀河文明に関しても新たな洞察が得られよう」

「では、青84210号艦には、ただちに問題の惑星系から離脱するよう命じ、今後、周囲百光年の航行を禁ずることとします」と総司令官は言った。

＊＊＊

北半球で眠れない夜を過ごしていた人は、星空がすこし揺れたことに気づいたかもしれない。その揺れは、静かな水面に指でそっと触れたように、星空の一点から円形に広がった。

青８４２１０号艦が遷移したときに生じた時空衝撃波は、地球に到達するまでにほとんど減衰してしまった。ただし、地球上のすべての時計が三秒だけ未来へジャンプしたが、三次元空間にいる人類はその影響を感じることはなかった。

＊＊＊

「残念だな」執政官は言った。「高次文明が介入しないかぎり、彼らはあと二千年は、亜光速と三次元時空に閉じ込められることになる。対消滅エンジンを使いこなせるようになるまで、すくなくとも千年はかかるだろう。多次元通信が可能になるまでに、さらに二千年。超空間ドライブ技術を獲得するには、最低でも五千年。銀河系炭素文明ファミリーの一員となる最低条件をクリアするのは、早くても一万年後だろう」

「独力で発展した文明は、太古、この銀河にもありました」元老院議員は言う。「古い記録がたしかなら、われわれの祖先は、海洋惑星の深海で暮らしていたのです。暗黒の世界で、無数の王朝が交代したあと、おおぜいが探検に乗り出しました。最初に出発した船は透明な浮力ボールで、長い旅を経て、ついに海面に浮上した。そのときは深夜で、先祖たちは生まれてはじめて星空を見た……想像できますか？　彼らにとって、それがどんなに壮麗で神秘的な光景だったか」

「憧れの時代だ」と執政官は応じた。「ちっぽけな塵のごとき惑星が、先祖たちにとっては無限に広がる世界だった。緑の海と紫の草原で、先祖たちは畏敬の念をこめて星空を見上げた……われわれが一千万年も前に失ってしまった感覚だ」

「しかしいま、われわれはそれをとり戻したのです！」元老院議員は地球の映像を指さして言った。青く透きとおった球体に白い雲が浮いている。それは、彼らの先祖が住んでいた海洋の真珠とよく似ていた。「この小さな世界を見てください。その世界の生命体は自分たちの生をまっとうし、自分たちの夢を見ている。われわれの存在も、銀河系の戦争と破壊も、まったく知らない。彼らにとって宇宙はかぎりない希望と夢想の源です。まさに太古の歌なのです」

元老院議員は歌い出した。三人の知性フィールドが一体となり、薔薇《ばら》色の波紋が揺れた。

想像もできない太古の昔から伝わってきた歌は、遙かで、神秘的で、もの悲しい。この歌が超空間を通して全銀河に伝わると、千億の恒星から成る星雲に住む数え切れない生命に、長く忘れていた温かく安らかな気持ちを思い出させた。

「宇宙でもっとも不可解な点は、それが理解できるということだ」と執政官は言った。

「宇宙でもっとも理解できる点は、それが不可解だということです」と元老院議員は言った。

＊＊＊

子どもたちが新しい墓を掘り終えたとき、東の空は白みかけていた。先生の亡骸《なきがら》は、教室から持ってきた戸板に寝かされて、二箱のチョークとぼろぼろの教科書といっしょに埋葬された。子どもたちは、小さな墓の上に石の板を立て、『李《リ》先生の墓』とチョークで書いた。

雨が降れば、この稚拙な字はすぐに消えてしまう。この墓とそこに眠る人が外の世界に忘れ去られるのも、それほど先のことではない。

太陽が山の背後から顔を出し、深い眠りを貪る山村に、金色の光を投げた。まだ影に包まれた谷の草地では、透明な朝露が輝き、一羽か二羽、早起きの鳥のさえずりが聞こえてくる。

子どもたちは村に向かって小道を歩き出した。一団の小さな影は、やがてゆっくりと、山間《やまあい》の薄青い朝靄の中に消えていった。

彼らはこうして生きつづけ、この古くて痩せた土地にもわずかながらたしかに存在する希望を収穫するだろう。

繊維

纤维

大森望・泊功訳

「おい、繊維をまちがえてるぞ！」

この世界に来て最初に聞いた声がそれだった。ぼくが操縦するF－18は、大西洋上空で通常の哨戒飛行を終え、空母ルーズベルトに帰艦しようとしているところだった。そのときとつぜん、この世界に入り込んでしまった。エンジン出力を最大にしてみたが、ぼくが乗る戦闘攻撃機は、この透きとおった巨大なドームの下、見えない力に固定されたかのようにぴくりとも動かなくなった。しかも、外には巨大な黄色い天体が浮かんでいる。その天体を囲んで、紙みたいに薄いリングが回転し、地表に影を落としていた。そこらの寝ぼけた能なしと違って、ぼくはいま自分が夢を見ているとは思わなかった。これが現実であることはわかっている。理性的で冷静なところがぼくの長所だ。だからこそ、脱落率九〇パーセントというシビアな訓練をクリアして、F-18のパイロットに選ばれたのだ。

「偶発的侵入者登録局に出頭しろ。もちろん、先に航空機から降りるように」

さっきの声がヘッドホン越しにまた聞こえてきた。

下を見ると、F-18はいま、地上からゆうに五十メートルの高さにある。

「飛び降りて。ここの重力は大きくないから！」

そういうことならと、ぼくはキャノピーを開けて、操縦席から立ち上がろうとした。ところがそのとたん、射出座席さながら、コックピットから体ごと飛び出してしまい、ふわふわ地上に舞い降りた。地面は光沢のあるなめらかなガラスで、その上をぶらぶら歩いている人間もいた。彼らのようすがふつうではないと感じたいちばんの原因は、彼らがあまりにふつうすぎることだった。ニューヨークの大通りを歩いていたとしても、まったく人目を惹きそうにない姿だった。しかし、こんな場所では、むしろその平凡さが、かえって奇妙さを際立たせる。そのあと、登録局をなんとか探し当てると、そこには登録係の事務員以外に、すでに男が二人と若い娘がひとり来ていた。おそらくみんな、ぼくと同じように、偶然ここに入り込んだ者たちだろう。ぼくはデスクに歩み寄った。

「お名前は？」と登録係がたずねた。色黒で痩せていて、地球の下っ端公務員のような顔をしている。それから、「もし言葉がわからなければ、翻訳機を使ってください」と言って、机の上にある奇妙なかたちの装置を指さした。「まあ、必要ないでしょうけどね。みなさんの繊維はどれもわたしたちの繊維と隣り合っていますから」

「デイヴィッド・スコットです」と答えたあと、「ここはどこですか？」とたずねた。

「ここは、繊維乗り換え《ファイバー・トランジット》ステーションです。そうピリピリしないで。繊維をまちがえるのはよくあることですから。ご職業は？」

それには答えず、ぼくは外に見えるリングに囲まれた黄色い天体を指さした。「あれは……あれはなんです？」

登録係は顔を上げてちらっとぼくを見た。生気に乏しい、疲れたその顔からは、毎日同じような人間を相手にするルーティンワークにうんざりしているのがはっきり見てとれた。

「もちろん地球ですよ」

「あれが地球？」驚いて思わずそう叫んだが、ある可能性がすぐに頭に浮かんだ。

「いまはいつ？」

「きょうの日付のことですか？　それなら二〇〇一年一月二十日ですよ。で、ご職業は？」

「ほんとに？」

「えっ？　日付のことですか？　もちろんほんとうですよ。きょうはアメリカの新大統領が就任する日です」

それを聞いてちょっとほっとした。なにはともあれ、現代の地球人には違いないらしい。

「ゴアの莫迦なんかがどうして大統領になれたんだ?」先に来ていた三人のうちのひとり、茶色のコートを着た男が言った。

「それは違う。大統領になったのはブッシュだぞ」とぼくは言った。

いや、ゴアが大統領だと男は言い張り、ひとしきり口論になった。

「なんの話か、さっぱりわからないんだがね」と、うしろに並んでいた、ずいぶん古風なデザインのジャケットを着た男が言った。

「この人たちの繊維はたがいに距離が近くて、そのぶんよく似ているんですよ」登録係はその男に説明すると、またぼくに向かってたずねた。

「ご職業は、ミスター?」

「職業なんかどうだっていい。ここがどこなのか知りたい。外に見えるあの星は、ぜったいに地球なんかじゃない。地球が黄色いなんてことがあるもんか!」

「そうだ! 地球があんな色だなんて。おれたちを莫迦にしてるのか?」茶色コートの男が登録係に食ってかかった。

登録係は、あきらめたようにかぶりを振り、「あなたが最後に言ったその台詞《せりふ》。ワームホールができて以来、いちばんよく聞く言葉ですよ」

ぼくはたちまち茶色コートの男に親近感を抱き、「あなたも繊維をまちがえたんですか？」と、自分でも意味がよくわからないまま訊いてみた。

男はうなずいて、「こっちの二人もそうだ」と言った。

「あなたも飛行機で？」

彼はかぶりを振った。「朝のジョギングの途中で入り込んだんだ。こっちの二人はまたちょっと事情が違うが、それでもみんな似たり寄ったりだね。歩いているうちに、とつぜんまわりのようすが一変して、気がつくとここにいた」

「みなさん、地球から？」

「もちろん！」

「それならきっとわかってくれるはずだ。外のあの星はぜったいに地球じゃないでしょ！」ぼくは同意を求めるように言った。

三人ともしきりにうんうんとうなずくので、ぼくは、どうだという顔で登録係のほうを見やった。

「地球があんな色だなんて。おれたちを莫迦にしてるのか？」茶色コートの男がさっきの台詞をくりかえした。まったく同感だという顔でぼくもうなずいたが、男がそれにつづけて言ったことを聞いて啞然とした。

「莫迦でも知ってるぞ。宇宙から見た地球が濃い紫色に見えるってことはな！」

すると、今度はジャケットの男が茶色コートの男に向かってたずねた。「もしかしてあなたは色覚異常では？」ぼくはうなずき、それとも本物の莫迦か、と心の中でつけ加えた。

「地球の色が大気の散乱特性と海洋の反射特性によって決まることはだれでも知っている。その色とは、もちろん……」相槌《あいづち》を打ちながら聞いていると、ジャケットの男はぼくに同意を求めるように言った。「……ダークグレーですよ」

「みんなバッカじゃないの？」と、唯一の若い女性がはじめて口を開いた。スタイルがよくて、容貌も十人並以上だ。こんな場合でなければ、ひとめ惚れしていてもおかしくない。

「地球がピンク色なのは常識よ！　空はピンク。海の色も同じ。そうだ、あなたたち、この歌聴いたことない？　『あたしは素敵な女の子、青い雲はあたしの瞳、ピンクの空はあたしの頰……』」

「で、ご職業は？」登録係がもう一度ぼくにたずねた。

「ぼくの職業なんかどうだっていい、くそったれ！」と思わず怒鳴った。「ここがどこなのか教えてくれ！　ここは地球じゃない！　きみたちの言う地球が百歩ゆずって黄色だったとしても、あのリングはいったいどういうことだ？」

この件に関して、繊維をまちがえた四人の意見は一致していた。地球にはリングがない。太陽系でリングを持っている惑星は土星と天王星と海王星だけだという事実に、ほかの三人も同意してくれた。

ただし、今度は例の女の子が、「地球には三つの月があるだけよ」と言い出した。

「地球に月はひとつだ!」ぼくは声を荒らげた。

「それだとぜんぜんムードが出ないじゃない。恋人同士が手をつないで浜辺を歩いていると、一の月、二の月、三の月がビーチに六つの影を落とすのよ。それがロマンチックな夜ってものでしょう」

「そんな情景はロマンチックどころか、恐怖以外のなにものでもないね」ジャケットの男が口をはさんだ。「地球に月がないことくらい、だれでも知ってる」

「だったら、あなたたちの恋愛シチュエーションって、ほんとに味気ないのね」

「どうしてだ? 浜辺の二人がいっしょに並んで、夜空に木星が昇るのを見つめる。それが味気ないと?」

ぼくは意味がわからず、ジャケットの男に目を向けた。「木星? 木星がどうしたって? あなたたちの世界では、恋をすると木星まで見えるようになるのか?」

「あんたはそんなに目が悪いのか?」

「ぼくはパイロットだ。あなたたちのだれよりも視力はいい」

「じゃあどうして準星《クエーサー》が見えない？ そんな顔するなよ。木星の質量はもともとすごく大きくて、いまから八千万年前、重力によって内部核融合反応がはじまって、準星になったんだ。じゃあ、それが原因で恐竜が絶滅したことも知らないと？ 学校で習わなかったのか？ だとしても、木星が昇ってくるときのあの銀色の夜明けはもちろん見たことがあるだろう。木星と太陽がいっしょに沈むときの、あの詩的な薄暮の光景も」

頭のおかしい連中に囲まれているような気がして、ぼくは登録係のほうを向いた。「職業の話でしたよね。ぼくはアメリカ空軍の少佐で、戦闘機パイロットです」

「わお！ あなた、アメリカ人だったのね！」例の美女が大声で叫んだ。

ぼくはうなずいた。

「じゃ、きっと剣闘士《グラディエーター》でしょ！ 最初から、ほかの人とはなんか違うって思ってたのよね。わたしの名前はワワニ。インド人よ。わたしたち、友だちになれそうね」

「剣闘士？ それがアメリカとなんの関係があるんだい？」さっぱりわけがわからなかった。

「知ってるわよ。アメリカ議会が剣闘士と闘技場をなくそうとしてるんでしょ？ でも、その法案はまだ議会を通ってないし、ブッシュは父親と同じく血を見るのが大好きだから、彼が大統領になったら、もうそんな法案が成立する見込みはなくなる。あっ、わたしのこと、ものを知らない女だと思ってるんでしょ？　最近だと、アトランタ・オリンピックの闘技会だって観戦したのよ。チケットが高すぎたから、いちばん安い席で最低ランクの格闘技しか見られなかったけど。あれ、なんて言うんだっけ？　ほら、二人が剣を投げ捨てて、素手でとっ組み合うやつ。血なんか一滴も見られなかった」

「古代ローマの話をしているのか？」

「古代ローマ？　ふんっ、あんなの、軟弱な時代よ。男がいなかった時代。いちばん重い刑罰は、鶏を殺すところを罪人に見せつけることだった。そうすると、罪人は百発百中、気絶して倒れちゃう。あんな時代、どうだっていい」彼女は親しげに近づいてきた。「あなたこそが剣闘士よ」

なにを言えばいいか、どんな顔をしたらいいかもわからず、ぼくはまた登録係のほうを向いて、「ほかに訊きたいことは？」とたずねた。

「そう、そういう姿勢が大切ですよ。われわれ10人は、たがいに協力すべきです。そうすれば、事態はそれだけ早く解決します」と言って登録係はうなずいた。

ぼくとワワニ、それに茶色コートの男とジャケットの男は、そろってあたりを見まわした。「ぼくらは5人しかいないみたいだけど？」

「〝5〟ってなんですか？」登録係は不思議そうな顔で訊き返した。「みなさんがた4人にわたしを加えて10人でしょう」

「おいおい、きみはほんとに莫迦なのか？」ジャケットの男が言った。「数の数えかたがわからないなら教えてやろう。ダダに1を足したのが10だ」

数えかたがわからないのは、今度はぼくのほうだった。「ダダというのは？」

「手の指と足の指を足すとぜんぶで何本になる？ 10だ。もしそのうち、手の指でも足の指でもいい、どれか1本切り落とせば、残った指の数がダダだ」

ぼくはちょっと考えて、どういうことか理解した。「ダダは19だから、あなたたちは20進法だ。それに対して」登録係のほうを向いて、「あなたたちは5進法」

「あなたは剣闘士なのね……」と言いながら、ワワニが指先でぼくの顔を意味ありげに撫でた。それはとても心地よかった。

ジャケットの男は軽蔑したような目で登録係を見ていた。「なんて愚かな数えかただ。両手と両足があるのに、数を数えるときに4分の1しか使わないなんて」

「そっちこそ愚か者ですよ！ 片手の指先だけで数を数えられるのに、どうしてもう片方の手と両足まで使う必要があるんですか？」と登録係が大声で反論した。

ぼくは全員に訊いてみた。「コンピュータの記数法は？ みなさん、パソコンは持ってますよね？」

　全員の答えがふたたび一致した。4人とも、2進法だと述べたのである。

すると、茶色コートの男が言った。「当然だろう。でなければコンピュータの発明は困難だった。コンピュータには二つの状態しかないからな。竹片の穴に豆が入っているか、入っていないかだ」

　またしてもぼくは混乱した。「……竹片？　豆？」

「どうやら学校に通ったことがないらしいな。周の文王がコンピュータを発明したのは常識だぞ」

「周の文王？　あの東洋の魔法使いが？」

「言葉に気をつけろ。サイバネティクスの創始者だぞ。そんな言いかたはないだろう」

「じゃそれは……あなたが言ってるそのコンピュータというのは、中国式のそろばんのことなんだね？」

「なにがそろばんだ！　あれはコンピュータだ！　サッカー場ぐらいの面積があるんだぞ。竹と松でできていて、大豆を演算媒体にしているし、百頭以上の牛を使ってやっと起動できるんだからな！　しかも、小さなビルぐらいの大きさのＣＰＵに入ってる竹製のアキュムレータは、職人技の粋を集めた精巧なものだ」

「それにどうやってプログラムを書き込む？」

「竹片に穴を開けるのを知らないのか？　出土したそれ専用の青銅製ドリルは、北京の故宮博物院にいまも展示されてるよ。周の文王が開発した易経３・２のコードは何百万行もあって、ドリルで穴を開けた竹片の長さは数千キロメートルにもおよぶ……」

「あなたは剣闘士……」とワワニはぼくにぴったりと体を寄せて耳もとでささやいた。

登録係はこの状況に我慢しきれなくなったのか、「まあ、まずはみなさん、登録してください」と声をかけた。「そのあと、あらためてすべてを説明するとしましょう」

ぼくは外に浮かぶリングに囲まれた黄色い地球を眺めながらしばらく考えをめぐらし、それから言った。

「すこしわかってきたような気がするよ。ぼくだって学校に通ったことがないわけじゃないし、量子力学のことだってちょっとは知っている」

「おれも多少はわかる」ジャケットの男が言った。「量子力学の多世界解釈はたぶん正しい」

ぼくらの中ではいちばん学がありそうな茶色コートの男も同意するようにうなずいて、こうつけ加えた。「ある量子系でなにか選択を行うたびに、宇宙は二つもしくはそれ以上に分裂する。したがって、ひとつの量子系には、その選択によって生じるあらゆる可能性が含まれることになり、多くの並行宇宙が生まれる。

並行宇宙というのは、無数の量子状態の重ね合わせがマクロ宇宙にまで拡大した結果だ」

「わたしたちはそうした並行宇宙を繊維《ファイバー》と呼んでいます」と登録係が補足した。「全宇宙はそのような繊維が集まったひとつの繊維叢《そう》なのです。みなさんは隣接する繊維から来ているので、おたがいの世界がわりあい似通っているのです」

「すくなくともぼくたちはおたがいの言葉がわかるからね」

ぼくがそう言ったとたん、ワワニの発言がその一部を否定した。

「妙天奇奇烈な話ね！　なんのことだかさっぱりわからない！」いちばん教養がないのはこの娘だが、彼女がいちばんかわいい。彼女の繊維では、奇妙奇天烈という熟語がきっとそういう順序になるのだろう。ワワニはまた、「あなたは剣闘士よ」と言ってやさしく微笑んだ。

「きみたちは繊維のあいだを行き来しているのか？」と登録係にたずねてみた。

登録係はうなずいた。「みなさんが通過したワームホールは、超光速航行に伴う副作用的な反応にすぎません。そのため、サイズが小さく、まもなく消えてしまうでしょう。でも、同時に新たなワームホールがまた出現します。とりわけ、みなさんの繊維が超光速宇宙航行時代に入れば、ワームホールの数はもっと多くなります。そのときには、さらにたくさんの人がまちがった繊維のドアをぐることになるでしょうね」

「なら、ぼくらはどうすれば？」

「この繊維内に長くとどまることはできません。登録が済んだら、みなさんを元の繊維に戻すだけです」

ワワニは登録係に向かって言った。「わたし、この剣闘士さんを連れて自分の繊維に戻りたいんだけど」

「彼がそう望むのであれば、もちろんかまいませんよ。この繊維内にとどまりさえしなければ、問題ありませんから」

でも、ぼくは、「自分の繊維に戻りたい」と言った。

「あなたのところの地球はどんな色なの？」ワワニがたずねた。

「青色だよ。真っ白な雲がそれと美しいコントラストをなしている」

「まあ、気持ち悪い！　わたしといっしょにピンク色の地球に帰りましょうよ」ワワニはぼくの体を引き寄せて、甘ったるい声で言った。

「でもぼくは、青い地球が美しいと思う。だから、自分の繊維へ戻ることにするよ」とそっけなく言った。

まもなく全員の登録が終わると、ワワニが登録係に、「記念になにかおみやげをもらえない？」と声をかけた。

「では、ファイバースコープを持っていってください。おひとりにつき一個です」登録係はガラスの床に無造作に置かれている球体を指さした。「別れる前に、その球についているコードでたがいの球を接続してください。そうすれば、自分の繊維に戻ったあとも、接続した繊維の映像を見ることができますから」

ワワニがうれしそうに「じゃあ、もしわたしの球と剣闘士の球をつなぐと、戻ったあとでも彼の繊維が見られるのね？」と訊き返した。

「それだけではありません。接続した繊維とさっき言いましたが、それはひとつだけとはかぎりませんから」

ぼくには登録係の言葉の意味がよくわからなかった。それでもやはり球をひとつ手にとると、その上から伸びるコードをワワニの球につないだ。接続完了を示すビープ音が鳴るのを聞いてから、ぼくは自分の球を持ってF‐18へ戻り、コックピットに体を押し込んだ。

数分後、ファイバー・トランジット・ステーションも黄色い地球も一瞬にして消え、ぼくはふたたび大西洋上空に戻っていた。見慣れた青空と海をバックに空母ルーズベルトへ着艦するとき、管制官にたずねてみたが、帰投時刻に遅れはなく、無線連絡にも中断はなかったとのことだった。

しかし、この球は、ぼくがべつの繊維に行って戻ってきたことの証拠だ。だから、コックピットからこっそり持ち出すことにした。

その夜、空母はボストン港に停泊したので、ぼくはその球を将校宿舎に運び込んだ。大きな袋からとりだすと、登録係が言ったとおり、球の表面に鮮明な映像が映し出された。ピンク色の空と青い雲が見え、ワワニは水晶の山の麓《ふもと》を散策しているところだった。球をぐるっとまわすと、反対側の半球にはべつの映像が映し出されていた。やはりピンク色の空と青い雲が広がっていたが、そちらの映像には、ワワニのほかにもうひとり、男が映っていた。アメリカ空軍のフライトジャケットを着ている。その男は、ぼくだった。

単純な話だった。ぼくがワワニといっしょに行かないという決断をしたとき、宇宙は二つに分裂した。いま見ているのは、繊維宇宙のもうひとつの可能性なのだ。

ファイバースコープは、その後ずっと、人生の同伴者になった。もうひとつの並行宇宙で、ワワニとぼくは、ピンク色をした地球にある水晶の山の麓で仲睦まじく平穏に暮らしている。そしてピンク色をしたたくさんの赤ちゃんを産み育て、偕老同穴《かいろうどうけつ》の生涯を過ごした。

ひとりで自分の繊維に戻ったほうのワワニも、ぼくのことを忘れはしなかった。ぼくたちが繊維をまちがえた日から数えて三十周年のその日、そちらの並行宇宙が覗けるほうの半球では、彼女がひとりの老人と手をつないで、仲よく海辺を散歩していた。一の月、二の月、三の月がビーチに六つの影を落としていた。ワワニが球の上でぼくのほうを振り向いたとき、その瞳はすでに青い雲のようではなく、頬ももはやピンク色の空のようではなかったが、その笑顔にはまだ魅力があふれていた。そしてぼくには彼女の言葉がはっきりと聞こえた。

「あなたは剣闘士よ！」

メッセンジャー　信使

大森望・泊功訳

老人は、きのうはじめて、階下に聴き手がいることに気づいた。ここ数日、老人はひどく気分がすぐれず、ただヴァイオリンを弾くばかりで、窓から外を眺めることなどほとんどなかった。カーテンと音楽によって自身を外界から閉ざしたいと思っていたが、それはかなわなかった。

若いころの彼は、大西洋の向こうでせまい屋根裏部屋に暮らしてベビーカーを揺すり、特許局の騒々しいオフィスに出勤しては、退屈な特許申請書をめくりながら、同時にそれとはべつの魅惑的な世界に浸り、光の速さで思考をめぐらせていた。

……現在の彼は、都会の喧騒を離れた静かで小さな田舎町、プリンストンに住んでいるが、かつてのように超然と過ごすのではなく、外界の些事にいつも悩まされている。悩みの種は二つあった。

ひとつは量子論。マックス・プランクが創始して以来、多くの若い物理学者たちが熱心に量子論を研究するようになっていたが、彼にとってはひどく不愉快だった。量子論の不確定性がことに気に食わず、最近の彼は、折に触れて「神はサイコロを振らない」とつぶやいている。自身が後半生を捧げた統一場理論については、数学的な中身はあるものの物理的な内容を持たない理論が構築されただけで、ろくに進展がなかった。

もうひとつの悩みは原爆だった。広島や長崎、さらには大戦さえもすでに過去の出来事になっている。しかし、神経が麻痺してなにも感じなくなっていた古傷が、いまさらのようにまた疼《うず》きはじめた。それは、じつに短くてシンプルな公式で、質量とエネルギーの関係を簡潔に記述したものにすぎない。実際、フェルミの原子炉が建設される以前は、原子レベルで質量をエネルギーに変換するなど突拍子もない話だと、フェルミ自身も考えていたくらいだった……。

秘書のヘレン・デュカスは、このところ彼を慰める機会が多い。しかし、老人が自分の功罪や栄辱についてではなく、それよりはるかに深刻な悩みを抱えていることなど知る由もなかった。

最近の彼は、眠っている最中にも、洪水や火山の噴火のようなおそろしい音をよく聞くようになっていた。ある夜ついに、その音に驚いてはっと目を覚ましたが、それはただ、ポーチで子犬が甘えたように鳴いている声だった。その後、その音は二度と夢に出てこなくなったが、今度は、だだっ広い荒野のなごり雪が残照を浴びている夢を見た。そこからなんとかして逃げ出そうとしたが、荒野はあまりにも広大で果てしがなかった。それから、残照を浴びて血のように赤く染まった海を見て、全世界が残雪に覆われた荒野であることをようやく悟った。

……ふたたび夢から醒めたとき、ひとつの疑問が、引き潮で姿を現す黒い岩礁のように、とつぜん脳裡に浮かんだ。

人類には未来があるのだろうか？

その疑問は烈火のごとく彼をさいなみ、もはや耐えられないほどだった。

二階の窓の下にいたのは、流行りのナイロンジャケットを着た若い男だった。その男が老人のヴァイオリンを聴いていることはすぐにわかった。それからの三日間、夕方になって老人が演奏をはじめるたび、その若い男はいつも時間ぴったりに窓の下の通りにやってきて、プリンストンの消えゆく夕陽の中に静かに佇み、老人が楽器を置いて床に就く午後九時ごろになって、ようやくゆるゆると帰っていく。聴き手はプリンストン大学の学生かもしれないし、老人の講義や講演会に参加したことがあるのかもしれない。老人には、国王から主婦に至るまで無数のファンがいて、崇拝されることにはうんざりしていたが、窓の下にいるこの見ず知らずの理解者は、気に障るどころか、かえって老人の慰めになっていた。

四日めの夕方、老人のヴァイオリンが音を奏ではじめると同時に、外では雨が降り出した。窓から見下ろすと、青年はこの近くで一ヵ所だけ雨よけになる梧桐《あおぎり》の下に立っていた。やがて雨脚が強まり、秋になって葉を落としたその木の下ではとても雨をしのぎきれなくなった。老人は早く帰らせようと思って弾くのをやめたが、青年はまだ演奏が終わる時間でないと知っているかのように、なおも微動だにせずそこに立っている。雨に濡れた彼のジャケットが街灯の光を反射していた。老人はヴァイオリンを置くと、おぼつかない足どりで階段を降り、雨の中、青年のもとに歩いていった。

「きみがもし……もし聴きたいのなら、上で聴きなさい」

青年の返事を待たず、老人はきびすを返して玄関に戻ると、階段を上がり、部屋へと帰っていった。青年は、いまの出来事がひとときの夢だったかのように、夜の雨の中、ただ茫然と立ちつくしていた。しかし、しばらくして二階からまた音楽が聞こえてくると、ゆっくり体の向きを変え、音に魂が引き寄せられるかのごとく玄関ドアをすうっとくぐり、階段を昇って、ドアが半開きになった老人の部屋へと足を踏み入れた。

老人は窓の外の雨降る夜に向かってヴァイオリンを弾いていたが、ふりかえるまでもなく、青年が来たことに気づいていた。ただ、自分のヴァイオリンの音色に青年がこんなにも魅入られていることに、ちょっと申し訳ないような気持ちだった。その日は調子がよくなかったのである。きょうの曲は、いちばん好きなモーツァルトのヴァイオリン協奏曲第五番第三楽章「トルコ風」だったのに、しょっちゅう音を外していたし、フレーズを忘れた箇所は、ところどころ想像で弾いてしまった。加えて安物のヴァイオリンはかなり古く、音程も不正確だった。しかし、青年は黙って耳を傾け、ほどなく二人は、完璧ではないが想像力に満ちあふれたヴァイオリンの音に酔いしれた。

それは二〇世紀半ばの、ありふれた夜のことだった。当時、東西両陣営のあいだにはすでに鉄のカーテンが降り、現実となった核兵器の影に包まれて、人類の未来は秋の夜に降りしきる雨のように暗く茫漠としていた。まさにその夜、モーツァルトの協奏曲「トルコ風」の旋律が、雨の中、プリンストンの小さな建物の窓から流れてきたのだった……。

時間の経つのがいつもより早く、気がつくと、もう午後九時をまわっていた。老人はヴァイオリンを弾く手を止めると、青年のことを思い出して顔を上げた。彼はちょうど、老人に一礼して出口に向かって歩いていくところだった。

「ああ、あしたもまた聴きにきなさい」と老人は声をかけた。

青年は立ち止まったが、振り向かずに、「わかりました、教授。でもあしたはお客さまがありますよ」と言って、ドアを開けた。しかし、またなにかを思い出したように、「あ、あそうだった、そのお客さまは八時十分には帰る予定でした。では、その時間になったらまた来ます」

老人には、青年の言葉の意味がよくわからなかった。

次の日も雨はやまなかった。ただ、夜にはたしかに来客があった。訪問者はイスラエル大使だった。老人は、はるか遠くに誕生したこの同胞の国を祝福するため、自分の手書き原稿を寄贈して支援したこともある。しかし、大使が今夜携えてきたのは、泣くに泣けず、笑うに笑えないような申し出だった。彼らは老人に、イスラエルの大統領になってほしいと求めてきたのである。老人はきっぱり拒絶した。老人は、大使を階下まで送っていった。雨の中、大使は車に乗る直前に懐中時計をとりだした。街灯のもとで見えたその時計の針は、八時十分を指していた。老人は、そのときふと、あることを思い出した。

「今夜……あなたが……ここに来ることを知っている人はいますか?」と老人は大使にた

ずねた。

「いいえ、どうかご安心ください、教授。この訪問は機密事項ですので、だれひとり知りません」

もしかしたら、あの青年は知っていたのかもしれない。だが、このことも知っていたのだろうか。……老人はもうひとつ、とても奇妙な質問をした。「大使、あなたはここに来る前、八時十分に帰る予定だったのですか？」

「いや、それは……いいえ、もともとは、もっと長くじっくりお話がしたいと思っていましたが、早々に断られてしまいましたので。もうこれ以上、長居するのはご迷惑だろうと。政府は理解してくれますよ、教授」

老人は困惑を抱えて二階に戻ったが、ヴァイオリンをかまえると、すぐにそのことを忘れてしまった。ヴァイオリンが最初の一音を鳴らしたとたん、青年が戸口に現れた。

十時になり、二人だけの音楽会が終わった。老人は帰りかけている青年に向かって、「あしたまた聴きにきなさい」と、昨夜と同じ言葉を口にした。そしてまたちょっと考えてから、「まっすぐここに来るといい」とつけ加えた。

「いいえ、あしたは下で聴いていますよ」

「あしたも雨が降りそうだが。ここしばらくはずっと雨模様らしい」

「ええ、そうです。あしたも降るでしょう。でも、教授がヴァイオリンを弾いているあいだは降りません。あさっては、また一日、教授が弾いているあいだも雨が降ります。あさっては上で聴かせていただきますよ。雨はずっと降りつづいて、しあさっての午前十一時にやっとやみます」

老人は冗談だと思って笑ったが、帰っていく青年のうしろ姿を見ながら、ふと、もしかしたら冗談ではないのかもしれないという予感がした。

老人の予感は当たった。それからの天気はもののみごとに青年の予言どおりだった。翌日の夜は雨が降らなかったので、青年は下でヴァイオリンを聴いた。翌々日、外は雨だったので上で聴いた。プリンストンの雨は、三日後の午前十一時きっかりにやんだ。

やっと雨もやんで空が晴れたその夜、青年は下で聴かずに、一挺のヴァイオリンを携えて老人の部屋にやってきた。そして、なにも言わずにそのヴァイオリンをさしだした。

「いやいや、楽器なら間に合ってるよ」と言って、老人は手を振った。これまでもおおぜいが彼にヴァイオリンを贈ろうとした。その中にはイタリアの名高い名工の手になる貴重なヴァイオリンもあったが、老人はすべて辞退した。自分程度の腕前で、そのような高価な楽器を持つのはおこがましいと考えたのだ。

「これはお貸しするものです」と、しかし青年は言った。「しばらくしたら、また返してください。申し訳ありませんが、教授、これはお貸しすることしかできないのです」

老人が受けとったヴァイオリンは、見たところごくふつうのヴァイオリンだったが、弦がついていなかった。いや、よく見てみると、たしかに弦はついていた。しかしそれは、蜘蛛の糸のように、おそろしく細い弦だった。老人には、指でそれに触れてみる勇気がなかった。ふうっとひといき吹きかけただけで蜘蛛の糸みたいに飛んでいってしまいそうだった。目を上げてちらっと青年のほうを見ると、青年は微笑みながらうなずいた。そこで老人は指でそっと弦を押してみた。弦は切れるどころか、繊細な蜘蛛の糸ではとてもありえない強靭な張力で反撥した。老人はそのヴァイオリンに弓を当てたが、不用意に少し滑らせてしまい、思いがけず弦が鳴った。その瞬間、老人は、天上の音とはどういうものなのかを知った。

太陽の音色。これは音の太陽だ！

モーツァルトの協奏曲「トルコ風」を弾きはじめると、老人はたちまち無限の宇宙とひとつになった。彼が見たものは、明けがたの風が薄霧を吹き飛ばしていくようにゆったりと宇宙空間を進んでいく光の波だった。無限に広がる時空の薄い膜が重力波にやわらかく揺れ動き、無数の星々がその膜の上に透きとおった雫《しずく》のように浮かび、プラズマ風が際限なく吹いて、幻想的なネオンが広がる……。

老人がこの不思議な音楽から醒めたとき、青年はいつのまにか姿を消していた。

それからというもの、老人はそのヴァイオリンに魅せられ、毎晩遅くまで弾きつづけた。デュカスも医師も、体に気をつけてくださいと注意したが、その一方、ヴァイオリンの音色が聞こえるたび、老人の血管の中にかつてないほどのエネルギーがみなぎっていることを感じていた。

だが、青年は二度と現れなかった。

こうして十日ほど過ぎたころ、いっとき、老人がヴァイオリンを弾く時間が急に減った。しかも、ときにはもともと使っていた古いヴァイオリンをとりだすこともあった。青年のヴァイオリンを長く弾きすぎて、蜘蛛の糸のように細い弦が擦り切れるのではないかととつぜん不安になったせいだった。しかし、そのヴァイオリンが奏でる音の魔力にはとうてい抗えなかった。それに、いつまたあの青年がやってきて、ヴァイオリンを持ち帰ってしまうかもしれないと考えると、いてもたってもいられなくなり、また夜中まで演奏するようになった。毎晩、夜も更けて、うしろ髪を引かれながら演奏をやめるときは、どうしても弦を注意深く観察しなければ気が済まなかった。老眼で目がかすむので、老人はデュカスにルーペを持ってこさせた。ルーペで見るかぎり、弦にはかすり傷ひとつなかった。弦の表面は宝石のように滑らかな光沢を持ち、暗闇の中で青白い蛍光色を放っている。

こうして、さらに十日以上が過ぎた。

その日の夜遅く、老人は寝る前にいつもどおりヴァイオリンの状態をチェックしていて、弦がいつもとどこか違っていることにふと気づいた。ルーペを手にとってくわしく観察してみて、自分の判断が正しいことを確信した。実はその兆候は数日前から現れていて、いまそれが目で見てわかるレベルにまで達しただけのことだった。

弦は、弓で弾けば弾くほど太くなっている。

次の日の夜、老人が弦に弓をあてた瞬間、いきなり青年が現れた。

「ヴァイオリンをひきとりに来たのかね？」老人は不安げにたずねた。

青年は軽くうなずいた。

「おお……もしこれがわたしのものになるなら……」

「ぜったいにだめです。ほんとうに申し訳ありませんが、教授、それはぜったいにできません。この時代には、どんなものも置いていけないのです」

老人はじっと考え込み、その言葉の意味をおぼろげに理解した。両手でヴァイオリンを持ち上げてたずねた。「つまりこれは、この時代のものではないと？」

青年はうなずき、窓の前に立った。外では天の川が夜空を覆い、星々がきらめいていた。その壮麗な光景をバックに、青年の姿は黒いシルエットになっていた。

いまようやく、これがいったいどういうことなのか、老人にもすこしずつわかってきた。青年の摩訶不思議な予知能力は、実際にはしごく単純な話だった。青年は未来を予知していたのではなく、過去を思い出していたのである。

「わたしはメッセンジャーです。われわれの時代が、教授の心痛を見るに見かねて、わたしを派遣したのです」

「では、いったいどんなメッセージを携えてきたんだね？　このヴァイオリンがそのメッセージか？」老人はまったく驚かなかった。彼の人生にとっては、宇宙こそが、ただひとつの大いなる驚異だった。だからこそ彼は、ほかのだれよりも早く、宇宙のもっとも奥深くにある秘密を垣間見ることができたのだった。

「いいえ。このヴァイオリンは、わたしが未来から来たことを証明するための道具にすぎません」

「どうやって証明するんだね？」

「この時代の人々は、質量をエネルギーに変換することを可能にしました。それが原子爆弾であり、まもなく完成する水素爆弾です。一方、われわれの時代には、エネルギーを質量に変換することが可能になっています。ほら」青年はヴァイオリンの弦を指さした。

「太くなっているでしょう。増えた質量は、教授が弾いたときに発生する音波エネルギーが変換されたものです」

　老人はなおも困惑したようにかぶりを振った。

「この二つの事実が教授の理論と一致しないのはわかっています。ひとつは、時間の流れを逆行するのは不可能だということ。もうひとつは、教授の公式に基づけば、弦の質量をこれだけ増やすにはもっともっと大きなエネルギーが必要だということです」

　老人はしばらく沈黙すると、鷹揚に笑いながら、「まあ、理論というのはグレーなものだからね。わたしの生命の木もグレーだ」と言って小さなため息をついた。「さあ、未来から来た子どもよ、きみはなにかメッセージを携えてきたんじゃないかね？」

「メッセージは二つです」

「ひとつめは？」

「人類には未来があります」

　老人はほっとして肘掛け椅子に背中を預けた。人生最後の宿願にけりをつけたすべての高齢者と同じように、全身が心地よい感覚に満たされ、ほんとうの安らぎを手に入れた。

「若者よ、きみと出会ったとき、すぐそのことに気づくべきだったよ」

「日本に投下された二発の原子爆弾は、人類が実戦で使用した核爆弾としては最後の二発になります。今世紀の九〇年代末には、ほとんどの国が核実験と核拡散防止の国際条約に署名し、その五十年後、人類にとって最後の核爆弾が破壊されました。わたしはその二百年後に生まれたのです」

青年は回収しなくてはならないヴァイオリンを手にとった。「そろそろ行かなくては。教授の演奏を聴くために、すでに多くの機会を費やしてしまいましたから。わたしはあと三つの時代で、五人の人物に会わなくてはなりません。そのなかには統一場理論の確立者もいます。教授から百年後のことですがね」

青年が口にしていないことはまだあった。いつの時代でも、偉大な人物と会うときには、先が長くない人物を選ぶということだ。そうすれば、未来への影響は最小限で済む。

「ではきみが携えてきた二つめのメッセージは？」

青年はもう玄関のドアを開きかけていたが、ふりかえって、申し訳なさそうに微笑んだ。

「教授、神はサイコロを振りますよ」

階下に降りて外に出た青年を、老人は窓から眺めた。夜も更けているせいか、もう通りに人影はなかった。青年は服を脱ぎはじめた。この時代のものを持ち帰ることも許されていないらしい。体にぴったりフィットした下着が、夜の闇の中で蛍光色を放っていた。それは明らかに未来のものだった。彼は老人が想像していたようにひとすじの白い光となって消え去るのではなく、斜め上方に向かって一直線に上昇し、数秒後には、星々が燦然と輝く夜空に姿を消した。上昇速度は一定で、加速プロセスはなかった。はっきりしているのは、彼が上昇したのではなく、地球が移動したということだった。すくなくともこの時空において、彼は絶対的な静止状態にある。老人は推論した。青年は、時空における絶対座標の原点にみずからを置き、時間という大河の河岸で滔々《とうとう》と流れていく時間を眺め、行きたいと思えば時間の川の下流だろうと上流だろうと、どこへでも自由に行けるのだろう。

アインシュタインは無言のまましばらく立っていたが、ゆっくりと体の向きを変えると、またあの安物のヴァイオリンをかまえた。

カオスの蝶

混沌蝴蝶

大森 望・泊 功訳

現代のカオス研究は……無秩序な系が滝のように激しいものであっても、実に単純な数学の方程式でもらさず模すことができるのだという認識から出発したのである。また入力にほんの僅《わず》かの違いがあっても、出力に莫大な違いが生ずるといった現象には「初期値に対する鋭敏な依存性」という名前がつけられた。この依存性は、たとえば気象関係では、半分冗談めかして「バタフライ（蝶々《ちょうちょう》）効果」と呼ばれている現象に現れている。これは北京《ペキン》で今日蝶が羽を動かして空気をそよがせたとすると、来月ニューヨークでの嵐の生じ方に変化がおこる……というような考え方からきたものである。（中略）

そのバタフライ効果は……次のような古い民謡などの中に顔を出している。

「釘《くぎ》が抜ければ蹄鉄《ていてつ》が落ちる
蹄鉄なしでは馬には乗れず
馬がなければ騎兵は征かず
騎馬隊なしでは戦にゃ負ける
負けりゃお国も何もない」

——ジェイムズ・グリック『カオス　新しい科学をつくる』
（大貫昌子訳／新潮文庫）より

三月二十四日、ベオグラード

四歳のカーチャは、小児病院の五階にある病室で、最初の数回の爆発音を聞いた。窓の外をのぞいてみたけれど、夜空はいつもと変わらなかった。爆発の音よりもっと大きくてもっと怖かったのは、ビルの中で人々が右往左往する足音だった。その音が、建物全体をガタガタ揺さぶっているみたいだった。母親のアリーナはカーチャを抱き上げて廊下に飛び出し、人混みに交じって地下へと走った。いっしょに病室を出た父親のアレクサンドルは、妻子と別れ、ロシア人の友人のライヒとともに、人の流れに逆らって上の階へと駆け上がっていった。しかしアリーナは、二人のことを気にかけなかった。この一年、アリーナはカーチャの体のために生活のすべてを捧げてきた。尿毒症から娘を救うため、自分の腎臓の片方をカーチャに提供し、ようやくきょう、晴れて退院の日を迎えたのである。娘が新しい人生を手に入れた喜びのあまり、アリーナは戦争が勃発したこともたいして気にしていなかった。

しかし、アレクサンドルにとってはまったく事情が違った。爆発音が鳴り響いたときから、戦争が彼の人生のすべてを占めることになった。このとき、彼とライヒはビルの屋上に出て、遠くで輝く炎を眺め、高射砲の曳光弾が夜空に描く、無数のピリオドのような明るい点々を見上げていた。

「こんな笑い話がある」とアレクサンドルが言った。「美人で浮気っぽい娘がいる一家の話だ。ある日、この一家のとなりに兵舎が建った。そこには荒くれ者の兵隊たちが駐屯していて、みんな大男だった。そいつらがいつも娘をからかうもんだから、父親は内心はらはらしていた。しばらくして父親は、娘が妊娠していると聞かされた。すると父親は、長い安堵のため息をついてこう言った。そりゃよかった、やっとそうなったか」

「ロシアのジョークじゃないな」ライヒが言った。

「ぼくも最初はよくわからなかったが、いまはわかる。長いあいだ恐れていたことがじっさいに起こると、ときには安心するものなんだ」

「おまえは神じゃないぞ、アレクサンドル」

「そのことは、参謀本部と国防省の連中に思い知らされたよ」

「ということは、もう政府と接触したのか？　大気の敏感点を見つけられるという話を信じてくれなかったのか？」

「そう言う自分は信じてるのか？」

「前は信じられなかった。しかし、実際におまえの数理モデルを見てから、少しは信じられる気になってきた」

「数理モデルをちゃんと見てくれる人間なんか、向こうにはだれもいなかった。ただ、ぼくという人間を信用しなかっただけだ」

「おまえは野党を支持するタイプじゃないだろ」

「ぼくは何党でもない。政治には興味がない。何年も前の内戦時代に、言うべきじゃないことを言ってしまったせいかもしれないな」

爆発音はもうやんでいたが、遠くでは炎がさらに明るく輝き、サヴァ川をはさんで向かい合う、市内でもっとも高い二棟のビルを照らした。片方は新市街にあるセルビア社会党本部ビル（現在のウシュチェ・タワー）。白い外壁が炎の中に浮かび上がっている。もう一方は労働組合会館ビル（貿易連合ホール）だった。こちらの黒い建物は炎の中に見え隠れして、シルエットがはっきりとは見分けられない。まるで社会党本部ビルの奇妙な鏡像のようだ。

「おまえのモデルは理論上は正しいのかもしれん。しかし、この国の天候を左右する敏感点の座標を算出したうえで、そこにどんな作用を及ぼせばいいかまで導き出すには、ユーゴスラビアにある最速のコンピュータを使っても、たった一回の計算に一カ月以上かかるんだぞ」

「だからこうして頼んでるんだ。ドゥブナ（モスクワ州にある科学都市。ロシア最大の科学研究機関であるドゥブナ合同原子核研究所がある）にある、きみのところのコンピュータを貸してほしい」

「なんの根拠があっておれがイエスと答えると決めつけてるんだ？」

「いや、決めつけてるわけじゃないよ。ただ、きみのお祖父さんはチトー大統領の軍事顧問だったし、スチェスカの戦い（チトーが率いるパルチザンとナチス軍との激戦のひとつ）で負傷してるからね」

「わかったよ。だが、地球大気の初期データはどうやって手に入れる？」

「それは公開されてる。国際気象観測ネットワークからダウンロードできる。軌道上のあらゆる気象衛星や、ネットワークに参加している地上や海上の観測点のリアルタイムデータをまとめたものだ。データ量が大きすぎて、電話回線じゃまったく使えないけどね。すくなくとも1テラbps以上の回線速度を持つ専用線が必要になる」

「そいつはうちにある」

アレクサンドルは小さな箱をライヒに渡した。「神が必要とするものはすべてこの中に入っている。いちばん重要なのは、ぼくの大気モデリング・ソフトウェアが入ったディスクだ。サイズは600メガバイトちょっとで、CD一枚にぴったり収まってる。C言語のソースコードだが、きみのところのマシンならコンパイルして実行できるはずだ。それと衛星電話。電話にはこれ用に改良されたGPSが接続されている。これを使えば、ぼくが地球上のどこにいても、正確な位置を知ることができる」

ライヒは箱を受けとって言った。「じゃあ、今夜のうちに出発して、ルーマニアに着いたら飛行機でモスクワへ向かう。うまくいけば、あしたのいまごろには、その魔法の敏感点とやらについて、衛星電話で連絡できるだろう。ただし、その効果がほんとうに予想どおり拡大していくかについては、まだかなり疑いを持っている。風を呼び、雨を降らせるなんて、まったく神の御業《みわざ》だよ」

ライヒが去ったあと、アレクサンドルは妻と娘を連れて病院を出ると、車で帰途についた。サヴァ川とドナウ川の合流点まで来たところで、アレクサンドルは車をとめた。親子三人は車を降り、夜中の川を黙って眺めた。

アレクサンドルはしばらくじっと黙っていたが、やがてようやく口を開いた。「前に言っただろ。戦争がはじまったら、パパはすぐに家を出なきゃならないって」

「パパは爆弾がこわいの？　あたしを連れてって！　あたしもこわい！　あの音、ほんとにこわい！」カーチャが言った。

「それはできないんだ、シュガー。パパはね、みんなの土地に爆弾が落ちてこないようにするために出かけるんだ。カーチャを連れていくにはちょっと遠すぎる。それにパパだって、自分がどこに行くのかまだ知らないんだよ」

「それじゃ、どうやって爆弾が落ちてこないようにするの？　強い軍隊を集めて守ってもらうの？」

「そんなことはしなくてもいいんだよ、カーチャ。パパはね、地球上のあるところで、ある時刻に、ある小さなことをするだけだ。たとえば、バケツに入れたお湯を撒いたり、葉巻を一本吸ったり。そうすることで、ユーゴスラビア全土が厚い雲と濃い霧に覆われて、だれかが爆弾を落とそうと思っても、どこに落とせばいいか、目標が見えなくなるんだ」

「子どもにそんなことまで言わなくても」とアリーナが言った。

「心配ない。もし万一、この子が他人に話したって、だれも信じないよ。きみも含めてね」

「一年前は、オーストラリアの海岸に行って大きな送風機を動かせば、旱魃《かんばつ》に見舞われたエチオピアに大雨を降らせることができるって言ってたわよね」

「ああ。あれがうまくいかなかったのは、ぼくの理論や数理モデルがまちがってたからじゃない。コンピュータの計算能力が足りなくて、時間がかかりすぎたせいだよ。敏感点がようやく算出されたときには、地球全体の大気の変化によって、そこはもうとっくに敏感点じゃなくなってたんだ」

「アレクサンドル、あなたはこれまでずっと夢を追いかけて生きてきた。だから、とめるつもりはないの。だって、その夢に感動したからこそあなたと結婚したんだから……」アリーナはむかしをふりかえって、つらく悲しい気持ちになった。彼女はボスニア・ヘルツェゴビナのイスラム教徒の家庭で生まれた。五年前、包囲されたサラエボから脱出して、大学のクラスメートだったこのセルビア人男性と結婚したときには、頑迷な父と兄にあやうく自動小銃で撃ち殺されるところだった。

アリーナとカーチャを家に送ったあと、アレクサンドルは車でルーマニアに向かったが、楽な道のりではなかった。戦争のせいで道路にはたくさんの検問所ができ、渋滞もひどく、やっと国境を通過できたのは翌日の昼だった。しかし、そこから先の道はだいぶ走りやすくなり、車は日が暮れる前にブカレスト空港に到着した。

三月二十五日、ドゥブナ

モスクワから北に百三十キロほど行ったところに、小さな街がある。モスクワの頽廃《たいはい》と衰退の空気を微塵《みじん》も感じさせない、美しい緑と芝生に囲まれた整然とした街だ。時の流れが止まったように、そこにはいまなおレーニン像が佇立《ちょりつ》し、街の出口にあたる、ヴォルガ川の下をくぐるトンネルの入口にも、旧ソ連時代の『労働者に栄光あれ』というスローガンがいまだに刻まれている。小さな街の人口六万のうち、ほとんどは科学者だった。その街の名はドゥブナ。旧ソ連時代はハイテクおよび核兵器研究の中心地だった。

この街に、新しく建てられた瀟洒《しょうしゃ》でモダンな造りのビルがあり、まわりの旧ソ連時代の建築物と際立ったコントラストをなしている。その小さなビルの二階には、外部と完全に遮断されたコンピュータ室があって、そこにはなんと米国クレイ社製のスーパーコンピュータが鎮座していた。

その大型コンピュータは古いモデルだが、解散した対共産圏輸出統制委員会《COCOM》によって東側への輸出がきびしく禁止されていた品目のひとつだった。

いまから四年前、アメリカ、イギリス、ドイツ、フランスが資金を提供し、ロシアと共同でハイテク研究センターを設立した。月に百ドル少々の安月給で働かされているロシア国内の核科学者が欧米以外の国々に流出するのを防ぐため、彼らに手厚い報酬と恵まれた研究環境を用意し、それと同時にセンターの研究成果をロシア側と共有したのである。この瀟洒なビルは、そのハイテク研究センターのドゥブナ支部のひとつだった。

ロシアのメインフレーム・コンピュータはアーキテクチャが時代遅れで操作も面倒だったため、アメリカ人はそのクレイ社製スーパーコンピュータを導入した。管理しているのはアメリカ人エンジニアで、彼らによるチェックと審査を経たソフトウェア以外は実行できなかった。もしこのスパコンに感情があったら、彼はきっと孤独を感じていただろう。なぜなら、ここに居を構えてからの三年というもの、定期的なセルフチェック以外、ほとんどの時間をひたすら無為に過ごしていたからだ。ドゥブナにキャンパスがあるモスクワ大学電子工学部の大学生が、ときおり一階の端末から計算プログラムをよこすものの、それは寝ていても答えが出せるようなものだった。

　しかし、その日の深夜、ドゥブナのクレイ社製スーパーコンピュータは、C言語のソースコードで書かれたソフトウェアをある端末から受けとり、つづいてそれをコンパイルするよう求められた。そのソフトウェアのサイズは途方もなく大きく、実際、いままで見た中で最大だったが、彼がその大きさに興奮することはなかった。何百万、何千万行という規模のプログラムをこれまで何度も見てきたが、いざ実行してみると、その大部分が機械的なループや画素変換で、結局は3Dモデルの退屈なアニメーションを生成するだけだというケースがほとんどだったからである。彼はコンパイラを起動すると、C言語のコードを0と1から成るコンピュータ言語に淡々と置き換え、想像を絶するほど長い0と1の列を外部ストレージに保存した。コンパイルが終了すると、ひきつづきプログラムを実行する命令を受けたので、0と1が山をなす、吐き出したばかりのデータを急いで自分のメモリにロードし、膨大なカオスの山から一本の細い糸を探し出して、プログラムを実行しはじめた。次の瞬間、彼ははっとした。そのプログラムが一瞬にして、百万以上の高次行列式、三百万以上の常微分方程式、八百万以上の偏微分方程式を生成したのだ！　これら数式のモンスターたちは貪欲な大口を開けて生データを待っていた。ほどなく、べつのチャネルから10メガbpsの速度でデータの奔流が押し寄せてきたが、スーパーコンピュータである彼は、その奔流を構成するのが、圧力、温度、湿度のパラメータ群であることをぼんやり認識していた。灼熱の溶岩流のようなこの生データが行列と方程式の海に流入すると、たちまちすべてが沸騰しはじめた。クレイ社製コンピュータに搭載された千個以上のCPUがフル稼働し、メモリ空間に広がる電子世界にロジックの台風が吹き荒れ、データの大海原に黒い大波が押し寄せ……そのような状態が四十分以上つづいた。彼にとっては何世紀もの長さに感じられたが、ようやくほっと息をつける時間が訪れた。この荒れ狂う世界をなんとか制御することに成功したのである。台風の勢力はしだいに弱まり、大海原もようやく凪《な》いできた。しばらくすると台風は消え去り、データの海ももとのおだやかな姿に戻り、やがて急速に小さくなって、最後にそのエッセンスがシードデータと呼ばれるひと粒の小さな種に凝縮された。メモリ内部にある無限の虚空の中で、その種子はいくすじもの金色の光を発していた。そしてそれが数行のデータに変身し、一階の、ある端末の画面に表示された。その画面の前で、ライヒは衛星電話を手にとった。

「最初の敏感点が出たぞ。位置座標は、西経13度から15度、北緯22度から25度のあいだにある。作用行動は……〝敏感点に急激な温度低下をもたらす〟だ。問題の場所は、ええっと……ああ、ここだ。アフリカだ。アフリカへ行け、アレクサンドル！」

三月二十七日、アフリカ、モーリタニア

ヘリコプターは炎熱の砂漠地帯を低空で飛行していた。砂漠からの熱波で、アレクサンドルは息をするのも苦しかった。だが、黒人パイロットは、そんなことは気にもとめず、ずっとしゃべりどおしだった。このおかしな白人男に興味をそそられたらしい。白人男は、ヌアクショット空港で飛行機を降りてすぐ、小型ヘリをチャーターすると、空港近くのレストランに立ち寄り、大きなクーラーボックスひとつと巨大な氷の塊を買い込んだ。氷をクーラーボックスに入れてヘリに積み込み、さらにパイロットにはスレッジハンマーを持ってくるようあらかじめ指示していた。そして目的地も告げず、ただ自分の指示にしたがって内陸の砂漠地帯へ向かって飛んでくれと言ったのである。白人男は、ヘリに乗っているあいだじゅうずっと、奇妙なかたちをした大きな電話機を耳に当てていた。その電話機は、携帯ゲーム機のようなものにつながっている。黒人パイロットは、以前、銅鉱資源探査チームで働いていたとき、よく似た機械を一度見たことがあったから、それがGPSだということを知っていた。

「なあ、兄弟。あんたはカイロから来たんだろ?」パイロットは大きなプロペラ音に負けじと声を張り上げ、へたくそなフランス語で叫んだ。

「バルカン半島から来て、カイロで乗り換えた」アレクサンドルは半分うわのそらで答えた。

「なんだって？　バルカン半島？　あそこは戦争中だよな？」

「らしいね」

そのとき、アレクサンドルのヘッドセットに、六千キロの彼方にいるライヒの声が聞こえた。アレクサンドルの現在地は向こうのマップにはっきり表示されていて、敏感点との距離はわずか五キロメートルだという。敏感点は非常に安定した状態でゆっくり移動しているとのことだった。

「アメリカはバルカン半島にやたら爆弾をばらまいてる。あと、トマホークミサイルもな！　ヒューーッ、ドッカーーン！　なあ、兄弟、トマホークが一発いくらするか知ってるか？」

「たしか、百五十万ドルぐらいじゃなかったかな」

〈アレクサンドル、注意しろ。あと三千五百メートルだ〉

「いやはや、白人ってのはほんとにリッチだね。なにをするにも、やりかたが金持ちだ。それだけの金があったら、ここに農園やダムをつくって、おおぜいの人間を養えるのに」

〈アレクサンドル、あと三千だ〉

「なんだってアメリカは戦争するんだろうな？　知らないか？　そういえば、ミロシェヴィッチは、コソボとかいう土地で四十人以上殺したって聞いたが……」

〈あと二千だ、アレクサンドル。また移動したぞ、左だ！〉

「左に寄ってくれ」アレクサンドルはパイロットに指示した。

「え？　左に旋回？　わかった、ほらよ」

〈これでいいか、ライヒ？　おっと、ちょっと行き過ぎたか〉

「ちょっと行き過ぎた。戻れ！」

「おいおい、方角をはっきりさせてくれよ」パイロットが文句を言った。「……これでいいのか？」

〈これでいいか、ライヒ？〉

〈よし、いいぞ、アレクサンドル。真正面になった。距離千五百だ！〉

「ああ、これでいい。方角は決まった。ありがとう、兄弟！」

「礼にゃおよばないよ。報酬はたっぷりはずんでもらったからな。そういえば、ミロシェヴィッチが四十人以上殺したってさっき言ったけど……あんた、覚えてるかな、二年前のアフリカだって、たくさん人間を殺してる……」

〈あと千！〉

「……みんなもう忘れてるだろうが……」

〈五百！〉

「……ルワンダでは……」

〈百！〉

「……五十万人殺された……」

〈アレクサンドル、敏感点の真上にいるぞ！〉

「着陸してくれ！」

「……あんたたちも覚えて……え、着陸？　ここに？　オーケイ！　砂にスキッドが埋まらなきゃいいが……よし、これでいい。着いたぞ。外に出るのはもうちょっと待て。舞い上がる砂で、まだ目が開けられないからな！」

アレクサンドルは黒人パイロットの手を借りて機内のクーラーボックスを砂漠に運び出すと、すでに溶けはじめている大きな氷塊をとりだし、砂の上に置いた。砂漠から立ち昇る熱気がわずかにゆらめいている。

「おいおい、こりゃ火傷しちまいそうだぜ！」と言ってパイロットが笑った。アレクサンドルは目の前の氷塊めがけてハンマーを振り上げた。

「苦難の渦中にある祖国のため、わたしはいま、蝶の翅を羽ばたかせる……」

目を半分閉じたまま、アレクサンドルはセルビア語で静かにそう唱えると、勢いよくハンマーを振り下ろした。氷塊はきらきら輝くかけらとなって砕け散り、すぐに消えてしまう夢のように、砂の上でたちまち溶け去った。そして肺腑に染み渡る一陣の涼気となって空へと上昇し、拡散し、たちまち灼熱の大気に呑み込まれた。

「いったいなにをやってるんだ、兄弟？」パイロットはけげんな表情でその光景を眺めながらたずねた。

「儀式みたいなものさ。一種のトーテム信仰の儀式だよ。火の上で踊るみたいな」アレクサンドルは顔の汗を拭いながら笑った。

「じゃあ、その儀式と、さっきの呪文みたいな文句で、神さまにいったいなにを祈ってたんだ？」

「長雨と濃い霧。はるか彼方のわが祖国が、雨と霧に覆われますように、ってね」

三月二十九日、ベオグラード

ゆうべは、カーチャにとって人生でいちばん長く眠った夜だった。移植されたばかりの腎臓が拒絶反応を示し、発熱していた。母は、看護師をしているお隣さんに頼んで、病院から持ち帰った免疫抑制剤をカーチャに注射してもらい、それでようやくちょっと具合がよくなった。それに加えて、昨夜は爆発音がいつもよりずっと少なく、二、三回、散発的に聞こえただけだった。アパートの住人たちも、夜中に地下室に避難して夜明けを待つことはなかった。その理由がわかったのは翌日だった。

その朝、カーチャは寝坊した。もう八時を過ぎていたのに、外がまだ暗かったからだ。バルコニーに出てみると、空は暗い灰色で、木々のあいだに濃い霧がたちこめていた。

「神さま……」アリーナはその光景を見て、小さな声でつぶやいた。

「ねえママ、これってパパがやったこと？」カーチャはたずねた。

「まさか。だけど、もし半月も曇り空がつづいたとしたら、パパの仕事かもしれないわね」

「パパはいまどこにいるの？」

「わからない。パパは蝶なのよ。世界のどこかで羽ばたいてる」

「パパみたいに不細工な蝶なんているわけない。それにあたし、曇りの日なんか好きじゃないもん」

三月二十九日、NATO空軍1362号作戦命令

発信元：NATO空軍司令部作戦指揮センター
転送先：NATO南欧連合軍司令部、アメリカ陸軍南欧特派部隊司令部、第六艦隊司令部
EAM情報ソースとNM情報ソース（原注　EAMは駐欧アメリカ空軍気象情報センター、NMはアメリカ国家気象局を指す）によるM441情報［戦域条件データベースASD119、気象の項を参照］に誤りがあったため、M483情報ですでに修正済み。
それに伴う作戦命令1351、1353、1357各号の指示変更は次の通り。
以下の部分は、下記前線攻撃基地へ転送：イタリア基地（コミソ基地、アヴィアーノ基地、エリコーナ基地、ラ・マッダレーナ島基地、シゴネラ基地、ブリンディジ基地）、ギリシャ基地（スーダ基地、イラクリオン基地、アテネ基地、ドンマコーリ基地）
追加転送先：地中海空母打撃群

命令1351号および1357号におけるB3タイプ弾（原注　レーザー誘導弾と映像モニター誘導弾）攻撃を中止。標的群：GH56、IIT773、NT412、BBH09145、LO88、1123RRT、691HJ［インデックスは標的データベースTAG471を参照］

命令1353号のB3タイプ弾攻撃は保留。標的群：PA851、SSF67［インデックスは同上］

命令1351、1353、1357各号のA2タイプ弾（原注　トマホークミサイル）攻撃命令については変更なし。

以下についてはアヴィアーノ基地に転送：

低空観測の回数を増やし、保留しているB3タイプ弾の攻撃について、AF3レベルの攻撃効果評価を実施。

極秘、複写不可。

三月二十九日、ドゥブナ

〈アレクサンドル、アレクサンドル！　よく聞け、第二の敏感点が形成されたぞ。東経１３４度と１３３度、北緯29度と30度に囲まれたエリアを漂っている。移動速度は速いが、動きは安定しつつある。作用行動は、〝敏感点の海水を激しくかき乱す〟だ。わかるか？　敏感点は海の上にある〉

三月三十一日、琉球列島付近の太平洋上

海面はブルーのサテン生地を広げたように凪いでいた。一隻の小さな漁船が長く航跡を引きながら全速力で進んでいる。

漁船の後部甲板では、浅黒い肌をした沖縄の漁師二人がＴＮＴ火薬を防水シートでくるみ、爆薬にセットされた電気雷管を長い導爆線で起爆装置につないでいるところだった。

アレクサンドルは、作業している二人をかたわらで見守っていた。アレクサンドルに気を遣ってか、二人は訛りはあるものの流暢《りゅうちょう》な英語で話している。話題はここでも戦争だった。いま、世界はどこでもこの話題で持ちきりだ。

「こっちにしてみれば悪いことじゃないと思うがな。これが前例になる。もし韓国や台湾でことが起きたら、こっちの七七艦隊とアメリカの航空母艦がいっしょになって出撃する。そりゃもう、どえらい迫力だ！」と片方が言った。

「アメリカ人なんてクソ食らえだ！　あいつらの基地を見ると反吐《へど》が出る！」

「莫迦だな、おまえは。小さいことで言えば、米軍基地がなかったらだれに魚を売る？　大きいことで言えば、おまえは日本人なんだから、日本の利益を考えるべきだ」

「そりゃ、考えかた次第だよ、岩田さん。おれはあんたとは違う。あんたの家族はほんの十年前に九州からやってきた。うちの家族は先祖代々沖縄だ。琉球はかつて独立王国だった。おれたちにとっちゃ、あんたらだってアメリカ人と同じよそ者なんだよ」

「それでわかったよ、広瀬。あの大田知事ってのはとんでもないやつだな。おまえみたいな人間を悪いほうへ悪いほうへと変えちまう……。あ、ミスター、終わりましたよ」

アレクサンドルはシートにくるまれた爆薬を船尾まで運ぶと、衛星電話を耳にあてて待った。

「ミスター、ほんとうに魚を吹っ飛ばしたいんなら、おれが言ったように方向転換しなきゃ！」

「魚を吹っ飛ばしたいわけじゃない。海水だけでいいんだ」

「金は払ってもらってるから、もちろんミスターの好きにすればいい。いま沖縄に来る観光客連中にも、ミスターみたいにおかしな人間がだんだん増えてるからね」

〈アレクサンドル、アレクサンドル！　もう敏感点の真上だ！　海水をかき乱せ！〉

アレクサンドルは爆薬を海中に放り投げた。

「コードをスクリューにからめないように気をつけて！」漁師の片方が大声で叫んだ。甲板でぐるぐる巻きにしてあった導爆線がするする海中に入っていく。アレクサンドルは起爆ボタンに親指をかけた。

苦難の渦中にある祖国のため、わたしはいま、蝶の翅を羽ばたかせる……

海中からくぐもった轟音が響き、船の後方三十メートルほどのところに一本の高い水柱が立った。それは、太陽の光を浴びて白く輝く水しぶきとなり、見る者の目を眩《くら》ませた。水柱が崩れ落ちたあと、海面には巨大な泡ができたが、すぐにまた、もとの凪いだ海に戻った。

「ほら、だから言ったでしょ。なんにも吹き飛ばせやしないって」その海面を見ながら、漁師の片方が言った。

四月一日、ベオグラード

「ママ、四日つづけて曇り。今度こそきっとパパのせいだね！」カーチャは窓の前に立って言った。

空に見える雲の層は二日前の白っぽいグレーから黒っぽいグレーに変わり、ベオグラード市街の上空に低く垂れこめていた。サヴァ川の両岸にある白と黒の二棟の高層ビルはてっぺんが雲に隠れ、その雲からしとしと小雨が降っている。

アリーナは前と同じようにかぶりを振った。「やっぱり神の御業って言うほうが信じられるわ」

四月一日、ユーゴスラビア上空、F‐117（米空軍のステルス攻撃機）攻撃編隊

観測機：ブラックビューティー、ブラックビューティー。そちらはすでに目標上空に達している。
F‐117：ワンアイ、ワンアイ。目標視界ゼロ。高度4500、雲の上だ。
観測機：こちらは雲の下、高度1800だ。いま誘導レーザーを照射してみたが、レーザー照射ポイントの識別可能レベルが攻撃基準以下だ。霧が濃すぎる。
F‐117：ワンアイ、映像モニター誘導を試してみてくれ。
観測機：いま試している……ブラックビューティー。識別可能レベルは攻撃基準ぎりぎりだ。雲ごしに攻撃するしかない。現在、目標上空の雲の底は高度2000。
F‐117：攻撃準備はできている、ワンアイ。攻撃の効果を記録してくれ。
観測機：ブラックビューティー、ブラックビューティー、高度を下げるな！　雲の下は対空砲火が激しい。タマラの徴候もある！（原注　タマラは独特の先進技術を採用したチェコ製のパッシブレーダー。F‐117とB2二機種のステルス攻撃機を探知すると言われ、NATO空軍から恐れられていた）
F‐117：ワンアイ、こちらはまだ低空攻撃するつもりだ。二度と手ぶらでは帰れないからな！

観測機：ブラックビューティー、操縦桿《かん》を上げろ！　作戦命令の原則を忘れるな、グラント少佐。軍法会議にかけられたいのか？

グラントが操縦桿を手前に引き戻して右へ傾けると、F－117の角張った黒い機体はゆるやかに上昇に転じた。そして、ゆったりと旋回し、どこまでもつづく雲の上をイタリアに向かって飛行しはじめた。グラントはヘルメットの中でため息をついた。

「くそっ、アヴィアーノ基地を離陸する前に、マーク12型レーザー誘導爆弾二発にせっかく自分の名前をサインしておいたのに」

四月一日、NATO空軍1694号作戦命令

発信元：NATO空軍司令部作戦指揮センター
転送先：NATO南欧連合軍司令部、アメリカ陸軍南欧特派部隊司令部、第六艦隊司令部
EAM情報ソースとNM情報ソースによるM769・M770情報にふたたび誤りがあり

［戦域条件データベースＡＳＤ１２３、気象の項を参照］、このソースによる情報の信頼性はＴ１レベルからＴ３レベルに低下した。
それに伴う作戦命令１６８１～１６９０号の指示変更は次の通り。
変更根拠：ＮＤ２２４戦域の攻撃目標に対する有効性についての空中観察に基づく評価およびＳ２４情報ソースからの地上情報。
以下の部分は、下記前線攻撃基地へ転送：イタリア基地（コミソ基地、アヴィアーノ基地、エリコーナ基地、ラ・マッダレーナ島基地、シゴネラ基地、ブリンディジ基地）、ギリシャ基地（スーダ基地、イラクリオン基地、アテネ基地、ドンマコーリ基地）
追加転送先：地中海空母戦闘群
引き続き１６８１号およびそれ以降の作戦命令におけるすべてのＢ３タイプ弾による攻撃を中止する。標的群：ＴＡ６７～ＴＡ７１、１１０ＬＫ、ＴＵ８１、ＧＨ１６３２、ＳＰＴ４４１８、ＭＨ７０３、ＢＲ４５～ＢＲ６７［インデックスについては標的データベースＴＡＧ４７１を参照］。

極秘、複写不可。

四月二日、ドゥブナ

〈アレクサンドル、第三の敏感点だ！　エリアは東経92度から93度、南緯76度から77度、状況は非常に安定。作用行動は、〝敏感点で気温を急上昇させる〟だ。友よ、今回は南極に行かなきゃならん。まずはチリのナタレス港に急げ。だが、船をチャーターするんじゃないぞ、それだと間に合わないからな！　ナタレス港に友人がいる。前に南極のオゾンホール調査をしたときに、調査隊のために働いてくれた。使える男だ。彼は自家用セスナを持ってるから、敏感点がある南極のマリーバードランドへナタレス港から直接飛べるかもしれない。たぶん、着陸地点も彼が知ってるだろう。今回の敏感点にたどりつくまでにはかなり時間がかかる。そのころには、第二の敏感点はもう期限切れになって、効力を失っている可能性がある。おまえの国では、二、三日は晴れの日がつづくかもしれない。だが、安心してくれ。この新しい敏感点はとても安定している。遠くに漂っていくことはなく、長期にわたってそのままだ。たぶん、南極の低温と関係しているんじゃないかと思う。もっと重要なのは、その敏感点が何度も効果を発揮しそうだってことだ。だとしたら、おまえがただそこにいるだけで——まあ、快適な環境とは言えないだろうが——バルカン半島を覆う雲や霧を少なくとも半月は維持できる。やったな、アレクサンドル。信じられないほどすばらしい幸運だぞ！〉

四月四日、ベオグラード

「晴れたよ、ママ！」カーチャはベランダから青空を見上げてうれしそうに言った。

アリーナは小さくため息をついた。「アレクサンドル、あなた、本物の救世主じゃなかったのね」

大きな音がしてガラスがガタガタ鳴り、それにつづいてもっと大きな音が響きわたり、今度は天井から埃《ほこり》が落ちてきた。

「カーチャ、地下室に行かなくちゃ」

「やだ。カーチャはお天気の日が好きなの！」

四月六日、南極大陸、マリーバードランド

「なんて純粋で静かな世界なんだろう。ずっとここにいられたらいいのに」アレクサンドルは胸を打たれ、思わずそうつぶやいた。高度二千メートルの上空から見下ろすと、地平線に近づいた太陽をバックに、うっすら青く輝く氷原がどこまでも広がっていた。

飛行機を操縦しているのは、アルフォンソという名の屈強なアルゼンチン人だった。彼はアレクサンドルを横目でちらっと見て言った。

「その純粋で静かな世界も、そう長くは保たない。南極ツアーがすごく盛んになってきてるからな。最初は南シェトランド諸島一帯だけだったが、いまじゃ南極大陸の内陸部まで入ってきてる。観光客が船や飛行機でどんどん押し寄せてくる。おれの旅行会社もすごく繁盛してるよ。もう親父の世代みたいに魚を捕ったり、牧場をやったりすることはない」

「観光だけじゃなく、きみたちの政府はこの大陸への植民を計画してるんじゃないのか?」

「そりゃまあ、可能性がなくはないだろう。なんといっても、南極にいちばん近い国なんだからな！　遅かれ早かれ、世界はこの大陸を巡って戦争することになる。ちょうど、いまのバルカン半島みたいに」

そのとき、衛星電話からライヒの声が聞こえてきた。

〈アレクサンドル、ちょっとした問題が起きた。アメリカ人がクレイ・コンピュータ室を閉鎖した！〉

〈こっちがやってることに気づかれたのか？〉

〈それは一〇〇パーセントない。連中には、地球規模で大気の動きをシミュレートしているとだけ言ってある。だから、嘘はついていない。ただ、西側との関係が緊張しているいま、この研究センターもその影響を避けられないということだ。そこで待っててくれ。すぐに解決するから〉

氷原に飛行機が着陸すると、前方に小屋が見えた。断熱パネルで組み立てられたその小屋は、積雪から守るために、四本の柱で地面から浮かせて建てられていた。

「イギリスの遠征隊が残していった小屋だが、おれが補修した」小屋を指さして、アルフォンソが言った。「食料と燃料は、一カ月間滞在できるだけの備蓄がある」

四月七日、ベオグラード

カーチャがまた拒絶反応を起こし、高熱を発してうわごとを言いはじめた。カーチャが退院したときにもらってきた注射薬はもう使い切ってしまった。入院していた小児病院は街の反対側だが、はるばるとりにいくしかない。

この日はまだ晴天だった。

「ママ、出かける前にお話を聞かせて」カーチャがベッドから身を起こし、母親の服の裾をひっぱった。

「ねえ、シュガー。ママが知っているおとぎ話はもうみんな話してしまったわ。これから話すのはママの最後のおとぎ話よ。カーチャはもう大きくなったんだから、おとぎ話はこれでおしまい」とアリーナは言った。

「ちゃんと聞くから、ママ」カーチャは弱々しくまた体を横たえた。「むかしむかし、あるところに……」

「違うわ、カーチャ。このおとぎ話はそんなに昔のことじゃないの。そうね、あなたが生まれる三、四年前のことよ。わたしたちはいまよりずっと大きな国に住んでいたの。アドリア海の東海岸はほとんどがわたしたちの国だった。国の中には、セルビア人、クロアチア人、スロヴェニア人、マケドニア人にモンテネグロ人、それにボスニア・ヘルツェゴビナのムスリムたちもいた。みんな、大きなひとつ屋根の下で、仲のいい兄弟姉妹みたいに暮らしていたのよ」

「コソボのアルバニア人もいた？」

「もちろんいたわ。チトーっていう、とっても強い人がわたしたちの国のリーダーだったの。国民はエネルギーに満ちあふれ、自分たちのことをとても誇りに思ってた。いろんな種類の豊かな文化を持っていたおかげで、世界中から尊敬されていたのよ……」

アリーナは目を潤ませ、窓の外に広がる青空の一角をぼんやり眺めた。

「それからどうなったの？」カーチャがたずねた。

アリーナは立ち上がった。「カーチャ、ママが戻るまでベッドで横になっていなさい。もし爆撃がはじまったら、となりのレトニッチおじさんの言うことを聞くのよ。忘れないで、地下室に行くときは厚着してね。あそこはじめじめしてて寒いし、病気がまた悪くなっちゃうから」そう言い終えると、アリーナはかばんをとってドアを開けた。出ていく母親の背中に向かってカーチャがたずねた。

「その国はどうなったの？」

家の車はガソリンが切れていたので、アリーナはしかたなくタクシーを拾うことにした。いつもの何倍も時間がかかったものの、なんとかタクシーをつかまえることができた。路上には人も車もほとんど見当たらず、タクシーは順調に走りつづけた。遠くに何本か煙が立ち昇っているのが見えた。

目的地に着いてタクシーを降りると、小児病院は爆撃の影響で停電になっていた。看護師たちが未熟児の保育器を囲み、人力で空気を送り込んでいた。薬品類も不足していたが、カーチャの薬はなんとか手に入り、アリーナは急いで病院をあとにした。しかし、帰りの交通手段を確保するには、行きよりもさらに長い時間がかかった。ようやく来たのは一台の路線バスで、乗客はまばらだった。

バスの窓からドナウ川が見えてきたとき、アリーナはふうっと息をついた。ここまで来れば、家までの道のりの半分を越したことになる。空には雲ひとつなく、街全体が地面に並べられた標的のようだった。

「あなたは救世主じゃなかったのね、アレクサンドル」アリーナは心の中でまたつぶやいた。

バスは川に架かる大きな橋にさしかかった。橋の上には人も車もまったくなく、バスはあっという間に橋の真ん中あたりまでやってきた。川面を吹くさわやかな風が窓を通して入ってくる。煙のにおいはしなかった。建物のあいだに見え隠れする数本の煙の柱をべつにすれば、明るい陽射しのもと、街はいつにもまして穏やかで平和に見えた。

と、そのとき、それが見えた。

それほど高くはない、遠くの空を飛んでいる。最初のうちは青空をバックにかすかに光る点にすぎなかったが、しだいに細長いかたちが見分けられるようになってきた。速度は遅く、アリーナの目には、それがなにかを探しているかのように見えた。そんなにもゆっくりと飛んでくるなんて、ほんとうに思ってもみないことだった。それは川の上までやってくると、優美な曲線を描いて高度を下げ、川面すれすれを飛んだ。バスの窓からだと、今度は下を向いてやっと見えるくらいだった。みるみる近づいて、その姿が鮮明になった。とてもなめらかなシルエットで、見たところ、ぜんぜん凶悪な感じはしなかった。新聞が書いている人喰いザメどころか、ドナウ川からジャンプして姿を見せた無邪気なカワイルカみたいだった。

そのトマホークミサイルが命中して、ドナウ川にかかる橋を木っ端微塵に吹き飛ばした。数日後、人々が川に転落したバスを引き揚げると、焼け焦げた遺体が何体か車内で見つかった。その中には、手提げかばんを胸にしっかりと抱え込んだひとりの女性の遺体もあった。かばんには二箱の注射薬が入っていたが、死んだ女性がかばんをしっかり守っていたおかげで、注射薬の半分は無事で、箱に書かれた薬剤の名前もはっきり読みとれた。引き揚げ作業を担っていた消防隊員たちにとって、それははじめて目にする珍しい種類の薬だった。

四月七日、南極大陸、マリーバードランド

「タンゴを教えてやろう！」アルフォンソはそう言うと、アレクサンドルといっしょに雪の上で踊りはじめた。アレクサンドルは、まるでべつの惑星に来たような気分だった。永遠につづきそうなこの雪原の黄昏の中、彼は時が経つのを忘れ、戦争のことさえも忘れた。

「うまいじゃないか。だが、本物のアルゼンチン・タンゴにはなってないな」

「頭の動きがどうもむずかしくてね」

「そりゃ、その〝動き〟が持つ意味をまるでわかってないからだ。アルゼンチンでカウボーイたちが最初にタンゴを踊っていたころは、きっと頭を動かしたりはしていなかったはずだ。だがやがて、きれいな娘を抱いてタンゴを踊ってるやつらに嫉妬した仲間が、踊り手を石でぶん殴った。だからそれ以降、タンゴを踊るときには、頭をすばやく左右に回し

てまわりを警戒するようになったのさ」

その話にひとしきり笑ったあと、アレクサンドルは大きくため息をついた。「そうとも。それが外の世界なんだ」

四月十日、ドゥブナ

〈アレクサンドル、事態はさらに悪化した。西側は研究センターの共同プロジェクトをすべて中止した。アメリカはクレイ・コンピュータを撤去して国外に運び出した……。こっちはいま、べつのスパコンを探している。ドゥブナには核爆発シミュレーション・センターがある。軍事施設だが、そこには大型のマシンがある。ロシア製だからちょっと遅いかもしれないが、それでもこの計算はじゅうぶんに可能だ。ただ、それを使うためには、この件を上に報告する必要がある。それもたぶん、かなり上のレベルまで報告を上げなきゃいけない。おまえはあと二日、そこで持ちこたえてくれ。いまは追跡できないが、敏感点はまだ南極にあるとおれは信じてる！〉

四月十三日、ベオグラード

地上の爆発音が響きわたる薄暗い地下室で、カーチャはすでに虫の息だった。

近所の人たちはあらゆる手を尽くした。レトニッチおじさんも、二日前には息子を病院まで薬をとりにいかせていた。しかし、街の病院で免疫抑制剤の在庫があるところなどもうどこにもなく、西側からの輸入に頼るしかない。だが、それはいま、まったく不可能だった。

カーチャの母親の消息はずっと不明のままだった。

カーチャは昏睡状態のまま母親を呼びつづけたが、わずかに残された意識の中に現れたのは、父親の姿だった。父親は大きな蝶の姿になっていた。その蝶は、空高く静止して、サッカー・フィールドほどもある巨大な翅を羽ばたかせ、暗い雲と濃霧を吹き飛ばした。

すると、陽の光がベオグラードの街とドナウ川をふたたび明るく照らした。

「お天気の日が好き……」とカーチャはつぶやいた。

四月十七日、ドゥブナ

〈アレクサンドル、失敗だ。スパコンは手に入らなかった。ああ、科学アカデミーのチャンネルを使って、たしかに最高レベルまで話を持っていったよ。しかし……、いや、そうじゃない。彼らは信じないとは言ってない。ただ、信じるとも言ってない。信じるかどうかは、この際、もうどうでもいい。おれはクビになった。連中は、アカデミー会員であるひとりの科学者を犬のように追い払ったんだ。なぜかって？　おれがこの件に関わっていたからだよ……そう、志願兵としてユーゴスラビアに行く許可はもらっていた。だが、おれのやってることはそれとは違っていたってことさ……。わからんよ。連中は政治家だからな。おれたちには、連中の考えかたを理解することなんか永遠にできない。向こうもこっちのことを永遠に理解できないようにな……。そんな甘いこと言うなって。信じてくれ、ほんとうに、可能性はもうない。短時間でそんな複雑な計算ができるマシンなんて、世界じゅう探しても何台もない……家に帰る？　だめだ、戻るな。カーチャは……なんと言ったらいいか……。友よ、カーチャは三日前に拒絶反応を起こして死んだ。アリーナは十日前、カーチャの薬をもらいに病院へ行ったきり行方知れずだ。いまだにまったく消息がわからないんだ……わからない、おまえの自宅にはなんとか電話が通じたが、お隣さんから聞けたのはそれだけだった。アレクサンドル、なあ、友よ、モスクワに来ないか？　おれたちには少なくともおまえのソフトウェアがある。それで世界を変えることができるんだ！　もしもし、もしもし、アレクサンドル！〉

〈…………〉

四月十七日、南極大陸、マリーバードランド

「アルフォンソ、きみは先にアルゼンチンに帰ってくれ。ひとりにしてほしいんだ」雪原に建つ小屋の前で、アレクサンドルは悲しげな笑みを浮かべて言った。「きみの協力には感謝してるよ。ほんとうにありがとう」

「ライヒはあんたがギリシャ人だと言ってたが、それは違うな」アレクサンドルを見つめて、アルフォンソは言った。「あんたはユーゴスラビア人だ。ここでなにをしているのかは知らんが、きっと、戦争と関係があるんだろう」

「もしそうだったとしても、もう関係なくなったよ」

「あんたがラジオでニュースを聞いてる顔を見てぴんと来た。十何年前、マルビナス島

（イギリス側の呼び名はフォークランド諸島）でおんなじ顔をたくさん見たからな。当時のおれは勇敢な兵士だった。そう、とても勇敢な兵士だった。アルゼンチン全体が勇士だったと言ってもいい。おれたちに勇敢さと情熱が足りなかったわけじゃない。エグゾセ・ミサイルが何発か足りなかっただけだ。降伏したあの日のことはまだ覚えてる。島の空は曇っていた。湿度が高くて、寒かった。それでも、さいわいなことに、英国はおれたちに銃を持ち帰ることを許してくれた。……じゃあな、友よ。数日後にまた戻ってくる。小屋から遠くへ行くなよ。もうすぐ嵐になりそうだからな」

アルフォンソの飛行機が真っ白な南極の空に消えるのを見送ってから、アレクサンドルはきびすを返して小屋に戻り、小さな燃料缶を持ち出した。

そして、二度と小屋に入ることはなかった。

アレクサンドルは小さな燃料缶を片手に、どこまでもつづく南極大陸の雪原をあてどなく歩いた。どれほどの時間歩いたかわからなくなったころ、彼は立ち止まった。

……作用行動は、敏感点の温度を急激に上昇させること。

彼は燃料缶の蓋を開け、かじかんだ手でライターをとりだした。

苦難の渦中にある祖国のため、わたしはいま、蝶の翅を羽ばたかせる……

そして燃料缶のガソリンに火をつけると、雪の上に腰を下ろし、立ち昇る炎を眺めた。だがそれは、ただのありふれた炎で、敏感点に作用して母国に雲や霧をもたらすことはなかった。

釘が抜ければ蹄鉄が落ちる
蹄鉄なしでは馬には乗れず
馬がなければ騎兵は征かず
騎馬隊なしでは戦にゃ負ける
負けりゃお国も何もない

七月十日、イタリア、NATO南欧連合軍司令部

すべてが終わったあと、週末のダンスパーティーが再開された。三カ月以上も着つづけだった迷彩服をついに脱ぎ捨て、かしこまった礼装に着替えるときがやってきたのである。

ルネッサンス期に建てられ、豪華な大理石の柱が立ち並ぶこの大ホールでは、木の枝のかたちを模した巨大なクリスタルのシャンデリアの光が将官の金の徽章と佐官の銀の徽章をきらめかせ、イタリア上流階級の女性たちが容姿の美しさばかりか知性とウィットに富んだ話術で華を競い、ヴィンテージもののワインがその夜をさらに魅惑的に演出していた。その場にいるだれもが、栄光とロマンに満ちたこの遠征に参加できたことを祝い、そして喜んでいた。

ウェズリー・クラーク将軍が参謀や部下たちを伴って登場したとき、会場は熱狂的な拍手の渦に包まれた。拍手の音は、この戦争における彼の勲功に対する賞賛ばかりではなかった。クラーク将軍はすらりとした体形に加えて知性と品格を併せ持ち、先の湾岸戦争の際の総司令官シュワルツコフとは対照的に、女性たちのあいだでとりわけ人気が高かったのである。

ワルツが二曲演奏されたあと、スクエアダンスがはじまった。これはペンタゴンで流行っているダンスだが、ほとんどのイタリア女性たちは踊れなかったので、若い将校たちが熱心に教えはじめた。パーティーのにぎわいに疲れたクラーク将軍は、ひとりで散歩でもしようと、ホールの横手のドアから外に出た。湖畔には葡萄畑《ぶどう》が広がっていた。将軍から慎重に距離を置いて、ホールからひとりの男があとを追うように出てきた。将軍は、夕暮れの湖と山の風光を楽しむように、葡萄畑のあいだの静かな小径をゆっくり歩いて、湖岸へとやってきた。

しかしそのとき、将軍はだしぬけに口を開いた。「やあ、ホワイト中佐」

将軍の勘がこれほど鋭いとは思ってもみなかったので、ホワイトはあわてて駆け寄り、敬礼した。「わたしのことを覚えていてくださったんですね、将軍」

クラーク将軍は湖のほうを向いたまま、振り向かずに言った。「この三ヵ月間のきみの働きには感銘を受けたよ、中佐。きみとオペレーションルームの全員に感謝する」

「将軍、どうか失礼をお許しください。どうしてもお話ししたいことがありまして。ほとんどプライベートなことではありますが、いまを逃せば、もうお話しする機会がないかもしれませんので」

「話したまえ」

「攻撃がはじまってから数日間、標的地域の気象情報には、わずかながら……その、不安定なところがありました」

「不安定どころではなかったよ、中佐。大はずれだ。雨と濃霧が三、四日もつづいたおかげで、われわれは攻撃の主導権を握れず、受身にまわってしまった。もし予報が正確だったら、第一次攻撃の時期を遅らせることもできただろう」

日が落ちてからしばらく経つが、西の空にはまだわずかに赤い輝きが残っていた。遠くの山々は黒いシルエットとなり、湖面は鏡のように静かだった。湖のどこかから優雅なイタリアの舟唄が聞こえてくる。……詩情あふれるそんな時刻に、二人の会話はあまりにも場違いだった。しかし、中佐に選択の余地はなかった。これが唯一のチャンスだったから、無理やり話をつづけた。

「しかし、一部の人々は、その事実を把握したら放っておかないでしょう。上院軍事委員会は、空軍気象情報システムに過去三年間に割り当てられた二十億ドル以上の予算がどのように使われてきたのかを問題視しています。いずれ調査チームを立ち上げ、公聴会を開くでしょう。どうやらこの件は、おおごとになりそうな雲行きです」

「大騒ぎになることはないだろうと思うが、それでも、だれかが責任をとらなくてはならないだろうね、中佐」

ホワイトの全身から汗が滝のように滴り落ちた。「それはフェアではありません、将軍。だれもが認めるとおり、天気予報にはランダムな要素があります。大気システムはおそろしく複雑なカオス系で、正確に予測することはほぼ不可能です」

「中佐、わたしの記憶がたしかなら、きみの担当は攻撃目標の選別であって、天候とは関係ないはずだが」

「はい、将軍。しかし……バルカン半島の目標エリアにおける気象情報を担当していたのは、駐ヨーロッパ航空司令部気象センターのキャサリン・デイヴィッド中佐なのです。……そうだ、将軍は彼女と会ったことがあるはずです。彼女はよくオペレーションセンターに来ていましたから」

「ああ……思い出したよ。あのマサチューセッツ出身の博士か」クラーク将軍は振り向いて、楽しげに言った。「長身で褐色の肌、すらりとした長い脚。典型的な地中海タイプの美女だったな」

「そ、そうです、将軍。それでわたしは……」

「中佐、いまさっき、きみはたしか、これはプライベートなことだと言っていたようだが」

「………」

クラーク将軍は突然真顔になった。「中佐、わたしはきみの名前を覚えているだけではなく、きみが既婚者だということも知っている。そしてきみの妻がキャサリン中佐ではないということも」

「はい、将軍。しかし……ここはアメリカではありませんので」

クラーク将軍は大声で笑い出したかったが、それは我慢した。彼は心の底から、この静けさを壊したくなかったのである。

著者付記

この小説に描かれていることは、人類の能力の限界ゆえではなく、この宇宙の基本的な物理法則および数学原理ゆえに、実際には起こり得ない。しかし、自然の法則になんらかの改変を加えることで、宇宙がどのようなあり得ないふるまいを見せるかを描くことも、ＳＦ小説の魅力のひとつだろう。

詩雲

诗云

大森望・泊功訳

序

伊依《イー・イー》たち三人はクルーズ船に乗って南太平洋を航海しながら、詠詩の旅をつづけていた。旅の目的地は南極点である。数日後、つつがなく極点にたどり着けたら、そこから地殻をくぐり抜け、詩雲を見物する予定だった。

空も海も澄み渡っている。ただ、詩作という芸術的営為にとって、きょうの世界はあまりにも透きとおりすぎていた。見上げると、ふだんはめったに見えないアメリカ大陸が天空にくっきり浮かび、世界を覆う巨大なドームの東半分にあって、そこだけ壁の漆喰《しっくい》が剝がれ落ちたように見える……。

そう、人類はいま、地球の内側に住んでいる。もっと正確に言うと、人類は風船の中に住んでいる。地球はいまや、一個の巨大な風船と化していた。中はがらんどうで、厚さ百キロほどの薄い地殻だけが残されている。大陸や海の位置はもとのままだが、それらすべては球殻の内側にある。大気も残っているが、いまはそれも地殻の内部にある。つまり、いまの地球は、地殻の内壁に海と大陸が張りついた巨大バルーンなのである。この空洞地球はいまも自転をつづけているが、自転が持つ意味は、以前と大きく異なっていた。薄い地殻が有するわずかな質量が発生させる引力は微々たるものなので、いま、地球の重力のほとんどは、自転の遠心力によって生み出されている。ただしこの重力は、世界じゅうどこでも同じというわけではない。現在の地球の重力は、赤道上でもっとも強く、以前の地球の重力のおよそ一・五倍に相当する。緯度が高くなるにつれて重力は減少し、南北両極でゼロになる。いま、詩人たちの乗ったクルーズ船が航行している緯度では、重力は、以前の地球の標準重力とちょうど同じくらいだ。それでも、伊依《イー・イー》にとって、中身がつまった昔の地球にいた頃の感覚を思い出すのは困難だった。

がらんどうになった地球の中心には小さな太陽がひとつ浮かび、いまは真昼の光で世界を照らしている。この太陽の明るさはたえず変化し、もっとも明るい瞬間からだんだん暗くなってやがて真っ暗になり、またしだいに明るくなるのを二十四時間周期でくりかえして、地球内部の空間に昼と夜をもたらしている。夜には、月のような冷たい光を発する時間帯もあるが、その場合も一点が光るだけで、まるい満月を見ることはできない。

クルーズ船に乗っている三人のうち、伊依《イーイー》をのぞく二人は、実のところ人間ではなかった。片方は、大牙《たいが》という名の恐竜だった。身長十メートルにおよぶその巨体が不用意に動くと、そのたびに船が揺れたり傾いたりして、船首に立つ詩人を大いにあわてさせた。詩人は痩せこけた老人で、雪のように白い、まさに〝白髪三千丈〟の長い髪と髭を風になびかせている。唐代のゆったりした古装束に身を包んだ仙人のようなその姿は、空と海のあいだに奔放に書き散らされた狂草体のひと文字に見える。彼こそがこの新世界の創造者である偉大な詩人、李白だった。

1　贈りもの

ことの起こりは十年前。呑食《どんしょく》帝国が二世紀の長きにわたる太陽系簒奪《さんだつ》を完遂したばかりのころだ。地球の遠い過去からやってきた恐竜たちは、このとき、直径五万キロメートルのリングワールドで太陽を離れ、白鳥座に向かって航行しているところだった。恐竜たちによって拉致され、家畜として飼育されている十二億の人類もリングワールドの住人だった。しかし、土星軌道に近づいたとき、リングワールドはとつぜん減速し、ついには反転すると、太陽に向かって逆戻りしはじめたのである。

帝国が一八〇度方向転換した時点からリングワールド時間で一週間後、古代地球文明のボイラーのようなかたちをした宇宙船が、使者の大牙を乗せて巨大リングを離脱した。大牙のポケットの中には伊依《イー・イー》という名の人間が入っていた。

「おまえは贈りものだ!」大牙は伊依《イー・イー》に向かって言った。大牙は漆黒の宇宙を舷窓ごしに眺めていたが、その野太く荒々しい声はポケットの中にいる伊依《イー・イー》を震わせ、全身を痺れさせた。

「だれに贈るんですか?」伊依《イー・イー》はポケットの中で顔をせいいっぱい上に向け、大声でたずねた。ポケットから見上げる恐竜の下顎は、まるで絶壁のてっぺんから突き出した巨大な岩のようだった。

「神に贈る! 神が太陽系にやってきたから、帝国は引き返したのだ」

「本物の神なんですか?」

「彼らはわれわれに理解不能なテクノロジーを自在に使いこなしている。彼ら自身はすでに純粋なエネルギー体となり、銀河系の端から端まで一瞬で移動できる。それを神と呼ばずしてなんと呼ぶ? その超テクノロジーの百分の一でも手に入れられたら、呑食帝国の未来は明るい。われわれはまさにその偉大なる使命を担っている。おまえは神を喜ばせることを学ばねばならん！」

「どうしてわたしを選んだんです？　肉質だってよくないのに」伊依《イー・イー》が言った。彼は三十歳を過ぎていて、呑食帝国が丹精込めて育てている白い柔肌の人間たちとくらべれば、その風貌にはどことなく、人生航路の辛酸を舐めたあとのようなくたびれた感じが漂っていた。

「神は虫けらを食べたりはしない。ただ蒐《あつ》めるだけだ。おまえは特別だと飼育員から聞いている。なんでも、弟子がおおぜいいるそうじゃないか」

「わたしは詩人です。いま、飼育場の家畜たちに、人類の古典文学を教授しているのです」伊依《イー・イー》は、〝詩〟や〝文学〟といった、呑食語ではめったに使われない単語を苦労して発音した。

「なんの役にも立たず、おもしろくもないそんな学問を教えることを飼育員が黙認していたのは、その一部が虫けらどもの精神に作用して、家畜の肉質を向上させるからだ。おれが見るところ、おまえはみずからを孤高の存在と考え、他人のことなど眼中にないらしい。たしかに、飼育されている家畜としてはユニークな性質だ」

「詩人とはそういうものなのです！」伊依《イー・イー》はポケットの中ですっくと立ち、自分の姿が大牙に見えないとわかっていながら、誇らしげに顔を上げた。

「おまえの先祖は地球防衛戦争を戦ったのか？」

伊依《イーイー》はかぶりを振った。「あの時代のわたしの先祖も詩人でした」

「いちばん役に立たない種類の虫けらだったのだな。当時の地球でもかなり珍しい種類だろう」

「わが先祖はみずからの内なる世界に生き、外の世界の変化についてはまったく意に介しませんでした」

「ごくつぶしか……おお、もうすぐ到着するぞ」

大牙の言葉を聞いて、伊依《イーイー》はポケットの中から首を伸ばし、大きな舷窓ごしに外を見た。宇宙船の前方には二つの白く光る物体が見えた。正方形の平面体と球体が宇宙空間に浮かんでいる。宇宙船が平面体の真横に並んだとき、星空をバックにして、平面体が一瞬消えた。それは平面体にほとんど厚みがないことを意味している。完璧な球体のほうは平面体の上方に浮かび、どちらもやわらかな白い光を発していた。表面はのっぺりと均質で、なんの特徴も見出せない。まるで、コンピュータの画像ライブラリから引き出した素材のようだ。この混沌とした宇宙の中で、単純かつ抽象的な二つの概念を体現しているように見える。

「神は？」伊依《イーイー》はたずねた。

「この二つの幾何学構造がそれだ。神は単純さを好む」

近づいてみると、その平面体がサッカー・フィールドほどの大きさだということがわかった。宇宙船は、エンジンを下に向け、平面体に向かって減速しながら降下した。エンジンの噴射炎がまず平面体に触れたが、まるで幻影に触れたかのように、炎はそこにまったくなんの痕跡も残さなかった。しかし、宇宙船が平面体に触れたとき、重力と振動が感じられたので、それが幻ではないことはわかった。大牙は前にもここに来たことがあるらしく、無造作にエアロックのハッチを操作した。大牙が気閘《きこう》室の二つのハッチを同時に開けたとき、伊依《イー・イー》はどきっとしたが、空気が外に吸い出されるかん高い音が響くことはなかった。大牙がハッチから外に出ると、ポケットの中にいる伊依《イー・イー》は新鮮な空気のにおいを嗅いだ。首を伸ばして外に顔を出してみると、涼しいそよ風が吹いていた……これは、人類にも恐竜にもまったく実現不可能な超テクノロジーだった。なんでもないことのようにあっさりと示されたこの気遣いの裏にある技術的水準の高さに、伊依《イー・イー》はショックを受けた。人類が初めて呑食者と遭遇したときとくらべても、今回の接触《コンタクト》はさらに大きな衝撃だった。伊依《イー・イー》が天を仰ぐと、燦然と輝く天の川銀河を背景にして、頭上に球体が浮かんでいた。

「使者よ。今度はどんな贈りものを持参した？」神がたずねた。神が話しているのは呑食語だったが、声は大きくなく、まるではるか彼方、宇宙の深淵から聞こえてくるようだった。伊依《イー・イー》は、この粗野な恐竜語を、このときはじめて耳に心地よく聞いた。大牙は前肢の鉤爪《かぎづめ》を一本、ポケットに差し入れると、伊依《イー・イー》をつかんで平面体の上に置いた。伊依《イー・イー》が足裏に弾力を感じたとき、大牙が言った。「敬愛する神よ、あらゆる星系から小生物を蒐めるのがご趣味とうかがっております。今回、わたくしはこの興味深き小さな生きものを連れて参りました。地球人でございます」

「我が好むのは完璧な小さい生きものだ。そんなみっともない虫けらを連れてきてどうする」神がそう言うと、球体と平面体から出ている白い光がかすかに二度明滅した。どうやら嫌悪感を示しているらしい。

「この虫けらをご存じなので？」大牙は驚いて顔を上げた。

「この銀河の渦状腕を旅する宇宙航行者が話しているのを聞いただけで、くわしく知っているわけではない。だが、その虫の種属のそう長くもない進化の過程で、宇宙航行者たちは何度となく地球を訪れている。その小さな生きものの猥雑な思想、下劣な行動、そして混乱と汚辱にまみれた歴史は、すべてが嫌悪に値する。地球世界が破壊し尽くされるまでのあいだで、彼らにコンタクトを試みる価値があると考えた航行者はだれひとりいなかった。……ただちに捨ててしまうがいい」

大牙は伊依《イー・イー》の体をつかむと、どこへ放り投げようか考えているように、巨大な頭を左右に動かした。

「ゴミ焼却ゲートはそなたのうしろだ」と神が言った。大牙が振り向くと、彼の背後、平面体の上に小さな丸い開口部が現れた。中では青白い灯りがほのかに輝いている。

「ちょっと！　いくらなんでもそれは言いすぎでしょう！　人類は偉大な文明を築いたんですよ！」伊依《イー・イー》は声を荒らげ、呑食語で叫んだ。

球体と平面体の白い光がまた二度ちらついた。神は言った。「文明だと？　使者よ、この虫けらに、文明とはなにかを教えてやれ」

大牙が伊依《イー・イー》の体を自分の顔の前にぶら下げた。恐竜の二つの大きな眼球がぐるぐると回転する音まで伊依《イー・イー》の耳に届いた。「虫けらよ。この宇宙において、ある種属の文明レベルは、その種属が到達した空間次元の数によって測られる。どんな種属であれ、六次元に進出してはじめて、文明という大きな家族に加わる最低条件を満たしたことになる。敬愛する神の種属は、すでに十一次元空間にまで進出している。われらが呑食帝国は、実験室環境では、小規模ながら四次元空間に入れるようになった。しかし、この銀河では、われわれもまだ、文明にはほど遠い未開の原始人にすぎない。ましておまえたちなど、神の前では、雑草や苔も同然だ」

「捨てろ。汚らわしい」神は我慢しきれなくなったように催促した。

大牙は口をつぐみ、伊依《イー・イー》を持ち上げて、ゴミ焼却ゲートへと放り投げようとした。伊依《イー・イー》が必死にもがいた拍子に、彼自身のポケットからたくさんの白い紙がこぼれた。それらの紙切れがはらはらと下へ落ちていったとき、球体から一本の細いビームが放たれた。そのビームが紙切れの一枚にあたって、紙片が空中で静止した。ビームは紙切れをすばやくスキャンした。

「おや、ちょっと待て。これはなんだ?」神がたずねた。

大牙は伊依《イー・イー》を焼却ゲートの上でぶらぶらさせながら、首をひねって球体をふりかえった。

「そ、それは……生徒への宿題です!」恐竜の巨大な前肢につかまれた伊依《イー・イー》は、必死にもがきながら答えた。

「この四角い記号はなかなか興味深い。それらがかたちづくる小さな行列《マトリクス》もおもしろい」

神がそう言うあいだにも、球体から投射されたビームが、平面体の上に落ちた他の数枚の紙をすばやくスキャンしてゆく。

「その記号は漢……漢字というものでして、記号の行列は、漢字を使って書かれた詩です!」

「詩だと?」神は驚いて訊き返し、ビームをひっこめると、大牙に向かって言った。「使者よ、そなたなら当然、この虫たちが書いた文字の一部なりともわかるのではないか?」

「もちろんです、敬愛する神よ。呑食帝国が地球を丸呑みする前のことですが、わたくしは彼らの世界で長く暮らしておりました」大牙は伊依《イー・イー》を焼却ゲートの横の平面に下ろし、床にかがみこんで、落ちていた紙の一枚を拾い上げた。目の前に持ってくると、紙の上の小さな文字を苦労しながら読みはじめた。「ええと……おおまかに言うと、この詩の意味は……」

「そこまで」伊依《イー・イー》は手を振って大牙の説明をやめさせた。「あなたにまかせると、解釈が歪められてしまう」

「なぜだ？」神が興味を抱いたようにたずねた。

「漢詩は古代中国語でしか表現できない芸術です。たとえ人類の他の言語に翻訳したとしても、その中身や魅力のほとんどが失われてしまい、まったくべつのものになってしまうのです」

「使者よ。そなたのコンピュータにこの言語のデータベースはあるか？　よし、ではそれを、地球の歴史に関する文字データすべてといっしょに送るがよい。前回対面したときと同じ通信チャネルを使え」

大牙は急いで宇宙船に戻り、ぶつぶつ言いながら、しばらく船内のコンピュータをいじっていた。「古代中国語のセクションはないのか……。帝国のネットワークからダウンロードする必要があるから、ちょっと時間がかかるな……」開け放たれているハッチごしに伊依《イー・イー》が宇宙船の中をのぞくと、恐竜の大きな眼球に、コンピュータ画面上で目まぐるしく変幻する色彩が反射していた。大牙が宇宙船から出てきたときには、神はすでに、標準的な現代中国語で、紙に書かれた古代中国の詩を読めるようになっていた。

白日依山尽　白日　山に依りて尽き
黄河入海流　黄河　海に入りて流る
欲窮千里目　千里の目を窮めんと欲し
更上一層楼　更に上る　一層の楼（王之渙《おうしかん》「鸛鵲楼《かんじゃくろう》に登る」より）

「中国語を習得するスピードはまさに神速ですね！」伊依《イー・イー》は驚いた。

神はその言葉を無視して黙っていた。

大牙が口を開き、説明した。「恒星が山のうしろに隠れ、黄河と呼ばれる川が大海に向かって流れている。ええと、この川と海というのはですね、酸素原子一個と水素原子二個からなる分子の集まりです。その景観をもしもっと遠くまで眺めたいのなら、建物のさらに上の階へ登らなくてはならない、という意味です」

神はやはり沈黙したままだった。

「敬愛する神よ。あなたはしばらく前にわが呑食帝国へおいでになったことがあります。呑食帝国の景色は、この詩を書いた虫けらたちの世界とよく似ております。山や川や海も存在しております。それゆえ……」

「それゆえ、詩の意味はもうわかっておる」と神が言い、球体がとつぜん大牙の頭上に移動した。伊依《イー・イー》はそれを見て、瞳のないひとつ眼が大牙を凝視しているように感じた。「しかしそなた、少しでもそこになにかを感じとらなかったのか？」

大牙はなんのことだかさっぱりわからないというように首を振った。

「つまり、この簡潔な正方形の記号から成る行列の表面的な意味の背後に、なにかが暗示されているのではないか？」

大牙がさらに途方に暮れた顔をしているので、神はまたべつの古詩を一篇吟じた。

　前不見古人　前に古人を見ず
　後不見来者　後に来者を見ず
　念天地之悠悠　天地の悠悠たるを念《おも》い
　独愴然而涕下　独り愴然として涕《なみだ》下る（陳子昂《ちんすごう》「幽州台に登る歌」より）

大牙は大急ぎでくそ真面目に訳しはじめた。「その詩の意味はこうです。前を見ても、はるか昔この星に暮らした虫けらは見えない。うしろを見ても、未来のこの星に暮らす虫けらは見えない。だから、時間と空間の広大さを思い、そして泣いた」

神は沈黙したままだった。

「ええと、泣くというのは、虫けらが悲しみを表すひとつの方法です。その際、虫けらの視覚器官から……」

「そなたはあいかわらずなにも感じとれぬのか？」神が大牙の言葉をさえぎってたずねた。球体が少し高度を下げ、大牙の鼻にくっつきそうなところまで降りてきた。

大牙は迷わずきっぱりと答えた。「はい。敬愛する神よ、その詩にはなんの深みもありません。単純な短い詩にすぎません」

神はさらにつづけて何篇か漢詩を朗誦した。どれも非常に短く簡潔で、しかもその内容は変化に富み、脱俗の趣を持っていた。李白の「下江陵」（江陵に下る）（日本では「早に白帝城を発す」の題で知られている）、「静夜思」、「黄鶴楼送孟浩然之広陵」（黄鶴楼にて孟浩然の広陵に之《ゆ》くを送る）、柳宗元の「江雪」、崔顥《さいこう》の「黄鶴楼」、孟浩然の「春暁」などの詩である（いずれも唐代の著名な詩人の代表作）。

大牙が言った。「呑食帝国には、長さが百万行にも及ぶ叙事詩がたくさんございます。そのすべてを神に贈りたいと存じます！　神よ、それにくらべれば、人類という虫けらどもの詩はかくも短く単純です。まさに、彼らの低レベルなテクノロジーのごときものです」

球体はだしぬけに大牙の頭上をひゅーっと離れ、ランダムな曲線を描きながら空中を漂いはじめた。「使者よ。そなたの最大の望みは、ひとつの謎の答えを知ることだったな。呑食帝国が誕生してすでに八千万年にもなるというのに、どうして自分たちのテクノロジーがまだ原子レベルあたりをうろうろしているのか。我はいま、その答えを得た」

大牙は切実なまなざしで球体を見つめながら言った。「敬愛する神よ、その答えはわたしたちにとってとても重要なものです！　どうか……」

「敬愛する神よ」伊依《イー・イー》は片手を挙げて大声で言った。「わたしにもひとつお訊きしたいことがあります。おたずねしてもよろしいでしょうか？」

大牙は、ひと口で食ってやると言わんばかりの顔で、怒りもあらわに伊依《イー・イー》をにらみつけた。しかし、神は言った。

「地球の虫けらのことは嫌いだが、あの小さな行列のような詩に免じて、そちにその権利をあたえよう」

「ではうかがいます。芸術は、この宇宙にとって普遍的なものなのでしょうか？」

球体は、うなずくように空中でわずかに震えた。「さよう。我は宇宙芸術の蒐集家であり、研究者でもある。銀河を縦横無尽に移動して、多くの文明のさまざまな芸術に触れてきた。それらのほとんどは複雑で難解な体系を持つが、かくも数少ない符号を用いて、かくも小さく精巧な行列の中に、かくも豊かな感情の厚みと解釈の可能性を含むものは珍しい。しかも、その表現の方法たるや、異常なほど厳格な詩的韻律の法則に従っておる。かような芸術は、我にとってもたしかにはじめてのものであった。よし、使者よ、もうこの虫けらを捨ててよいぞ」

大牙はふたたび伊依《イーイー》の体を前肢の鉤爪でつかんだ。「そう、捨てるべきです。敬愛する神よ、呑食帝国の中央ネットワークに保存されている人類文化の資料は非常に豊富です。いま、あなたの記憶には、そのすべてがすでに収められました。この虫けらが記憶しているのは、いくつかの短い詩にすぎません」そう言いながら、大牙は伊依《イーイー》をつかんだまま焼却ゲートのほうへ移動した。

「この紙も捨てよ」と神が言うと、大牙は急いで引き返し、もう一方の前肢の鉤爪で床に散らばった紙を拾い上げた。そのとき、伊依《イーイー》は巨大な鉤爪の中で大声をあげた。

「神よ、この古い詩が書かれた紙を、記念にお手もとにお残しください！　他に類を見ない芸術を蒐集していらっしゃるのでしたら、ぜひそれを宇宙に伝えてください」

「待て」と神はふたたび大牙を制止した。伊依《イー・イー》はちょうどこのとき焼却ゲートの上にぶら下げられた状態で、下から伝わってくる青い炎の熱さを感じていた。球体がひゅーっと近寄ってきて、伊依《イー・イー》の額から数センチメートルのところで静止した。彼はさっきの大牙と同じように、瞳のない巨大な眼球から間近に凝視された。

「他に類を見ないだと？」

「わははは……」大牙が伊依《イー・イー》を持ち上げて大笑いした。「あわれな虫けらよ。よりによって、偉大なる神の前でそんなことを言うとは、まったくお笑いぐさだ。人間どもに、あとなにが残されている？　おまえたち人類は地球上のすべてを失った。科学知識という、持ち運べるものさえも、ほとんどすべてが消えた。ある夜、おれは夕食の席で、ひとりの人間を食う前にこうたずねた。地球防衛戦争でおまえたちが使用した原子爆弾はなにでつくったのかと。その人間は、原子でつくったと言っていたぞ！」

「はははは……」神もまた大牙の言葉に大笑し、球体が振動して楕円体になった。「たしかに、それ以上に正確な答えは不可能というものだな、はっはっは……」

「敬愛する神よ、この薄汚い虫けらに残されたものは、わずかにあの何篇かの短い詩だけなのです！　わははは……」

「だが、あの詩群はだれにも超えられない！」伊依《イー・イー》は巨大な鉤爪の中で堂々と胸を張り、断固たる口調で言った。

球体は振動を止めると、耳もとでささやくように言った。

「テクノロジーはすべてを超えられる」

「これは、テクノロジーとはなんの関係もありません。人類の精神世界の本質であり、超えることなど不可能です」

「そちはテクノロジーが最終的にどれほどの力を持つか知らぬゆえ、そのようなことが言えるのだ。虫けらよ、ちっぽけな虫けらよ。そちはなにも知らぬ」神の口調は父親のような慈愛に満ちていたが、その心の奥底に潜む冷たく暗い殺気が伊依《イー・イー》を震え上がらせた。神はつづけた。「太陽を見てみよ」

伊依《イー・イー》は神の言うとおりにした。ここは地球と火星軌道の中間あたりの宙域だったから、彼は太陽光のまぶしさに目を細めた。

「そちのいちばん好きな色は何色だ？」神がたずねた。

「緑色です」

伊依《イー・イー》がそう言い終えないうちに、太陽が緑色に変わった。その緑はこのうえなく妖《あや》しげな輝きに満ち、まるで宇宙の深淵に突如として巨大な猫の眼が出現したかのようだった。

その緑の眼ににらまれて、この宇宙全体も、とてつもなく異様なものに変貌した。

大牙の鉤爪が震え、伊依《イー・イー》を平面体の上にとり落とした。伊依《イー・イー》は落下の衝撃でやっと我に返った。そしてそのとき、大牙と伊依《イー・イー》の二人は、太陽が緑に変わったこと以上に衝撃的なもうひとつの事実に気がついた。ここから太陽までは、光の速度でも十数分かかるはずだ。それなのに、色の変化は一瞬のうちに起きた……。

三十秒後、太陽はもとの姿に戻り、ふたたびまばゆく白い光を放ちはじめた。

「見たか？　これがテクノロジーというものだ。海底の泥を這うナメクジだったわが種属を神へと変えた力だ。実のところ、テクノロジーそのものこそが真の神であり、われらはみなそれを崇拝している」

伊依《イー・イー》はかすんだ目をしばたたきながら言った。「しかし、神の力をもってしても、あの漢詩芸術を超えることはけっしてできません。われわれにも神はいます。想像上の神々です。われわれも神を崇拝してはいますが、神に李白や杜甫のような詩が書けるとは思いません」

神はふっと二度笑ってから、伊依《イー・イー》に向かって言った。「まったく、どうしようもなく頑固な虫けらだな。だから好かぬのだ。まあいい。では我が、その行列芸術を超えてみせよう」

伊依《イー・イー》もまたふふっと笑った。「それは無理ですね。そもそもあなたは人間ではない。人間の魂に宿る感情を抱くことはできません。人類の芸術は、あなたにとっては、石板の上に咲く一輪の花でしかない。テクノロジーをもってしても、この障碍を超えられはしませんよ」

「そんな障碍を超えるなど、てのひらを返すほどたやすい。そちの遺伝子をよこせ」

伊依《イー・イー》はどうすればよいのかわからなかったが、大牙が横から口を出した。「おまえの髪の毛を一本差し上げるのだ」

伊依《イー・イー》が頭に手をやって髪の毛を一本抜くと、見えない力で髪の毛が宙に浮かび、球体に吸い込まれていった。しばらくすると、その髪の毛は球体から出てきて、ふたたび平面体の上に落ちた。神は毛根の先のわずかなかけらを採取しただけのようだ。

球体の中に白い光が広がり、それがだんだんと透明になって、澄んだ液体で満たされると、数珠《じゅず》つなぎになった気泡が湧いてきた。やがて、液体の中に、卵の黄身ほどの大きさの玉が見えてきた。その玉は、液体に満たされた球体を照らす太陽の光を浴びて、まるでみずから発光しているかのように薄い赤色に輝いていた。その玉がみるみる大きくなってくる。それがなんなのか、伊依《イー・イー》はやっと理解した。体をまるめて縮こまった胎児だ。腫れぼったい両眼をしっかり閉じ、大きな頭部には赤い毛細血管が無数に浮かび上がっている。

胎児はなおも成長をつづけ、小さな体はついに手足を伸ばし、液体の中で蛙のように泳ぎはじめた。液体はしだいに濁り、太陽の光を浴びても、ぼんやりしたシルエットしか見えなくなった。それでも、胎児が急速に成長していることはわかった。そして最後に、それは泳いでいる成人した人間の姿に変わった。

そのとき、液体で満たされた球は、まったく不透明な、白く輝くもとの姿に戻ったかと思うと、中からひとりの裸の男が飛び出してきて、平面体の上に落ちた。伊依《イーイー》のクローン体だ。それはぶるぶる震えながら立ち上がった。びっしょり濡れた体に太陽の光が反射してきらきら輝く。髪と髭は異常に長いが、年齢は三、四十歳ぐらいにしか見えない。ひどく痩せていることをべつにすれば、伊依《イーイー》本人とは似ても似つかなかった。

クローン体は硬直したように突っ立ったまま、うつろな目で無限の彼方を見つめていた。その姿は、この宇宙にやってきたばかりの人間が、なにがどうなっているのか皆目わからず、茫然と立ちつくしているとでもいうふうだった。彼の頭上では球体の白い輝きが暗くなり、ついには完全に光が消えて、球体自身も消失したように見えなくなった。しかしそのとき、またなにかが光ったような気がしたが、伊依《イーイー》はすぐにそれがクローン体の眼だと気がついた。輝きのないうつろな眼が、突如として、知性のオーラを放つ眼へと変わっていた。あとで知ったことだが、このとき、神の記憶がすべてクローン体の脳に転送されたのだった。

「寒い。これが寒いということか？」一陣のそよ風が吹き抜けると、クローン体は濡れた肩を自分の両手で抱いて、ぶるぶる震えながら言った。その声には驚きと同時に喜びが満ちていた。「つまりこれが寒さなのだな。そしてこれは痛みだ、精妙で完璧な痛みだ。星々のあいだで我が苦しみつつ探し求めていたまさにその感覚だ。鋭利なること時空を貫く十次元の弦のごとく、輝けることクエーサーの中心にある純エネルギーのダイヤモンドのごとく……おお」彼は、骨と皮ばかりの両手を広げて銀河を仰いだ。「前に古人を見ず。後に来者を見ず。宇宙の悠悠たるを……」

しかし、寒さのあまり体が震えて歯がガチガチ鳴り出してしまう。クローン体はみずからの誕生スピーチをすばやく切り上げ、焼却《イー・イー》ゲートに駆け寄ると、その青い炎に両手をかざしてあたためながら、まだ震える声で伊依に言った。

「まあ、実のところ、いまやっていることは標準的なプロセスにすぎない。ある文明の芸術を蒐集して研究する際には、いつもその文明の一個体を借りて、その体に自分の記憶を転移させるからな。そうすることによってはじめて、問題の芸術を完全に理解できる」

そのとき、焼却《イー・イー》ゲートの炎の明るさが急激に増大し、周囲の平面上に色とりどりの光輪が輝いた。伊依の目には、平面全体が火の海に浮かぶ磨《す》りガラスになったように見えた。

大牙は伊依《イー・イー》に小声で耳打ちした。「焼却ゲートはすでに製造ゲートに変わっている。神がエネルギー－物質変換を行っているのだ」ぽかんとしている伊依《イー・イー》の表情を見て、大牙は説明をつけ加えた。「莫迦者め。つまり、純エネルギーを使って、物質をおつくりになられているのだ。神の御業《みわざ》だ！」

とつぜん、製造ゲートから白いかたまりがひとつ飛び出し、空中で広がると、ひらひら舞い落ちてきた。どうやら一着の服だったらしく、クローン体はそれをつかんで身にまといはじめた。それが唐王朝時代のゆったりした古装束であることに気づいて、伊依《イー・イー》はびっくりした。生地は真っ白な絹織物で、幅の広い黒色の布に縁どられている。さっきまでは貧相だったクローン体が、その服を着たとたん、いまにも軽やかに天に昇っていきそうな仙人の姿に見えてきた。青い炎の中でいったいどうやってそれがつくられたのか、伊依《イー・イー》には想像もつかなかった。

またなにかが完成したらしい。製造ゲートから今度飛び出してきたのは黒い物体だった。平面に落下し、石みたいにどんと音をたてる。伊依《イー・イー》が駆け寄って拾い上げると、信じがたいことに、手の中のそれは明らかに石の硯《すずり》だった。しかも、ひんやりしている。つづいてまたなにかがぽんと出てきた。その小さな黒い板状のものを拾ってみると、思ったとおり、それは墨だった！　それから、数本の筆と筆立て、真っ白な画仙紙が一枚

（火の中から紙が生まれるとは！）、それに骨董品のような卓上の小物いくつかが出てきた。最後につくりだされたのは、いちばん大きなもの――古代様式の文机《ふづくえ》だった！ 伊依《イー・イー》と大牙は、大あわてで文机をまっすぐ床に据え、こまごました道具類を机の上に並べ直した。

「これをつくるのに使われたエネルギーで、惑星一個をまるごと粉砕できるぞ」大牙は伊《イー》依《・イー》の耳もとでささやいたが、その声は少し震えていた。

クローン体は文机のそばに歩み寄り、そのしつらえを見て満足そうにうなずくと、乾いたばかりの髭をしごきながら言った。

「我は李白なり」

伊依《イー・イー》はクローン体をじっと見ながらたずねた。「あなたは李白になりたいと言っているのですか？ それともほんとうに自分が李白だと言っているのですか」

「わしは李白だ。李白を超えた李白だ！」

伊依《イー・イー》は微笑みながら首を振った。

「どうした？ まだ疑うのか？」

伊依《イー・イー》はうなずいた。「そのとおりです。あなたのテクノロジーはわたしの理解をはるかに超えています。人類が想像する神通力や魔法となんら変わらない。おそらく、詩歌芸術の面でも、わたしを驚かせるでしょう。これほどまで大きな文化的・時空間的隔たりを乗り越え、あなたは中国古代詩の要諦を感得している……。しかし、李白を理解することと、李白を超えることとは、まったくの別問題です。あなたが向き合っているものは、この宇宙で他には類を見ない、超えることのできない芸術だと、わたしは思っています」

　クローン体――李白は感情のうかがい知れない笑みを浮かべたが、それはすぐに消えた。文机を指さし、伊依《イー・イー》に向かって、「墨を磨れ！」と命じると、返事を待たずに歩き出し、平面体の縁のあたりまで行って立ち止まった。そして、髭をしごきながら、はるかな銀河を眺めて沈思黙考しはじめた。

　伊依《イー・イー》は文机の上にある紫砂《しさ》製の水差しから硯へすこし水を注ぐと、墨をとって磨りはじめた。いままで一度も墨を磨ったことがなかったので、伊依《イー・イー》は不器用に墨の角を硯にあててこすった。硯の中の墨汁がだんだん濃くなっていくのを見ながら、伊依《イー・イー》は思った。自分はいま、太陽からちょうど一・五天文単位の渺茫《びょうぼう》たる宇宙空間にいる。そして、このかぎりなく薄い平面体（さっき、純エネルギーから物体をつくりだしたときでさえ、はるか遠くから見れば、ここはやはり、厚みがまったくない平面だっただろう）は、宇宙の深淵に浮かぶ舞台だ。その舞台には、一頭の恐竜と、その恐竜に食用として飼われている家畜の一員たるひとりの人類と、唐王朝風の古装束を着て、テクノロジーで李白を超えようと目論むひと柱の神がいて、最高に荒唐無稽な芝居をいままさに上演しようとしている。そこまで考えてから、伊依《イー・イー》は首を振って苦笑いした。

もうこのくらいでじゅうぶんだろうという量の墨を磨り終えると、伊依《イー・イー》は背すじを伸ばして立ち上がり、大牙と並んで待った。このとき、平面体の上を吹き抜けるさわやかなそよ風はすでにやんでいた。太陽と銀河は静かに光を放ち、まるで全宇宙がなにかを期待しているかのようだった。李白は平面体の縁に静かに立っていたが、平面体上の大気はほとんど光を散乱しないため、太陽光に照らされた李白の姿は、明暗のコントラストがくっきりしていた。ときおり髭をしごく手が動く以外は、一体の石像のようだ。

伊依《イー・イー》と大牙はひたすら待ちつづけた。時間が黙々と流れていく。文机の上では、たっぷりと墨をつけた筆がだんだん乾きはじめていた。いつの間にか、太陽の位置も大きく動き、平面体の上に、彼らと文机と宇宙船が長い影を落としている。文机に平らに敷かれた画仙紙はあたかも平面体の一部のように見えた。李白はついに身を翻《ひるがえ》し、ゆっくりと文机の前に戻ってきた。伊依《イー・イー》は急いで筆の先に墨をつけ直し、両手で捧げ持った。しかし、李白は片手を挙げてそれを拒み、文机の上に敷かれた白い紙をただじっと凝視しながら沈思黙考をつづけた。やがて、彼の視線の中になにかが表れた。

伊依《イー・イー》が思ったとおり、それは困惑と不安だった。

「わしにはまだ必要なものがある。それらはすべて……壊れやすいものだ。そなたたち、心して受けとれ」と言って、李白は製造ゲートを指さした。すると、青い炎がふたたび明るく燃え上がった。伊依《イー・イー》と大牙がすぐに駆け寄ると、青い炎の中から、球状のものがひとつ押し出されてきた。大牙は急いでそれを受けとめた。よく見ると、それは大きな甕《かめ》だった。つづいて、青い炎の中から、大きな碗が三つ飛び出してきた。伊依《イー・イー》はそのうち二つまでキャッチしたが、ひとつは床に落ちて割れてしまった。大牙が甕を抱えて文机まで運び、慎重に蓋をとると、強烈なアルコールのにおいが溢れ出し、彼と伊依《イー・イー》は驚いて目を見合わせた。

「呑食帝国から受けとった地球文明情報には、醸造に関する資料は多くなかった。だから、出来があまり本物らしくないかもしれん」李白はそう言うと、酒甕を指さし、伊依《イー・イー》に味見せよという仕草をした。

伊依《イー・イー》は碗で甕の酒をすくって、ひと口すすってみた。火のような強い刺激がのどから胃までかっと流れ落ちた。伊依《イー・イー》はうなずきながら言った。「酒です。でも、肉質を高めるためにわたしたちが飲まされているものにくらべると、とてつもなく強い」

「なみなみと注ぐがよい」李白は文机の上に置いてあった空の碗を指さした。大牙がその強い酒を碗いっぱいに注ぐと、李白は両手で碗を持ってぐいぐいとひと息に飲み干した。

きびすを返して向こうに歩きながら、ときおりふらふらと舞を舞ってみせる。平面体の縁までたどり着くと、そこで立ち止まり、星の海に向かって沈思した。しかし、さっきと違って、耳に聴こえない音楽に合わせているかのように体がリズミカルに左右に揺れている。今回、李白の黙考はそう長くはつづかず、ほどなく、また踊るような足どりで文机の前に戻ってきた。李白は伊依《イー・イー》が手渡した筆をつかむと、遠くへと放り投げた。

「なみなみと注げ」李白は空の碗をじっと見つめながら言った。

一時間後、大牙は文机の上をきれいにかたづけてから、泥酔した李白の体を二本の巨大な前肢で運び、そっと文机に横たえた。李白はごろりと寝返りを打つと、恐竜にも人間にも理解不能な言葉でむにゃむにゃとなにかつぶやいた。李白は寝込むまでのあいだに色彩豊かな反吐を吐き散らし（いつの間にこんな食べものを胃の中に入れていたのか、まったく謎だった）、ゆったりとした古装束も汚物まみれになっていた。まわりに広がった吐物は平面体の発する白い光に透かされて、一幅の抽象画のように見えた。李白の口のまわりが墨で真っ黒になっているのは、四杯めの酒を飲み干したあと、紙になにか書こうとしてたっぷり墨をつけた筆を何度も文机に突き立てた挙げ句、書道を習いたての子どもみたいに舌で舐めて筆先を整えようとしたせいだった……。

「敬愛する神さま」大牙は体をかがめておそるおそる声をかけた。

「わーえかーあー……かーいあいわー」李白はろれつの回らない口で言った。

大牙は体を起こし、かぶりを振ってひとつため息をつくと、伊依《イー・イー》に向かって言った。

「行くぞ」

2 もうひとつの道

伊依《イー・イー》のいる飼育場は、呑食帝国の赤道上に位置していた。呑食帝国が太陽の近くにあったころ、この場所には二本の大河にはさまれた美しい草原が広がっていた。呑食帝国が木星軌道を飛び出したあとは厳しい冬が訪れた。草原は消え、大河は氷に閉ざされ、飼育されていた人間たちも地下都市へと移された。呑食帝国が神に呼ばれて引き返しはじめると、太陽に接近するにつれて、大地には春が巡り、凍っていた二本の大河の氷は融け、草原にもふたたび緑が戻ってきた。

天気のいい日は、伊依《イー・イー》は川沿いに建てた粗末な藁葺小屋で、みずから畑を耕して暮らしていた。ふつうの人間に許されることではなかったが、伊依《イー・イー》が飼育場で教える古典文学の授業には受講生の精神を陶治《とうや》する効能があり、彼の教え子たちの肉には独特な旨味があったため、恐竜の飼育員もそれに口出しをしなくなったのである。

伊依《イー・イー》と李白が出会ってから二ヵ月後のある夕暮れのこと。太陽は呑食帝国の平らな地平線上に沈んだばかりで、夕焼けを映した二本の大河は天地の境で合流していた。はるか彼方の草原から、楽しく踊りを踊っているような歌声が、そよ風に運ばれて、川辺の藁葺小屋の外にいる伊依《イー・イー》の耳にかすかに届いた。伊依《イー・イー》はひとりで碁を打っていたが、ふと顔を上げると、李白と大牙がこちらへ歩いてくるのが見えた。以前とうって変わって、李白の髪はぼさぼさで、髭もひどく伸び、顔は真っ黒に日焼けしていた。厚手の綿布でできた袋を左肩にひっかけ、右手には大きな瓢箪《ひょうたん》を持っていた。身にまとっていたあの古装束はもうぼろぼろで、足には擦り切れた草鞋《わらじ》を履いている。だが、伊依《イー・イー》の目には、いまの李白のほうが逆にもっと李白らしく見えた。

李白は碁盤のもとに歩み寄ると、前に何度か来たときと同じように、伊依《イー・イー》をちらりとも見ず、持っていた瓢箪をどんと碁盤の上に置いて、「碗！」と叫んだ。それから瓢箪の栓を抜いて二つの碗に酒をなみなみと注ぎ、布の袋から紙包みをとりだした。李白が包みを開くと、中にはひと口サイズに切り分けられた調理済みの肉が入っていた。そのかぐわしい香りに誘われて、伊依《イー・イー》は思わずひと切れ手にとって口に入れた。

大牙は二、三メートル離れたところに立ち、静かに二人を眺めていた。過去数回の経験から、詩の話になることはわかっていたし、大牙自身はその話に興味もなく、語る資格もなかったからである。

「うまい」伊依《イー・イー》は感動してうなずくと、「この牛肉も、純エネルギー変換でおつくりになったのですか？」とたずねた。

「いや、もう自然の製法に立ち返っている。知らなかったかもしれんが、ここから遠く離れたところに牧場があってな、地球から連れてきた牛をそこで飼っている。この牛肉料理は、山西省の平遥牛肉《ピンヤオニウロウ》（山西省平遥の名物料理。塩を使った伝統的な製法で保存が利くように牛肉を加工する）の製法でわしがみずからこしらえたものだ。コツは、煮込むときに……」と李白は伊依《イー・イー》の耳に口を近づけて、いわくありげな口調でささやいた。「尿酸カルシウムを入れる」

伊依《イー・イー》はぽかんとした顔で李白を見つめた。

「知らんのか。人間の尿が蒸発したあとに残る白いやつだ。それを使うと、よく煮込んだ肉の赤みが保たれ、肉質も柔らかくなる。脂身にして飽きず、赤身にして硬からずだ」

「そ、その尿酸カルシウムですが……それもやはり、純エネルギー変換でおつくりになったものではない、と？」伊依《イー・イー》はおそるおそるたずねた。

「自然の製法に立ち返ったと言っただろう！　尿酸カルシウムは、わざわざいくつかの人類飼育場から集めてきたものだ。これぞ古式ゆかしい民間調理法というやつだな。地球が消滅するずっと以前に失われてしまっていた伝統の技術だ」

口に入れた牛肉をすでに飲み込んでいた伊依《イー・イー》は、吐き気をこらえるために酒の碗を手にとった。

李白は瓢箪を指さして言った。「わしの指導のもと、呑食帝国はすでに何カ所か醸造所を建設し、地球上の有名な酒のほとんどを生産できるまでになった。これは彼らが醸した本物の竹葉青《ジューイエチン》で、汾酒《フェンチユウ》（山西省の有名な焼酎）に竹の葉を浸してつくったものだ」

伊依《イー・イー》は碗の中の酒が、前に何度か李白が持ってきたものとは違うことに気がついた。薄い青緑色で、口に含むと甘みのある薬草の香りがした。

「どうやら、人類文化についての理解を深められたようですね」伊依《イー・イー》は深い感慨を込めて言った。

「それだけではない。時間をかけてみずから経験も積んだ。知ってのとおり、呑食帝国の多くの地域には、李白の時代の地球とよく似た風景が広がっておる。この二カ月、そうした山水をさすらい、美しい風景を楽しみ、月下に酒を飲み、山の頂で詩を詠んで過ごしてきた。各地の人間飼育場では、幾度か艶っぽい出会いもあったぞ……」

「でしたら、いますぐにでも詩をつくって見せてくださることができますね」

李白は酒の入った碗を置いて立ち上がると、ふらふら歩きはじめた。「詩をつくることはできる。しかも、おまえも驚くような詩がつくれる。わしがすでにひとかどの詩人、おまえの先祖たちを凌駕する詩人になっていることを思い知るに違いない。だが、おまえに自作の詩は見せたくない。わしのつくった詩が、これまでと同様、まだ李白を超えるものではないと考えるに違いないからだ。それに……」彼は顔を上げ、はるか天地の境に沈んだ太陽の光の名残を見つめた。その朦朧《もうろう》としたまなざしは、苦痛に満ちていた。「わし自身もそのとおりだと考えておる」

彼方の草原では歌と踊りを終えた人々が豪勢な夕食をはじめるところだった。その中にいた少女たち数人が川岸に駆けていって、浅瀬で水遊びをはじめた。頭に花飾りを挿し、霧のような薄絹の衣をまとう少女たちの姿は、夕暮れどきの風景と相俟《あいま》って、一幅の魅惑的な絵となっていた。伊依《イーイー》は藁葺小屋の近くにいるひとりの少女を指さし、李白にたずねた。

「あの娘を美しいと思いますか？」

「もちろん」李白は質問の意図を測りかねたように、伊依《イーイー》を見ながら答えた。

「想像してください。一本の鋭利な刃物で彼女の体を切り開き、あらゆる臓器をとりだし、二つの眼球を抉り、脳を摘出し、すべての骨を抜きとり、筋肉と脂肪をその部位と働きによって切り分け、あらゆる血管と神経をそれぞれまとめて束にする。最後に、ここに一枚の大きな白い布を敷いて、それらの人体パーツを解剖学に基づいて種類別に並べる。それでもまだ、彼女が美しいと思いますか？」

「どうしてそんなことを考える？　せっかくの酒がまずくなるではないか。不愉快な」李白は眉をひそめて言った。

「どうして不愉快などと？　それこそまさにあなたが崇拝するテクノロジーではありませんか」

「いったいなにが言いたい？」

「李白の目に映っていた自然とは、あなたがいまごらんになっている川辺の少女です。しかし、同じ自然でも、テクノロジーという目を通して見たそれは、結局のところ、白い布の上に整然と並べられた血の滴る人体の各パーツなのです。ですから、テクノロジーとは反詩情的なものです」

「なにか助言でもしたそうな口ぶりだな」李白は髭をしごきながら、ちょっと考え込むように言った。

「李白を超えられはしないといまも思っていますが、その努力を正しい方向へ導いて差し上げることは可能です。テクノロジーという靄《もや》に視界を覆われて、自然の美しさが見えなくなっているのではありませんか？ ですから、まずはその超テクノロジーをすべて忘れ去る必要があります。すでにご自身の記憶すべてを現在の脳に移植されているのですから、当然、そのうちの一部を消去することも可能でしょう」

李白は顔を上げて大牙と目を見交わし、両者同時に大声で笑い出した。大牙は李白に向かって言った。「敬愛する神よ、ずっと以前より申し上げておりましたとおりです。なんと狡猾な虫けらか。神よ、気をつけてください。さもないとすぐに彼らが仕掛けた罠に落ちてしまいますぞ」

「わっはっは。そう、狡猾だ。だが、それもまた楽しからずや」李白は大牙にそう言うと、伊依《イー・イー》のほうを向いて、嘲笑するように言った。「わしが敗北を認めたと本気で思っているのか？」

「人類の詩芸術の頂点を超えることができずにいることは事実でしょう」

李白はとつぜん片手を上げ、大河を指してたずねた。「川辺に行くにはいくつの道がある？」

伊依《イー・イー》は困惑した顔で何秒か李白を見つめてから答えた。「おそらく……ひとつだけでしょう」

「いや、二つだ。こっちへ進むこともできるぞ」李白は川とは反対方向を指さした。「この道をひたすら進んでいって、呑食帝国をぐるりと一周し、向こう岸からこちらに渡る。そのルートをたどっても、こちらの川辺にとたどり着くことができる。さらに言えば、銀河をぐるりと一周してまた戻ってくることさえ、われらのテクノロジーをもってすればいともたやすい。テクノロジーがすべてを超える！　わしはすでに、そのもうひとつの道を進まざるを得ない状況にあるのだからな」

伊依《イー・イー》はしばらくのあいだ必死に考えてみたが、けっきょく困惑の表情でかぶりを振った。

「たとえあなたが神にひとしいテクノロジーを持っていたとしても、李白を超えるそのもうひとつの道がどこにあるのか、わたしには想像もつきません」

李白は立ち上がって言った。「簡単なことよ。李白を超える道は二つ。ひとつめは彼を超える詩をつくること。二つめは、ありとあらゆる詩を書きつくすことだ！」

伊依《イー・イー》はさらに混乱したが、かたわらに立つ大牙は、なにかに気づいたようだった。

「五言と七言のあらゆる詩（一句が五文字、七文字からなる漢詩）を書きつくす。この二つは李白が得意としていたものだ。それ以外に、代表的な詞《ツー》（宋代に盛んになった韻文。あらかじめ決まった楽曲タイトルとメロディがあり、あとからそれに詞をつける）の楽曲に合わせたあらゆる詞もな！　まだわからんのか？　それらの詩形の詩作に必要な規則と韻律に合わせて、あらゆる漢字の組み合わせパターンをすべて試みようと言っておるのだ！」

「おお、なんと偉大な！ まさに偉大なプロジェクトでございます！」大牙は我を忘れて歓声をあげた。

「そんなにむずかしいことなんですか？」伊依《イー・イー》はまったくわけがわからないという顔でたずねた。

「もちろんむずかしいとも！」と大牙が答えた。「きわめてむずかしいと言っていい。呑食帝国で最大のコンピュータを使っても、おそらく宇宙に終わりが来てもまだ計算が終わるまい！」

「まさか、そんなにかかるものなんですか？」そう訊き返した伊依《イー・イー》の表情は、まだ疑念に満ちていた。

「当然、それくらいの時間はかかる！」李白は得意げにうなずいた。「しかし、おまえたちにはまだまだ手が届かぬ量子コンピュータのテクノロジーを使えば、まあ許容範囲内の時間で終わる。そのときわしは、ありとあらゆる詩と詞をすべて書きつくしたことになる。そこには、かつて書かれたもの、これから書かれる可能性があるものすべてが含まれる。李白の最高傑作も、当然その中に含まれる。事実上、わしは詩歌という芸術を終わらせることになる。宇宙が滅亡するまでに出現するいかなる詩人も、彼らがどれほど高みに達しているかに関係なく、そのすべてがたんなる盗作者にすぎなくなる。彼らの作品は、わが巨大な記憶装置を検索すればかならず見つけ出せるのだからな」

大牙はだしぬけに低いうめき声を洩らした。「巨大な……記憶装置ですか？」その眼に映る感情が、興奮から驚愕へと変化していた。「敬愛する神よ、まさか……量子コンピュータが書き出した詩を……ぜんぶ保存なさるおつもりで？」

「詩を書き出してすぐに削除してしまったらなんの意味がある？　もちろん保存しなくてはならん！　これはまさにわが種属がこの宇宙に残す不朽の芸術的記念碑となるであろう！」

大牙の眼に映る感情が、驚愕から恐怖へと変わった。恐竜は太い前肢を前に伸ばし、李白に対してひざまずくかのように後肢を曲げると、いまにも泣き出しそうな声で言った。

「いけません、敬愛する神よ、それはいけません！」

「どうしてそんなに怯えてるんです？」伊依《イー・イー》は顔を上げ、いぶかしげにたずねた。

「この大莫迦者め！　おまえは原子爆弾が原子でできていることを知ってるんじゃなかったのか？　その記憶装置も原子でできている。しかもこれは、データ密度が原子レベルにまで達した記憶装置にほかならない。原子レベルの記憶装置とはどういうものか知っているか？　針先ほどの大きさに全人類の書物を保存できるということだ！　おまえたちがいま持っているわずかな本などではなく、地球が丸呑みされてしまう以前に存在したすべての書物だぞ！」

「ああ、それは保存できるでしょうね。コップ一杯の水の中に存在する原子の数は、地球の海の水をコップですくったときのコップの数より多いと言いますから。彼が詩を書き尽くしたあとは、一本の針だけを持っていればいいことになります」伊依《イー・イー》は李白を指さして言った。

大牙は我慢の限界に達したようにいらいらとその場を行ったり来たりしていたが、それでもようやく、わずかばかりの忍耐心を絞り出して言った。「わかった、わかった、もういい。では、神の言うとおり、その五言詩と七言詩、それと代表的な詞牌（詞を唄う曲調の名）でそれぞれ一篇ずつつくったとして、全部で何文字になる？」

「たいして多くはないでしょう。二、三千字ぐらいといったところでしょうか。古代の詩《シー》詞《ツー》はもっとも簡潔で洗練された言語芸術ですからね」

「いいだろう。では大莫迦者の虫けらであるおまえに、詩詞とやらがどれだけ簡潔で洗練されているのか見せてやろう！」大牙はそう言いながら机の前まで来ると、鉤爪で碁盤を指さした。「おまえたちはこのクソおもしろくもないゲームをなんと呼んでいたんだったっけな。そうだ、囲碁だ。この碁盤にはいくつの交点がある？」

「縦横各十九行で、合計三百六十一個です」

「よろしい。各交点には、黒を置くか、白を置くか、それとも空けておくかで、三つの状態が選べる。そうするとどの局面においても、三種類の漢字を使って、一篇が十九行で三百六十一文字から成る詩ができると見なすことができる」

「なかなか秀逸なたとえですね」

「ならば、その三種類の漢字の組み合わせをすべて使いつくして詩を書くとして、合計でいくつの詩ができる？　３の３６１乗だ。十進法で言えば、10の１７２乗ということになる」

「それは……か、かなり多いということですか？」

「この大莫迦者！」大牙がこの言葉を使って大声で怒鳴るのはこれで三度目だった。「宇宙のすべての原子を合わせても、わずか……わずか……」彼は頭に来て、それ以上は言葉が出なかった。

「いくつですか？」伊依《イー・イー》はあいかわらずぽかんとした表情でたずねた。

「わずか10の80乗だ！　この大莫迦者の虫けらめ」

それを聞いて伊依《イー・イー》はやっとわずかに驚いて見せた。「ということは、ひとつの原子に一篇の漢詩を保存するとしたら、この宇宙のあらゆる原子を使いつくしても、神の量子コンピュータが書き出した詩すべては保存し切れないということですか？」

「足りないにもほどがある！　10の92乗分も足りない！　それに、一個の原子でどうやって一篇の詩を保存できる？　虫けら人類の記憶媒体なら、一篇を保存するのに必要な原子の数は、おそらくおまえたち人間の数よりも多いだろう。われわれにとっても、一個の原子を使って1ビットを保存するのはまだ実験室段階だ……」

「使者よ。その点について、そなたたちは考えが足らず、想像力も欠如しているようだな。それこそが、呑食帝国のテクノロジー進化がいまだ緩慢である一因なのだ」李白は笑いながら言った。「量子多相重ね合わせ原理に基づく量子ストレージを使えば、ごくわずかの物質を用いるだけでそれらの詩を保存できる。もちろん量子ストレージは少々不安定だから、永久に詩を保存するには、従来型の記録技術と併用せねばならない。その場合でも、記憶媒体をつくるのに必要な物質の量は非常に少ない」

「どのくらい必要なのですか？」と大牙はたずねた。見るからに、心臓の鼓動が速くなっているようだった。

「原子の数は、およそ10の57乗個あればよい。とるに足らん。とるに足らん数だ」

「そ……それはまさに太陽系全体の物質量です！」

「そうだ。太陽系のすべての惑星も含まれる。もちろん、呑食帝国もだ」

李白の最後のひとことは軽く口をついて出たが、伊依《イーイー》には青天の霹靂《へきれき》のように聞こえた。

だが、その一方、大牙は平然としているように見えた。災難が襲ってくる予感に長くさいなまれつづけたあと、とうとう実際に災難が起きたら、逆にある種の安堵感を抱くようなものだろうか。

「神よ、あなたはエネルギーを物質に変換できるのではありませんか?」大牙がたずねた。

「これだけ大量の物質を手に入れるのにどれほどのエネルギーが必要か、そなたが知らぬはずはあるまい。われらにとってさえ、想像できないほどの巨大な力が必要になる。やはり、いまあるものを使おう」

「こんなことになるのなら、わが皇帝の憂慮も当然だったな」大牙はひとりごちた。

「そうそう、そうだった」李白は陽気に言った。「わしはおととい、呑食帝国皇帝に対し、この偉大なるリング状帝国には、まもなくもっと偉大な目的のために役立ってもらう時が来ると説明した。すべての恐竜たちはこのことを誇りに思うはずだ」

「敬愛する神よ。あなたはまもなく、それに対する呑食帝国の感情を理解することになるでしょう」大牙は暗い気持ちで言った。「それと、まだ質問があります。呑食帝国の質量は太陽にくらべると、じつにちっぽけなものです。九牛の一毛とも言うべきその程度の物質を得るために、何千万年もかけて進化してきた文明を破壊してしまう必要があるのでしょうか?」

「もっともな疑問だ。しかし、太陽の活動を止め、冷却させて解体するには長い時間がかかる。量子コンピュータによる詩の演算はそれ以前からはじまる。量子コンピュータの内部メモリを空けて、計算を継続するには、計算結果をリアルタイムに保存せねばならん。そのための外部ストレージをつくるには、惑星および呑食帝国の物質をただちに転用することが必要不可欠だ」

「わかりました、わが敬愛する神よ。では最後にお訊きします。あらゆる漢字の組み合わせ結果をすべて保存する必要があるのですか？ 出力先に判定プログラムを追加し、保存するに値しない詩を削除することはできないのでしょうか？ わたしの知るかぎり、中国の古典詩は厳格な形式や韻律の規則に基づいてつくられております。規則に適合しない詩を削除すれば、最終的な詩の総数を大幅に減らすことができます」

「形式や韻律の規則？ ふんっ」李白は軽蔑するようにかぶりを振った。「そのようなものは、芸術的インスピレーションにとって足かせとなるだけだ。中国南北朝時代以前の古体詩は、とくにそんな規則に縛られることなどなかった。唐代以降の、規則に厳格な近体詩にあってさえ、規則に縛られず、卓越した多くの雑体詩を残した古典詩歌の大家もあまた存在する。したがって、この究極の詠詩プロジェクトにおいて、詩律を考慮する必要はない！」

「それでも、詩の内容についてはやはり考慮すべきでは？　計算によって最終的に出力された詩の九九パーセントは、きっとまったく無意味な詩のはずです。それらランダムに生成された漢字の行列を保存することになんの意味があるでしょうか？」

「意味だと？」李白は肩をすくめて言った。「使者よ。ある詩にどんな意味があるかは、おまえの承認で決まるものではない。わしや他人の承認も必要ない。それを決めるのは時間だ。発表当時は無意味とされたのに、後世において比類なき傑作と認められた詩はあまたある。現在、そして未来において傑作とされるあまたの詩も、遠い過去にはきっと無意味とされていただろう。わしはありとあらゆる詩をつくるぞ。いまから億万年後、大いなる時間がその中のどの詩を最高傑作に選び出すかなど、だれにわかろうか」

「それはまったくのナンセンスです！」大牙が大声で叫んだ。その投げやりとも思えるけたたましい叫び声は、遠くの草むらに隠れていた数羽の鳥たちを驚かせた。「もしいまある虫けら人類の漢字データベースに基づいて詩をつくれば、量子コンピュータが書き出す最初の一篇はきっとこんなものになるでしょう。

啊啊啊啊啊（あああああ）
啊啊啊啊啊（あああああ）

啊啊啊啊啊（あああああ）

啊啊啊啊唉（あああああぁ）

おたずねしますが、大いなる時間とやらは、この詩を傑作と評価するでしょうか？」

これまでずっと沈黙していた伊依《イーイー》は、このとき歓喜の声をあげた。「おお、なんと！大いなる時間など必要ありません。この詩は、いますぐにでも、最高傑作の一篇と認められます！　最初の三行と、四行目のはじめの四文字は、いずれも広大な宇宙を前にした生命の驚きが表現されています。そして最後の一字〝唉《あぁ》〟は、詩の巧拙を決める重要な一文字、つまり詩眼なのです。この一字は、渺茫たる宇宙を深く感得したあと、無限の時空の中にいる詩人が、自身の卑小さに対して発した声なきため息です」

「はっはっはっは」李白は髭をしごきながらも、うれしさのあまり口を閉じられずにいた。「よき詩だ。虫けらの伊依《イーイー》よ、まことによき詩であるぞ。はっはっは……」と言って瓢簞をとり、伊依《イーイー》の碗に酒を注いだ。

大牙は巨大な鉤爪をひと振りして伊依《イーイー》をひっぱたき、向こうまで吹っ飛ばした。「この虫けら野郎め、ずいぶん楽しそうだが、忘れるなよ。呑食帝国が壊滅したら、おまえらだって生き残れないんだぞ！」

伊依《イー・イー》の体はまっすぐ川岸まで吹っ飛んだので、しばらくしてようやく起き上がれたときには顔じゅう砂まみれだったが、痛みとおかしさでその顔はくしゃくしゃになっていた。たしかに楽しかった。伊依《イー・イー》は我を忘れて叫んだ。「ははははは、おもしろい。この宇宙というのはほんとに莫迦みたいに不可思議だ！」

「使者よ、ほかに質問はないか？」大牙が首を振るのを見て、李白はつづけた。「では、わしはあした、ここを去る。あさってには量子コンピュータの詩作ソフトを起動させ、究極の詠詩プロジェクトを開始するぞ。同時にまた、太陽の消滅と惑星および呑食帝国の解体プロジェクトも始動させよう」

「敬愛する神よ。呑食帝国は今夜のうちに戦闘準備を整えますぞ！」大牙は直立すると神妙な面持ちで宣言した。

「よいよい、それはまことによきことじゃ。これからの日々、おもしろくなりそうだが、それはまだ先のこと。いまはこのひさごの酒を飲み干させてくれ」李白は楽しげにうなずくと、瓢箪をとって、残っている酒を一滴もあまさず注ぎ終えた。そして、夜の帳《とばり》が降りた大河を眺めながら、最初にできた詩をなごり惜しそうにもう一度熟読した。「なんとよき詩だ、この第一篇は。わはははは。最初の詩がこれほどすばらしい出来とはなあ」

3　究極詠詩プロジェクト

詩作ソフトウェアは実のところかなりシンプルなもので、人類のＣ言語を使っても二千行を超えない程度のコードに、すべての漢字を登録したささやかなデータベースが付随するだけだった。海王星の軌道上に位置する例の量子コンピュータ（宇宙空間に浮かぶ巨大な透明円錐）上でそのプログラムが起動されたときから、究極詠詩プロジェクトはスタートした。

そのときになってようやく、呑食帝国は、李白がその超文明種属の一個体にすぎないことに気づいた。それまで恐竜たちは、これほど高い技術レベルまで進化した社会なら、その意識はとっくにひとつの集合体になっているものと考えていた。呑食帝国が過去一千万年のあいだに遭遇した五つの超文明はすべてそのような形態をとっていたからだ。しかし、その思い込みに反して、李白の種属は個体を維持していた。彼らが芸術に対して異常なまでの理解力を持つ理由の一端がそれで説明できる。詩作がはじまると、エネルギー状生命のかたちをとる李白の一族の個体は、宇宙のあらゆる方角から大挙して太陽系内にやってきて、ストレージ作成プロジェクトに着手した。

呑食帝国にいた人類たちの目には、宇宙に浮かぶ量子コンピュータも、新たにやってきた神種属の個体群も見えなかった。人類の目に映る究極詠詩プロジェクトは、宇宙に浮かぶ太陽の明るさが増減するプロセスだった。

詩作ソフトウェアが起動して一週間後、神種属は首尾よく太陽の火を消した。このとき宇宙に浮かぶ太陽の明るさの等級は一時的にゼロになった。ただし、内部の核融合が停止したことで恒星外殻の支えを失った太陽はまもなく縮小しはじめ、急速に密度が増大すると、一個の新星となった。そのため、漆黒の闇はすぐにふたたび光に照らされ、以前の何百倍もの明るさで呑食帝国表面の草木を焦がした。新星はまた暗くなったが、一定の時間が経つとふたたび大爆発を起こした。このように、明るくなっては暗くなり、暗くなってはまた明るくなるサイクルを際限もなくくりかえす太陽の姿は、不死身の化け猫のようだった。しかし、神種属は恒星を殺すすべに長《た》けていた。彼らは悠揚迫らざる態度で、太陽が新星化するたびに、中の物質を最大割合で核融合させ、ストレージをつくるために必要な重元素に変えていった。そうして十一回目に新星の光が消えたあと、太陽はようやくほんとうに息の根を止められた。究極詠詩プロジェクトがはじまってから、地球時間ですでに三ヵ月が経過していた。

それより前、新星が三度目に出現したとき、太陽系にはべつの太陽も現れ、宇宙空間のあちらこちらで輝いたり消えたりしはじめた。これらの新しい太陽は、いちばん多いときで九つを数えた。それは、神種属が惑星を解体したときのエネルギー放射だったが、そののち、恒星としての太陽の明滅が暗く弱々しくなると、どれが本物の太陽なのか、人類には見分けがつかなくなってしまった。

呑食帝国《リングワールド》の解体は詠詩プロジェクトの開始から五週目に行われた。それより前、李白は帝国に対し、あるプランを提案していた。それは、すべての恐竜たちを銀河系の反対の端にある星系へそっくり移動させるという計画だった。その星系には文明が存在しているもののの、神種属よりも技術レベルはかなり低く、いまだに純エネルギー化していない。しかし、呑食文明よりははるかに進んでいる。恐竜たちはそこに移されたあと、家畜として飼育され、衣食住の心配なく安楽に暮らせるとのことだった。しかし、恐竜たちはたとえ玉砕しても無意味に生を貪ったりはしないと宣言し、激しい怒りをもってその提案を拒絶した。

李白はつづけてべつの提案をした。人類に彼らの母星を返そうというのである。実のところ地球もすでに解体されて、その大部分はストレージの製造に使われていたが、神種属はわずかな一部をとっておいて、人類のために空洞地球をつくった。内部がからっぽになった空洞地球はもとの地球とほぼおなじ大きさだったが、質量はもとの一パーセントにすぎなかった。地球が空洞になったというのは正確な表現ではない。もとの地球の表面にあった脆弱な岩石層は新地球の地殻とするには強度がまったく足りず、その材料はコアから採取しなければならなかったからである。さらに、新たな地殻には経線と緯線のような線が引かれた。それらは非常に細いがきわめて強靭な補強リングで、太陽が収縮して高密度となったときにできる縮退した中性子物質でつくられていた。

感動的だったのは、呑食帝国が李白の提案に即座に同意し、すべての人類に巨大リングワールドからの脱出を許可しただけではなく、地球から奪ったすべての海水と空気を返還したことである。神種属はそれを使って空洞地球内部にもとの地球の大陸、海洋、大気層をすべて復元した。

それにつづいて、悲惨きわまるリングワールド防衛戦争がはじまった。呑食帝国は、宇宙空間にいる神種属を標的にして大量の核ミサイルやガンマレーザー砲を発射したが、効果はまったくなかった。神種属が投射する目に見えない強力な力場に押されて呑食帝国の巨大リングは高速で回転しはじめ、そのスピードがどんどん速くなり、ついには遠心力によって崩壊した。このとき、伊依《イー・イー》は空洞地球へと向かう途上にあり、千二百万キロの距離から、呑食帝国滅亡の全プロセスを目撃することになった。

崩壊の過程は、まるで夢の中の出来事のように、とてもゆっくりしていた。漆黒の宇宙を背景に、巨大なリング世界はコーヒーに注いだミルクのごとく外へと広がっていく。〈呑食者〉のへりは少しずつちぎれ、破片が闇に呑み込まれる。まるで宇宙に溶けていくようだった。ときおり爆発の閃光が輝いたときだけ、ばらばらに解体してゆく姿がはっきり見える。

（原注　劉慈欣「呑食者」より抜粋）

古《いにし》えの地球からやってきた、気質剛毅にして偉大な文明が、こんなふうに見る影もなく破壊されて消滅するのを目のあたりにして、伊依《イー・イー》の胸に万感の悲しみが迫った。ごくわずかの恐竜だけが生き残り、人類とともに地球へと向かった。その中には、使者の大牙も含まれていた。

地球への帰途、人類全体の気分は総じて落ち込んでいたが、それには、伊依《イー・イー》とはまたべつの理由があった。地球へ戻ったあと、彼らが食べものにありつくためには、荒れ果てた土地を開墾《かいこん》しなければならない。長期間にわたって恐竜に飼育されて生活するうち、みずから農作業に従事する体力も知識もなくしてしまった人々にとって、それはまったく悪夢のような暮らしだった。

しかし伊依《イー・イー》は、地球世界の行く末に、大きな希望を抱いていた。未来にどんな試練が待ち受けていたとしても、人類はふたたび以前の人類に戻れる。彼はそう信じていたのである。

4　詩雲

詩を詠みながら航海をつづけてきた一行は、南極大陸の海岸にたどり着いた。

ここはすでに重力がかなり小さく、波の動きも緩慢で、夢の中でダンスを踊っているかのようだった。低重力環境のもと、岸辺に打ち寄せる波のしぶきは十メートル以上の高さまで達するため、空中に舞い上がった海水は表面張力によって無数の球体となり、大きなものでサッカーボールぐらい、小さなもので雨粒ぐらいのサイズの水玉がゆっくり岸辺に落ちてくる。落下のスピードが遅すぎて、水玉のまわりに手で円を描けるくらいだった。水玉がミニ太陽の光を屈折させるおかげで、きらきら輝く世界が伊依《イー・イー》と李白と大牙を迎えた。低重力環境下の積雪もとりわけ不思議なものだった。ふわふわした泡のような状態で、浅いところでは腰まで、深いところでは大牙の全身が沈んでしまうほど積もっている。しかし意外なことに、雪の中に沈んでも、ふつうに呼吸することができた。南極大陸全体がこの雪泡に覆われ、一面真っ白な大地がなだらかに起伏している。

伊依《イー・イー》一行は一台の雪上車に乗って南極点へと向かった。雪上車は雪煙を左右に激しく巻き上げながら、雪泡の上をモーターボートのように滑走した。

翌日、三人は南極点に到達した。極点の標識は相当な高さのある水晶のピラミッドだった。二世紀前の地球防衛戦争を記念して建てられたもので、表面にはどんな記号も図形も描かれていない。このモニュメントは、太陽の光を浴び、雪泡の中で静かに輝いているだけだった。

ここからは、地球上のすべてを眼下に見晴らすことができた。四方に光を放つミニ太陽は大陸と海洋に囲まれ、まるで北極海の中から浮かび上がってきたかのように見えた。

「このミニ太陽は永遠に輝きつづけられるのですか？」伊依《イー・イー》が李白にたずねた。

「少なくとも、新しい地球文明が新しい太陽をつくる技術を獲得するまでは輝きつづけられるだろう。あれはミニチュアのホワイトホールだからな」

「ホワイトホール？　ブラックホールを反転させたものですか？」大牙がたずねた。

「そうだ。あのミニ太陽は、宇宙空間のワームホールを通じて、二百万光年彼方のブラックホールとつながっている。そのブラックホールはある恒星の周囲を公転しているが、吸収したその恒星の光をここで放出しているのだ。時空を超えた一本の光ファイバーの出口がこの地球だと考えてもいい」

モニュメントの尖塔は、ラグランジュ線の南の起点にあたる。ラグランジュ線とは、空洞地球の南北両極を結ぶ軸線を指している。地球防衛戦争以前の地球と月のあいだにあった、重力がゼロとなる均衡点《ラグランジュ・ポイント》にちなんで命名されたこのラグランジュ線は、全長一万三千キロメートル。この線上では重力がゼロとなるため、空洞地球の創造以来、人類はあらゆる種類の衛星をそこに打ち上げてきた。防衛戦争前の地球とくらべて、いまの衛星打ち上げはものすごく簡単だった。衛星を南極点もしくは北極点に運んでから――なんならロバに曳《ひ》かせてもいい――その衛星を真上の空に向かって蹴り上げるだけでいい。

三人がモニュメントを眺めていたとき、べつの大きな雪上車が若い観光客グループを乗せてやってきた。彼らは車を降りてジャンプすると、そのまま真上へ飛び上がった。ラグランジュ線に沿って高く飛ぶことで、自分自身を人工衛星にすることができる。この場所からは空にたくさんの小さな黒い点が見えたが、それらは重力ゼロの軸線上に浮かぶ観光客や各種の乗りものだった。それらの点が並んだ列が、ラグランジュ線の位置を示している。物理的には、ここからまっすぐ北極まで飛んで行くことも可能だが、ラグランジュ線の中心にはミニ太陽が位置している。軸線に沿って飛び出した観光客の中には、携帯スラスターのエンジンの故障で減速できなくなり、まっすぐ太陽に突っ込んでしまった者もいる。もっとも実際には、ミニ太陽に飛び込むはるか手前で蒸発してしまっただろう。

空洞地球では、宇宙空間に出るのも簡単だった。赤道上に五つ開けられた深井戸（アースゲートとも呼ばれる）のうちのどれかひとつに飛び込むだけでいい。厚さ百キロメートルの地殻を降下（上昇？）していくと、空洞地球の自転によって生じる遠心力で宇宙空間に放り出されるのである。

伊依《イー・イー》たち一行も、詩雲を見るためには、地殻を通過しなければならない。だが、彼らがやってきたのは南極のアースゲートだった。そこでは地球の自転による遠心力がゼロなので、そのまま宇宙空間に投げ出されることはなく、地殻の外側の表面までしか出られない。彼らは南極アースゲート管制ステーションで軽量宇宙服に身を包むと、全長百キロメートルにおよぶ深い井戸へと入っていった。重力がゼロなので、井戸ではなくトンネルと呼ぶべきかもしれない。無重力状態のもと、宇宙服に搭載されたスラスターを使って前進するのだが、赤道アースゲートを通って降下する場合よりそのスピードははるかにゆっくりで、三十分もかかってようやく外側に出た。

空洞地球の外側にあたる地表は、なにもない荒涼とした場所で、中性子物質でつくられた補強リングが縦横に走っているだけだった。これらの補強リングは、経線と緯線に沿って地球の表面を碁盤の目のように分割する。南極点は、経線方向に走るすべての補強リングの交点になっていた。アースゲートの外はさほど広くない高原で、そこを中心に、長大な山脈のような地球補強リングが四方八方に延びている。

彼らは宇宙空間を見上げ、詩雲を眺めた。

詩雲は、かつて太陽系があった宙域に広がる、さしわたし百天文単位の渦状星雲だった。見た目は天の川銀河によく似ている。空洞地球は詩雲の端のほうに位置していて、それはもとの太陽系が天の川銀河で占めていた場所とほぼ同じだった。ただし、銀河面が地球の公転軌道とほぼ同一平面にあったのに対し、詩雲がつくる面は地球軌道と斜めに交わっている。そのため、地球からは川状の断面しか見えない銀河系と違って、詩雲はその姿をべつの角度からも見ることができた。ただし、詩雲の全体像を観察できるほどの距離があるわけではなく、南半球から見ると、空全体が詩雲に覆われていた。

詩雲は銀色の光を放ち、地表に立つ人々の影を地面に落としていた。詩雲そのものは発光しないが、宇宙放射線を浴びて光っているらしい。宇宙空間の放射線密度が均一ではないため、詩雲の中ではつねに巨大な光る霧が逆巻き、色とりどりの光暈《こううん》が発生して、光る鯨が詩雲の中を泳ぎまわっているように見える。まれに宇宙線が劇的に強くなると、詩雲の中にうろこ状の白い光斑が発生し、空全体が、雲というより、月夜に水中から見上げた海面のように見える。地球と詩雲の運行は同期していないので、詩雲から延びる渦状腕の隙間に地球が入ることがあり、そういうときは詩雲の向こうの星々を眺めることができる。最高にエキサイティングなのは、渦状腕の端にあっても、詩雲の断面形状を見られることだ。詩雲の断面は、地球の大気中に発生する積乱雲のように雄大で変幻自在な姿を見せ、そのかたちはさまざまなものを連想させる。その巨大な断面が詩雲の公転面の上に高くそびえて銀色の光を放つところは、宇宙のどこかに存在する超越的意識が見ている醒めない夢のようだった。

伊依《イー・イー》は詩雲から地上に視線を戻し、地面からひとかけらの薄片《ウェハー》を拾い上げた。そうした薄い水晶片が周囲の地面に無数に散らばり、真冬の割れた氷のようにきらきら輝いている。伊依《イー・イー》は、詩雲に覆われた空に水晶片をかざしてみた。水晶片はてのひら半分ほどの大きさで、正面から見ると完全に透明だが、わずかに傾けると、詩雲の明るい輝きに照らされて、表面に虹色の光輪が映し出される。これこそが量子ストレージだった。人類が歴史上生み出したすべての文字情報を集めても、この記憶媒体一枚の数億分の一を占めるにすぎない。詩雲は10の40乗枚にもおよぶこうしたウエハーで構成され、究極詠詩プロジェクトのすべての演算結果がそこに保存されていた。この詩雲の原料になったのが、太陽と九つの惑星をかたちづくっていたすべての物質である。もちろん、その中には呑食帝国も含まれている。

「なんと偉大な芸術作品だ！」大牙は心から感嘆したような声をあげた。

「そう、その美しさはその中身にあります。直径百億キロメートルで、ありとあらゆる詩を含んだ星雲。すばらしすぎる！　わたしもテクノロジーを崇拝したくなりましたよ」伊《イー》依《イー》は星雲を見上げながら興奮した口調で言った。

　ずっと気分が落ち込んでいるようだった李白は、長いため息をついた。「どうやらわれら二人は、たがいに相手のほうへと近づいてきたらしいな。わしには芸術におけるテクノロジーの限界が見えてきた。わしは……」彼はすすり泣きながら言った。「わしは敗残者だ……ああ」

「どうしてそのようなことをおっしゃるのですか？」伊依《イーイー》は天空の詩雲を指さした。「この中には、つくれる可能性のあるすべての詩が含まれています。もちろん、李白を超える詩も含まれていますよ！」

「だがわしは、それらを手にすることができん」李白はどんと足踏みをして数メートルの高さまで飛び上がると、地殻が持つごくわずかな重力に引き寄せられ、ゆっくりゆっくり降りてきた。「究極詠詩プロジェクトがはじまったとき、わしは詩歌の芸術性を識別するプログラムの作成に着手したが、そのときふたたび、テクノロジーでは克服できない芸術上の障碍にぶつかった。古詩鑑賞能力を備えたソフトウェアはいまにいたるまで完成していない」まだ空中にいる李白は、詩雲を指さして言った。「たしかにすばらしい。偉大なテクノロジーの助けを借りて、わしは詩の最高傑作を書いた。だが、嗚呼《ああ》、詩雲からその傑作群を検索してとりだすことは不可能なのだ……」

「知的生命の精華と本質は、ほんとうにテクノロジーによって到達できないものなのでしょうか？」大牙は詩雲のほうを見上げながら、声に出してたずねた。今回の経験を通して、彼はしだいに哲学者めいてきていた。

「詩雲の中にはつくれる可能性のあるすべての詩が含まれている。であるからには、その中には当然、われわれのすべての過去とあり得べきすべての未来と、あり得ないすべての未来が詠まれた詩もあるだろう。虫けらの伊依《イー・イー》は、三十年前の夜に爪を切ったときの感想や、十二年後に食べる昼食のメニューを記した詩をそこに見つけることができる。使者の大牙は、自分の脚を覆う一枚の鱗の色が五年後にどうなっているかを詠んだ一篇を見つけることができる……」そう言いながら、ようやく地面に降りてきた李白は、二枚のウエハーをとりだした。それらの水晶片は詩雲の光を反射してきらきら輝いた。「去る前に、二人にこの贈りものを授けよう。ここには、量子コンピュータがおまえたちそれぞれの名で詩雲の中から検索した、二人に関係する何億何兆もの詩が収められている。おまえたちの未来の人生のさまざまな可能性が詠まれた詩だ。詩雲全体の中ではもとより、おまえたちを詠んだ詩すべての中でも、それらは当然、ごくごく小さな一部でしかない。わしはまだその中の数十篇にしか目を通していないが、いちばん好きな一篇は、虫けら伊依《イー・イー》に関する七言律詩で、川辺の村に住む美しい娘との恋を描いたものだ。……わしがいなくなっても、人類と生き残った恐竜たちとはせいぜい仲よく暮らすがよい。むろん、人類同士も仲よくするがよい。空洞地球の地殻に核爆弾で穴が開いたりしたら、たいへんなことになるからな……詩雲の中の傑作は、もうだれのものでもない。将来、人類がそのいくつかを詠むことができるようにと願っている」

「わたしと村娘は、その後どうなったのでしょう？」伊依《イー・イー》は好奇心にかられてたずねた。

銀色に光る詩雲のもとで、李白はにっこり笑って答えた。「おまえたちは、末永くしあわせに暮らしている」

栄光と夢

光栄与梦想

大森望・泊 功訳

1　延期されたオリンピック

早朝の光がもう空の半分を明るくしていた。しかし、シーア共和国の大地は依然として薄闇に包まれている。まるで、終わったばかりの夜が黒い沈殿物の層となり、大地に蓋をしているかのようだった。

ミスター・グラントはゴミを満載した小型トラックを運転して、国連の人道支援基地のゲートを出た。基地で働いていたシーア共和国の従業員が全員退去したせいで、ここ数日は自分たちでゴミを捨てにいくしかない。しかし、それもきょうで最後。あしたには、シーア共和国に残る最後の国連職員である彼らもここから撤退する。そうなれば、あさってか、あるいはもう少し先、この国はふたたび戦争に突入することになる。

グラントは基地からそう遠くないゴミ捨て場にトラックを停めると、ゴミ袋をひとつつかんで投げ捨てた。しかし、二つめのゴミ袋を持ち上げたところで、ふと動きをとめた。この死んだように静止した世界で、ひとつだけ動いているものを見つけたのだ。地平線上にある小さな黒い点が、この黒い大地の一部であることを否定するかのように、かすかにうごめいている。白く輝く曙光を背にしたそれは、まるで太陽の黒点のように見えた。

ぼそぼそつぶやく人の声が聞こえてきたので、グラントは自分のまわりに注意を戻した。真っ黒な人影がいくつか、さっきグラントが投げ捨てたばかりのゴミ袋に向かって、地面を動く石ころのように移動してくる。毎朝かならずやってくるゴミ漁りで、その中には、老いも若きも、男も女もいる。十七年ものあいだ経済封鎖されているこの国は、長く飢餓にさいなまれて、すでに息も絶え絶えになっている。

グラントはまた顔を上げ、彼方に視線を向けた。さっき地平線に見えた黒い点が走る人間の体だということはもうわかっていたが、グラントの目には、まばゆい朝陽を背にしたその黒い点が、炎の前でうごめく小さな虫けらのように見えた。

そのとき、ゴミ漁りのあいだでちょっとした騒動が起こった。だれかが半分食べかけのソーセージを拾って、すばやく口に入れ、貪るように食べはじめたのである。ほかの連中は、あっけにとられたようにその男を見ていたが、それもほんの数秒のことで、彼らはまた、破れたゴミ袋の中身を丹念に漁りはじめた。飢餓で麻痺した彼らの意識にとって、ゴミの中の食べものは、昇ってくる太陽よりも明るい希望の光だったのである。

　グラントがまた顔を上げると、ランナーはさらに近づいていた。瘦せこけているものの、体つきから女性だとわかる。三度めに見る彼女の姿は、朝の光の中で揺れ動く小さな苗木のようだった。あえぎ声が聞こえるほど近くまで来ても、足音はまだ聞こえてこない。彼女はゴミの山までたどり着いたところで、ひざが抜けたようにその場にへたりこんでしまった。見たところ十代の少女で、肌は浅黒く、ぼろぼろのタンクトップとトランクス姿だった。瘦せっぽちの顔には不釣り合いなほど大きな眼がグラントの関心を惹いた。その眼のおかげで、夜行動物の一種のようにも見える。他のゴミ漁りたちのうつろな眼とは違って、彼女のまなざしの奥ではなにかが燃えつづけている。渇望と苦痛と恐怖が入り混じったなにか。彼女の存在感はその二つの眼に集約されていた。それにくらべると、小さな顔と棒きれのような細い体は、果実にくっついている枯れた枝葉みたいなものだ。血の気の失せた顔であえぐ息遣いは、遠くで吹いている風の音のようだった。口の中は白く乾いている。ゴミ漁りのひとりが彼女に向かってなにか言った。グラントはそのシーア語の発音をなんとか聞きとろうと神経を集中し、だいたいの内容を理解した。

「シニ、来るのが遅いよ。食いものを残しておいてもらえるなんて期待しないでよね！」

　シニと呼ばれた少女は、無限の彼方にあるなにかに強く惹きつけられているらしく、まっすぐ前をじっと見つめていたが、その視線を無理やりひきはがして、破れたゴミ袋を見やった。たちまち激しい空腹感に襲われたらしく、ほかの人間たちといっしょにゴミの山から食べものをさがしはじめたが、このときにはもう、めぼしい獲物はほとんど消えていた。シニは、ひとつだけ、蓋の開いた魚の缶詰を見つけ、中から魚の骨を何本かとりだしてばりばり咀嚼《そしゃく》すると、それを飲み込んだ。ふたたび立ち上がって、新たな食べものをさがそうとしたが、ゴミ山の近くで気絶するようにばったり倒れてしまった。グラントは近寄って彼女を抱き起こした。全身汗まみれのシニの体は信じられないほど軽く、華奢《きゃしゃ》で、布の袋一枚分くらいの重さしか感じなかった。

「腹ぺこなんだ。何度もこんなことがあったよ」だれかがとても正確な英語でグラントに説明した。グラントはシニをそっと地面に横たえてから立ち上がり、軽トラックの運転席から瓶入りの牛乳をとってくると、ひざまずいて彼女の口に瓶をあてがった。ほとんど意識のない状態でも、シニはすぐにミルクのにおいを感じとり、ごくごく飲みはじめた。

「家はどこ?」シニの意識がいくらか戻ったのを見て、グラントはぎこちないシーア語でたずねた。

「その子は口がきけないんだ」さっきの声がまた説明した。

「彼女の家は遠いんですか?」グラントは顔を上げ、英語を話すゴミ漁りにたずねた。眼鏡をかけ、もじゃもじゃの髭をたくわえている。

「いや、近くの難民キャンプだ。だが、毎朝ここから川べりまで走って往復している」

「川べり？……往復したら十キロ以上ある。まともな神経じゃないな」

「いや、それは違う。トレーニングなんだよ」グラントがぽかんとしているのを見て、眼鏡のゴミ漁りはさらに説明をつづけた。「この娘《こ》はシーア共和国のマラソン・チャンピオンだ」

「そうなのか……。しかし、この国ではもう長いこと、スポーツの全国大会なんか行われていないでしょう」

「とにかく、みんなそう言ってる」

シニは意識がはっきりしたらしく、自分の手で牛乳瓶を持って、残りをひと息に飲み干した。かたわらにしゃがんでいたグラントは、ため息をついて首を振った。「まあ、どこにだって、夢に生きている人間はいる」

「わたしもかつてはそのひとりだった」とゴミ漁りが言った。

「英語がとても上手ですね」

「シーア大学で英米文学の教授をしていた。十七年間にわたる経済制裁と経済封鎖ですべての夢を失った挙げ句、いまはこのざまだ」と言って、あいかわらずゴミの山をひっくり返しているほかのゴミ漁りたちに目をやった。彼らは、シニが気を失って倒れたことなど気にもとめていないようだった。「いまの夢と言えば、あんたたちが残りものの酒を捨ててくれることだけだよ」

グラントは悲痛な目でシニを見やり、「このままじゃ、この娘は死んでしまう」

「死ななかったとしても、どのみち同じことだ」英米文学の教授はそう言って肩をすくめた。「二、三日してまた戦争がはじまったら、あんたたちは全員いなくなり、国際援助も断たれて、すべての道路が通行不能になる。そうなったら、われわれは爆撃で吹き飛ばされるか、それとも餓死するか、二つにひとつだ」

「戦争が早く終わることを祈るしかない。まあ、そうなるでしょう。シーア共和国民はもう戦争にうんざりしてるし、この国は結束できず、砂みたいにばらばらの状態なんだから」

「そうとも。われわれはおまんまを食って、その日を生き延びたいだけだ。ほら、あいつは……」そう言って教授が指さしたのは、ひたすらゴミの山を漁っているぼさぼさ頭の若者だった。「脱走兵だ」

そのとき、まだグラントの腕に寄りかかったままだったシニが枯れ枝のような片腕を上げ、そう遠くない国連人道支援基地の白い仮設家屋を指さしてから、両手を動かし、なにか仕草をした。「どうやら、建物の中に入りたいらしい」と教授が言った。

「耳は聞こえるんですか？」グラントはたずねた。教授がうなずいたので、グラントはシニのほうを向いて、片手でジェスチャーしながら、ぎこちないシーア語で言った。「だめだ。中には入れない。もうすこし食べものをあげよう。あしたは来ないで。あした、ぼくらは行ってしまうからね」

シニは砂の上に指でいくつかシーア文字を書いた。教授はそれを見て言った。「中に入って、オリンピックの開会式をテレビで見たいそうだ」

グラントは悲しげにかぶりを振った。「残念ながら、それは不可能だ。オリンピックの開会式は一日延期になった」

「戦争のせいか？」

「えっ？　まさか、あなたたちはなにも知らないんですか？」グラントは驚いてまわりを見渡した。

「オリンピックがわれわれとなんの関係がある？」教授はまた肩をすくめた。

そのとき、くぐもったエンジン音が彼らの会話をさえぎった。もうこの国でしかお目にかかれないような旧式のマイクロバスが大通りを走ってきて、ゴミ捨て場の前に停まった。五十代くらいの白髪の男性がバスから飛び降り、まわりの人々に向かって大声で叫んだ。

「シニはいるか? ヴェディヤ・シニだ」

シニは立ち上がろうとしたが、足もとが定まらず、また地面に倒れ込んだ。白髪の男がそばまでやってきて彼女を見やった。「どうしてこんなことに? わたしのことを覚えてるかい?」

シニはうなずいた。

「あんたはどこの人だね?」教授はその男に向かってたずねた。

「国家スポーツ局長のクレイルです」男はそう答えると、シニを助け起こした。

「この国にまだスポーツ局があったんですか?」グラントは驚いてたずねた。

クレイルはシニを両腕で支え、昇りはじめた太陽を見ながらひとことひとことゆっくりと話した。「シーア共和国にはすべてがありますよ、ミスター。少なくとも、いずれそうなる!」そう言い終えると、彼はシニを抱えるようにしてバスのほうへと歩いていった。

マイクロバスに乗ったあと、擦り切れたシートの上でぐったりとしているシニを見ながら、クレイルははじめて彼女と出会ったときのことを思い出していた。

その日の夕方、仕事を終えたクレイルは、疲れた足をひきずってスポーツ局の古びた三階建てのオフィスビルを出ると、年式の古いボルガのドアを開けた。その瞬間、だれかにうしろから腕をつかまれた。振り向くと、そこにシニがいた。彼女はクレイルに車に乗るよう、片手で合図した。クレイルは驚いたが、彼女の真剣なまなざしは信頼できそうな気がした。そこで、シニを車に乗せ、彼女が指さす方向に車を走らせた。

「きみは、ええと……シーア共和国人なのか?」とクレイルはたずねた。どんなスポーツでも、長年トレーニングを積むと、フィジカル面だけでなく、メンタル面にも変化が出てくる。シニはシーア共和国の女性がよく着るゆったりしたエスニック・ワンピース姿だったが、クレイルの専門家としての目は、彼女の体や動きに、スポーツ選手の特徴をすぐさま見出した。とはいえ、十年以上も貧困と飢餓に苦しんできたこの国で、まだそんなふうにトレーニングをつづけている人間がいるとは、にわかには信じられなかった。

シニはクレイルの質問にうなずいた。

車はシニの案内で首都の国立競技場までやってきた。車から降りると、彼女は地面に、『どうか一度だけ、わたしのマラソンを見てください』と文字を書いた。

トラック種目のスタート地点に立つと、シニはエスニック・ワンピースを脱ぎ捨てて、着古したタンクトップとトランクス姿になった。クレイルが腕時計をストップウォッチにセットしてからスタートの合図をすると、シニは軽快なストライドで走り出した。この娘はたしかに長距離走者の稀有な素質を持っている。クレイルは早々とそう確信したが、そのことはかえって彼の心に深い悲しみをもたらした。

八万人を収容できるシーア共和国最大のこのスタジアムは、いまではすっかり荒れ果て、トラックは雑草と砂埃に覆われている。西側の外壁には、何年か前の激しい空爆で大きな穴が空き、沈みかけた夕陽の光がそこから射し込んで、スタジアムがつくる巨大な影の上方にあるスタンド席に、血のように赤い残照を浴びせていた。

戦争前、シーア共和国のスポーツ競技には輝かしい栄光の時代があった。しかし、十七年前の戦争と、それから現在までつづく経済封鎖と経済制裁のおかげで、この国にとってスポーツはとてつもなく贅沢なものとなった。国のスポーツ予算は最低限に抑えられ、ときおり、対外宣伝のために、ほんの数名から成る侘《わび》しい選手団を散発的に国際大会に派遣する程度になっていた。近年、国家の存立そのものが日増しに厳しくなってくると、最低限の予算さえカットされ、選手たちはみんな散り散りになって、消息さえわからないありさまだった。国家スポーツ局もわずか四人のスタッフが残るだけで、いつ閉鎖されてもおかしくない。

西に太陽が沈み、東の空からおぼろな満月が昇ってきた。シニは、一周また一周とトラックをまわりながら、あるときは暗い影の中に消え、あるときは月光のプールの中に姿を現した。古代ローマのコロッセオ遺跡のように荒れ果てたこの広大な廃墟に、シニの軽快な足音がこだまする。クレイルにはそれが、古きよき時代の幻のような気がした。月光に照らされたこの廃墟で時間が巻き戻され、とっくに消えてなくなっていたはずの懐かしい感覚が心によみがえり、思いがけない涙がクレイルの頬を伝った。

月明かりが競技場の大部分を照らすころ、シニはトラック百五周を走り終えてゴールした。クールダウンもせずに、ただそこに立って、じっとクレイルを見つめている。月明かりに照らされたシニは、グラウンドに立つ一体の彫像のようだった。

「二時間十六分三十秒。トラックを走ったことを考慮して三分加算しても、やはり国内最高記録だ」

それを聞いて、シニが笑みを見せた。マラソン選手の特徴のひとつは、おしなべて表情に乏しいことだ。トレーニングやレースを通して、長時間にわたり単調な体力消耗に耐えてきたこととの結果だろう。しかしクレイルは、月明かりのもとで微笑むシニの表情に心を動かされた。ただ、その笑顔がもたらした感覚は、ナイフで心臓をえぐられるような痛みだった。クレイルは茫然と立ちつくし、彼自身もまた、一体の彫像と化した。はあはあというシニのあえぎが引き潮のように静まったあと、クレイルはようやく正気をとり戻し、腕時計を手首に戻して小さな声で言った。

「きみは生まれてくる時代をまちがえたな」

シニは落ち着いた顔でうなずいた。

クレイルは腰をかがめて、脱ぎ捨てられたエスニック・ワンピースを拾い上げ、シニに手渡した。「家まで送ろう。暗くなったからね。ご両親も心配しているはずだ」

シニはそれに手ぶりで返事をした。クレイルが理解したかぎりでは、彼女には両親も家もないらしい。シニは服を受けとると、きびすを返して歩き出し、やがて競技場の大きな影の中に姿を消した。

マイクロバスは郊外に向かって走りつづけていた。ぐったり座席にすわっていたシニは、バスの揺れと疲労と脱力感でうつらうつらしはじめた。しかし、うしろの席にいるだれかのひとことでぱっと目が覚めた。

「サリ、どうしてムショに入る羽目になったんだ?」

シニが体を起こしてふりかえると、後方の座席に、サリと呼ばれた男がすわっていた。それがサリだということはすぐにわかったものの、目の前にいるこの哀れな男がシーア共和国でもっとも華々しいスター選手だったとは、どうしても信じられなかった。ヤリク・サリは、シーア共和国の経済封鎖中に国際大会に出場してメダリストとなった三人のアスリートのひとりだった。彼は、四年前に行われた射撃の世界選手権でスキート種目の金メダルを獲得し、国民的英雄となった。オープン・カーに乗ってメインストリートを颯爽《さっそう》と通過していったサリの輝かしい姿を、シニはいまでも鮮明に覚えている。だが、いま目の前にいるサリは、枯れ枝のように痩せさらばえ、血色の悪い顔には何本も傷跡が走り、薄汚れた囚人服を着て、とくに寒くもない朝だというのにぶるぶる震えている。

「彼は射撃の腕前を買われて、密輸組織のボスのボディーガードをしていたんだ」とクレイルがサリにかわって説明した。

「飢え死にしたくなかったからな」とサリが言った。

「だが、もう少しで餓死するところだったんじゃないか?」とクレイル。「娑婆の人間でさえろくに食えない世の中だからな。刑務所では毎日のように飢えや病気で受刑者が死んでる。きみも似たようなものだったんだろ」

「局長さん、あんたはおれを保釈して命を救ってくれた。だが、いったいこれはどういうことだ? おれたちはどこへ行くんだ?」

「空港だ。行ってどうするのかは、わたしにもわからない。各競技の元代表選手を集めろという命令にしたがっただけだからな」

　バスが停まり、また何人か乗り込んできた。大多数のシーア共和国人と同じく、彼らもそろって顔色が悪く、病的に痩せている。服はぼろぼろで、たえず咳をしている者もいて、この国の飢餓と貧困がしっかり顔に刻印されている。一般人との唯一の違いは、全員そろって背が高いということだけだった。その長身のおかげで、憔悴した表情がいっそう疲れて見える。天井の低いマイクロバスの車内で背中をまるめてすわっている彼らの姿は、干からびた大海老のようだった。男子バスケットボール代表チームの元メンバーたちだと、シニはすぐに思い当たった。

「みんな、ひさしぶりだな。最近どうしてた?」とクレイルが彼らに声をかけた。

「局長さん、エネルギーを振り絞ってその質問に答える前に、まずみんなに朝メシを食わせてくれないか」

「そのとおりだ。上級国民の局長さまにはひもじいなんて感覚はわからないだろう。いまだって、あんたはまだスポーツで食えてるんだからな。だが、おれたちはなにを食えばいい? 一日の配給なんて、たった一食分にしかならないのに」

「その一食分さえ、もうすぐなくなる。人道支援がストップしたからな」

「関係ないさ。もう少し待てばいい。いったん戦争が始まれば、また闇市で人肉が売られるようになる」

男子バスケットボール代表チームの元メンバーが口々に窮状を訴えているあいだ、シニはひとりずつ順番に彼らを見定め、いちばん会いたかった選手がいないことに気づいた。

するとクレイルが、シニにかわってその質問を発した。

「ムラドはどうした？」

そう、ここにはゲイリー・ムラドがいない。シーア共和国のマイケル・ジョーダンが。

「死んだよ。もう半年になる」

クレイルはとくに驚いたようすもなく、「そうなのか……じゃあ、イシアは？」とたずねた。シニはそれがだれだったのか思い出そうと、記憶を探った。そうだ、イシアは女子バスケットボール代表チームのメンバーだった。そして、ムラドの妻。

「二人はいっしょに死んだよ」

「まさか。どうしてそんなことが？」

「世の中がどうしてこんなことになったのかと訊くべきだな。……二人はおれたちといっしょで、バスケ以外、なんの能もなかった。何年も食うや食わずの生活だったのに、子どもをほしがったのがまちがいだ。子どもが生まれてすぐ、状況がさらに悪くなって、配給はそれまでの半分になった。その子は三カ月しか生き延びられなかったよ。栄養失調……いや、餓死だったとも聞いている。子どもが死んだ日、二人は口論したり泣いたりで夜中まで揉めた。しばらくすると静かになったんだが、なんと食事をつくりはじめて、何年かぶりに夫婦で腹いっぱい食ったそうだ。二人がどれだけ食ったと思う？　月の半分の配給を一度にぜんぶ食っちまった。夜が明けて隣人が見つけたのは、なんの毒を飲んだか知らないが、ベッドでいっしょに死んでいる二人の姿だった」

車内は沈黙に包まれた。バスがふたたび停車して、またひとり乗り込んできたとき、ようやくだれかが口を開いた。「おお、とうとう飢えてないやつが来たぞ！」

乗り込んできたのは、派手な格好をした若い女だった。燃え盛る火のように赤く髪を染め、濃いアイシャドウとルージュを引き、胸まで見えそうな品のない服を着たその姿は、貧困と飢餓に蝕《むしば》まれたそれまでの乗客とは鮮やかなコントラストをなしていた。

「腹いっぱい食ってるだけじゃなく、リッチに暮らしてるんだろ！」またたれかが言った。「そうとはかぎらない。いまの首都はもう飢餓の街だ。女を売ったところでそんなに稼げるもんか」

「どういたしまして、貧乏人さん」女は下品な笑いを振りまきながら男たちに向かって言った。「お客は国連平和維持軍の殿方よ」

車内のあちこちから笑い声が起こったが、すぐに激しい咳払いにかき消された。「ライリー、すこしは恥を知れ！」クレイルがきびしい口調で言った。

「あら、ミスター・クレイルじゃないの。恥を知ろうが知るまいが、飢えて死んだらだれだって体にウジが湧くのよ」女は不興げに手を振ってそう言うと、シニのとなりの席に座った。

シニは目をまんまるに見開き、彼女を見つめた。まさか、この人があのウェンデル・ライリー？　世界体操で銅メダルを獲得した清純派の美少女。シーア共和国のスポーツ界に可憐に咲いた一輪の花……。

それからの道のり、車内は静まり返っていた。二十分後、バスは首都空港に入り、駐機場で停車した。すでに二台のバスが先に到着していた。合計三台のバスで連れてこられたのは、全員、代表チームの元選手たちだった。総勢七十名あまり。男子バスケットボールと男子サッカーをはじめ、ぜんぶで十三競技の選手たちが集まっている。

滑走路にはボーイングの巨大な旅客機が駐まっていた。シーア共和国の領空が飛行禁止区域に指定されたのは十数年前だが、それ以降、首都空港に着陸した中では、もっとも大型でもっともハイクラスな航空機だろう。

クレイルはシーア共和国の選手たちをボーイング機の前まで案内した。そのドアから、スーツを着て革靴を履いた数人の外国人がぞろぞろ降りてきた。彼らがタラップの中ほどにさしかかったとき、中のひとりが下にいるおおぜいの選手たちに向かって手を振りながら、大声でなにか叫んだ。選手たちはそれがだれなのかに気づいて驚愕した。男は国際《I》オリンピック《O》委員会《C》の会長だった。しかし、選手たちがいちばん衝撃を受けたのは、クレイルが通訳した彼の言葉だった。

「シーア共和国アスリートのみなさん。第二十九回オリンピック競技大会に参加していただくため、国際社会を代表して迎えにきました」

2 北京

これが北京！

車列が市街地に入ったとき、シニは心の中で思わず叫んだ。はるか彼方にあるこの街は、シニとは――シーア共和国の貧困と飢餓の中で暮らす少女とは――なんの関係もないはずだった。しかし、北京でオリンピックが開かれることを数年前に知って以来、シニの心の中で、北京は聖地となった。シニは北京のことをほとんどなにも知らない。知っているのは、子どものころに見たダークな色調の武術アクション映画ぐらいのものだ。彼女の頭の中にある北京は、長い歴史を誇る落ち着いた街だったから、壮大で華々しいこのオリンピックとはまったく結びつかなかった。シニは五輪の夢と北京の夢を数え切れないくらい何度も見てきた。しかしこれまで、その二つが同時に夢に出てきたことは一度もなかった。

ある夢の中では、壮麗なオリンピック・スタジアムを埋めつくす群衆を鳥のように上空から眺め、またべつの夢の中では、迷宮のような胡同《フートン》や旧市街の城壁など、想像上の北京を歩いてオリンピック・スタジアムを探したが、そこにたどり着けたことはなかった。

シニは大きく目を見開いて車窓から外を眺め、かつて想像していた胡同や城壁を探した。しかし、視界に飛び込んできたのは、斬新でモダンな高層ビル群だった。林立する摩天楼は陽光をまばゆく反射して、箱から出したばかりの新品のおもちゃか、一夜のうちに天を衝いて育った白くやわらかな巨大植物群のように見える。シニの頭の中で、このときはじめて、オリンピックと北京の街とがようやく完璧に結びついたのだった。

新しい世界にやってきたという興奮は、雲間から一瞬だけ顔を出した太陽のように、シニの心にひとすじの光明を投げかけた。しかし、暗鬱な黒い雲がまたすぐにすべてを覆ってしまった。

世界中の大手メディアの報道とは裏腹に、シーア共和国の選手たちは、自分がこれからオリンピックに参加するのだとわかったときも、特段の興奮や喜びは感じなかった。他のシーア共和国の人々と同様、十数年にわたる苦難の日々によって、自分の運命に幻想を抱くことはなくなっていたし、どんな思いがけない出来事に対しても、心が麻痺したかのように冷静だった。それがいいことなのか悪いことなのかも関係なかった。彼らの反応と言えば、殻をかたくして身を守ることだった。このニュースを聞いたあとでも、結局だれも質問などしなかった。なんの予選大会にも参加していないのにどうしてオリンピックに出場できるのかという、たずねて当然の質問さえしなかった。ただ黙々と旅客機に乗り込み、そんなふうに神経を麻痺させる一方で、感覚を研ぎ澄まして事態の推移を見守っていた。

がらんとした客室に入ったシニは、空いていた窓際の席に陣どって、機内で起きることをずっと注意深く観察していた。やがて、IOC会長がクレイルとシーア共和国選手団の関係者数人をファーストクラスに呼び寄せた。それから一時間以上経っても、まだなんの動きもなかった。選手たちも黙り込んだまま静かに待っていたが、ついにクレイルがやってきた。彼はひとことも言わず、一枚きりの選手リストをチェックしていた。数十人の視線がクレイルの落ち着き払った顔に注がれていた。いかにも冷静なその態度こそ、なにかがおかしいとシニに思わせた第一の予兆だった。彼女の鋭い視線はすぐに第二の予兆を見てとった。リストを手にしてファーストクラスのほうに戻っていったクレイルは、反対の手で閉じたドアを開けようとしたが、その手はドアノブを探し当てられないまま、ドアをまさぐっている。視線はまっすぐ前を向いたままで、一時的に失明したかのようだった。

そのとき、シニは自分の予感が当たっていることを確信した。

なにかがおかしい。

キャビンでは、選手たち全員がそれぞれ二、三人前の機内食を平らげ、その大食ぶりで中国人キャビン・アテンダントたちを驚かせた。

それから、ボーイング機は離陸した。シニが窓ごしに見たのは、雲海がシーア共和国の大地を覆っている光景だった。雲海は、その下になにか大きな秘密を隠しているかのように、飛行中ほとんど途切れることがなかった。

北京空港へ着陸したあと、たっぷり二時間かけておそろいのユニフォームに着替えたシーア共和国選手団は、ようやく飛行機を降りた。到着ロビーに入ると、たちまち嵐のようなフラッシュの光に迎えられて、目を開けていられなくなった。ロビーは各メディアの記者たちがぎゅうぎゅう詰めで、獲物を見つけた飢えた狼の群れのように選手団の周囲に群がってくる。ただし、選手団とのあいだにつねに二メートルほどの距離をキープするように配慮していたため、一行は小さな輪に囲まれて歩いていくことになった。そのありさまは、まるで目に見えない力場で記者たちを排除しているかのようだった。シニや他のシーア共和国選手たちをさらに不安にさせたのは、記者からの質問が一切なく、点滅するフラッシュのパシャパシャという音と、押し合いへし合いする人々の靴が床に擦れる音しか聞こえないことだった。

ロビーの外に出ると、空から轟音が響いてきた。見上げると、周囲を警戒しているのか、それとも空から映像を撮影しているのか、三機の小型ヘリコプターが空中でホバリングしていた。選手団を運ぶバスは二台だけだったが、それを護衛するため、十数台のパトカーと、武装警察の白バイ隊が同行していた。空港から市内に向かう幹線道路にバスが入ると、シニをはじめとするシーア共和国の選手たちはさらにショッキングな光景を目のあたりにした。道路が完全に封鎖され、ほかの車が一台もいなかったのである。

たしかに、なにかがおかしい。

選手村に到着するころには、あたりはもうすっかり暗くなっていた。シーア共和国の選手団がバスから降りると、シニの心にわだかまっていた疑問が恐怖へと変わった。選手村全体が死んだように静かだったのだ。整然と建つ数十棟の選手用宿舎の窓に、ほとんど明かりはなかった。一棟だけ明かりがついている宿舎に向かって一行が歩いていくあいだ、シニは遠くの小さな広場の真ん中に、背の高い旗竿が並んでいることに気づいた。しかし、それらのポールに掲揚されている国旗はひとつもなく、まるで冬の枯れ木が長い列をなしているみたいだった。選手村の外では大都会の明かりが夜空の半分をまばゆく照らし、かすかに聞こえてくる街の喧騒は、選手村の不気味な静けさをいっそう際立たせていた。シニはぶるっと身震いした。ここはまるで巨大な墓地みたいだ。

選手宿舎のフロントロビーで、選手団の代表をつとめるクレイルが、選手たちに向かって手短に話をした。「選手はみんな、いまからそれぞれの部屋へ行ってくれ。夕食は一時間後に各部屋に届けられる。今晩はだれも外出しないように。かならず、じゅうぶんな休息をとること。明朝九時、われわれはシーア共和国の代表として、第二十九回オリンピック競技大会の開会式に参加することになる」

クレイルやサリと同じエレベーターに乗り合わせたシニは、サリが小さな声でクレイルにたずねるのを聞いた。「団長さんよ、あんた、ほんとうに真実を話さないつもりか？ピース・ウィンドウズ・プログラムがほんとうに実施されるのか？」

「あしたになればすべてがわかる。みんなには、せめて今晩ひと晩くらい、ゆっくり休んでもらおう」

3　ピース・ウィンドウズ

シニは壮大なオリンピック・スタジアムを見上げた。彼女がその幸福と陶酔に浸っていた時間はほんのわずかだったが、おかげで緊張と恐怖が一時的にやわらいだ。この先にどんなことが待っていようと、シニはいま、人生に満足していた。すべてのアスリートにとって夢の聖地であるこの場所にやってくることができたのだから。

しかし、まもなく訪れる事態に対する恐怖がそれによってやわらぐことはなく、この二日間に経験したことすべてが、ますます陰鬱で奇怪な夢のように思えてきた。朝になって、シーア共和国選手団を乗せた車列は、オリンピック・スタジアムへと向かって選手村を出発した。二つの地点を結ぶ広い幹線道路の両側には黒山の人だかりができていた。しかし、シニの目に映ったのは、小旗も風船も花も持たず、笑顔も歓声もない群衆の姿だった。おびただしい数の人々が、無言のまま、一様に険しい表情を浮かべて沿道を埋めつくし、選手団の車両を静かに見送っている。きのうシニの背筋をぞっとさせたあの感覚がまた甦《よみがえ》り、眼前の光景がまるで葬列の見送りのように思えた。

オリンピック・スタジアムの外は大きな広場になっていて、そこには二重の規制線が敷かれていた。車列が通過するとき、規制線をガードしている武装警察官たちが一斉に敬礼した。スタジアムの東ゲートで車列が停まり、選手たちが降りてくると、団長のクレイルは彼らを方形に整列させた。最前列に立ったシニは、スタジアムの中からなにか声が伝わってこないか注意深く耳を澄ましたが、なにも聞こえなかった。クレイルは車の中からシーア共和国の大きな国旗をとりだすと、サリとあと二人の傑出した成績を残している選手を呼び、それぞれにひとつずつ国旗の角を持たせた。整列した選手団の中からクレイルが四人めの旗手を探していると、最前列に立っていたライリーがみずから進み出て、クレイルが持っていた国旗の最後の角を引き継いだ。だが、クレイルは首を振ってライリーの手から国旗の角をとりかえし、適当に選んだ女子選手にそこを持たせた。ライリーは屈辱に顔を真っ赤にして数秒のあいだクレイルをにらんでいたが、結局は身を翻して隊列へと戻っていった。四人の選手が国旗をいっぱいに広げると、それは北京のそよ風に波打った。

クレイルは国旗のかたわらに立ち、選手団の列に向かって厳粛な顔で宣言した。

「シーア共和国の選手たちよ、奮い立て！　きみたちは苦難の渦中にある祖国を代表して、ただいまより、第二十九回オリンピック競技大会メインスタジアムに入場する！」

国旗に先導されて行進を開始したシーア共和国選手団は、まもなく東ゲートの大きな通路に入っていった。その通路は天井の高い、長いトンネルのようだった。シニは長方形の隊列の最前列を歩き、他の選手たちとともに、目の前にだんだん近づいてくるスタジアムの入口を見つめていた。心臓が激しく脈打っている。入口の向こうにはべつの時空間があり、そこでは予想もつかない運命と人生が自分を待ち受けている。

心の準備をしていたにもかかわらず、入口を抜けてスタジアムの全景を目にしたとき、シニの全身が硬直した。それでも、うしろに迫る方形の隊列に押されるまま、機械的に足を前へと動かした。精神の崩壊を避けるには、この二日間ずっとまとわりついている〝これは悪夢だ〟という感覚にしがみつくしかなかった。そして、いま彼女が見たものは、それがたしかに悪夢だったことを証明していた。

スタジアムの観客席は、まったくの無人だった。

午前九時の太陽が巨大なスタジアムの半分を照らしている。シーア共和国の選手たちはまるで現実世界から孤絶した盆地の底を行進しているかのようだった。こちらの荒涼とした世界では、彼らの足音だけがこだましている。驚きのあまり、シニはめまいを起こしそうになったが、どうにか気をとりなおした。次に目にしたのは、広いスタジアムの反対側で動いているなにかだった。やがてすぐに、それがこちらに向かって行進してくるべつの選手団の方陣だとわかった。その隊列も四人の選手が捧げ持つ大きな国旗に先導されている。朝陽のもと、その国旗が星条旗であることが見てとれた。過去のオリンピックでは、アメリカの選手団は気ままに大騒ぎしながらスタジアムへ入ってくるのが通例だったが、今回、米国人選手たちは、一糸乱れぬ動きで歩いてくる。古代ローマ軍が進軍する姿にも似て、四角形の隊列全体が荘厳なリズムで動いている。

スタジアムの中央では、行進してきた二つの隊列がたがいに数十メートルの距離まで接近したところで向きを変えはじめた。そして最後に、簡素な演台の前で足を止めると、時の流れが止まったかのように、スタジアム全体がしんと静まり返った。

ひとりの男がスタジアムの一角から演台へと歩み寄った。単調なリズムを刻むその足音は、恐怖のカウントダウンのように、がらんとしたスタンド席に響きわたった。その人物は、IOC会長ではなく、国連事務総長だった。ほっそりした体つきをしたブラジル人の老紳士は、ゆっくり壇上に上がると、方形に整列した両国選手団をじっと見つめた。三十秒ほどの沈黙のあと、ようやく口を開いた。巨大なスピーカー・システムを通して響くその声は、まるで天から降ってくるようだった。

「第二十九回オリンピック競技大会は、アメリカ合衆国とシーア共和国の二国のみが参加します。この大会は、両国のあいだで勃発しかけている戦争にかわるものとなります。

もしこのオリンピックに米国が勝てば、シーア共和国は最後通牒に記されている条項を履行しなくてはなりません。国家は完全に武装解除されるとともに、三つの独立国に分割され、旧シーア共和国政府内の戦犯は国際法廷の審判に付されることとなります。

もしシーア共和国が勝った場合は、ただちに戦争準備を中止し、目下、シーア共和国に対して臨戦態勢にある米国およびその同盟国軍は、すべてシーア共和国から撤退することになります。国連は、シーア共和国に対する経済制裁を解除し、国際社会への復帰を歓迎します」

事務総長はシーア共和国選手団の隊列のほうを向いて言った。「今回のオリンピック大会で、シーア共和国は確実に敗北するでしょう。あなたがたにも、それは容易に予測できると思います。しかし、どうか忘れないでください。もし戦争が起こった場合にも、シーア共和国は確実に敗北する運命にあります。そしてそのときは、両交戦国が、いや、とりわけあなたがたの国が、血の代償を払うことになるのです。

みなさんは、今回のオリンピックが、シーア共和国を降伏させるための口実にすぎないと考えているかもしれませんが、そうではありません。極端な例を挙げましょう。シーア共和国選手団が米国にわずか金メダル一個差で負けたとします。その場合、シーア共和国の敗北であることは同じでも、その結果は、圧倒的な大差で負けた場合とは大きく変わってきます。国がばらばらに分割統治されることはなく、現政府がそのまま存続できるばかりか、常設軍を保持することも可能です。この場合、敗北の代償としてシーア共和国が求められるのは、自国の生物化学兵器を破壊することと、最後通牒で規定されている戦争賠償金の三分の一程度の額を支払うことだけです。当然、金メダル一個差の敗北という状況も、あまり起こりそうにないことです。しかし、どの競技のどの種目であれ、シーア共和国の選手が金メダルをひとつ獲得するごとに、シーア共和国は一定の権利を獲得することになります。国連の枠組みのもと、きわめて困難な交渉を経て、米国とシーア共和国は今回の合意に達しました。そうした細かい規定の詳細は、すべて合意文書に定められています。また、シーア共和国側が金メダルを獲得する可能性はまったくのゼロではありません。ヤリク・サリやウェンデル・ライリーのような選手には、射撃と体操で、それぞれある程度のチャンスがあるでしょう」

事務総長はシーア共和国の選手たちから視線をはずし、晴れわたった北京の夏空を見上げて言った。

「この競技大会は、国連とピース・ウィンドウズ・プログラムによって実施される最初のプロジェクトとなります。そしてこれは、人類の新たな千年紀における、戦争撲滅のための壮大な実験なのです！

ピース・ウィンドウズ・プログラムという名称は、尊敬すべきビル・ゲイツ氏に由来します。新世紀の幕開けと同時に、ゲイツ氏はマイクロソフト社の知性と財力をさらに高邁な目的に使うため、大規模なソフトウェア開発プロジェクトを指揮し、ある巨大なシミュレーション・ソフトウェアを開発しました。これをスーパーコンピュータ上で動かせば、さまざまな規模の戦争をリアルにシミュレートできます。この計画の究極の目的は、国家間のリアルな戦争をデジタル戦争に置き換えることでした。このソフトウェアは、ピース・ウィンドウズと命名されました。

みなさんご承知のとおり、このアイデアは失敗に終わりました。第一に、現在のソフトウェア技術は、複雑化した現代の戦争を完璧にシミュレートするレベルにはほど遠いものでした。しかしながら、このアイデアが失敗に終わったもっと大きな原因は、現代の国際政治状況のもとでは、大きな二つの基本前提をクリアできなかったことにあります。すなわち、問題のソフトウェアに初期データを入力することと、紛争当時国にそのシミュレーション結果を受け入れさせることです。こうして、莫大な額を投資したにもかかわらず、計画は失敗しましたが、ゲイツ氏が播いたアイデアの種子は根づき、芽吹いて、急速な成長を遂げました。ゲイツ氏は、戦争に対するまったく新しい考えかたの方向性を示しました。つまり、もし人類が短期間のうちに現実の戦争をなくすことが不可能だとすれば、せめて、実際に戦争するよりも無害な、人間の生命を奪わないべつの方法によって紛争解決を進められるのではないかという考えです。

そこで国連は、国際社会の賛同を得て、ピース・ウィンドウズ・プログラムを再始動させました。人類社会にとって、これは、社会学的かつ国際政治的な意味で、アポロの月面着陸に匹敵する巨大プロジェクトになります。この五年にわたり、各国の無数の政治家、社会学者、法学者、倫理学者、科学者、軍人、その他各界の名だたる人々が、この偉大なプログラムに知恵を出し合いました。

ピース・ウィンドウズ・プログラムのキーポイントは、戦争の代替手段を見つけ出すことです。そのためには、以下の二つの条件を満足させることが必須です。その一、紛争当事国の総合的な国力をなるべく忠実に反映させること。その二、紛争当事国および国際社会に受け入れられるルールのもとで戦争をシミュレートできること。このプログラムの研究者たちは、ほどなく、オリンピック競技大会のことに思い至りました。スポーツの中でも、たとえばサッカーのような競技をひとつだけとりだせば、その国の競技レベルは、その国の政治・経済・軍事力とさほど密接な関係がありません。しかし、オリンピックで実施される数多くの競技を全体として見れば、その国の総合的な国力をかなり忠実に反映しています。また、スポーツは、人類最古の活動として、多くの競技で、全人類に認められたルールが確立しています。そして、オリンピックについて言えば、目下のところ、世界でもっとも大規模かつもっとも影響力のある、人類最大のスポーツ・イベントです。ということは、オリンピックこそ、戦争をシミュレートするのにもっとも理想的な手段だということになります。

オリンピックを考え出した古代ギリシャの先哲たちも、そして一九世紀のクーベルタンも、自分たちの創設したオリンピックが、いつの日か、人類にとってこれほど重大な意義を持つものになるとは夢にも思わなかったでしょう。まして、あなたがたのように、ただ純粋にスポーツ競技を行ってきたみなさんが、ある日とつぜん、かくも重大な使命を担うことになろうとは、さらに想像できなかったでしょう。

しかし、歴史はすでにみなさんをこの場に連れてきました。どうか、逃げ出さないでください。千年後にふりかえれば、いまこの瞬間こそ、人類が文明史上もっとも偉大な時を刻んだその瞬間になるでしょう。ピース・ウィンドウズ・プログラムの先駆者であるみなさんは、まもなく人類文明の歴史に名を残すのです」

そのとき、また二人の男性がトラックを歩いて演台のほうにやってきた。ひとりはIOC会長、もうひとりは意外にも、迷彩服を着た軍人だった。肩章には四つの星が輝き、手には火のついたトーチを持っている。軍人は演台に上がると、いかめしい口調で言った。

「わたしは米国陸軍大将ジョージ・ウエスト、米軍シーア戦区の司令官です。あと五分もすると、最後通牒の回答期限となる。もしピース・ウィンドウズ・プログラムがなければ、わたしはシーア共和国に対する第一波の空爆開始を命じるはずだった。しかしいま、わたしはこれから、オリンピックの聖火を点灯する」

ジョージ・ウエストはそう言って、掲揚されたばかりの五輪旗に敬礼すると、きびすを返して、聖火台へとつづく長い階段を昇りはじめた。右手に持つトーチと上半身を直立した状態に保ちながら、軍人らしいしっかりした足どりで上がってゆく。選手たちが見守るなか、やがてその姿は巨大な聖火台の下にある小さな黒い点に変わった。そのとき、ウェスト将軍は全世界に向かって右手のトーチを高く掲げ、厳粛な面持ちで数秒間静止したあと、五輪聖火へと点火した。

一瞬、ボッという、くぐもった音が響いたあと、オリンピックの炎が青空に向かって燃え上がった。歓声も、飛び立つ鳩もなく、死んだような静寂のなか、古《いにし》えより伝わる大いなる炎だけが轟々と音をたてていた。それはまるで、空を勢いよく吹き抜ける風の音のようでもあった。

4　二国間オリンピック

開会式ののち、オリンピック競技各種目の試合がそれぞれにはじまった。序盤でもっとも注目された競技は男子バスケットボールで、臨時招集されたシーア共和国代表チームが米国代表のドリームチームと対戦した。開会式とは異なり、スタンドは観客で埋めつくされていたが、メディアのうちスポーツ記者はごく一部で、大部分はシーア共和国の前線から大挙してやってきた戦場ジャーナリストをはじめとする一般の記者たちだった。この試合は、過去のいかなるボールゲームとも、まったく異なっていた。声援を送るどころか、言葉を交わす人さえほとんどなく、試合は静寂の中で行われた。ボールがコートにバウンドするドスドスという音と、バスケットシューズの底が床をこするキュッキュッという音だけがアリーナに響いた。第二クォーターが終わるころには、もうだれもスコアボードを見ていなかった。ドリームチームのバスケットエリートたちは、黒い大きな鳥のようにコート上を軽やかに舞った。それはまるで、耳には聞こえない軽快な楽曲に合わせて夢のダンスを踊っているかのようだった。一方のシーア代表チームは、この美しいダンスに混じる夾雑物《きょうざつぶつ》で、米国チームのダンスを邪魔しようとしているだけにしか見えなかった。しかし、夢のダンスはその夾雑物の存在をまったく意に介せず、水銀の川のようになめらかだった……。ハーフタイムに入ると、シーア共和国チームの年老いたコーチが骨ばった拳を振りかざし、心身ともに消耗した選手たちをガラガラ声で一喝した。「気持ちを切らすな、おまえたち。あいつらの憐れみなど受けるな！」

しかし、共和国の選手たちはやはり憐れみを受けることになった。後半の途中で、多くの観客がもうこれ以上見ていられないと会場をあとにしたのである。試合終了のブザーが鳴り、ドリームチームの黒いバスケット・ダンサーたちはコートを去ったが、シーアの選手たちは、潮が引いたあとにたまる砂のように、茫然としたままその場を動けずにいた。

かなり時間が経ってから、センターの選手がようやく正気に戻り、コートにしゃがみ込んだまま大声で泣きはじめた。またべつの選手はふらふらしながらゴール下まで歩いてくると、大きな口を開けて胃液を吐いた。

それ以降も、シーア共和国の代表選手はすべての種目で大敗を喫した。当初から予想されていた結果とはいえ、こんなにも悲惨で目を覆うような負けかたをするとはだれも思っていなかった。実際、戦後の経済封鎖状態にあっても、シーア共和国のスポーツ競技はしばらくのあいだ一定の実力を持っていた。しかし、ここ数年、情勢の悪化につれ、政府はスポーツ競技にかまう余裕がなくなり、かろうじて維持されていたプロのスポーツクラブはすべて消滅した。今回のオリンピックに参加した選手たちも、なんのトレーニングもしなくなってから三、四年経っていた。スポーツ競技以外になんの取柄もなかった多くの代表選手たちは、苦難の時代にあえぐシーア共和国の中でも最貧の階層に落ちぶれてしまい、数年間の飢餓と病気によって、アスリートとしての最低限の肉体さえも失っていたのだった。

重苦しい空気の中、二国間オリンピックの試合日程はすでに大半が消化されてしまった。このとき行われた世論調査で明らかになったのは、米国の観客でさえ、シーア共和国選手による奇跡の勝利に期待しているという事実だった。人々は二人のシーア共和国代表選手に期待を寄せた。体操のライリーと、射撃のサリ。全世界が彼らの登場を待ち望んでいた。

しかし、そのあとに行われた体操競技で、ライリーは世界中を失望させた。彼女の技術はまだまだ高いレベルにあった。ただ、スタミナとパワーはすでに失われていて、ライリーは何度もミスをくりかえした。もっとも得意としていた平均台でも、二度にわたって落下した。色の着いたバネのように弾む米国代表の体操天使たちにはまったく太刀打ちできなかった。体操競技の最終種目がはじまる前、体育館に入る途中で、ライリーとコーチが交わす会話がたまたまシニの耳に入った。

「ほんとうにカマンリンを跳ぶ気か？」コーチがライリーに問い質した。「いままで一度も成功したことがないし、そもそも段違い平行棒は得意種目じゃないだろう」

「今回はだいじょうぶ」ライリーが冷ややかに言った。

「莫迦を言うな！　おまえが段違い平行棒の決勝で満点をとったとして、それがなんになる？」

「最終スコアで米国チームとの差を少しは詰められる」

「それがどうした？　言うとおりにしろ。おれが決めた演技構成どおりにきっちりこなせばそれでいい。いまから一か八かの勝負をしたってなんの意味もない」

ライリーは皮肉な笑いを浮かべた。「あたしの命を気にしてくれてるの？　本音を言えば、あたしもう気にしてないのに」

段違い平行棒の演技がはじまって、ライリーが上のバーをつかむと、シニはすぐに、彼女が別人になったように感じた。ライリーの心身から、目に見えないリミッターが外れている。ライリーにとって、この試合は使命ではなく、みずからの苦しみを吐き出すための手段になっていた。下バーと上バーをひらりひらりと行き来するその動きは、次第にクレージーになっていった。観客席から、これまでほとんど聞かれなかった感嘆の声が上がった。だが、会場にいた体操の専門家たちは、全員が険しい表情で立ち上がった。米国チームの美しき体操天使たちも、血の気の引いた顔でたがいに身を寄せ合った。彼らはみな、シーア共和国の若き女性選手がこの演技に命をかけていることに気づいたのである。最高難度のカマンリンに挑んだとき、ライリーは自身の狂気にどっぷり浸り、後方三回宙返りを成功させた。しかし下バーをつかんで上バーへと勢いよく戻るときに手を滑らせ、四十五度の角度で頭から床に落下した。スタンド席の最前列に座っていたシニは、脊椎が折れるぐきっという鈍い音を聞いた。

クレイルはシーア共和国の国旗を抱えたままストレッチャーを追いかけ、国旗の端をライリーの手に握らせた。それは開会式でシーア共和国選手団を先導した、まさにその国旗だった。ライリーはしっかり握りしめたが、それがなんなのか理解することはなかった。彼女の目はただ茫然と空を見上げているようだった。血の気を失った顔は激痛にひきつり、口角から垂れた血が床に引きずる国旗に滴り落ちた。

後刻、IOC会長は記者団に向かって言った。「これはわたしたちが想像もしていなかったことですが、アスリートが戦士になると、スポーツ競技でも血が流れるのです」

人々がライリーにこれほどまで大きな期待を寄せたのは、実はメディアの宣伝操作によるところが大きかった。ライリーの優秀さは、あくまでシーア共和国選手団のメンバー内における相対的なものであって、たとえ彼女が予想を上まわる大活躍をしたとしても、その実力は米国代表チームの選手にくらべるとはるかに劣る。だが、サリの場合は事情が違う。彼は本物のワールドチャンピオンだった。他のスポーツ種目にくらべて、射撃の場合、何年かトレーニングを休んだとしても、選手に与える影響は比較的小さい。対する米国は射撃競技の強豪国で、サリが参加する男子クレー射撃でも選手層が厚く、一九九六年のアトランタ五輪ではスキート種目の世界記録を更新したこともある。しかし、二〇〇〇年のシドニー五輪でこの種目の銅メダルを獲得したのを最後に、米国代表の成績は低迷していた。今回の代表選手ジェイムズ・グラフは、四年前の世界選手権でサリに敗れ、銅メダルに終わっている。シーア共和国がこの競技で金メダルを獲得することには大きな期待が持てた。そのおかげで、オリンピック最終日の午後は、この大会いちばんのハイライトになりそうな気配だった。

射撃競技場につづく最後の道のりを、サリはシーア共和国の選手たちに高々と担ぎ上げられてやってきた。そのまわりでは、他のシーア共和国代表選手たちが声援を送っている。サリはこのとき、彼らにとって神も同然だった。サリを囲むカメラマンがその光景を全世界に中継した。同じアジア大陸でも、北京からはるかに遠く離れた西方にあるシーア共和国の三千万国民が、いま、テレビとラジオの前に集まり、彼らの唯一のヒーローが最後の慰めを与えてくれるのを待ち受けていた。だが、サリはずっと落ち着いたままで、その表情にはなんの変化もなかった。

射撃競技場の入口で、クレイルは、ようやく地面に降ろされたサリに向かって、おごそかな面持ちで告げた。「この試合が持つ意義は、きみも当然わかっているはずだ。もしわれわれが最低ひとつでも金メダルを獲得することができれば、また、その勝利によって、戦後のわが国にわずかでも権利を勝ちとることができれば、この疑似戦争はシーア人にとってまったく違った意味を持つことになる」

サリはうなずきながら、冷たくこう言い放った。「だから、おれが競技参加の条件を国に求めるのはしごく当然だろう。五百万ドルほしい」

サリの言葉はまるでバケツで冷水を浴びせたように、彼をとりまく熱気を一気に冷ました。まわりにいたすべての人々が驚きの目でサリを見た。

「サリ、正気か？」クレイルは小さな声でたずねた。

「正気だとも。おれが国にもたらす利益とくらべて、それほど多くを望んでいるわけじゃない。その金は、おれがこれから好きな場所で静かに余生を過ごすためのものにすぎない」

「きみが金メダルをとったら、国は褒賞について考慮するだろう」

「クレイルさんよ、あんたはまもなく消えちまいそうなこの国に、まだ信用が残っていると本気で思ってるのか？　おれはいますぐほしいんだ。さもなきゃ、試合へ出ることを辞退する。あんたならわかるだろう。金メダルをとればおれは世界のスターになるが、出場を辞退したとしても、独裁政権に対する奉仕を拒否した英雄になれるってことをな。西側じゃ、後者のほうがもっと値打ちがあるぜ」

クレイルは長いあいだサリとにらみ合っていたが、ついに折れて視線をはずした。「いいだろう。ちょっと待ってくれ」そう言って、人混みをかきわけて歩いていくと、携帯をとりだして電話をかけはじめた。

「サリ、この裏切り者め！」シーア共和国選手団のだれかが大声で叫んだ。

「おれの父親は国のために死んだ。十七年前、おれがたった八歳のときに、あの戦争で死んだんだ。おれと母親が政府からもらったのは、たった千二百シーアドルの弔慰金だけだった。そのあと起きたインフレのおかげで、それっぽっちの金じゃ、二週間分の食費にもならなかった」サリは他のシーア共和国選手たちがかけてくれた国旗を肩から降ろし、それを握りしめたまま大声でたずねた。「国とはなんだ？　国家とはなんだ？　パンだったらどれくらいの大きさなんだ？　服だったらどれだけあたたかい？　家だったら雨風から守ってくれるのか？　シーアの金持ちは、とっくに戦火を避けて外国に逃げている。あとに残ったのは、政府のこしらえた愛国神話の中で死を待っている、おれたちみたいな貧乏人だけだ！」

クレイルは電話を終え、また人混みをかきわけてサリのところに戻ってきた。「サリ、指示を仰いできた。きみはひとりのシーア共和国民として果たすべき義務を果たしているだけだ。それに対して政府が金を払うことはない」

「わかったよ」サリはうなずくと、国旗をクレイルの胸の中に押し込んだ。

「大統領に電話で掛け合ってたんだ。大統領はこう言った。その国のために戦うのが傭兵だけだとしたら、そんな国には存在意義がない」

サリは無言のままきびすを返して歩み去った。興奮した記者たちがそのあとを追う。国旗を持つクレイルを真ん中に、シーア共和国選手団は黙禱を捧げるように長いあいだ黙って立ちつくした。どれほどの時間が過ぎただろう。射撃場内に銃声が鳴り響いた。ジェイムズ・グラフが、近代オリンピック史上もっとも簡単に金メダルを獲得した音だった。その銃声はシーア共和国の人々をじょじょに現実へと引き戻した。すると、彼らの視線は、期せずしてひとりの少女に集中した。さっきまでサリを追いかけていたおおぜいの記者たちも駆け戻ってきて、何百台ものカメラが一斉にその少女に向けられた。

ヴェディヤ・シニ。彼女は、いまから一時間後にはじまる今大会の最終種目、女子マラソンに出場する。

記者たちはシニがしゃべれないことを知っていたので、だれも質問したりはせず、新種の小動物でも見るかのように、たがいにひそひそ話をするだけだった。人混みとカメラとに囲まれ、肌の黒い痩せたシーア人少女は、恐怖に目を見開いたまま、猟犬の群れに追い詰められた小鹿のようにぶるぶると小柄な体を震わせていた。クレイルがシニの腕をひっぱって、なんとか記者団の輪から脱出することに成功し、二人はメインスタジアムへと向かうバスに乗り込んだ。

バスはほどなくオリンピック・スタジアムに到着した。夕方からはここで第二十九回オリンピック競技大会の閉会式が行われる予定だが、マラソン競技のスタート地点とゴール地点にもなっている。バスを降りると、二人はたちまち、もっとおおぜいの記者に囲まれた。シニはさっき以上の恐怖と不安にさいなまれているらしく、クレイルにぴったり体を寄せていた。シニを連れて、やっとのことでもみくちゃ状態から離脱したクレイルは、だれもいない選手用の休憩ラウンジへとシニを導き、彼女の心を追いつめていた喧騒をシャットアウトした。

クレイルは、紙コップに水を入れ、まだ動揺しているシニのもとに戻ってきた。シニの目の前で反対の手を開くと、てのひらには白い錠剤がのっていた。シニはそれを数秒間見つめたあと、クレイルに視線を戻し、かぶりを振った。

「飲むんだ」クレイルの口調には拒絶を許さぬ力強さがあった。しかし、次にはやさしい口調へと変わった。「信じてくれ。大丈夫だから」

シニはためらいがちに錠剤をとって、口の中に入れた。酸っぱい味がする。彼女はクレイルからコップを受けとり、錠剤を水で飲み下した。数秒ののち、ラウンジのドアが音もなく開いた。クレイルがはっとふりかえると、堂々たる体軀《たいく》の男が立っていた。クレイルはしばらくその男を見つめ、ようやくそれがだれなのかに思い当たって驚いた。

やってきたのはウエスト将軍だった。開会式で聖火に点火した人物であり、すでにシーア共和国への攻撃準備を終えた五十万の大軍の総司令官だ。彼は黒いスーツに全身を包み、紙の箱をひとつ、両手に抱えていた。

「出ていってください」クレイルは怒気を含んだ目で将軍をにらみつけた。

「シニと話をしたいのだが」

「彼女は話すことができませんし、英語もわかりません」

「きみが通訳してくれるとありがたい」将軍はクレイルに軽く頭を下げたが、その重厚な口調には抗いがたい響きがあった。

「出ていってくださいと申し上げたはずです」クレイルはそう言いながら、自分のうしろにシニをかばった。

将軍はそれには答えず、力強い手でクレイルをそっと押しのけてシニの前にしゃがみこむと、スニーカーを片方脱がせた。

「なにをするんですか!」クレイルは叫んだ。

将軍は立ち上がり、脱がせたスニーカーをクレイルに見せた。「これは北京のスポーツショップで買ったばかりのものだね? オーダーメイドではない新品のこんなシューズを履いてマラソンを走ったら、二十キロも行かないうちに足にマメができてしまう」将軍はそう言うと、またしゃがんで、シニのもう片方の靴も脱がせた。両方の靴をぽいと投げ捨ててから、かたわらに置いてあった紙の箱を手にとって蓋を開けた。中から現れたのは、真っ白なスニーカー一足だった。将軍はそれをシニの目の前にさしだして言った。「これはわたしからの個人的なプレゼントだ、お嬢さん。ナイキ社の特別な工場できみ用にオーダーしてつくらせた。世界最高のランニングシューズをつくれる工場だよ」

そのとき、クレイルは三日前の夜のことを思い出した。ナイキの技術者を名乗る二人の男が選手村のシニの部屋にやってきて、彼女の足のかたちを3Dスキャナーでスキャンしていったのである。真新しい靴は、たしかに最高級のランニングシューズだった。オーダーメイドのこんなシューズをつくらせたら、最低でも一万米ドルはするだろう。

将軍はシニにシューズを履かせはじめた。「マラソンはとても美しいスポーツだ。わたしも大好きでね。まだ中尉だったころ、陸軍のスポーツ大会で優勝したこともある。いや、あれはマラソンじゃなくて、トライアスロンだったな」靴を履かせ終えると、にっこり笑って、歩いてみるようシニに促した。シニは立ち上がり、何歩か歩いてみた。その靴は軽量でやわらかく、弾力性に富んでいて、自分の足の一部のようにすばらしくフィットした。

将軍がラウンジのドアに向かって歩き出したので、クレイルはあわててドアまで送っていって、「ありがとうございました」と礼を述べた。

将軍は立ち止まったものの、ふりかえらずに言った。「正直に言えば、反抗して逃げたのがサリではなくシニだったらよかったのにと思っている」「そのお考えは理解できませんね」クレイルは言った。「シニの記録はシーア共和国では最高です。しかし、世界のトップ20にさえ入ってないし、ましてやエマとは比べものになりません」

将軍はまた歩き出しながら言った。「わたしは彼女の眼がこわいんだよ」

5 マラソン

メディアは当初からこの第二十九回オリンピック競技大会を〝静かなるオリンピック〟と呼んでいたが、開会式のとき無人だったメインスタジアムの客席が、いまは十万の大観衆に埋めつくされ、人間の海になっていた。それでも、静寂の空気はあいかわらずだった。超満員の競技場の静けさは最高に重苦しかったが、それでもシニの精神が持ちこたえたのは、エマのおかげだった。

シーア共和国がこの疑似戦争に完敗したことはすでに決定的だった。サリが去ったことで、シーア人の心は完全に折れてしまった。国家が崩壊するよりも早く、シーア共和国選手団の心がバラバラになってしまったのである。金持ちだったりコネがあったりするスタッフは、すでに行方をくらましていた。どこにも行くあてのない選手たちは、選手村の自室に閉じこもり、運命の行く末を待っていた。最後の試合を観戦して閉会式に出席するだけの気力が残っている人間はだれもいなかった。スタートラインに向かって歩いていくシニのかたわらにいたのは、ただひとり、クレイルだけだった。十万の観衆が注目するなか、シニは孤独で卑小な存在に見えた。それはまるで、このだだっ広いスタジアムに舞い落ちてきた一枚の枯れ葉のようだった。

哀れなライバルとは対照的に、フランシス・エマは王女のごとく、おつきの者たちに囲まれてスタート地点へとやってきた。彼女のチームは、著名な運動生理学者を含む五名のコーチング・スタッフと、医師や栄養士など六名の医療・健康管理スタッフから成る。それ以外にも、ランニングシューズやウェアを専属で担当するスタッフが三名いた。エマはたしかに、神にも匹敵するスターだった。早くも一九八〇年代初頭には、女子マラソンの世界最高記録の伸び率を根拠に、射撃やチェスなどの非肉体的な競技をべつにして、女子が男子の記録を超える最初のスポーツはマラソンになるだろうと予測されていた。その予測は三年前のシカゴ・マラソンで現実のものとなり、エマは男子を上回る世界最高記録を叩き出した。これに対し、ある一部の男性スポーツ解説者は、「これは競技を男女別に分けたことの結果だ。あのときの女子マラソンでは、男子マラソンより明らかに風の条件がよかった。もしスコット（男子マラソン優勝者）が同じレースでいっしょに走っていたら、かならずエマを抜くことができただろう」と未練たらたらに主張した。このような自己弁護のための神話は、二〇〇四年のアテネ・オリンピックでうち砕かれた。同時スタート同一ルートで走る男女混合マラソンで、エマは、スコットを五百メートル以上引き離してゴールし、さらに、史上はじめて二時間を切る世界記録を樹立したのである。彼女は今世紀初頭のもっとも輝かしいスター・アスリートとなり、〝地球の神鹿〟と呼ばれた。

エマという名のこの黒人少女は、ずっと前からシニの心の太陽だった。貧しいシニがわずかばかりの持ちものの中でいちばん大切にしているぼろぼろのスクラップブックには、古い新聞や雑誌から切り抜いた何百枚ものエマの写真が収められていた。シニが寝起きする難民キャンプのせまいベッドの横の壁には、エマの大きなカラー写真が貼ってある。それは、スポーツ選手の写真を集めた壁掛けカレンダーの一枚を切りとったものだった。シニは去年、もの売りの露店でそのカレンダーを見かけたが、高くて手が出ず、だれかが買うのをじっと待って、買い手のあとをつけ、その雑貨店主が店のカウンター横の壁に新しいカレンダーを掛けるのを見届けた。エマの写真は三月だった。シニは三カ月のあいだ熱心に待ちつづけた。しょっちゅうその店に通っては、だれにも気づかれないようにこっそり先の月のページをめくって、エマの写真をちらっと覗いたりした。四月一日の早朝、シニはとうとう、もう不要になった壁掛けカレンダーのそのページを店主から譲ってもらった。この日はシニにとって、人生で最高にうれしい日となった。

いまスタート地点にいるシニは、ほんの数メートル向こうにいるライバルをこっそり見ていた。スタジアムと人の海はシニの眼前から消え失せ、世界にはエマひとりだけがいた。目に見えない光の輪の中で、別世界の空気を吸い、別世界の太陽の光を浴びている。俗世間の塵や芥《あくた》はひと粒たりともエマの体に触れることがない。

そのとき、クレイルにそっと背中を押されて、シニははっと我に返った。

「なに、びびることはない」クレイルがささやいた。「エマはきみが思うほど怖くない相手だ。わたしの見るところ、彼女のメンタルはそう強くない」

その言葉を聞いて、シニは目を見開き、クレイルをふりかえった。クレイルにはシニの考えていることがわかった。

「そう。彼女はかつて世界最速の男たちとレースをして勝ったこともある。だが、それがなんだ？　あのときの彼女にはなんのプレッシャーもなかったが、今回は違う。ぜったいに負けられないレースなんだぞ！」クレイルはエマを横目でちらっと見てから、ひそひそ声でつづけた。「彼女はまちがいなく、スタートダッシュをかける戦術で来る。スタート後にトップスピードに持っていって、最初の十キロで振り切ろうとするはずだ。よく覚えておけ。スタートしたら、石にかじりついてでも離されるな。じっとついていけ。そして、エマが先導しているあいだに体力を消耗させるんだ。最初の二十キロ、ぴったりついていくだけで、彼女のメンタルはずたぼろになるだろう」

シニはあわてたように首を振った。

「シーアの子どもよ、きみならできる。あの薬が助けになるはずだ。あれはどんなドーピング検査でも検出できない薬だ。核燃料と同じくらい強力なんだが、まさか、まだその感覚がないのか？　おまえはもう世界チャンピオンなんだぞ」

このときになって、シニは形容しがたい高揚感を抱きはじめた。それは、走ることでなにかを解き放ちたいという強烈な欲望だった。シニがふたたびエマに目をやると、彼女はすでに、じっくり時間をかけた、シニが見たこともないような専門的なウォーミングアップを終えていた。シニと肩を並べてスタートラインのうしろに立つと、エマは自信に満ちた表情で頭をまっすぐに上げた。まるでシニがそこに存在していないかのように、一瞬たりともこちらを見ることはなかった。

ついに号砲が鳴り響き、シニとエマは並んでスタートした。はじめは安定したペースでトラックを一周した。彼女たちが通過していく先々で、観衆がみんな立ち上がるため、スタンド席には怒濤《どとう》のようなウェーブが湧き起こり、それぞれが起立するときにたてる小さな物音がひとつになって、遠い雷鳴のように響いた。だが、それ以外にはなんの音もなく、観客は無言のまま、走り去っていく選手たちを眺めていた。

これまでのトレーニングでも、シニはスタートのたびに、いつも一種の安らぎのようなものを感じていた。いったん走り出すと、この冷酷な世界からしばらくのあいだ離脱して、自分自身の時空に入り込める——そんな感覚だ。シニにとって、そこは楽園だった。しかし今回、シニの頭の中は焦りでいっぱいになっていた。一刻も早くトラック一周を走り終え、スタジアムの外の世界に出て、ある場所へ行きたいという渇望につき動かされていた。そこには彼女の求めるものがある。ＧＭＨ‐６というあの薬が。

シニが駆け抜けていく病院の薄暗い廊下には、鼻をつく薬品のにおいが漂っていた。しかしシニは、患者に与えるための薬がこの病院にもうそれほど残っていないことを知っていた。治療を受けられないまま、廊下の壁にもたれて座ったり、床に寝そべったりしている患者がおおぜいいる。彼らの苦しむ声が耳の中を通り過ぎていく。シニの母親は、廊下のつきあたりにある、廊下と同じくらい薄暗い病室に横たわっていた。ベッドの汚れたシーツの上で寝ている母の肌は、まぶしいくらいに白かった。それは死へと向かう白色だった。その白い肌には点々と血が滲《にじ》んでいたが、それは看護師が手を抜いて拭き残したものだ。母のまわりのシーツには、赤味がかったどす黒い染みがまるくできている。母が患っているのは、最近おおぜいが罹患している奇病で、先日の空爆で落とされたウランを含む爆弾が原因ではないかと噂されている。シニはさっき、お母さんはもう助からないと医師に言われた。たとえ病院に薬があったとしても、あと数日もたせるのがせいいっぱいだという。シニは医師に向かって、必死に身振り手振りをして、どこへ行けばその薬が手に入るかたずねた。何度かやりとりをくりかえした挙げ句、医師はどうにかシニの質問を理解した。その薬は国連援助機関の医師たちが最近持ってきたものだから、首都の郊外にある人道支援基地ならまだ残っているかもしれない、と医師は言った。シニは自分の通学かばんから紙と鉛筆をとりだして、医師にさしだした。焦る気持ちと渇望に燃える、大きく透きとおった彼女の瞳を見て、医師はため息をついた。「その薬はヨーロッパでつくられた新薬で、まだ正式な名前もついてない。識別記号があるだけだ。あきらめなさい、娘さん。その薬はきみたちのような貧乏人に使えるものじゃないんだ。実際、飢えて死ぬのと病気で死ぬのとでなんの違いがある？　わかったわかった。とにかく、書くだけ書いてあげよう……」

シニは病院の正門を出た。とても高くて立派なゲートだった。ゲートの上では、天国の灯りのように聖火が燃えていた。シニは三日前、自分が国旗につきしたがってこのゲートをくぐったのを覚えていた。いま、祖国の選手たちの方陣はどこにあるんだろう？　いまのシニを先導しているのは、国旗ではなく、心の中にいる神、エマだった。クレイルの予想どおり、メインスタジアムのゲートを出たとたん、エマはみるみるスピードを上げた。一枚の黒い羽毛が、シニには感じられない強風に吹き飛ばされていくみたいだった。シニの細長い二本の脚は、体を前に走らせているのではなく、体が空に飛んでいかないように地面をしっかりつかんでいるだけのような気がした。シニはエマに必死についていった。どうしてもついていかなくてはならない。わたしはこの両足で母の命の車輪をまわしているのだから。ここは首都の大通りなの？　いつの間にこんなに広くなったんだろう？　道路脇には豪華な高層ビルや緑の芝生があるけれど、爆撃で空いた穴が見当たらない。道路の両側には黒山のような人だかりができているけれど、彼らの身なりはみんな清潔できちんとしていて、お腹いっぱい食べている人たちみたいだった。シニはタクシーに乗ろうと思ったが、その日は戒厳令が出ていた。空爆があるというので、道路にほとんど車がいない。いるのはどうやら、前方に見え隠れしている先導車両だけのようだ。その車の上には、二人に向けられた数台のカメラが設置されている。シニは意識の奥底で、その車に乗せてもらえないことを知っていた。理由は……明白だ。シニはもうとっくに目的地に着いているからだ。走りに走って、国連人道支援基地までたどり着いていた。白い建物の中で、シニは医師たちにあの薬の名前が書かれた紙を見せた。「ああ、それはだめだ」シーア語を話せる医師がシニに言った。「だめだ。この薬は援助物資じゃないんだよ。買わなきゃいけない。まあ、もちろん買えないだろうけどね。わたしにだって買えない値段だ」それじゃエマ、あなたは走ってどうするの？　わたしはあの薬を手に入れられなかったよ、母さん……もちろん、わたしたちは走りつづけなくちゃいけない。早くお母さんのところへ戻って、最後にもう一度、わたしの姿をひとめ見せなきゃいけない。わたしも最後にもう一度お母さんと会わなきゃいけない。そこまで考えると、焦る気持ちにまた火がついた。シニは無意識のうちにピッチを上げ、エマに追いつき、ほとんど追い越しそうになった。……エマを先に行かせて、そのあいだに消耗させるんだ。シニはクレイルの指示を思い出し、またスピードを落としてエマのうしろについた。エマはシニの動きに気づいて、すぐにもう一段ギアを上げた。もう五キロも走っているのに、このシーアのひよっ子をまだ振り切れていない。怒りにつき動かされて、〝地球の神鹿〟は狂ったように速度を上げた。シニの前を行く彼女は、まるで黒い炎が燃えているかのようだった。シニもエマを追ってギアを上げた。どうしてもエマについていかなくては。シニは、エマにもっと速く走ってほしかった。お母さんに会いたい。……あ、でも、道が違う。エマはどこに向かってるんだろう？　はるか前方で天を衝くあの巨大な針はなに？　テレビ塔？　首都のテレビ塔はとっくに吹き飛ばされたはずなのに。でも、エマがどこへ行くにしても、シニは彼女についていくつもりだった。心の神さまについていかなければ……。母がもう生きていないことをシニは知っていた。

全身泥と汗にまみれたシニが病室のドアを押し開けると、すでに命が失われた体の上に一枚の白布が掛けられた母の姿が目に飛び込んできた。二人の男性が遺体を移動させようとしていた。しかし、シニが狂った小さな野獣のように抵抗したので、二人は遺体を運び出すことをあきらめた。あの薬の名前を書いてくれた医師が言った。「わかったよ、娘さん。ここでひと晩、お母さんといっしょに過ごしてもいい。でも、あしたになったら、お母さんのことはこちらで処置する。そしたら出ていってくれ。行くところがないのはわかってるが、ここは病院だからね。いまはだれだってみんな大変なんだ」それでシニは母の遺体のそばにそっと座り、白い布の表面に染み出た血を見ていた。しばらくすると、かすかな月の光が窓から射し込み、血痕の色が赤から黒に変わった。どれくらい時間が経っただろう。月明かりはすでに壁のほうに移動していた。だれかが入ってきて、部屋の電灯をつけた。シニはその人物を見ようともしなかったが、男の人が自分の手首をつかんでいることだけはわかった。そのざらざらした手は微動だにしない。しばらくすると、男が「五十二」と言い、シニの手首を握っていた手を離した。男はまた口を開いた。「日が暮れる前、このビルの上から、きみが走ってくるのを見ていた。支援基地に行ってきたそうだが、きょうは道路に車がなかった。つまり、きみは基地まで走っていったんだろ？　そしてまた、走って戻ってきた。往復二十キロぐらいはあるはずだが、一時間十分しかかかっていない。しかも、そこには支援基地で過ごした時間も入っている。それでも、いまのきみの心拍数は、毎分五十二まで回復している。シニ、実は前からきみのことが気になっていたんだが、きょうのことできみの素質がさらにはっきりした。覚えてないかい？　体育教師のスタム・オークだ。きみのクラスを受け持ったことがある。今学期、きみは学校に来なかったけど、それはお母さんの病気のせいかい？　そうか。きみのお母さんが亡くなったのと同じころに、上の階でうちの孫が生まれたんだな。シニ、人生とはつまりそういうものなんだよ。逝くときも来るときもあまりにあわただしく、突然だ。きみもお母さんみたいに貧乏で一生苦労して、最後にはこんなふうに惨めにこの世を去りたいと、ほんとに思ってるのかい？」

最後のひとことが心の琴線に触れ、シニはやっと放心状態から醒めて、オークのほうに目をやり、痩せた中年男性の顔を見ながらゆっくり首を振った。

「いい子だ。きみはべつの人生を歩むことができる。大きくて立派なオリンピック・スタジアムの真ん中にある表彰台に立つきみを、全世界が尊敬のまなざしで眺めることになる。苦難の中にあるわれわれの祖国の国旗が、きみのおかげで高く揚がるんだよ」シニの目に輝きはなかったものの、注意深く耳を傾けている。「大事なことは、きみに苦労する覚悟があるかどうかだ」シニはこっくりうなずいた。「きみがずっと苦労してきたのは知っている。だが、わたしが言っている苦労はそれとは違う。ふつうの人間なら耐えられないほどの苦労だ。きみはそれに耐えられるか？」シニは立ち上がり、もっとしっかりうなずいた。「よし、シニ。いっしょに来てくれ」

エマはまったく変わらないハイペースを維持していた。安定したその動きは正確無比で、無限ループにはまり込んだプログラムによって稼働しつづけている機械のようだった。シニは自分もそんなマシンになりたいと思ったが、それは無理な相談だった。シニは次の目的地を探したが、目的地はどこかに消え失せてしまい、そのことが彼女を怯えさせた。それでも、シニは予想外に持ちこたえ、なんとか地球の神鹿に追いついた。あの魔法の薬が効きはじめたらしい。薬の成分が血管の中で燃焼し、自分に無限のエネルギーを与えているのがわかる。マラソンコースはここで九十度折れて、長安街という、世界でもっとも広い大通りに出た。道の両側には果てしない砂漠が広がっているはずだから、もっと広くてもよかった。毎日二十キロ以上走るトレーニングをつづけてきたシニのいちばんのお気に入りが、首都郊外にあるこの道だった。早朝の薄暗がりのなか、なだらかに起伏するやわらかそうな砂漠がどこまでも遠くへ広がり、青色をした広い道路はまっすぐ空へと延びている。世界はこんなにも単純で、しかもそこには彼女ひとりしかいない。道路の果てから昇りかけている太陽はシニだけのものだ。そういうトレーニングの日々は苛酷だったが、それでもシニにとっては楽しい日々だった。すれ違う男女は思わずシニをふりかえって、このロのきけない少女の顔色が思いがけず赤みを帯びて艶があることに驚く。ほかの女の子たちの一様に白い顔とくらべても、けっして美人とはいえないシニの顔のほうが強く人の心を動かした。シニ自身、飢餓の瀬戸際にあるこの国で満足に食事ができることを不思議に思っていた。オークは空いている教職員宿舎にシニを住まわせ、毎日の食事も運んでくれた。パンやジャガイモなどの主食がじゅうぶんに手に入るだけでもかなり恵まれていたが、ときにはチーズ、羊肉、牛肉、玉子など、栄養価の高い食料品も食卓に出た。それらは闇市でしか買えないようなもので、黄金と同じくらい高価だった。オークがどこでそんな大金を手に入れているのか、シニには見当もつかなかった。教師の月給では、本人が一週間食べるのでせいいっぱいのはずだ。シニは何度もたずねたが、オークはいつも彼女の手話がわからないふりをした。

アジア大陸のべつの片隅では、シーア共和国がすでに分裂の危機に瀕していた。政府機能は麻痺し、戦犯の宣告を受けた者たちも全員が国外に逃亡して身を隠し、一般市民は無表情のまま、ただ待ちつづけていた。しかし、オリンピックのマラソン中継をまだ見ていた少数の人々がシニの健闘を伝えると、テレビやラジオの前に戻ってくる人がしだいに増えてきた。

道路はもっと広くなった。信じられないくらいの広さで、シニは自分が世界最大の広場（天安門広場を指す）を走っていることがわかった。左手には金色に輝く東洋の古代建築がある。その後方に古えの大帝国の壮大な王宮があることもわかった。右側の広場には、この古くて新しい巨大な国の国旗が掲げられていた。シニは最初、この国が王国だと思った。しかし、ここは共和国であり、シニ自身の国よりもたくさんの苦難を経験してきたと教えられた。

そのとき、シニは『21㎞』と書かれた赤い標識を通過した。すでにマラソンの全行程の半分を消化しているが、シニはまだ、エマのあとにぴったりついていた。エマはうしろをふりかえって、ライバルであるシニをはじめてまともに見た。エマとしっかり目を合わせたシニは衝撃を受けた。エマの目から傲慢さが消え失せ、べつの表情が浮かんでいる――恐怖だ。シニは心の中で叫んだ。「エマ、わたしの神さま。いったいなにを怖がっているの？　わたしはどうしてもあなたについてかなくちゃならないだけよ！」目的地のない旅だが、シニには逃げなくてはならない相手がいた。それは、オーク先生の家にいるあの人たちだ。彼らは学校でまだ彼女を待っている。彼らはオークを押しのけてシニの部屋にやってきた。来たのは赤ん坊を抱いた妻と、オークの三人の兄弟、それにシニの知らない親戚も何人かいた。彼らはシニを指さしながら、怒りに満ちた声でオークを詰問した。「この浮浪児をどこから拾ってきた？」オークは、「この子はマラソンの天才なんだ」と答えた。彼らはこうも言った。「どうしようもない莫迦だな。毎日おおぜいがばたばた飢え死にしている時代に、だれがマラソンなんかするもんか。おまえは救いようのない夢想家だ。しかし、あの古い聖典《クルアーン》を売り払ったのは大きなまちがいだ。あれに金粉で書いてある文字は、たしかに金になる。だがあれは、ご先祖から代々伝えられた家宝だ。一族全員がこんなに長く飢えているあいだでさえ、もったいなくてだれも売らなかった。だが、おまえは違った。なんと、あのクルアーンを売り払って、その金で、口のきけないこの子どもにお姫さまみたいな生活をさせている。自分の孫に飲ませるミルクだってないのに！　ひと晩じゅう泣いてるあの赤ん坊の声が聞こえないのか？　もうあんなに痩せ細って……」あとになって、シニはオークとウェイナ（シニの母親）とのあいだの隠し子だという噂が流れた。最初、それは根も葉もない噂に思えた。というのも、ウェイナはシニが生まれる前後数年はずっと北方の町に住んでいて、それには確たる証拠があったからだ。しかもその当時、オークは陸軍少尉として南方戦線で第一次シーア戦争に従軍し、負傷している。だが、またべつの噂も流れていた。オークの戦争体験は彼自身が広めた真っ赤な嘘で、実際は前線で戦ったことも南方戦線に行ったこともなく、第一次シーア戦争のときにはウェイナと北方で暮らしていたというのである。

三十キロ地点まで来ても、シニはあいかわらずエマのうしろにぴったりとついていた。レースの状況が伝わると、世界的に注目が集まり、空には撮影クルーを乗せた二機のヘリコプターまで出現した。シーア共和国では、だれもがテレビやラジオの前に釘づけになり、マラソンの行方を固唾を呑んで見守った。

酸素不足による貧血で、シニの目に映る世界は、いまや黒い霧に変わっていた。心臓の鼓動は爆発の連続となり、動悸のたびに胸に激痛が走った。大地を踏んでも、敷きつめた綿花に足を置いているようで、接地する感覚がない。あの錠剤の効果が切れたんだ、とシニは思った。黒い霧の中からいくつも金色の星が出現し、それがひとつに集まって、オリンピックの聖火になった。あたしの火が消えていく、消えてしまう……。ウエスト将軍が父親のような笑みを浮かべてトーチを掲げている。シニよ、もし火を消したくないのなら、自分自身を燃やさなくてはならない。きみは自分を燃やしたいのか？　わたしを燃やして！　シニが大声でそう叫ぶと、将軍がトーチの火を近づけた。シニは自分が劫火に包まれるのを感じた……。

その夜、シニはわずかばかりの自分の荷物をまとめて、教職員宿舎のオークの部屋に行った。彼は数日前に自宅を引き払ってここに引っ越してきていたのだ。シニは手話を使って言った。「わたしは出ていきます。先生は家に帰って。孫にミルクをあげてください」首を振るオークの髪の毛には、ここ数日で白いものが混じっていた。「シニ、知っているとは思うが、これはわたしたち二人の共同作業なんだ……。どうしても出ていくのか？いままでいろいろしてもらってきたことに理由がないと思っているんだろう？だったら、その理由のひとつを教えよう。あの噂はほんとうだ。わたしはおまえの父親なんだ。これは、その罪滅ぼしにすぎない」シニはもともと、噂について半信半疑だったが、オークのこの言葉を聞いてすっかり信じた。それでも、父親の胸に飛び込んで泣くことはしなかった。オークが自分たち母子にかけた苦労が大きすぎたから、その事実を冷静に受けとめられた。だとしてもこれは、この世に生を享けて以来、シニにとっては最高に幸せな瞬間だった。なんといっても、自分に父親がいたのだから。

そのとき、シニの耳に女の子のかすかな泣き声が聞こえてきた。エマだった。驚いたことに、エマは走りながら泣いていた。そしてときたま、なにかつぶやいている。その言葉はとても簡単なものだったから、中学一年生程度の教育しか受けていないシニの英語力でもだいたいわかった。「神さま……わたし、どうしたらいいの……教えて……わたしはどうすれば……」シニはそれを聞いて心を動かされた。わたしの神さま、あなたは走りつづけるのよ。あなたがいなかったら、わたしはどうすればいいの？　わたしにはゴールがわからない。エマは、右耳に装着された小型イヤホンから返答をもらった。イヤホンから聞こえてきたのは神の声ではなく、ヘッドコーチの声だった。「怖がるな。向こうはもう体力を使い果たしている。いまは死に物狂いでなんとか走っているが、ポテンシャルはおまえのほうが高い。必要なのは冷静になることだけだ。聞け、エマ。スピードをじょじょに落として、相手を前に行かせろ」

エマのスピードが落ちてきたとき、一瞬、シニの気持ちは昂揚した。しかし、エマが自分のうしろにぴったりついたことがわかって、その判断が自分にとって致命的だったことを理解した。いまシニの目の前には三つの選択肢しかなかった。その一、ライバルに合わせてスピードを落とし、ゆっくりしたペースで並走する。これは体力的にも精神的にもエマを回復させることになる。その二、いまのペースで自分が先導する。そうすれば、エマの精神に回復のチャンスを与えることになる（それは、目下、エマがいちばん必要としていることだ）。どちらを選択しても、エマはマラソンのスーパースターならではの超一流の身体能力をとり戻すだろう。もしラストに残された短い距離でスピード勝負になれば、シニの敗北は確実だ。勝利する唯一の望みは、第三の選択肢だった。すなわち、いますぐスピードを上げて、ライバルを振り切ること。ただ、すでに体力を消耗しきっているシニにとって、そのやりかたが成功する見込みはかぎりなく低い。それでもシニは第三の選択肢を選び、ピッチを上げはじめた。経験豊富な長距離走者でも、レースを先導することは重い心理的負担になる。まさにそのため、ほとんどのマラソン競技では、レースの途中、選手たちは数人から成る集団をつくり、一定の速度でいっしょに走る。だから、各集団のだれかが挑発的に加速しはじめたとしても、ライバルたちを振り切って独走する自信がないかぎり、彼（彼女）はただの先導者となり、後続のランナーを勝利へ導く足がかりになってしまう。しかもシニは、レースの経験がゼロにひとしい。いま、まったくさえぎるもののない道路が目の前に延び、夏の熱風が真正面から顔に吹きつけてくる。さっきまでのシニは、一艘の小船を追いかけて大海原を泳ぐ少女だった。ところが、その小船がとつぜん消えてしまい、シニは果てしない波のあいだを漂うしかなくなった。どうしても、心の支えが必要だ。ゴールが、あるいは目的が必要だ。そしてシニは、それを見つけた。父親のもとへ行くこと。

オークは、郊外に住む失業中の陸上コーチにしばらくシニを預け、トレーニングを受けさせた。五日後、シニは父親が亡くなったという知らせを受けて、すぐ家に駆けつけたが、スタム・オークの骨壺を手にすることしかできなかった。最後の日々、彼の体が日ごとに弱っていくのを見てはいたものの、いまのトレーニング費用が、父親の売血で支えられていたことまでは知らなかった。シニがコーチの住む郊外へ旅立ったあと、オークは体育の授業中にとつぜん地面に倒れ、それから二度と立ち上がることはなかったのである。シニは、オークが寝泊まりしていた校舎の小さな部屋の中で、母親が死んだあの日の夜と同じように、じっと静かに座っていた。青白い月の光が窓から父の遺灰を照らす。しかし、それからまもなく、ドアがバタンと開き、オークの妻と親戚の一団がどやどや入ってきた。そして、オークがなにか遺していないかシニを問いつめ、部屋の中を乱暴に物色しはじめた。やがて、騒ぎを聞きつけて、年老いた校長がやってきて、無茶をするもんじゃないと彼らを叱責した。そのとき、だれかがシニの枕の下に、オークがシニのために遺した真新しいスポーツシャツを見つけた。シャツの内側には袋が縫いつけてあった。親戚のひとりが袋を破ると、中には『シニへの遺産』と表書きされた一通の封筒がはいっていた。どうやらオークは、自分の命が長くないと前々から知っていたらしい。校長は親戚の手から封筒を奪いとり、「シニはオークの娘だ。遺産を受けとる権利がある！」と言った。双方が言い争いを続けるなか、オークの妻が骨壺を持ち上げ、それを揺さぶりながら耳に当てた。「中になにか金属が入っているみたい。きっと結婚指輪よ！」そう言い終える前に、骨壺が妻の手からひったくられて、白い遺灰がテーブル一面にぶちまけられた。妻側の親族たちが遺灰をひっかきまわして指輪を探しはじめる。シニは悲鳴をあげて遺灰を守ろうとしたが、床に押し倒されてしまった。なんとか起き上がってふたたびテーブルに向かったときには、だれかがすでに遺灰の中から金属片を探し当てていた。しかし、彼はすぐさまそれを床に放り投げた。拾い上げようとして手を切ったらしく、遺灰まみれのてのひらから赤い血がひとすじ流れている。老校長が床に落ちた金属片を用心深く拾い上げた。それは小さな菱形の金属で、エッジが異常に鋭かった。「手榴弾の破片だ」と老校長が言った。「まさか!」だれかが驚いたように叫んだ。「ということは、オークはやっぱり、南方戦線で戦ったことがあったんだな」しばしの沈黙のあと、居合わせた人々は、その言葉の意味に気づいた。「シニ、オークはおまえの父親じゃないし、おまえはオークの娘じゃない。だからおまえに遺産を相続する権利はない」

校長は封筒を開けた。「オーク先生がどんな遺言を書いたのか、見てみようじゃないか」と言って、封筒の中から一枚の白い紙をとりだした。そこにいた人々が見守るなか、校長はたっぷり三分のあいだ、その紙切れをじっと見つめた。そして重々しい声で、「豊かな遺産」と言ったところで、オークの妻が校長の手から紙を奪いとったが、それにかまわず、校長はあとをつづけた。「残念ながらこの遺産は、シニひとりだけしか受けとることができない」人々は長い時間をかけて紙切れを見つめていたが、最後にオークの妻が困惑した表情でシニを見やり、紙切れを手渡した。シニはそこに書かれた、ほんの数文字の言葉を見た。それは、自分の先生であり、コーチであり、ほんとうの父親でこそなかったけれど、その娘になりたいと彼女が願っていた男が、人生最後の力を振り絞って書いた言葉だった。オークは、紙を突き破るほどの筆圧で、こう記していた――『栄光と夢』。

6　栄光と夢

シニは自分に出せる最大の速度で三キロ走ったが、エマを振り切ることはできなかった。その間、先導者がいたおかげでエマの精神はしだいに落ち着き、パニックを起こしたひとりの少女から、マラソンのスーパースターへと戻ることができた。地球の神鹿はみずからの眠れる力を呼び覚まし、反撃を開始した。死に物狂いで加速してシニを抜き去ると、あっという間にその距離を広げた。だんだんと小さくなっていくエマの背中を見つめながら、すでに力を使い果たしたシニは、すべてが終わったことを悟った。やがて『35㎞』の標識が現れ、残りは七キロとなった。シニにとってそれは、もはや無限の距離だった。ねっとりした液体の中を走っているような気がした。スピードが急速に落ち、最後はほとんど歩いているような速さになった。そのとき、道路脇の人混みの中にいるシーア選手団の姿が目に入った。仲間が自分に向かってなにか叫んでいる。その声は聞こえないが、口のかたちから、叫んでいる言葉はわかった。

シニ、ゴールまで走れ！

シニはクレイルを見た。彼は両のこぶしを必死に振っていた。片手には小瓶が握られている。シニに与えたあの比類なき神通力を持つ錠剤は、その瓶に入っていたものだが、中身はただのビタミンCにすぎなかった。

前方につづく道の両側を埋める群衆は、全員が腕を左上に向けている。シニの目には、そのたくさんの腕が森のように見えた。彼らが指しているのは、巨大なディスプレイだった。シニが顔を上げると、そこに映し出されていたのは、シーア共和国の首都にある英雄広場だった。毎朝のトレーニングのとき、シニがいつもスタート地点にしていた場所だ。広場はいま、沸き立つ人々の渦になっている。カメラがズームすると、その全員の口のかたちから、何十万人もの同胞がいっしょに叫んでいる言葉がわかった。

シニ、ゴールまで走れ！

つづいて、シニの耳に声が聞こえてきた。それは、道路の両側に並ぶ群衆が発したものだった。何千何万という中国人が、このほんの短いあいだに、シーア語のワンフレーズを覚えてくれた。そして、彼らが高らかに叫ぶ声が、このオリンピック競技大会の静寂を破った。

シニ、ゴールまで走れ！

黒い霧がふたたびシニの目の前を覆った。黒い霧の中から、火の消えたトーチを持ってウエスト将軍が現れた。「シニ、おまえの聖火はもう消えそうだな。おまえは自分を燃やしつくしてしまった」するとそのとき、赤い光が浮かび上がり、燃えているトーチを掲げてオークが立ち上がった。「いや、シニよ。きみにはまだ燃やせるものがある。わたしが残した遺産を覚えているか？」ウエストは微笑みながら首を振った。「もう燃やすのをやめろ、シニ。おまえはジャンヌ・ダルクではない。すべては失敗した。すべてを燃やしつくしても、おまえはもうなにも得られない」オークがトーチを左右に振ると、炎がめらめら燃え上がった。「それは違うぞ、シニよ。分断された祖国が、まさにきみの力であらためてひとつになる。きみの聖なる炎を消すことなどできはしない！」シニはオークに向かって、「火をつけろ！」と大声で叫んだ。オークは手に持ったトーチを前にさしだした。ぼっという大きな音が響き、栄光と夢がともに激しく燃えはじめた。

エマがゴールに向かってスパートすると、スタジアムに集まった十万の大観衆は静まり返って最後の瞬間を待ち受けた。黒雲が垂れ込める北京の空に稲光が閃き、雷鳴が轟いた。スタジアムの避雷針に雷が二度落ち、閃く火球が目を射た。その十分後、シニがスタジアムに入ってきた。シニは重くなった足を引きずるようにしてトラックを一周し、ゴールラインを越えたあと、地面にばったり倒れ伏した。十万人が一斉に立ち上がり、スタジアムに無言で横たわるその小さな姿に世界中の人々が視線を注いだ。まったくの静寂に包まれて、オリンピックの聖火だけが、嵐の前の強風のなか、轟々と音をたてて燃えている。五輪旗とシーア共和国の国旗がすでに息絶えたシニの体に掛けられたとき、人々は彼女が笑みを浮かべていることに気づいて衝撃を受けた。

シニは自分の栄光と夢を実現したのだ。

7　最後まで走る国

「今回の偉大なオリンピック競技大会は、新時代のメルクマールとなりました。ピース・ウィンドウズ・プログラムによって、人類はついに野蛮な時代を脱して真の文明時代へと入ることになります。人類の道徳レベルがテクノロジーの進化と足並みをそろえて向上する時代が訪れたのです。この日の到来は遅すぎましたが、しかし、とうとうやってきました！　今後は、一国のスポーツレベルがその国の国力を示す重要な指標となります。そして、競技スポーツの水準を支えるいしずえとなるのは、全国民に対するスポーツの普及度合いです。ですから、世界各国は、これまでに投じてきた莫大な軍事費を、国民の健康レベル向上へと振り向けるようになり、今後は、より健康的で文明的な社会生活と国際政治が実現するでしょう。人類が大同団結するという理想にはまだほど遠いとはいえ、その光はすでにわれわれを照らしています！」

ＩＯＣ会長は、シーア共和国へと向かう専用機の機内でこの声明を発表した。彼は、ピース・ウィンドウズ・プログラムの最初の成功を祝うために、他のＩＯＣ幹部とともにシーア共和国へ向かっていた。専用機には、北京から帰国するシーア共和国選手団や、米国選手団の一部が同乗していた。米国選手団は全員が今大会の出場者で、彼らはオリンピックの金メダルを獲得しただけではなく、大統領からも大統領自由勲章を授与されていたため、みんな潑剌《はつらつ》とした表情だった。

ＩＯＣ会長は米国選手団のほうを向いて言った。「みなさんは人類の戦争史上、もっとも崇高な勝利者です。苦難から解放されたシーア共和国民は、あなたがたを英雄として歓迎するでしょう！」そしてまた、シーア共和国選手団に向かって言った。「みなさんも敗者ではありません。今回のオリンピックに敗者はいません。みなさんはスポーツ競技によって野蛮に勝利し、この世界のために平和を勝ちとった人類の勇者なのです」

両国の選手たちはたがいに挨拶と握手を交わした。最初はまだぎこちなかったが、時間とともにうちとけ、最後は全員が涙を流しながら抱擁し合った。

そのとき、機長が客室にやってきて、険しい表情で全員に告げた。「みなさん、シーア共和国上空が飛行危険区域に指定されたとの発表がありました。隣国に着陸するか、北京に引き返すか、できるだけ早く決めていただきたい」

その場にいただれもが、言葉もなく茫然と機長を見た。

「シーア共和国に対する全面的な軍事攻撃がすでに開始され、いまちょうど第一次空爆が行われているところです」

人々がその知らせを理解するにはしばらく時間が必要だった。「おまえら、約束を反故にしたんだな!」シーア共和国の選手のひとりが米国選手団に指を突きつけて罵った。クレイルは立ち上がって、興奮しているシーア共和国選手団をなだめるように言った。「みんな落ち着くんだ。約束を反故にしたのはわれわれシーア共和国側かもしれない」

「そのとおりです」機長が言った。「先ほど入った情報によれば、ピース・ウィンドウズ・プログラムの合意に基づいて首都の接収に入った多国籍軍が、激しい抵抗に遭ったとのことです」

「しかし……シーア共和国軍はもう解体されて、重火器もすべて接収されたのでは？」IOC会長が言った。

「ただ、軽火器は民間に拡散してしまった。もしいまシーア共和国のすべての家の屋根が突風で吹き飛んだら、家の窓ごとにひとりずつ潜むスナイパーの姿を目にすることになるだろう」

「どうしてなんだ？」IOC会長は涙を流しながら激昂し、クレイルにつかみかかった。

「街は火の海になり、国民は川のように血を流し、母親は子どもを失い、子どもは父親を失い、生き残った者たちもゴミの山の中から食べものを探すことになるんだぞ……そして最後は、やはり結局、全面的な敗北を喫するのが運命だ。結果はなにひとつ変わらないのに」

「つまりそれが運命なんですよ」クレイルはIOC会長に笑みを向け、それから全員に告げた。「実は、こうなることはとっくに予想していた。ピース・ウィンドウズ・プログラムなど、美しいおとぎ話にすぎない。ワインが血のかわりにならないように、スポーツ競技も戦争のかわりにはならない」彼は舷窓に近寄って外の雲海を眺めた。「シーア共和国は、シニと同じように、最後まで走ろうとしているだけだ」

ヤリク・サリが世界を転々としたあと、戦火の中にある祖国の土をふたたび踏んだのは、戦争がはじまって一週間後のことだった。

オリンピック閉会式のあと、雷雨に見舞われていたスタンド席で、サリは長いあいだ立ちつくし、シニが倒れた場所を見つめていた。そして最後に自分に言い聞かせるように言った。

「やっぱり故国《くに》へ帰ろう」

首都防衛戦は最終段階にさしかかり、街はほとんど陥落していた。すでに大勢は決していたものの、防衛のための増援部隊がまだたえまなく首都の外から戦闘地域へと入り込んでいた。彼らは雑多な混成部隊で、軍服を着た者もいたが、もっと多いのは銃を担いだ民間人だった。サリはひとりの将校に自動小銃がほしいと声をかけたが、サリの顔に気づいた将校は、「ははは」と笑って言った。「うちには救世主を雇う金なんかないよ」

「いや、一兵卒でいい」サリは笑顔でそう言うと、銃を受けとり、高らかに国歌を歌う隊列に加わった。そして、炎で半分赤く染まった夜空のもと、空爆に揺れる祖国の大地を、激戦の渦中にある街に向かって歩き出した。

円《ユエン》円《ユエン》のシャボン玉

圆圆的肥皂泡

大森望・齊藤正高訳

1

どういうわけか、まるでそれと結ばれるために生まれてきたみたいに、あるひとつのものに幼いころから夢中になる人間がいる。ちょうどそんなふうにして、円円《ユエンユエン》はシャボン玉に夢中になった。

円円《ユエンユエン》は生まれたときから冴えない表情だった。泣くことさえ、しかたなくこなしている仕事のようで、この世界にがっかりしていることがありありと見てとれた。

はじめてシャボン玉を見るまでは。

円円《ユエンユエン》がはじめてシャボン玉を見たのは、生後五カ月のときだった。ママの腕の中でたちまち手足をバタバタさせて暴れ出し、その小さな瞳の中に、太陽や星々も色褪《あ》せるほどの輝きを爆発させた。まるで、このときはじめてほんとうに世界を見たかのようだった。

何ヵ月も雨が降っていない、中国西北部の真昼だった。窓の外、太陽がぎらぎら照りつける街は砂塵に覆われていた。異常に乾燥したその世界で、空中を漂う色鮮やかな水の精霊は、たとえようもなく美しかった。幼い娘にもこの美しさがわかるんだと思って、シャボン玉を吹いたパパはうれしかったし、円円《ユエンユエン》を抱いていたママもうれしかった。ママはあと一ヵ月残っていた産休をくりあげて、翌日から研究室に復帰することになっていた。

2

時間は飛ぶように過ぎ、円円《ユエンユエン》は幼稚園の年長組になったが、やっぱりシャボン玉が大好きだった。

きょうは日曜。円円《ユエンユエン》はパパといっしょにお出かけした。小さなポケットには石けん液の小瓶が入っていた。飛行機に乗ってシャボン玉が吹けるようにママに頼んでくれるという約束だったのだ。パパの約束はウソじゃなかった。ほんとうに、近くの簡易飛行場へと連れていってくれた。そこには、ママが林業研究のために使っている飛行機があった。でも、その飛行機を見て円円《ユエンユエン》はがっかりした。おんぼろの農業用複葉機だったからだ。たぶん、もう消えてなくなった社会主義連盟がつくったものだろう。このヒコーキ、古い木の板でできてるんじゃないかしら、と円円《ユエンユエン》は思った。おとぎ話の中で狩人が泊まる、森の小屋みたいだった。こんなおもちゃが空を飛ぶなんて信じられない。だけど、そのおんぼろ飛行機にも、ママは円円《ユエンユエン》を乗せてくれなかった。

「きょうはこの子の誕生日なんだぞ。なのにきみは仕事で帰れない。せめて飛行機くらい乗せてやってもいいじゃないか。バースデーのサプライズだ！」

「なにがサプライズよ。この子の体重を考えてちょうだい。どれだけタネを積めなくなるかわかってる？」ママは重くて大きなビニール袋を飛行機の貨物室にえっちらおっちら運びながら言った。

あたし、そんなに重くないもん！　円円《ユエンユエン》はそう思って、大きな口を開けてわんわん泣きだした。ママはあわてて娘をあやしにやってくると、地面に積んである大きなビニール袋から不思議なものをとりだした。かたちや大きさはニンジンとたいして変わらない。全体のシルエットは涙滴形で、先のほうが細く、お尻には板紙でつくった二枚の羽根がついている。小さな爆弾みたいだけれど、透きとおっていて、おもしろそうだ。円円《ユエンユエン》は手を伸ばしてつかもうとしたが、指先が触れたとたん、小さな手をあわててひっこめた。冷たい。このおもちゃは氷でできている。ママが小さな爆弾の真ん中あたりに見える黒い粒を指さして、樹のタネよと言った。

「とても高いところから、飛行機でこの氷爆弾を落とすの。地面に落ちると、これが砂地に突き刺さる。春が来たら、氷爆弾が砂地で静かに溶けて、その水分を吸収してタネが芽を出す。こんな爆弾をたくさんたくさん落とすと、砂漠が緑に変わる。そうしたら、ママのだいじな円円《ユエンユエン》の小さなお顔に、もう砂が飛んでこなくなる……これがママの研究。西北部乾燥地帯における飛行播種植林の成育率倍増……」

「子どもに成育率なんてわかるわけないだろ、まったく。円円《ユエンユエン》、おうちに帰ろう！」そう言うと、パパは円円《ユエンユエン》を抱き上げ、ぷんぷんしながら歩き出した。ママはパパをとめようとはしなかったものの、円円《ユエンユエン》の頰を両手でぎゅっとはさんだ。

　ママの手ってパパの手よりザラザラしてる、と円円《ユエンユエン》は思った。

　パパの胸に抱かれたまま、円円《ユエンユエン》は〝森の小屋〟が大きな音をたてて飛び立つのを見た。円円《ユエンユエン》は飛行機に向かってシャボン玉を吹き、それが砂塵の舞う空に消えるのを見送った。

　パパは円円《ユエンユエン》を抱いて飛行場を出ると、道路脇のバス停で、市内に戻るバスを待った。そのとき、円円《ユエンユエン》はふと、パパの体がすこし震えたように思った。

「寒いの、パパ？」

「いや……円円《ユエンユエン》、なにか聞こえたかい？」

「ううん……なにも」

しかし、たしかに聞こえた。それは、低い爆発音だった。飛行機が飛び去った方向から伝わってきた、かすかな音。聴覚というよりもほとんど第六感で、パパはそれを聞きとった。思いきってそちらをふりかえると、父と娘の前で、西北部の乾ききった大地が冷酷に蒼穹《そうきゅう》を見つめていた。

3

時間は飛ぶように過ぎ、円円《ユエンユエン》は小学生になったが、やっぱりシャボン玉が大好きだった。

清明節、パパといっしょにママのお墓参りに来たときも、円円《ユエンユエン》は石けん液の小瓶を手に持っていた。質素な墓碑の前にパパが花を供えたとき、円円《ユエンユエン》はシャボン玉を吹いた。パパは思わずかっとして叱りつけそうになったが、娘の言葉を聞いて落ち着きをとり戻し、瞳を潤ませた。

「きっと、ママにも見えるよ！」墓碑のまわりを漂うシャボン玉を見ながら、円円《ユエンユエン》はそう言ったのだった。

「円円《ユエンユエン》、ママみたいな人になるんだよ」パパは円円《ユエンユエン》を抱きしめた。「ママみたいに責任感と使命感を持ち、ママみたいに人生の大きな目標を掲げるんだ！」

「大きな目標、あるもん！」円円《ユエンユエン》は大きな声で言った。

「なんだい？　パパに言ってごらん」

「吹くの」円円《ユエンユエン》は遠くに飛び去ったシャボン玉を指さした。「でっかいでっかいシャボン玉！」

パパは苦笑して首を振ると、娘の手を引いてその場を離れた。墓地は、数年前に複葉機が墜落した地点の近くにあった。あの年、空中から投下した氷爆弾はたしかに成育して小さな苗に育ったが、最後の勝者はやはり果てしなくつづく旱魃《かんばつ》だった。飛行機で植えた林は旱魃の二年めに枯れてしまい、砂漠化は阻むことのできない歩みをつづけている。パパがふりかえると、夕陽が墓碑の影を長く伸ばし、円円《ユエンユエン》の吹いたシャボン玉はもう、ひとつも見えなくなっていた。墓に眠る人がかつて夢見た、西部大開発の美しい理想のように。

4

時間は飛ぶように過ぎ、円円《ユエンユエン》は中学生になったが、やっぱりシャボン玉が大好きだった。

その日、担任の若い女性教師が家庭訪問に来て、真新しくきれいなピストルをパパに手渡した。円円《ユエンユエン》が授業中にそれで遊んでいたので、物理の先生に没収されたのだという。そのピストルは銃身が太く、銃口にはパラボラアンテナみたいな輪っかがはめてあった。パパはためつすがめつしたが、どうやって遊ぶのかわからず、とまどい顔になった。

「シャボン玉銃ですよ」と担任が言って、引き金をひくと、ブーンという軽い音がして、銃口の小さな輪っかから細長いシャボン玉が飛び出した。

「お嬢さんの成績はずっと学年トップクラスですが、最大の長所はとても豊かな創造性です」と担任はパパに説明した。「頭の働きがこんなに活発な生徒ははじめてです。この才能の芽を大事に育ててください」

「この子は……なんと言うか、ちょっと……」シャボン玉銃を手にして、パパは口ごもった。「……軽佻浮薄だと思いませんか？」

「いまどきの子どもはみんなそうですよ……じっさい、この新しい時代、考えかたや性格が少々軽はずみでも、べつだん欠点ではありません」

　パパはため息をつき、シャボン玉銃を軽く振って話を切り上げた。この担任に相談しても意味がないと思ったからだった。彼女自身、まだほとんど子どもなのだ。

　担任を玄関先まで送っていってから、パパは二人暮らしの家に戻った。シャボン玉銃のことで娘と話をするつもりだったが、それより早く、またべつの問題が見つかった。

「また換えたのか？　今年になってもう二回めだろ！」円円《ユエンユエン》が胸にぶら下げている携帯電話を指さして、パパは言った。

「換えてないよ。ケースを新しくしただけだってば！　ほら、気分が変わるでしょ」そう言って、円円《ユエンユエン》は平たい箱をとりだした。パパが開けてみると、鮮やかな色彩が一列に並んでいた。最初は絵の具のようなものかと思ったが、よく見るとそれは、十二色の携帯電話ケースだった。

　パパは首を振って、箱を置いた。「じっくり話し合いたいのは、おまえのこういう……その……考えかたのことだ」

　円円《ユエンユエン》はパパが持っているシャボン玉銃を見ると、あわてて奪いとり、「もう学校に持っていかないって約束するから！」と言って、パパに向けてシャボン玉を連射した。

「そうじゃなくて、もっとずっとだいじなことだ。円円《ユエンユエン》、もうこんなに大きくなったのに、まだシャボン玉が好きでいいのか……」

「だめなの？」

「あ、いや、それはたいした問題じゃないが、パパが言ってるのは、おまえの好みに……その、さっき言っていた……考えかたが表れているということだ」

円円《ユエンユエン》はピンとこないようすで父親を見ている。

「きれいなもの、新しいもの、珍しいものに飛びつく傾向がある。現実から遠く離れた幻みたいなものに魅了されて、足が大地を離れてしまう。そのせいで、人生がまちがった方向にひっぱられてしまうかもしれない」

円円《ユエンユエン》は部屋のあちこちに浮かぶシャボン玉を夢中になって見つめている。シャボン玉は透明な金魚の群れのように空中を静かに泳いでいた。

「パパ、もっとおもしろいこと話そうよ！」円円《ユエンユエン》はパパの肩に手を置いて、意味ありげな口調で言った。

「うちの先生、美人でしょ？」

「知らん……円円《ユエンユエン》、さっき言ったことの意味はな……」

「ぶっちゃけ、イケてない？」

「かもしれん……さっき言いたかったのはな……」

「話しているときの目で気づかなかった？　パパに気があるんだよ！」

「こら！　莫迦なことを言うな！」パパは怒って娘の手を肩から払いのけた。

円円《ユエンユエン》は長いため息をついた。

「ねえ、パパって、つまらない人間になったね。新しいことも、珍しいことも、感動もない毎日。なにがおもしろくて生きてるわけ？　そのうえ、他人の人生の教師までやるつもり？」

シャボン玉がひとつ、パパの顔の前ではじけ、これ以上ないほどかすかな湿気を感じさせた。一瞬で消えたこのミクロの霧雨が、つかの間の陶酔感を与え、奇妙なことに、遠く離れた南方の故郷が脳裡に浮かんだ。パパはだれも気づかないような小さなため息を洩らした。

「パパも若いころは、手の届かない夢を追いかけていたよ。母さんといっしょに上海からここに来て、大西北（中国の総面積の三分の一を占める西北部の通称）こそ自分の人生をかけるべき場所だと本気で思った。わたしたち建設者のグループは、あんなに短期間でこの荒れ果てた砂漠に新しい都市を築いたことが一生の誇りになると信じていた。この世を去る前に、この都市こそ、自分が人生を無駄にしなかった証拠だと言うつもりだった。わたしたちの世代が青春をかけ、人生までかけた都市が、まさかシャボン玉にすぎなかったとは……」

円円《ユエンユエン》はびっくりした。「絲路市《スール》（絲路は、大西北を貫いて延びていたシルクロードを意味する）がどうしてシャボン玉なの？　しっかりあるよ。パチンって消えちゃうわけじゃないでしょ」

「消えるよ。中央はもう省の報告を承認して、絲路市《スール》に水を引く計画を断念した」

「じゃあ、あたしたちを殺す気？　いまだって水が出るのは二日に一度で、それも毎回一時間半だけなのに！」

「十年がかりの移転計画を策定中だ。全市の住民が分散移住する。絲路《スール》は、水不足で消える、現代世界で最初の都市になる。現代の楼蘭《ろうらん》だな……パパたちが若かりしころに血潮をたぎらせた西部大開発は、いまや悪夢の大開発になってしまった。これでもまだ、大きなシャボン玉じゃなかったと言えるか？」

「やったあ！　すごいじゃん！」円円《ユエンユエン》は喜びの声をあげた。「じゃあ、さっさとバイバイしようよ！　こんななんにもない退屈な場所、ほんとに大きらい！　移住って、まったく新しいところに引っ越して、まったく新しい生活を始めるんでしょ。すごくステキなことじゃない、パパ！」

パパはしばらく黙って娘を見ていたが、やがて立ち上がって窓際に歩み寄り、黄砂に煙る都市をじっと見つめた。がっくり肩を落としたそのうしろ姿は、急に老け込んでしまったかのようだった。

「パパ……」円円《ユエンユエン》はそっと呼びかけた。父は返事をしなかった。

二日後、円円《ユエンユエン》のパパは、もうすぐ消えてしまうこの都市の最後の市長になった。

5

大学入試が終わり、円円《ユエンユエン》は理科の成績が全省で第二位になった。めったにないことだが、パパは手放しで喜び、なにかほしいものはあるか、ちょっとくらい贅沢でもいいぞと気前よく言った。円円《ユエンユエン》はパパに向かって片手を開いてみせた。

「五つか……なにが五つだ?」

「雕牌《ワシじるし》の透明石けん、五つ」円円《ユエンユエン》はそう言うと、もう片方の手もぱっと開いた。「タイドの洗濯用洗剤、十袋」それから、両手を裏返して、「白猫《パイマオ》の台所洗剤、二十本」最後に紙を一枚とりだし、「あと、これがいちばん大事なんだけど、このリストの化学薬品を、書いてある分量どおりにそろえて」

パパにとっては造作もないことだった。北京に出張している総務課の副主任が一日で買い集めてくれた。

注文した品物を受けとると、円円《ユエンユエン》はさっそくバスルームにこもって三日間忙しく働き、バスタブいっぱいの溶液を調合した。家じゅうの部屋に妙なにおいが充満した。四日め、円円《ユエンユエン》のクラスメートの男の子二人が、直径一メートル以上もある特注の輪を持ってきた。円円《ユエンユエン》が描いた図面をもとに、金属パイプにたくさん穴を開けてからまるく曲げて両端をつなぎ、輪っかにしたものだった。

五日め、円円《ユエンユエン》の家に、大勢の客が押しかけてきた。テレビ局のカメラマンが二人と、地元局の娯楽番組でキャスターをつとめる美女がひとり（市長はついつい彼女に目を奪われた）。派手な服を着た二人の男は、ギネス中国支部の者だと名乗った。きのう、上海から飛行機で着いたばかりで、片方は砂でのどをやられていた。

「市長、お嬢さんは……ゴホゴホ……ここの空気はほんとうに乾燥してますね……お嬢さんはもうすぐギネス世界記録をつくるんですよ！」

この一行のあとについて、市長が屋上に上がると、そこではすでに、娘が数人の同級生といっしょに準備をはじめていた。円円《ユエンユエン》はあの大きな輪っかを肩に担ぎ、その前には、円円《ユエンユエン》が調合した溶液を満たした大きなバスタブが置かれている。ギネスの二人が目盛りの刻まれた二本のポールを設置した。シャボン玉の直径を測るのに使うらしい。

すべての準備が整った。円円《ユエンユエン》が輪をバスタブに浸けてからとりだすと、輪に膜が張っていた。円円《ユエンユエン》は膜が張った輪っかを長い竿の端に慎重に固定すると、屋上の端に向かって歩き出した。円円《ユエンユエン》が長い竿を振って空中に大きな弧を描くと、巨大なシャボン玉が出現した。大きな泡はぶるぶると震え、ダンスでもしているみたいにかたちを変えながらふくらんだ。計測の結果、このシャボン玉の直径は四・六メートルに達し、ベルギー人ケリスが保持していた三・九メートルのギネス世界記録を破った。

「液体の配合も大事ですが、この輪にも秘密があります」円円《ユエンユエン》はキャスターの質問に答えて言った。「ベルギーの人が使っていたのはふつうの輪でしたが、わたしは、一列に穴を開けた鉛のパイプを曲げて輪をつくりました。パイプの中には泡をつくる液体が入っています。シャボン玉がふくらむとき、パイプの穴からつねに液体が流れ出るので、泡をつくる液の量がそれだけ多くなります。だから自然と、より大きな泡ができるんです」

「じゃあ、もっと大きなシャボン玉をつくることもできるんですか?」とキャスターが質問した。

「もちろんです! そのためには、シャボン玉をつくる要素を研究する必要があります。液体の粘度、展延性、蒸発率と表面張力ですね。超でっかいシャボン玉をつくるために大事なのは、最後の二つです。蒸発率は低く抑えなければいけません。泡が破裂する原因のひとつですから。表面張力は……なぜ水でシャボン玉をつくれないか、わかりますよね？」

「表面張力が小さすぎるからですよね？」

「その反対です。水は表面張力が大きすぎるから気泡ができないんです。では、もうひとつ質問。シャボン玉ができたあと、その表面張力と直径のあいだにどんな関係があるかわかりますか？」

「それは……先ほどおっしゃったとおり、表面張力が小さいほど泡が大きくなるということですよね」

「ブーッ！　シャボン玉ができたあとは、直径が大きければ大きいほど、泡を維持するのに必要な表面張力は大きくなります。ここでまたひとつ、問題です。液体の表面張力は一定ですから、超でっかいシャボン玉をつくるにはどんな問題を解決しなければならないでしょう？」

キャスターは首を振った。彼女は、外見が美しくて弁も立つが、頭脳は単純というタイプだった。円円《ユエンユエン》はそれに気づいて、カメラに向かって言った。

「とにかく、視聴者のみなさんに、もうすこし大きな泡をお見せします！」

そしてまた、直径四メートルから五メートルの大きなシャボン玉が、風に乗って街の上空を漂いはじめた。砂塵のたちこめるこの旱魃世界にあって、それはなんとも非現実的で、異世界から来た幻のようだった。

一週間後、円円《ユエンユエン》は生まれ育った西北の街を離れ、中国でもっとも難関と言われる理工系大学に行き、ナノテクノロジーを専門に選んだ。

6

時間は飛ぶように過ぎ、円円《ユエンユエン》はもうシャボン玉を吹かなくなった。

円円《ユエンユエン》は学士号、修士号、博士号を取得したのち、父親も目をむく速さで起業した。博士課程の研究プロジェクトで生み出した技術をもとに、新しい太陽電池を開発したのである。コストはそれまでの単結晶シリコン電池の数十分の一で、建築物の表面にモザイク状に貼ることもできた。わずか三、四年のうちに会社は数億元の資産規模に成長し、ナノテクノロジーの追い風によって急発展した奇跡的な企業のひとつとなった。

その結果、円円《ユエンユエン》の父親は気まずい立場に追い込まれた。事業の成功ぶりから見て、娘にはもう、父親に教える資格がある。あの美人の担任教師の言葉は正しかった。軽はずみな考えかたや性格も欠点とはかぎらない。父親の世代にとって、いまは悩ましい時代だった。この現代で成功するために必要なのは、人を動かすインスピレーションだ。経験や根気や使命感など重要ではなく、威厳や重厚さに至っては、時代遅れの証拠だった。

「こんな感覚はひさしぶりだ。いままで聴いた中で最高の歌だったよ。たしかに前世代の三人よりいい」

国家大劇場の広い踊り場で、市長は娘に向かってしみじみと言った。父さんの数少ない趣味のひとつが声楽を聴くことだと、円円《ユエンユエン》は知っていた。だから、父親が会議のために北京に来たとき、新世代の世界三大テノールが来たるべきオリンピックのために行うコンサートのチケットをプレゼントしたのである。

「もっと早く知らせてくれたら、いちばんいい席がとれたのに。無駄遣いするんじゃないかってパパが気にするから、まあまあの席を二枚買ったのよ」

「こういうチケットはいったいいくらなんだ？」父親はついたずねた。

「安いものよ。一枚二万八千元くらい」

「えっ！……なんだって！」

目をむいてあんぐり口を開けている父親を見て、円円《ユエンユエン》は笑い出した。「パパがひさしぶりの感覚をとり戻せたんなら、二十八万元でもその価値がある。この大劇場には何十億もかかってるでしょ。それって、みんなが芸術からいろんな感覚を得たり、とり戻したりするためじゃない？」

「それはそうだが、おまえにはもっと有意義なことにお金を使ってほしい。円《ユエン》円《ユエン》……絲路《スール》市のことだが、市政に投資はできるか？」

「どういうこと？」

「大型水処理プロジェクトだ。建設できれば都市用水の循環率が大きく向上し、太陽エネルギーで塩水湖の水を一部淡水化できる。もしこれが実現したら、絲路《スール》市は完全消滅を免れ、規模を縮小して存続できる」

「金額はどれくらい？」

「初期段階で十六億くらいだ。大部分は資金集めの目途が立っているが、調達に時間がかかるから、間に合わない可能性がある。だから、おまえには当初資金を投資してほしい。だいたい一億くらい」

「パパ、ダメよ。いま、そのくらいの資金の余裕はあるけど、それは研究開発に使いたいの……」

父親は片手を上げて娘の話をさえぎった。「いや、よそう。おまえの事業を邪魔したくない。本来、こんなことを頼むつもりはなかった。投資額の回収は保証するにしても、利益は微々たるものだからな」

「ううん、それはどうでもいいの。あたしのプロジェクトなんてもっと悲惨よ、パパ。利益なんてとんでもない。投資はきっと水の泡になるでしょうね！」

「基礎研究をやりたいのか？」

「ううん。でも、応用研究でもない。遊びの研究よ」

「……」

「スーパー表面活性剤の開発。名前はもう考えてある。〝飛液《フライング・リキッド》〟って言うの。この溶液の粘性と展延性はこれまでのどんな液体より何桁も大きくて、蒸発速度はグリセリンの千分の一。この溶液には魔法のような特性がある。液層の厚みと液面の曲率に応じて、表面張力が自動調節されるのよ。調節範囲は水の張力の百分の一から一万倍以上まで」

「なんに使うんだ？」父親はおそるおそるたずねた。返事はわかっていたが、やはり信じられなかった。

若い億万長者は父親の肩を抱いて大声で言った。「でっかいでっかいシャボン玉！」

「冗談じゃないんだな？」

円円《ユエンユエン》は長安街のイルミネーションを見ながら、しばらく黙っていた。「どうかな。もしかしたら、あたしの人生全体がでっかい冗談なのかもね。でもパパ、それも悪くないと思う。一生かけて冗談をやるっていうのも、人間の使命でしょ」

「一億元でシャボン玉を吹くのか？　なんのために？」父親の口調は夢の中にでもいるようだった。

「なんのためでもない。ただの遊び。でも、父さんたちが何百億もかけて建設した、もうすぐなくなってしまう都市とくらべたら、あたしの贅沢なんて小さなものよ」

「だが、その都市をおまえは救えるんだ。それも、おまえの街だぞ。生まれ育った土地だ。なのにその金でシャボン玉を吹くのか……身勝手にもほどがある！」

「あたしは自分の人生を生きたいの。滅私奉公が歴史を動かすとはかぎらない。パパの街がその証拠よ！」

円円《ユエンユエン》の運転する車が長安街を抜けるまで、父と娘はそれ以上ひとことも口をきかなかった。

「ごめん。パパ」円円《ユエンユエン》はぽつりと言った。

「最近、おまえの手を引いていたころをよく思い出すよ。あのころはよかった」

街の灯りを浴びて、父さんの目はきらきら光っていた。すこし潤んでいるようだ。

「あたしにはがっかりしたでしょ。ママみたいになってほしいとずっと言ってたよね。もし人生が二度あれば、一度はパパが言うように、責任と使命に自分を捧げてみるんだけど。でも、パパ、あたし、一回しか生きられないんだよ」

父親は黙っていた。沈黙の旅も終わりに近づいたころ、円円《ユエンユエン》は大きな紙袋をとりだして、父さんに差し出した。

「なんだ」父親は不思議そうに訊いた。

「不動産証書と鍵。パパに別荘を買ったの。太湖《たいこ》のほとり。退職したら南方に帰れるでしょ」

父親は紙袋をそっと押し戻した。「いや、余生は絲路《スール》の廃墟で過ごすよ。あそこには父さんと母さんの青春と理想が埋まっている。よそに行く気はない」

夏の夜の北京は盛大に輝いていた。きらめく光の海を見ながら、円円《ユエンユエン》と父さんは同時にシャボン玉を連想した。この果てしないきらめきが懸命になって二人に示そうとしているものはなんだろう？　人生の重さだろうか。それとも人生の軽さだろうか。

7

二年後のある日、娘から市長室に電話がかかってきた。

「パパ、お誕生日おめでとう！」

「おお、円円《ユエンユエン》か？　どこにいるんだ？」

「近くまで来てる。パパに誕生日プレゼントを渡しにきたの」

「そうか。すっかり忘れてたよ。この何年か、誕生日どころじゃなかったからね。じゃあ、昼には家に帰る。一ヵ月くらい帰ってないんだ。家のことは家政婦さんにまかせっきりでね」

「でも、プレゼントはいますぐよ！」

「仕事なんだ。もうすぐ市の定例会議がはじまる」

「だいじょうぶ。窓を開けて、空を見て！」

きょうの空は雲ひとつなく、澄みきった青だ。こんな天気はこの地域では珍しい。その青い空からエンジン音が響き、飛行機が一機、市の上空をゆっくり旋回しているのが見えた。そのシルエットは、青空を背景にくっきりとよく映えた。

「パパ、あたし、飛行機に乗ってるの！」円円《ユエンユエン》が電話越しに声を張り上げた。

それは旧式の複葉機で、ゆったりと飛ぶ大きな鳥のようだった。その瞬間、よく知っている感覚が閃光のようにフラッシュバックして、二十数年前と同じように、市長の全身に震えが走った。あのとき、娘は「寒いの？」とたずねたのだった。

「円円《ユエンユエン》……なにをしてる？」

「パパにプレゼント。飛行機の下を見て！」

市長はしばらく前から気づいていた。機体の下に大きな輪が吊り下げられている。その輪の直径は飛行機よりもずっと大きく、離陸後に展開したもののようだ。飛行機とその大きな輪を合わせると、まるで空中を飛ぶ指輪のように見える。その大きな輪っかは、円円《ユエンユエン》がギネス世界記録を破ったときと同じく、軽量の金属パイプでつくられていた。パイプの中には、〝飛液〟というあの魔法の液体が入っている。輪に囲まれた平面には飛液の薄い膜が張られていて、輪のパイプに開いた無数の小さな穴から飛液がたえまなく供給されている。

そのとき、もっと驚くべき光景が現出した。輪の後方に大きなシャボン玉がふくらんでいる！　シャボン玉は、陽光を反射して、そのかたちが目に見えるようになったり、また消えたりする。シャボン玉は急激に膨張し、飛行機はたちまち、透明なスイカの上の小さなゴマ粒のようにしか見えなくなった。

下の広場では、だれもが足を止めて空を見上げた。巨大シャボン玉を見ようと、市庁舎から駆け出してくる人もちらほら出はじめた。

飛行機は巨大なシャボン玉をうしろにたなびかせ、市の上空をゆっくり旋回した。シャボン玉の膨張速度は落ちたものの、なおもふくらみつづけている。やがてとうとう大きな輪から離れ、シャボン玉が独立して空中を漂いはじめた。もう新たな空気は入ってこないはずなのに、それでも巨大シャボン玉の膨張は止まらない。太陽光のエネルギーがシャボン玉内部に閉じ込められた空気をあたためて膨張させているからだ。巨大シャボン玉はゆっくりゆっくり大きくなり、空の半分を占めた。

「プレゼントよ。パパ！」と、円　円《ユエンユエン》が電話越しに興奮した口調で叫んだ。

青空に大きな閃光のかけらがゆらめき、空一面がなめらかなセロファンのようになった。見えざる大きな手が陽光の下でそのセロファンを震わせている。よく見ると、その閃光は巨大な球体の輪郭を描いていた。透きとおった球は、いまや空の大部分を占めている。下界から仰ぎ見る人は、首を一八〇度近く倒して、ようやくその全体を見ることができる。まるで空に浮かぶ鏡に映し出された地球の透明な幻像のようだ。

街は騒然となり、大通りでは交通渋滞が起こった。

巨大シャボン玉がゆっくりと空から降りてくる。高度がかなり下がると、シャボン玉の表面に映る都市の高層ビル群が地上から見えるようになった。泡の表面が風で波打ち、ビル群が海中植物の森のように揺らめいている。巨大シャボン玉が勢いよく落下してくると、だれもが思わず頭を抱えた。巨大泡が地面に触れる。屋外にいた人々は、泡の表面が体を通過するさい、顔にちょっとくすぐったいような感触を覚えた。

巨大シャボン玉は破裂することなく、直径十キロ近い半球となって大地にへばりついた。街はずれにある火力発電所と化学工場も巨大シャボン玉の中にすっぽり収まってしまった。

「わざとじゃないんです。ほんとうに！」円円《ユエンユエン》はテレビカメラに向かって叫んだ。「ふつうなら、巨大シャボン玉は風で流されていくはずでした。きょうにかぎって、まさかこんなに風が弱いなんて。いつもはずっと風が強いのに！　だから下に落ちて街にかぶさったんです！」

市長は、市営テレビ局が通常番組を中断して現場から中継している緊急生放送を見ていた。娘はフライト・ジャケットの前を開けていて、その下の青い作業服が見えている。背後にはあの旧式複葉機……昔に戻ったようだ。ほんとうによく似ている。よく似ている……市長の心がほどけ、はらはらと涙がこぼれ落ちた。

二時間後、急遽編成された緊急対策班と市長は、市のはずれにある巨大シャボン玉の壁のもとに車で急行した。円円《ユエンユエン》と部下のエンジニアたち数名がすでにそこで待っていた。

「パパ、あたしのシャボン玉、すごいでしょ！」円円《ユエンユエン》はさっきまでのあわてぶりがウソのように、状況もわきまえず、興奮を隠さない口調で言った。

市長は娘にかまわず、泡を見上げた。それは、陽光に照らされて虹色の光を放つ巨大な膜だった。表面に浮かぶ細かな回折縞《かいせつじま》がめまぐるしく変化して、宇宙に存在するすべての色を狂ったように映しつづける妖しい海のようだ。巨大な膜は透明だが、それを通して見る世界は虹色に見える。ある高さより上では虹色が消え、肉眼では空中の膜の存在が視認できない。

市長は片手を伸ばして、そっと泡の表面に触れてみた。手の甲にかすかなくすぐったさを感じただけで、手はなんの抵抗もなく膜の向こう側にすりぬけた。この膜は分子数個分の厚さしかないのかもしれない。手をひっこめると、膜は一瞬でもとに戻った。虹色の光のパターンも同じようにもとに戻る。なにかが通り抜けたことなどなかったかのようだ。

市長がずっと幻の象徴と見なしてきたシャボン玉は、いま、まぎれもない巨大な現実として目の前に存在している。それを通して見る現実世界の方が幻なのだ。

その場にいた他の人々もそれぞれ膜に触れて、手で裂こうとしたり、殴ったり蹴ったりしはじめた。市長の運転手は車のトランクから鉄のバールを持ってくると、ブンブン振り回して膜を打ちすえた……が、まったく損傷を与えられなかった。すべての打撃はなんの手応えもなくすり抜け、そのあと膜は、なにごともなかったかのようにもとに戻る。市長は手を振って、全員の無駄な努力をやめさせると、遠くに見える高速道路を指さした。道路を走る車はブレーキを踏むこともなく高速で膜を通り抜けていく。

「性質はシャボン玉と同じよ。固体は通すけれど、気体は通さないの」と円円《ユエンユエン》が言った。

「気体を通さないなら、街の空気は急激に悪くなるぞ」市長は娘をにらみつけた。

集まっていた人は空を見上げ、巨大な白いドーム型の天井が現れたことに気がついた。都市と工場で発生する排気ガスが泡の中に閉じ込められ、巨大シャボン玉の輪郭が目に見えるようになっていた。このとき、遠くから街を見れば、大地からそそり立つ乳白色のドームが見えただろう。

「発電所と化学工場の操業を停止し、大気汚染の速度をゆるめる必要があるかもしれません」緊急対策班の班長が言った。「ですが、いちばん大きな問題は内部の気温上昇でしょう。現在、市は密閉された温室の中にあるようなものです。外部との空気のやりとりがないため、太陽熱を吸収してあっという間に暑くなります。いまは真夏ですから、内部の気温は最終的に摂氏六〇度にまで上昇するでしょう」

「なんとかこの泡を割れないのか？　どんな方法を試した？」と市長は訊いた。

駐屯地の司令官が答えた。「一時間前、陸軍航空兵のヘリを調達して、ドーム頂上付近を何度も飛行させ、ローターで膜を引き裂こうとしましたが、効果はありませんでした。次に、泡の壁が地面と接する部分を爆破しましたが、膜がいくらか波立つだけで、いかなる損傷も与えられませんでした。なお悪いことに、この膜は、爆破によって生じた穴の底まで一瞬で伸び、外部を完全に遮断してしまうのです！」

市長は円《ユエン》円《ユエン》のほうを向いてたずねた。

「この巨大シャボン玉が自然に破裂するまでにどのくらいかかる？」

「シャボン玉が破裂するのは、膜をつくる液体が蒸発するからよ。この物質の蒸発速度はすごく緩慢なの。日照条件がよければ、破裂するまで五日から六日かかる」と円《ユエン》円《ユエン》は答えた。その口調が得意げなのが、父としては癇《かん》に障るところだった。

「では、全市緊急避難しかありませんね」と緊急対策班班長が嘆くように言った。

市長は首を振った。「万策つきるまで、一歩も引かんぞ」

「まだ方法があります」環境専門家が言った。「長いパイプを何本か用意するんです。口径は大きければ大きいほどいい。そのパイプの先端に高性能換気扇をとりつけて、それを穴の外に出し、空気の交換を行うのです」

「あっはっはっは……」円《ユエン》円《ユエン》が大笑いをはじめて、一同をびっくりさせた。憤怒に燃える全員の視線を集めたまま、円《ユエン》円《ユエン》は腹を抱えて笑っている。「それって、ホントに……

ホントに笑える！　あははは……」

「なにもかもぜんぶ、おまえがしでかしたことなんだぞ！」

市長は娘を怒鳴りつけた。

「責任をとれ。市に与えた損害はすべて弁償してもらう！」

円円《ユエンユエン》は空を見上げて笑いやんだ。「それくらい、うちで弁償できるって。でも、シャボン玉を破裂させる方法をいま思いついた……燃やすのよ。泡が地面にくっついている箇所の内側に、長さ百メートルか二百メートルの溝を一本掘って、そこに油を注いで点火する。炎が泡の蒸発を速めるから、きっと三時間くらいで破裂する」

市長は緊急チームに円円《ユエンユエン》のプランを実行させた。街はずれに高さ百メートルを超える炎の壁が現れた。天を衝く烈火のカーテンの上では、炎の舌に舐められた泡が奇怪な色と模様に変化している。炎で蒸発した部分を埋めるべく、膜の他の部分の飛液がそこに流れ込み、渦を巻き、艶やかな色彩が洪水のように四方八方から湧き上がっては炎の中に消えていった。黒煙は泡の内壁づたいに上昇し、空中に浮かぶ巨人のてのひらとなって、シャボン玉の中で暮らす百万の市民を恐慌に陥れた。

三時間後、巨大シャボン玉は破裂した。街の人々は天地のあいだに響く軽い破裂音を聞いた。どこか深く遠いところから明瞭に聞こえたその高い音は、宇宙の琴線がピンと弾かれたかのようだった。

「パパ、具合でも悪いの？　もっと怒り狂うかと思ったのに」と円円《ユエンユエン》は父さんに言った。

二人は市庁舎の屋上で、巨大シャボン玉が破裂するのを目のあたりにしたところだった。

「ずっと考えていたんだが……円円《ユエンユエン》、まじめに答えてくれ」

「巨大シャボン玉のこと？」

「そうだ。まず聞きたいのは、泡が気体を通さないなら、あのシャボン玉は湿った空気も閉じ込めておけるのか？」

「もちろん。じつは、飛液が完成に近づいたとき、これにはべつの使い道があるんじゃないかってぼんやり思ったの。巨大シャボン玉を超大型温室にすれば、冬場のミニ気候帯になる。広大な面積の土地に、作物の栽培に適した湿度や温度を供給できるんじゃないかって。もちろん、シャボン玉をもっと長く維持できるようにしなきゃいけないけど」

「二つめの質問だ。巨大シャボン玉は風に乗せてはるか遠くまで送れるのか？　たとえば、数千キロ先とか」

「問題ないわ。太陽熱が内部に集まって空気を膨張させるから、熱気球みたいな浮力が生まれる。きょう、あれが墜落したのは、つくった位置が低すぎたのと、風が弱すぎたせいよ」

「三つめの質問。決まった時間に破裂させられるか？」

「それもむずかしくない。成分のひとつの量を加減して、溶液の蒸発速度を変えればいいだけ」

「最後の質問だ。じゅうぶんな資金があれば、数千万から一億個の巨大シャボン玉をつくれるか？」

円円《ユエンユエン》は驚いて目をまるくした。「一億個って……なにするつもり？」

「想像してみろ。西方はるか遠くの海洋上空で無数の巨大シャボン玉をつくると、それが成層圏近くの強い西風に乗ってはるばる旅をして大西北の上空までやってくる。そしてそのすべてが破裂して、海の上の湿った空気がこの旱魃の空にばら撒かれる……つまりそれは、大西北に雨を運んでくるということだぞ！」

驚愕と感動に言葉を失い、円円《ユエンユエン》はただじっと父さんを見ていた。

「円円《ユエンユエン》、おまえはすばらしい誕生日プレゼントをくれた。そしてきょうは、新たな大西北の誕生日でもある！」

清涼な風が都市を吹き抜けていった。上空の巨大な白いドームはそれを密閉していた膜を失い、風に乗ってゆっくりとかたちを変えている。東の空には不思議な色の虹。それは、巨大シャボン玉が破裂したあと、空中に散らばった飛液によってできたものだった。

8

中国西部に対する空中給水プロジェクトは、十年がかりで準備された。

この十年で、南中国海とベンガル湾に巨大な〝天網〟が数多く建設された。天網とは、表面に小さな穴を開けた細いパイプを網目状に張りめぐらしたものだった。網目ひとつは直径数百メートルから一千メートルに達し、そのサイズは、円円《ユエンユエン》が十年以上前にあの巨大シャボン玉をつくったときに使った輪に匹敵する。一枚の天網には数千の網目があり、陸上と空中の二つの部分に分かれている。陸上天網は海岸線沿いに設置され、空中天網は大型の係留気球によって高度数千メートルの上空に吊り下げられている。南中国海とベンガル湾では、海岸線と海洋上空に二千キロ以上にわたって天網が建設され、〝シャボン玉の長城〟と呼ばれた。

空中給水システムがはじめて稼働した日、天網を形成するパイプに飛液が満たされ、網の目のひとつひとつに膜が張られた。そして、湿った強い海風が天網によって無数の巨大気泡を吹き出した。直径数キロにおよぶ巨大なシャボン玉が次々に天網を離れ、一群また一群と高度を上げて成層圏近くまで上昇すると、偏西風に乗って移動しはじめた。同時に、さらに多くの気泡が天網から続々と吹き出される。巨大シャボン玉の大群は、滔々たる流れとなって大陸の深奥へと向かい、海洋の湿った空気をその内側に包んだまま、ヒマラヤ山脈を越え、大西南地方を越え、大西北の上空まで漂ってきた。南中国海と大西北のあいだの空と、ベンガル湾と大西北のあいだの空に、長さ数千キロにおよぶ二本のシャボン玉の大河が流れはじめたのである！

9

空中給水システムが正式に稼働した二日後、円円《ユエンユエン》はベンガル湾から大西北の省都に飛んだ。飛行機を降りると、夜空では満月が静かな光を放つばかりで、海から出発した気泡はまだ到達していないようだった。月明かりのもと、街はおおぜいの人出で混み合っていた。円円《ユエンユエン》も中央広場で車を停めると、群衆に混じって、シャボン玉の到着をいまかいまかと待ち受けた。だが、真夜中まで待っても夜空に変化はなく、この二日間と同じように群衆はすごすご帰っていった。しかし、円《ユエン》円《ユエン》は待ちつづけた。今夜、気泡がかならずここに到達すると知っていたからだ。ベンチに座ってうとうとしていると、とつぜん叫び声があがった。

「うわ、なんていっぱい！　月が！」

円《ユエン》円《ユエン》は目を開けた。ほんとうに、夜空に月の川が見えた！　それらは、巨大気泡の膜の表面に映る月だった。すべて三日月で、上弦もあれば下弦もある。どれも透明な輝きを放ち、それにくらべたら本物の月のほうがくすんで見える。夜空を滔々と流れてゆく月の大河の中で、ひとつだけじっと動かずにいることが、本物の月を見分ける唯一の特徴だった。

その日から、大西北の空は夢の空になった。

昼間、空中に浮かぶ気泡はよく見えない。青空のあちこちで泡の表面が光を反射して、陽光の射す湖面にさざ波が立つように見える程度だった。地上では、シャボン玉のくっきりした巨大な影がゆっくりと動いていった。息を呑むような光景が見られるのは早朝と黄昏時で、地平線にある朝陽や夕陽が気泡の大河にきらきら輝く金めっきを施す。

だが、この美しい光景も長くつづいたわけではない。空中の気泡は次々に破裂していった。たくさんの気泡が次から次へとやってくるとはいえ、雲が多くなれば、気泡も見えなくなる。

そして、例年もっとも旱魃がつづく時期に、空からやさしい雨が降ってきた。円円《ユエンユエン》は雨のそぼ降るなか、生まれ故郷の街に帰ってきた。十年のあいだに行われた分散移住によって、絲路《スール》市は静まり返ったゴーストタウンになっていた。無人のビルが小雨に打たれて静かに佇んでいる。しかし、円円《ユエンユエン》は気がついた。この建物群は完全に放棄されたわけではない。いまもきちんと保守管理されているし、窓ガラスも割れていない。全市はぐっすり眠りにつき、やがて来る復活の日を待っている。

空中に漂う細かい塵を小雨が落としたおかげで、空気が清められて、心がやわらいだ。雨が顔にかかると、涼しくて心地よい。円円《ユエンユエン》はよく知っている道をゆっくり歩いた。その道は、かつて円円《ユエンユエン》が数え切れないほど何度もパパに手を引かれて歩き、数え切れないほど何度もシャボン玉を吹いた道だった。子ども時代に歌った童謡が脳裡によみがえってきた。

そのときとつぜん、その童謡が実際に聞こえてきた。日は暮れて、すべてが夜色に沈んだゴーストタウンに、ひとつだけ灯りのついた窓がある。それは、なんのへんてつもない団地の二階にある、円円《ユエンユエン》の生家だった。歌声はそこから聞こえてくる。

円円《ユエンユエン》は建物の前までやってきた。周囲はきれいに掃除され、小さな菜園もあった。野菜がよく育っている。そばには、大きな鉄のバケツを積んだ手押し車が置かれていた。遠くから水を運んできて畑に撒くためのものだろう。霧雨にけぶる中でも、ここには生活の息づかいが感じられる。死のような静けさに包まれたこのゴーストタウンにあって、それは砂漠のオアシスのように円円《ユエンユエン》を惹きつけた。

円円《ユエンユエン》は掃除の行き届いた階段を昇り、そっと家のドアを押し開けた。灯りの下では、髪が白くなった父さんがゆったり椅子にすわって、あの古い童謡を陶然と口ずさんでいる。その手には、円円《ユエンユエン》が子ども時代に石けん液を入れていた小瓶と、小さなプラスチックの吹き棒。父さんは、ちょうどいまも、色とりどりのシャボン玉を吹いているところだった。

二〇一八年四月一日　2018年4月1日

大森望・泊　功訳

二〇一八年四月一日、晴れ

決断できないまま、また一日が過ぎた。迷いつづけて、もう二、三ヵ月は経っている。迷いは水たまりの底に澱む泥のようだ。その泥の中、自分の人生が以前の何十倍ものスピードですり減っていくような気がした。〝以前〟というのは、改延が実用化される以前——あんなことを思いつく以前という意味だ。

オフィスビル最上階の窓から外を眺めると、眼下に広がる街が、むきだしの集積回路みたいに見える。そしてぼくは、その密集したナノメートル幅の道を走りまわる一個の電子にすぎない。ことの大きさにくらべたら、ぼくはまさにその程度のちっぽけな存在だし、決断の重みもしょせんはその程度だ。まあ、決断できたとしての話だけど……。これまで何度もトライして失敗したが、いまだに決断できず、迷いつづけている。

強子《チァンツー》がまた遅刻した。ひゅーっという風とともにオフィスに滑り込んできたが、顔に青あざがあり、ひたいに絆創膏《ばんそうこう》が貼ってある。しかし彼は、勲章でも見せびらかすように、誇らしげに顔を上げていた。彼のデスクはぼくの向かいだが、強子《チァンツー》は席に着くと、パソコンの電源も入れずにじっとこちらを見つめた。なにか訊かれることをあからさまに期待しているふうだが、ぼくは一ミリも関心がなかった。

「見ただろ、ゆうべのニュース？」強子《チァンツー》は辛抱しきれず、自分から話しかけてきた。

ダウンタウンの病院が〈命の水面《みなも》〉に襲撃された事件のことだ。その病院は国内最大の改延センターでもある。病院の真っ白な外壁に残るふたすじの長く黒い焼け焦げは、完璧な美女の顔に汚れた両手で触れたあとのようだった。おそろしい。〈命の水面〉は、数ある反改延組織の中でもいちばん規模が大きく、いちばん過激なグループだ。そして強子《チァンツー》はそのグループに属している。もっとも、テレビのニュース画面に彼の姿は見つけられなかった。そのとき、病院のまわりには、怒りに満ちた群衆が高潮のように押し寄せていたからである。

「いまさっき、その件で全体会議があったばかりだ。会社の方針は知ってるだろう。このままだと、いずれクビだぞ」とぼくは言った。

改延とは、遺伝子改造生命延長技術の略称だ。老化促進タイマーのような役割を果たしている断片を遺伝子からとりのぞくこの技術のおかげで、人類は寿命を三百歳まで延ばせるようになった。改延が実用化されたのは五年前だが、費用があまりにも高額なので、いまや全世界で、社会的政治的に大きな問題となっている。この国では、ひとり分の改延には豪華な別荘を一軒買えるくらいの費用がかかり、その恩恵にあずかれるのはごく一部の富裕層だけだった。

「かまうもんか。どうせこっちは百年も生きられないんだ。知ったことか」

強子《チァンツー》はそう言いながら、喫煙厳禁のオフィスで煙草に火をつけた。規則なんか気にしていないことを見せつけるつもりらしい。

「嫉妬だよ、嫉妬。そういう感情は健康に有害だ」ぼくは手を振って目の前の煙を払った。

「昔だって、治療費が払えないばかりに寿命を縮めた人間はおおぜいいたんだから」

「そいつは話が違う。金がなくて医者にかかれない人間なんて少数だった。だけどいまは、一パーセントの金持ちが三百年生きるのを、残りの九九パーセントが指をくわえて見ている。それを嫉妬だと言うんなら、嫉妬でいいさ。嫉妬の感情こそ、社会の公平性を担保してくれてるんだからな」強子《チァンツー》はデスク越しにこちらに身を乗り出した。「自分は嫉妬してないと胸を張って言えるのか？　おまえも仲間になれよ」

強子《チァンツー》の視線に、一瞬、見透かされたのかと思って身震いした。そう、ぼくは彼の嫉妬の対象である改延族に仲間入りしようとしている。

＊＊＊

正直な話、貯金なんかろくにないし、三十過ぎてなんの実績もない。職場ではいちばん下っ端だ。しかし、財務を担当しているおかげで、会社の金を横領するチャンスがある。長い時間をかけて計画を練り上げ、準備はすべて整った。あとはマウスをワンクリックするだけで、改延に必要な五百万新人民元をぼくの秘密口座に送金できる。その後ただちに同じ金額を改延センターの口座へ移す。これでもぼくは、この道のプロだ。迷宮のような金融システムの中に資産隠しの仕掛けを何重にも施したから、この横領が露見するまでに、少なくとも半年はかかるだろう。もちろん、発覚したそのときは、仕事を失うだけでなく、刑事罰を受け、全財産を没収され、世間からうしろ指をさされることになる。だが、その時点ではもう、三百歳まで生きられる体になっているという寸法だ。

それでもやはり、まだ迷っていた。

法律をくわしく調べてみたところ、横領罪の量刑にしたがえば、五百万元の横領でいちばん長い刑は、懲役二十年だった。二十年を刑務所で過ごしても、ぼくの人生はまだ、二百年以上の魅力的な歳月が残されている。問題は、こんな簡単な計算問題なら、だれでも同じ答えにたどりつくだろうということだ。実際、現行法のもとでは、改延族の仲間に入れるなら、死刑になる以外のあらゆる犯罪はすべて、やってみるだけの価値がある。

だとすれば、犯罪計画を立ててはみたものの、実行するかどうかいまもまだ迷っている人間がいったいどれくらいいるだろう。そう考えると、早く実行しなければと気が急くのと同時に、ためらいも生じた。

もっとも、ぼくが躊躇《ちゅうちょ》しているいちばんの原因は箇箇《ジェンジェン》の存在だった。これはもう、理屈とは関係ない。箇箇《ジェンジェン》と出会う以前は、この世に愛などというものがあるとは信じていなかったのに、出会ってしまってからは、この世に愛以外のものがあるなんて信じられなくなってしまった。彼女と離れたら、たとえ二千年生きられるとしても、いったいなんの意味がある？　いま、ぼくの人生は天秤にかけられている。一方には二世紀半の寿命、もう一方には箇箇《ジェンジェン》との別れ。両者はほぼ釣り合っていた。

所属部署の上司が会議を招集した。彼の顔色から察するに、議題は業務の調整ではなく、特定の個人に関することらしい。案の定、上司はある社員の〝容認できない〟社会的行動について話したいといってきた。ぼくは強子《チァンツー》のほうをふりむいたりはしなかったが、彼が不幸な目に遭うことは予想していた。ところが、上司が口にしたのはべつの人間の名前だった。

「劉偉《リウ・ウェイ》、信頼できるすじからの情報によると、おまえはIT共和国に加入したそうだな」

劉偉《リウ・ウェイ》は断頭台に上がるルイ十六世のように尊大な態度でうなずくと、「それは業務とは関係ありません。個人の自由です。会社から干渉されるいわれはありません」と言った。

上司はきびしい表情でかぶりを振り、彼に向かって人さし指をつきつけた。「社員の私生活に、業務と関係ないものなどほとんどない。学生時代の青くさい理想を職場まで持ち込むんじゃない。大通りで大統領の悪口を言えるのが民主主義だが、指導者の言うことをだれも聞かなくなったら、その国はたちまち崩壊する」

「仮想国家IT共和国は、まもなく国家として承認されるんですよ」

「だれに承認される？　国連か？　それともどこかの大国か？　おかしな夢を見るんじゃない」

実のところ、上司は、最後の発言について、あまり自信がなかった。現在、人類社会が有する領土は、地球上の各大陸や島嶼《とうしょ》部と、もうひとつの世界——すなわち、ネット上のサイバースペース――の二つに分かれている。後者は人類の文明史を百倍速でなぞり、無秩序な石器時代を数十年で通過すると、歴史の道理にしたがって国家が出現した。仮想国家には、大きく分けて二つの起源がある。ひとつは大量のアカウントを保持している各種のSNSを集めたもの、二つめは、すでに数億人のプレイヤーを抱える大規模なオンラインゲームである。仮想国家は、実体国家と同じく国家元首と議会を持ち、オンライン軍隊まである。実体国家が地理的な国境や民族によって分かれているのとは異なり、仮想国家は、主に信仰や趣味、職業に基づいて建国されている。それぞれの仮想国家のメンバーは、世界中に満遍なく分布している。こうした仮想国家群の人口はすでに二十億に達し、実体国家の国際連合に相当するヴァーチャル国連も設立された。仮想国家群は、従来の国家群に重なる巨大な政体なのである。

その仮想世界の超大国がIT共和国だった。八千万の人口を抱え、目下、急成長している。ITエンジニアを中心に構成された国で、過激な政治的な要求を掲げ、実体の国際社会にも影響をおよぼすほど強い力を持つ。その国民として、劉《リウ》・偉《ウェイ》がどんな地位にあるのかは知らない。聞いた話では、IT共和国の元首はどこかのIT企業の一般社員らしいし、逆に実体国家の指導者がどこかの仮想国家の一般国民だったと暴露された例も複数ある。

上司は会議の出席者全員に対し、第二の国籍を持たないようにと厳重に注意すると、重苦しい空気にかまわず、劉偉《リウ・ウェイ》に社長室へ行くよう命じてから解散を告げた。まだだれも席を立てずにいるうちに、ずっとノートPCの画面に見入っていた鄭麗麗《ジョン・リーリー》がぎょっとするほど大きな叫び声をあげた。「なんかたいへんなことになってる！　ニュースを見て！」

ぼくは自分のデスクに戻って、PCの画面をニュースサイトに切り替え、緊急速報を見た。アナウンサーが茫然としたような表情でニュースを読んでいる。「国連総会は、IT共和国を国家として認める3617決議案を否決しました。この決議案は、IT共和国が国際的な承認を求めて提出したもので、安全保障理事会を通過していました。総会で否決されたことを受けて、IT共和国は実体世界に宣戦布告し、いまから三十分前に、世界の金融システムへの攻撃を開始しました」

劉偉《リウ・ウェイ》を見ると、彼にとっても、これは思いがけないことのようだった。

画面はどこかの大都市を上空から撮影した映像に切り換わった。高いビルの谷間に延びる通りに、車が長い渋滞の列をつくっている。車や両側のビルから出てきた人々が路上で押し合いへし合いしている光景は、さながら巨大地震でも起きたかのようだった。画面は次に、ある大型スーパーの店内映像に切り換わった。人々が黒い濁流のようにレジに押し寄せ、先を争って必死に商品を買い求めている。どの陳列棚も、津波に襲われた堤防のようにゆさゆさと揺れ、いまにも倒れそうだった。

「いったいどうなってるんだ？」ぼくはぞっとしてたずねた。

「まだわからないの？」鄭麗麗《ジョン・リーリー》が金切り声で言った。「もう金持ちも貧乏人もないのよ！　みんな一文なしになるんだから！　食べるものを早く手に入れなきゃ！」

　もちろんわかってはいる。悪夢がとうとう現実になってしまったことが信じられなかった。昔ながらの紙幣や硬貨は、もう三年も前に流通がストップし、いまではコンビニで煙草ひとつ買うにもカードをスワイプしなければならない。すべてが情報化されたこの時代にあって、財産とはなにか？　それは結局、コンピュータ・ストレージの中の一連のパルスと磁気情報にすぎない。この豪華なオフィス・ビルにしても、もし関係省庁の電子記録がすべて消えてしまったら、たとえＣＥＯが会社の登記簿を持っていたところで、だれも彼の財産権を認めたりはしないだろう。金《かね》とはなにか？　金は、もはやそれを握りしめて喜びを味わえるような実体あるものではなく、細菌よりも微細な電磁記録と、またたく間に消えてしまう連続したパルス信号にすぎない。実体世界のＩＴ労働者の半数近くを国民とするＩＴ共和国にとって、そういう電子記録を消してしまうことなど朝飯前だ。

　プログラマ、ネット技術者、データベース管理者などの人種が、ＩＴ共和国の中心を占めている。この階級は、いわば一九世紀における〝産業軍〟の現代版だ。肉体労働から頭脳労働に変わったものの、仕事の中身はむしろ苛酷さを増している。プログラム・コードの茫漠たる海と、ネットワークを構成するソフトウェアとハードウェアの迷宮で、彼らは二百年前の港湾労働者のように重い荷を背負い、娼婦のように夜を徹して働いている。

情報技術は猛スピードで進歩を遂げ、管理職へと昇りつめた一部の幸運な人間を除けば、他の大多数が持つ知識や技術はすぐに陳腐化し、かわってIT専攻の新たな卒業生たちが、腹を空かせた白アリのごとく群れをなして業界に入ってくる。老いた人間（実際には年老いているわけではなく、大半は三十歳を越えたぐらいの年齢だ）は押しのけられ、閑職に追いやられ、捨てられる。しかし、新参者たちもうかうかしてはいられない。彼らの圧倒的多数も、長期的な見通しは立っていない……こうした階級は、ITプロレタリアートと呼ばれている。

「持たざる者と呼ぶなかれ。いざ、世界を初期化せん！」とは、彼らのあいだで流行している、往年の「インターナショナルの歌」の替え歌である。

とつぜん、雷に打たれたような衝撃が走った。おお、神よ！　ぼくの金。あの金はまだ自分のものになっていない。二世紀を越える人生を買うための金。あれも消されてしまうのか？　いや、もしすべてが初期化されてしまったら、どっちにしても結果は同じじゃないか？　ぼくの金、ぼくの改延、ぼくの夢……目の前が真っ暗になり、頭をちょん切られた蠅のように、ぼくはオフィスの中をうろうろ歩きまわった。

莫迦笑いの声に、ふと足を止めた。笑い声の主は鄭麗麗《ジョン・リーリー》だった。腹を抱えて笑っている。

劉偉《リウ・ウェイ》がオフィスの一角にあるネットワークスイッチを一瞥《いちべつ》して、冷静に言った。

「ハッピー・エイプリルフール！」

彼の視線の先を追ってみると、ネットワークスイッチが社内ネットワークから切り離されて、鄭麗麗《ジョン・リーリー》のノートPCに接続され、それがネットワークサーバになっている。このクソ女！　彼女はこのエイプリルフールのジョークのために、きっと相当な労力を傾けたに違いない。とりわけ、あのニュース映像の制作に。もっとも、だれか社内デザイナーに頼めば、あのぐらいの映像は3Dソフトウェアで簡単につくれるだろう。それほどの大仕事じゃなかったかもしれない。

他の連中は、鄭麗麗《ジョン・リーリー》のジョークがやりすぎだとはべつだん思っていないようだった。強子《チアンツー》はまた例の目つきでぼくを見て、「おいおいどうした。ドッキリっていうのは、相手を心底びっくりさせたら大成功だろ。もっとも、びっくりさせる相手をまちがえてるけどな」と言いながら、幹部たちがいる上層階を指さした。

鄭麗麗《ジョン・リーリー》のドッキリに対する不自然な反応のせいで彼に勘づかれたんじゃないかと思っ

て、また全身に冷や汗をかいた。しかし、それさえも、最大の恐怖ではなかった。

全世界の初期化は、ほんとうにIT共和国過激派の駄法螺《だぼら》だったのか？　ほんとうにエイプリルフールのジョークにすぎないのか？　金融システムの上に剣を吊り下げている一本の髪の毛は、あとどれくらい持ちこたえられるのか？

その瞬間、暗闇にとつぜん強烈な光が射したようにぱっと迷いが消え失せ、ぼくは決断した。

＊＊＊

箇箇《ジェンジェン》に連絡して、仕事のあとで会う約束をした。街灯りの海をバックに彼女の姿を目にしたとき、こわばっていた心がほぐれた。箇箇《ジェンジェン》の小さなシルエットは、そよ風が吹いたらすぐにも消えてしまいそうな蠟燭の炎のようにはかなげだった。そんな彼女をどうして傷つけたりできるだろう。こちらに近づいてきた彼女の目を見たとき、ぼくの心の中の天秤は、完全に反対側に傾いていた。彼女がいなかったら、この先二百年の人生になんの意味がある？　時間はほんとうにどんな心の傷でも癒してくれるのか？　二世紀以上にもわたってただひたすら罰がつづくだけかもしれない。愛は、ぼくという極端に利己的な人間を、またもや気高い人間に変えようとしていた。

しかし、簡　簡《ジェンジェン》のほうが先に口を開いた。それは意外にも、ぼくが今夜切り出そうと思っていたのと一字一句おなじ台詞だった。「ずっと迷ってたけど、やっぱり別れましょう」

あっけにとられて、どうしてなのかたずねた。

「いまから百年経ってもわたしは若いままなのに、あなたはおじいさんになってるからよ」

しばらくして、やっと彼女の言葉の意味を理解した。ついさっき、ぼくの胸を締めつけたあの悲しげな視線の意味もこれでわかった。なのに、ぼくはてっきり、別れ話を切り出そうとしていることに気づかれたと思い込んでいたのだ。ほんとうに莫迦だった。救いようのない莫迦だ。ぼくは小さな声で笑い、すぐに天を仰いで大笑いしはじめた。いまがどんな時代なのか、ぼくはちっとも理解していなかった。どんな誘惑がぼくたちの目の前にぶら下がっているかも見えていなかった。ようやく笑いがおさまると、肩の荷が下りたようにほっとして、ふわふわ舞い上がりそうなくらい全身が軽くなった。同時に、簡　簡《ジェンジェン》のためにに、純粋にうれしかった。

「そんな大金、どこで手にいれたんだい？」

「自分ひとりの分しかないの」彼女はぼくの顔を見ようともせず、小さな声で言った。

「わかってるよ。だから気にしないで。ぼくが言いたいのは、ひとり分だって、少なくはない額が必要だってこと」

「パパが出してくれたの。百年分だけど、それでじゅうぶん。自分でもある程度は貯金してるから、そのころには相当な利息がついているはず」

またしても勘違いしていた。彼女が選んだのは改延ではなく人工冬眠だった。こちらもすでに実用化されている、生命科学のもうひとつの成果だ。マイナス五十度くらいの低温状態で、薬物と体外循環システムを介して人体の代謝速度を通常の一パーセントにまで低下させる。百年のあいだ冬眠しても、肉体的にはわずか一年しか老化しない。

「人生はとても疲れるし、退屈で。とにかく逃げ出したいの」

「一世紀先まで逃げるのかい？　そのころにはきみの学歴なんか社会で通用しなくなっているだろうし、適応するだけでもたいへんだよ。うまくやっていけるの？」

「時代はいつだって、だんだんよくなっていくものよ。ほんとうにダメだったら、そのときはまた冬眠すればいい。でなきゃ、改延だってできる。きっと、いまよりずっと低価格になってるはずだし」

それ以上なにも言わず、ぼくたちは別れた。もしかしたら百年後に再会できるかもしれないが、ぼくは彼女となんの約束もしなかった。その時点でも、彼女はいまの彼女のままだ。しかし、未来のぼくは、すでに百三十年以上も、山あり谷ありの人生を経験しているのだから。

簡《ジェン》簡《ジェン》のうしろ姿が見えなくなると、ぼくは一瞬の迷いもなく携帯電話をとりだし、ネット銀行のシステムにログインして、五百万新人民元を改延センターの口座に送金した。もう真夜中近い時刻になっていたが、センター長からすぐに電話があった。彼の説明によれば、遺伝子操作の施術はあしたからはじめられるという。順調なら一週間で終わるとのことだった。彼はさらに、センターの秘密保持規約を厳守するよう念を押した（身バレした改延族が、もうすでに三人も殺されていた）。

「決心してよかったと将来きっと思いますよ。あと二世紀どころか、永遠の命を手に入れられるかもしれないんですから」とセンター長は言った。

その理屈はよくわかった。いまから二世紀後、どんな技術が生まれているかなんて、だれにもわからない。人間の意識と記憶をコピーし、永遠に消えないバックアップをつくって、いつでも新しい体に再インストールできる時代が来るかもしれない。あるいはそもそも体なんか要らなくなって、意識が電子ネットワーク上を神々のようにたゆたい、無数のセンサーを通して世界や宇宙を感じられる時代だって来るかもしれない。まさに永遠の命だ。

センター長はつづけた。「実際、時間があれば、すべてを手に入れられますよ。じゅうぶんな時間をかけさえすれば、でたらめにキーボードを叩いている一匹の猿だって、いつかシェイクスピア全集をまるごと書き上げられる。そしてあなたにはその時間がたっぷりあるのです」

「ぼくには？　あなたはそうじゃないんですか？」

「わたしは改延を受けていないので」

「なぜです？」

相手はしばらく沈黙したあとで口を開いた。「世界の変化は速すぎる。あまりにも多くのチャンス、あまりにも多くの誘惑、あまりにも多くの欲望、そしてあまりにも多くの危険。もう頭がくらくらしますよ。まあ、言うなれば、わたしは年をとったということです。でも、安心してください」と言ってから、簡簡《ジェンジェン》と同じ台詞を口にした。「時代というのは、いつだってだんだんよくなっていくものですから」

＊＊＊

いま、ぼくはせまい単身者用アパートの中で、この日記を書いている。日記を書いたのは生まれてはじめてだけど、これからもずっとつづけていくつもりでいる。理由は、どうしてもなにかを残しておきたかったからだ。時間とは、人間の一切を失わせるものでもある。ぼくは悟った。長生きするのはけっしてぼくではない。二世紀後のぼくは、きっと見知らぬべつの人間になっている。よくよく考えてみると、自分という概念は、本来、とても疑わしいものだ。自分をかたちづくる体や記憶や意識は、たえまなく変化している。簡簡《ジェンジェン》と別れる前の自分、犯罪的な方法で改延の料金を支払う前の自分、改延センター長と会話する前の自分、さらには、この〝さらには〟という言葉をキーボードで叩く前の自分。すべてはもうすでに同じ自分ではない。ここまで考えてほっとした。

それでもぼくは、なにかを残したい。

窓の外の夜空では、明け方の星々が最後の冷たい光を瞬かせている。輝く街灯りの海に比べると薄暗く、かろうじて肉眼で見分けられるくらいだが、星々は永遠なるものの象徴である。ぼくのような新米の新生人類が、今夜だけでいったい何人、新たな人生に旅立ったことだろう。よきにつけ悪しきにつけ、ぼくらはまもなく、ほんとうの永遠に触れる最初の人間になるだろう。

月の光

月夜

大森 望訳

この街で月の光を見たのは、記憶にあるかぎり、いまがはじめてだった。

これまでは、大都市の夜を彩る人工照明のまばゆい輝きのせいで、月の光などまるで目立たなかった。しかし、今夜は中秋節。市民が満月を楽しめるようにしてほしいという運動がインターネットを中心に広がり、市当局は今夜にかぎり、屋外イルミネーションの大部分と街灯の一部を消すことにしたのである。

しかし、単身者用マンションのベランダからいまこうして外を眺めてみると、ライトダウンの効果に対する彼らの見通しはまちがっていたことがわかった。月の光に照らされた街は、だれもがうっとりと思い浮かべるような、牧歌的な眺めではない。むしろ、見捨てられた廃墟を思わせる。それでも彼は、その夜景を楽しんだ。黙示録的なムードが独自の美を醸し出し、万物の移ろいと、あらゆる重荷からの解放を体現しているように見える。運命の抱擁に身をゆだねて横たわるだけで、終末の安らぎを味わうことができる。それこそが、いまの彼に必要なものだった。

携帯が振動した。電話の主は、知らない男だった。声は、彼が電話に出たことを確認してから、「人生最悪の日に邪魔して悪いな」と言った。「これだけ年月が経っても、まだ覚えているよ」

声には妙な響きがあった。言葉はクリアに聞こえるのに、遠く、うつろに響く。ひとつのイメージが心に浮かんだ。凍てつく風が、荒野にうち捨てられたハープの弦のあいだを吹き過ぎる……。

声はつづけた。「きょうは雯《ウェン》の結婚式の日だろ？　彼女に招待されたが、きみは行かなかった」

「だれだ？」

「あれから何年も、何度も何度も考えたよ。行くべきだった。そうすれば、いまのきみはもっと気分がよかったはずだ。でもきみは……まあ、たしかに式場には行った。ただし、ロビーに隠れて、ウェディング・ドレス姿の雯《ウェン》が彼と手をつないで披露宴会場に歩いていくのを見守った。自分で自分を痛めつけるには、まさに最高の方法だ」

「いったいだれなんだ？」驚きにもかかわらず、相手の奇妙な言葉遣いがひっかかっていた。〝あれから何年も〟と相手は言ったが、結婚式があったのはきょうの午前中のことだ。それに、雯《ウェン》の結婚式の日取りが決まったのはほんの一週間前。だれだろうと、そのずっと前から彼女の結婚式の日取りを知ることは不可能だ。

遠い声がつづけた。「きみは、逆上すると、左足の親指をぎゅっと曲げる癖がある。そのせいで、いつも爪の先が靴の中敷きにめり込んでしまう。さっき帰宅してから、きみは親指の爪が割れていることに気づいたが、その痛みさえ感じなかった。とはいえ、足の爪をちゃんと切っていないせいで、靴下に穴が開いている。きみは自分の体に気を遣っていない」

「いったいぜんたい何者だ？」いまの彼は、恐怖にかられていた。

「わたしはきみだ。二一二三年から電話している。この時代からきみたちの携帯電話ネットワークに接続するのは楽じゃない。時空インターフェイスを経由するさいの信号減衰が激しいからね。もし声が聞こえないなら、そう言ってくれ。かけなおすから」

ジョークではないと、直感的にわかった。声がこの世界のものでないことは、心のどこかで、電話に出た最初の瞬間からわかっていた。彼は携帯をかたく握りしめ、冷たく純粋な月の光に洗われるビル群を見つめた。

街全体が凍りつき、彼らの会話に耳をそばだてているような気がした。

それでも彼は、しんぼう強く待っている相手に対して言うべき言葉をなにひとつ思いつかなかった。かすかな背景雑音が耳の中を満たす。

「いったい……いったいどうしてそんな年齢《とし》になるまで長生きできる？」沈黙を破るためだけにそうたずねた。

「きみの時代から二十年後、新たに開発された遺伝子療法のおかげで、人間の寿命は二百歳まで延びる。言葉の定義から言えば、いまのわたしは中年だよ。気分は年寄りだが」

「どんなプロセスなのか、もっと詳しく説明してくれ」

「いや、概要をかいつまんで説明することもできない。未来に関する情報がなるべく伝わらないように注意する責任があるからね。きみが歴史の流れを変えてしまうような不適切な行動をとる可能性を防ぐために」

「だったら、そもそもどうしてぼくに連絡を？」

「きみと二人でなしとげねばならないミッションがあるからだよ。これだけ長く生きてきた人間として、人生の秘密をひとつ、きみに教えよう。広大なこの時空にあって、個々の人間なんていかにちっぽけなものか、ひとたびそれを理解したら、人間、どんなことにだって立ち向かえる。今夜きみに電話したのは、個人の人生について話をするためじゃない。

だから、その心配は忘れて、ミッションに向き合ってほしい。耳をすましてみろ！　なにが聞こえる？」

彼は、携帯から聞こえる背景雑音に神経を集中した。かすかな音にじっと耳を傾けるうち、ピシャンポチャンというような音が聞こえてきた。彼はその音から映像を組み立てようとした。闇の中で咲く奇妙な花々。荒涼たる海の中で割れる巨大な流氷――水晶のようなかたまりの奥底に、稲妻に似たジグザグの亀裂が走る……。

「いま聞こえているのは、ビルに打ち寄せる波の音だ。わたしはいま、ジンマオタワー（上海の八十八階建て超高層ビル）の八階にいる。海面は窓のすぐ下だ」

「上海は海に沈んでいる？」

「そのとおり。沿岸部の都市で最後に陥落したのが上海だった。防潮壁は高く、強靭だったが、最終的に海が勝利を収め、壁を乗り越えて内部に浸水し、どっと街全体に押し寄せた。いま見えている景色が想像できるかい？　いや、ヴェネチアとはぜんぜん違う。ビルのあいだを満たしている水の表面はゴミや漂流物に覆われている。二世紀にわたってこの街が蓄積してきた塵芥すべてが水面に浮かび上がってきたみたいにね。きみのところと同じく、こちらでも今夜は満月だ。街には灯りがひとつも点灯していないが、こちらの月の明るさはそちらの月にはおよびもつかない――なにしろ、こっちでは大気汚染がひどすぎるからね。海面に反射した月の光が、摩天楼の骸骨を照らしている。東方明珠電視塔《オリエンタル・パールタワー》（上海テレビ塔）の巨大な球は、波が映す銀色の光でちかちかしている。すべてがいまにも倒壊しかけているかのようだ」

「海面はどのくらい上昇した？」

「極冠の氷が溶け、半世紀のあいだに海面はおよそ二十メートル上昇した。沿岸部に住む三億人が内陸部への移住を余儀なくされた。ここには廃墟しか残っていない。その一方、内陸部は政治的にも社会的にも大混乱だ。経済は全面的に崩壊したも同然……われわれのミッションは、これらすべてを防ぐことにある」

「ぼくらに神の役割が果たせると？」

「百年前になされる必要があったことを百年前に実行できれば、たとえ平凡な人間の行動であっても、神がいま介入するのにひとしい効果をもたらすことになる。もしきみの時代に、全世界が一切の化石燃料——石炭、石油、天然ガスすべて——の使用を中止していれば、地球温暖化の進展は止まり、この災厄は防げる」

「そんなこと、とても不可能に思えるけど」彼がそう言うと、百年後の自分は、そのあと長いあいだ黙りこくっていた。そこで彼は、こうつけ加えた。「化石燃料の使用を止めるには、いまよりもっと前の時代にコンタクトする必要があるんじゃないかな」

電話越しに、相手が苦笑しているのがわかった。「産業革命を止めろとでも？」

「でも、いまぼくに求めていることはもっと不可能だよ。石炭、石油、天然ガスの使用をぜんぶストップしたら、たった一週間で世界は崩壊してしまう」

「じっさい、シミュレーション・モデルを使ったこちらの実験では、一週間もかからなかった。しかし、べつの方法がある。未来から電話していることを忘れないでくれ。考えろ。きみは頭のいい人間だ」

ひとつ可能性を思いついた。「かわりに高度なエネルギー技術を与えてくれればいい。環境にやさしく、気候変動を促進しないような技術を。そのテクノロジーは、現在のエネルギー需要を満たすと同時に、化石燃料よりずっと低コストでなければならない。もしそういうものを与えてくれたら、十年後には、市場原理によって、すべての化石燃料が駆逐されるだろう」

「それこそまさに、きみとわたしがやろうとしていることだ」

勇気づけられて、彼はつづけた。「じゃあ、制御核融合炉をどうやって達成するのか教えてくれ」

「それがいかに困難なことなのか、きみにはまるでわかっていない。過小評価もいいところだ。人類は、その分野におけるブレイクスルーをいまだになしとげていない。たしかにこちらの時代では核融合発電所が稼働しているが、そのコストは、きみの時代の核分裂発電にさえ太刀打ちできない。それに、核融合炉の場合、海水から燃料をとりだす必要があるが、そのプロセスは環境に対してさらなる悪影響をおよぼす可能性がある。したがって、制御核融合の技術を提供することはできない。そのかわり、太陽光発電《ソーラーパワー》を提供できる」

「ソーラーパワー？　具体的にはどういうもの？」

「地球の表面から太陽のエネルギーを集める」

「なにを使って？」

「単結晶シリコンだ、きみの時代で使われているものと変わらない」

「おいおい、勘弁してくれ！　へそが茶を沸かすぞ。てっきり、なにかほんとにすごい切り札があるんだと思ったら……それはそうと、へそが茶を沸かすって表現、まだ通じる？」

「もちろん。わたしのような頭の古い人間たちが、そういう昔の言い回しをいまも保存しているからね。ともかく、われわれの単結晶シリコン太陽電池は、変換効率がはるかに高い」

「たとえ一〇〇パーセントの効率を達成していたとしても、関係ない。地球の表面の一平方メートルあたり、どれだけの太陽エネルギーが降り注ぐ？　少々のソーラーパネルで、現代社会のエネルギー需要を満たせるわけがない。産業革命以前の牧歌的な農園で青春時代を送った幻覚でも見てるのか？」

未来の彼の笑い声が聞こえた。「きみが言及したから言うが、このテクノロジーはたしかに、農業ノスタルジー的なものを喚起するね」

「農業ノスタルジー的なものを喚起する？　ぼくはいつからカフェで原稿を書くノマドライターみたいなしゃべりかたをするようになったんだ？」

「ははは。このテクノロジーは実際、ケイ素耕耘機《シリコン・プラウ》と呼ばれている」

「なんだって？」

「シリコン耕耘機《こううんき》。ケイ素《シリコン》は地球上でもっとも豊富な元素だ。砂や土壌のどこにでもある。シリコン耕耘機は、ふつうの耕耘機とまったく同じように地面を耕して溝を掘るが、同時に土壌からケイ素を抽出し、単結晶シリコンに精錬する。シリコン耕耘機が処理した土地は、太陽電池に変わる」

「その……そのシリコン耕耘機はどんなかたちなんだ？」

「コンバインに似ている。最初に動かすには外部のエネルギー源が必要だが、そのあとは、背後につくられてゆく太陽電池が供給する電力で稼働する。このテクノロジーがあれば、タクラマカン砂漠をまるごと太陽光発電所に変えることができる」

「つまり、耕された土地はすべて、黒いぴかぴかの太陽電池になると？」

「いや。耕された土地は、色がちょっと黒っぽくなるだけだ。しかし、エネルギー効率は飛躍的に高まる。シリコン耕耘機で耕された土地は、両端にケーブルをつけるだけで光電流をとりだせる」

エネルギー計画で博士号を取得した人間として、彼はこのテクノロジーが持つ可能性に魅惑された。息遣いが速くなる。

「技術的なディテールを事細かに記したメールをいま送った。きみたちのいまの技術レベルなら、なんの問題もなくシリコン耕耘機を大量生産できる——もっと前の時代ではなく、この時代のきみに接触することを選んだ理由のひとつがそれだ。あしたから、きみにはこのテクノロジーの普及に専念してもらう。そのために必要なリソースとスキルがあることはわかっている。このテクノロジーをどうやって普及させるかは、きみの双肩にかかっている。たぶん、きみがいま書きかけている報告書が利用できるだろう。しかし、忘れてはならないことがひとつある。どんな場合でも、このテクノロジーが未来からもたらされたものだという事実を明かしてはならない」

「どうしてぼくを選んだんだ？　もっと年齢が上の人間を選ぶべきだった」

「わたしの介入によってネガティブな副作用が生じる潜在的な可能性をなるべく小さくす

るように考慮しなければならない。きみとわたしは同一人物だ。もっといい候補を思いつけるかい？」

「教えてくれ。あんたは出世の階段をどこまで昇った？」

「それは明かせない。そもそも、わずかでも歴史に介入することを具現インターナショナルに決断させるには、たいへんな説得工作が必要だった」

「具現インターナショナル？」

「いまのこの世界は、具現インターナショナルと仮想インターナショナルのふたつに分かれていて――いや、忘れてくれ。しゃべりすぎた。その件についてはもう二度と質問しないでくれ」

「でも……もしぼくが頼まれたとおりに行動したとして、それによって世界が変化したことを、あんたはどうやってたしかめる？　あしたの朝、目を覚ましたら、なにもかも一変していることに気づく？」

「変化はそれよりもさらに迅速だ。きみがわたしのメールを開いて、どう行動するか決めたとたん、わたしの世界は瞬時に変化する可能性が高い。しかし、その変化に気づくのはわれわれ二人だけだ。二人といっても、実際は同じひとりの人間だがね。わたしの時代にいる他のすべての人間にとって、歴史は歴史であって、新たな時間線では――彼らにとってはそれが唯一の時間線だ——きみの時代以降に化石燃料が使用された事実は、なかったことになる」

「そのあと、またあんたと話せるか？」

「どうかな。過去との接触は、どれひとつをとっても大事業だ。国際会議を開いて承認を得る必要がある。では」

電話が切れたあと、寝室に戻ってPCを起動した。受信ボックスに、未来からのメールが入っていた。本文は空白だが、十数個のファイルが添付されていて、合計サイズは1ギガバイトを超えている。手早く中身をチェックしてみると、詳細な図面や文書が含まれていた。すべてを理解することはできないが、ざっと目を通したかぎり、技術的な用語はこの時代の専門家なら問題なく解読できそうだ。

とりわけ、一枚の写真が目を惹いた。広々とした野外で撮影された広角の写真。一台のシリコン耕耘機らしきもの——たしかにコンバインによく似ている——が、平原の真ん中に鎮座している。機械の背後の土壌はいくらか黒っぽい。写真の遠近法で、耕耘機は、土の上に黒い線を長く引いた細い筆のように見えた。フレームに切りとられている土地の三分の一ほどはすでに耕されているが、いちばん興味を覚えたのは、未来の空だった。くすんだ灰色だが、曇っているわけではない。たぶん、明け方もしくは夕暮れ時に撮影されたのだろう。耕転機から長い影が伸びている。これは、青い空が存在しない時代なのだ。

次にどうするか、作戦を考えはじめた。国家エネルギー局エネルギー計画課のスタッフとして、彼には、全国の新たなエネルギー開発プロジェクトの進行状況に関する情報を集める責務がある。いま準備している報告書は、局に提出されたあと、人民代表大会（省議会）の次の審議会にまわる。中国の四兆元の緊急経済対策予算の一部は、新たなエネルギー技術の開発のために留保されている。どの分野にそれを投資するかは、審議会で決まる。未来の彼は、このチャンスを利用することを望んでいるらしい。しかし、この技術を報告書に盛り込むためには、まずそれを開発プロジェクトとして採用してくれる研究所なり企業なりを見つけなければならない。相手先の選択に関しては、きわめて戦略的に考える必要がある。とはいえ、送られてきた技術文書が本物なら、この仕事を遂行してくれる優秀な企業はきっと見つかるはずだ。最悪の場合でも、このシリコン耕転機の研究開発を進めることで相手が失うものは多くない……。

彼は、夢から醒めたようにぶるっと身震いした。ぼくはもう、この道を進むと決心してしまったのか？　ああ、たしかにそうだ。この決断の結果は二つにひとつ。成功か、失敗か。もしこの努力が最終的に成功を収めるとしたら、未来はすでに変わっているはずだ。百年前になされる必要があったことを百年前に実行できれば、たとえ平凡な人間の行動であっても、神がいま介入するのにひとしい効果をもたらすことになる。画面のメールを凝視するうち、だしぬけに、返信したい衝動にかられた。キーボードを叩き、たった二文字の返事を書いて送信した。『了解』

たちまち、「ドメインが見つからなかったため、メールは送信されませんでした」と知らせる自動送信メッセージが届いた。携帯をとって、履歴に残る発信者の番号をたしかめた。ごくふつうの中国移動通信《チャイナ・モバイル》の番号だ。発信ボタンを押してみると、「この番号は使われていません」という録音メッセージが流れた。

バルコニーに戻り、薄くかすんだ月の光を楽しんだ。夜更けのこの時間、あたり一帯はしんと静まり返って、月の光がビルや地面をミルク色の非現実的なやさしい輝きで染めている。夢から歩み去っているような、あるいはまだ夢を見ているような、そんな感覚に襲われた。

携帯電話がまた鳴った。画面にはまたべつの見慣れない番号が表示されている。しかし、通話ボタンを押すなり、聞き覚えのある未来の自分の声がした。あいかわらず遠くうつろだが、背景雑音は変わっていた。

「きみは成功した」と未来の彼が言った。

「そっちはいつだ？」

「二一一九年だ」

「ということは、前回の電話の四年前か」

「わたしにとっては、きみに電話するのは――あるいは、自分に電話するのは、と言うべきか――これがはじめてだ。しかし、百年以上前、きみがいま言った電話を受けたことはたしかに覚えている」

「たった二十分前だよ、ぼくにとっては。そっちはどんな状況？　海水は引いた？」

「海水はない。気温が劇的に上昇することはなく、海面も上昇しなかった。きみが二十分前に聞かされた歴史は、現実にはならなかった。われわれの時間線では、二一世紀はじめに太陽エネルギーに関する技術的ブレイクスルーがあって、それがシリコン耕転機に結実し、大規模な太陽エネルギー利用が可能になった。二〇二〇年代、太陽エネルギーは世界のエネルギー市場を席巻し、化石燃料は急速に廃れた。きみの――われわれの――人生の半分は、シリコン耕転機の発展とともに輝かしい上昇カーブを描き、きみの時代から三年後、シリコン耕転機テクノロジーは地球全体に広がりはじめる。しかし、石炭・石油産業の歴史と同じく、太陽エネルギーの歴史も、長くつづく名声を生み出すことはなかった。きみの場合さえも」

「べつに有名になりたいなんて思ってないよ。世界を救うことにひと役買えたのなら、それだけですばらしいことだ」

「もちろん、われわれは名声など望んでいない。それどころか、世間に知られなくてもっけのさいわいだ。でないと、史上最大の犯罪者のレッテルを貼られるからね。世界は変化したが、いい方向への変化ではなかった。幸運なのは、それを知っている人間がたったひとり、きみとわたしだけだということだ。前回、歴史に干渉する計画を立案して実行した人間たちでさえ、化石燃料が二〇八〇年まで使用されていた事実をいっさい記憶していない。なぜなら、その時間線はついぞ現実にならなかったからだ。わたしにはきみに電話をかけた記憶がないが、未来からの電話を受けたことは覚えている。じつのところ、その電話が、存在しない歴史の唯一の手がかりだ。聞け！　なにが聞こえる？」

電話越しに、かすかな鳴き声が聞こえた。夕暮れ時に森の上空で群れをなして飛ぶ小鳥たちを連想した。ときおり、木々のあいだを風が吹き抜け、葉ずれのささやきが鳥のさえずりを呑み込んでしまう。

「この音がなんなのかわからない。波の音とは違うみたいだけど」

「もちろん、波の音ではない。黄浦江《こうほこう》さえ、もうほとんど干上がっている。旱魃《かんばつ》の季節だからね。いまのこの世界に、季節はふたつしかない。旱魃の季節と、洪水の季節だ。いまはズボンの裾をまくるだけで黄浦江を渡れる。実際、数十万の飢えた難民が浦東《ほとう》で黄浦江を渡り、蟻の大群のように川床を埋めつくしたばかりだよ。上海は混乱状態だ。いたるところで火の手が上がっているのが見える」

「なにがあった？　太陽エネルギーは環境に与える被害がいちばん低いはずだったのに」

「それは、悲しむべきまちがいだった。上海くらいの規模の都市ひとつのエネルギー需要を満たすために、何平方キロの単結晶シリコン畑が必要か知っているかね？　上海自体の面積の、すくなくとも二十倍だ！　きみの時代から一世紀のうちに全世界で都市化が加速し、いまでは中規模の都市でさえ、きみの時代の上海に匹敵する大きさになっている。二〇二〇年代に普及しはじめたシリコン耕耘機はすべての大陸の地表を変貌させた。すべての砂漠がシリコン畑に変わったあと、シリコン耕耘機は農地化できる土地や緑地まで貪りはじめた。いま、すべての大陸が行きすぎたシリコン化に悩まされている。このプロセスは、砂漠化よりもはるかに急速に進展した。いま、地球の地表は、ほとんどすべてシリコン太陽光発電畑に覆われている」

「でも、経済の原理から言って、そんなことになるはずがない！　土地が希少になれば、シリコン化されていない土地の価格は上昇し、コストが跳ね上がってビジネスが成り立たなくなり——」

「化石燃料産業の歴史と同じだよ。きみが述べたような状況が現実化したときには、あとの祭りだった。他のエネルギー源に切り替えるのはたやすいことではなかったし、石炭と石油のインフラを再建することさえ時間がかかりすぎた。そのあいだにも、エネルギー需要は増大しつづけ、シリコン耕耘機はさらに多くの土地を貪った。土地のシリコン化は、土地の砂漠化よりもさらに大きな被害を環境にもたらした。状況が悪化するにつれ、地球全体を旱魃が覆い、ときおり降る雨も、大規模な洪水の被害をもたらすだけだった……」

一世紀未来から聞こえてくるその声に耳を傾けているうち、自分が溺れかけているような気がしてきた。もう助からないとあきらめかけたそのとき、気がつくと水面にぽっかり顔が出ていた。大きく息を吸ってから、未来の自分に向かって言った。「でも、解決策はある！　脱出口が！　簡単なことだ。ぼくはまだなにもしていない。シリコン耕耘機の技術をどうやって導入するか、その計画を立案しただけだ。いますぐあんたのメールと添付ファイルすべてを削除して、いままでどおりの生活をつづける」

「そうすれば、上海はふたたび海に呑まれることになる」

思わず、フラストレーションのうめき声が洩れた。

「われわれはもういちど歴史に介入する必要がある」と未来の声が言った。

「まさか、またべつの新しいエネルギー技術を教えるとか？」

「そのとおり。今度の新技術の核心は、超深度掘削だ」

「掘削？　しかし、石油掘削技術はもうすでに高いレベルにある」

「いや、石油の掘削じゃない。わたしが考えている井戸は、深度百キロメートルに達し、モホロヴィチッチ不連続面を貫通して、液体マントル層まで達する。地球の強力な磁場は、この惑星の奥深くを流れる強力な電流によって生み出されている。その電流を利用するのだ。超深度坑が掘削されたら、巨大な電極を坑の底に落とし、地球電気エネルギーをとりだす。超深度の高温高圧環境でも作動する電極をつくるための技術も提供しよう」

「それはずいぶん……壮大な話だな。むしろ、怖いくらいだ」

「いいか、地球電気抽出は、もっとも環境にやさしいテクノロジーだ。土地を占有しないし、二酸化炭素も他の汚染物質も排出しない。よし、もうそろそろ別れを告げる時だ。もしまたきみと話をする機会があるとしたら、それが世界を救うための相談じゃないことを祈ろう……メールをチェックしてくれ」

「待って！　まだもうちょっとしゃべりたい。教えてくれ……ぼくらの人生について」

「情報漏洩を抑えるために、われわれは過去との接触を最小限にしなければならない。いまやっていることが信じられないほど危険だというのは、もちろんきみもわかっているだろう。それに、実際、話し合うことなどなにもない。わたしが経験してきたことはすべて、遅かれ早かれきみも経験することになるのだから」未来の彼がしゃべるのをやめたとたん、接続が切れた。

PCの前に戻って、第二のメールを開いた。最初のメールと同じく、添付ファイルには大量の技術情報が詰め込まれていた。それに目を走らせて、超深度掘削技術が物理的な刃《ビット》ではなくレーザーを使用することを知った。溶融した岩石がドリルの孔を通じて地表に流れ出す仕組みになっている。最後の添付ファイルは、高電圧送電塔が林立する平原の写真だった。鉄塔群は華奢で軽そうに見えた。おそらく、なにか強度の高い複合材料が使われているのだろう。ケーブルの一端は地中に埋め込まれている。明らかに、地電流の電極につながっている。地面そのものにも注意を惹かれた。耕されたシリコン畑と同じ、生命のない黒い色をしていたからだ。張りめぐらされたフェンスが地面を格子状に分割している。単結晶シリコンからエネルギーを抽出する送電線に違いない。前回添付されていた写真と違って、空は紺碧に晴れ渡り、雲ひとつ見当たらない。これは、雨がめったに降らない時代だ。写真からでも、からからに乾いた空気が感じられた。

もう一度、バルコニーに戻った。月はいま、西の空にかかり、街が夢を見るのをやめて、さらに深く眠りの中に落ちたかのように、長く影が伸びている。

この新しい未来のテクノロジーを普及させる方法を考えた。そのために必要な戦略は、前回とは違ってくる。まず第一に、レーザー掘削技術は、それ自体、軍用にも民生用にも使える魅力的なテクノロジーだ。先にそちらを普及させてから、産業が成熟するのを待って、地球電気の活用というはるかに驚異的なアイデアを明らかにすればいい。それと同時に、極端な高温に耐えられる電極をはじめとする他の補助的な技術の開発を唱導する。初期投資は、それでもやはり、例の四兆元の緊急経済対策予算から拠出する必要がある。そのためには、影響力のある企業を見つけて、研究プロジェクトを引き受けてもらわなければならない。技術的なノウハウを掌中にしていることがわかっていたから、きっとうまくいくという自信があった。

新しい行動方針は決まった。歴史はまた変わったんだろうか。

心の中のその問いに答えるかのように、電話が鳴った。これが三度目。西に傾いた月は、いま、手前の高いビルに半分隠れている。旅立つ前に、この世界に最後の怯えた一瞥を投げているかのようだ。

「未来のきみだ。二一二五年からかけている」

電話の主はそう言ってから、質問を待つように口をつぐんだが、彼はあえて口を開かなかった。電話を握りしめる手はじっとり汗ばみ、すでにぐったり消耗している。ようやく彼は口を開いた。「そっちの世界の背景雑音を聞かせたいんだろ？」

「今回、聞くものはたいしてないだろう」

それでも、彼は耳に神経を集中させた。回線ノイズのようなジーッという音がかすかに聞こえるだけ。時空を超える信号は、たしかにノイズに見舞われるだろう。いまと二一二五年のあいだの、どの時代のノイズであってもおかしくない。あるいは、時間と空間の外側に存在する虚無のノイズかもしれない。

「まだ上海に？」と未来の自分にたずねた。

「ああ」

「なにも聞こえない。きっと、車がすべて電気に変わって、ほとんど無音になったせいだな」

「車はすべて、トンネルの中を走っている。だから聞こえないのだよ」

「トンネル？　どういう意味だ？」

「上海はいま、地下にある」

月がビルの背後に完全に隠れ、あたりは暗くなった。自分が地中に沈み込んでいくような気がした。「なにがあった？」

「地表は放射線だらけだ。防護服を着ないで地表にいたら、二、三時間で死亡する。それも、ひどい死にざまだ。全身の皮膚から血が浸み出して——」

「放射線！　いったいなんの話だ？」

「太陽だよ。ああ、きみはたしかに成功した。地球電気エネルギーは、シリコン耕耘機よりさらに急速に普及した。地球電気産業は石炭産業と石油産業を合わせた以上の規模に成長していた。二〇二〇年には、このテクノロジーの効率性とコストには、化石燃料はもちろん、シリコン耕耘機でさえ太刀打ちできなくなった。世界のエネルギー需要は、ほどなく、地球電気に全面的に依存するようになった。クリーンで低コストの地球電気には、なんの欠点もなかった。方位磁石の発明から何千年も経つというのに、われわれの足の下に巨大な発電機があると、いままでどうしてだれも気づかなかったんだろう——そんなふうに悔しがる人間がおおぜいいたくらいだ。持続可能なエネルギー源というこの大きな翼を手に入れたことで、経済は天高く舞い上がり、環境も改善された。人類は、努力なしに成長するという夢をついにかなえ、文明の前途はますます明るくなるばかりだと信じ込んだ」

「それから？」

「今世紀はじめ、地球電気がとつぜん尽きた。方位磁石の針はもう北を指さなくなった。地球の電場がこの惑星のシールドになっていることは、もちろんきみも知っているだろう。それが太陽風をそらし、地球の大気を守っていた。しかしいま、ヴァン・アレン帯は消失し、地球は、紫外線にさらされたペトリ皿のように、太陽風に蹂躙《じゅうりん》されている」

彼はなにか言おうとしたが、のどから出てきたのは、しわがれたうめき声だけだった。全身がさむけに包まれている。

「これはただのはじまりにすぎない。今後三世紀から五世紀で、太陽風は地球の大気を破壊し、海はもとより、地球上のあらゆる表流水を蒸発させてしまうだろう」

また、不明瞭なうめき声が洩れた。

「制御核融合の分野では、ついにブレイクスルーが果たされた。再建された石炭・石油産業と合わせれば、人類はいま、無尽蔵のエネルギー源を手にしている。しかし、われわれが生み出すエネルギーのほとんどは、地球の磁場を復活させるべく、地中へと送り込まれている。いままでのところ、かんばしい成果は上がっていない」

「なんとかしないと!」

「そう、そのとおりだ。きみは、未来から届いたメールを両方とも削除しなければならない」

彼はうしろの室内のほうをふりかえった。「いますぐそうするよ」

「ちょっと待て。いったん削除したら、歴史はまた変わり、われわれの接続は断たれる」

「そう。世界は化石燃料に支配されたもともとの時間線に復帰する」

「そしてきみは、いままでどおりの生活をつづける」

「頼む、この瞬間からあとのぼくらの人生について教えてくれ」

「できない。きみに教えることは、未来を変えることを意味する」

「未来を知ることが未来を変えてしまうという理屈はわかる。それでもやっぱり、いくつか知りたいことがあるんだ」

「すまないが、それはできない」

「望んだような人生をぼくらが送るかどうかだけでもいい。ぼくらはしあわせなのか？」

「言えない」

「結婚するのか？　子どもは？　男の子が何人で、女の子が何人？」

「言えない」

「雯《ウェン》のあと、だれかと恋に落ちる？」

　今度もまた、未来の自分が返答を拒むだろうと思っていたが、声は黙ったままだった。聞こえるのは、二人のあいだを隔てる一世紀以上の虚無の谷間を吹き渡る時の風のうなりだけ。とうとう、返事が聞こえた。

「二度とない」

「なんだって？　百年以上ものあいだ、もう二度と恋をしない？」

「そうだ。人生は、全人類の歴史と似ていなくもない。最初に呈示された選択肢がやはりベストだったのかもしれない。しかし、それを知るには、他の時間線を旅してみるしかない」

「じゃあぼくは、死ぬまで独身？」

「すまないが、それは言えない……もとより人類は孤独な存在だ。われわれは自分で自分の面倒をみるしかない。時間だ」

未来の彼はそれ以上なにも言わず、通話は終了した。携帯が振動し、メッセージの着信を伝えた。添付されていたのは短い動画だった。大きな画面で見るために、彼はそのファイルをPCのフォルダにコピーした。

炎の海が画面を覆っていた。いま見ているのが空だと気づくのにしばし時間がかかった。まばゆい輝きは燃え盛る火ではなく、地平線の端から端まで見渡すかぎり天空を覆うオーロラだった。太陽風の粒子が大気圏にぶつかることで生じる赤いカーテンが、うごめく蛇の群れでできた山脈さながら、蒼穹で脈動している。まるで空が液体になったような、おそろしい眺めだった。

地面にはいくつかの球を積み重ねたかたちの建物がひとつだけ建っていた。東方明珠電視塔《オリエンタル・パールタワー》。鏡面加工した外壁に上空の燃え盛る海が反射し、球体そのものが炎でできているかのようだった。カメラのもっと近くには、ぶあつい防護スーツを来た人間が立っている。

スーツの表面はなめらかで光をまばゆく反射し、まるで人型の鏡に見える。天上の炎はこの人間鏡にも反射し、カーブした鏡面に歪められた炎の蛇は、さらに不気味だった。世界が溶けた溶岩に変わってしまったかのごとく、光景全体が流動し、ゆらめいていた。男はカメラに向かって片手を上げ、最後に一度だけ、過去に向かって挨拶した。

動画が終わった。

あれはぼくだったのか？

そのとき、もっと重要な仕事があることを思い出した。未来からのメールと添付ファイルすべてを削除してから、ハードディスクを再フォーマットし、くりかえし何度も0で上書きしてデータを完全消去する作業を開始した。

ディスクの再フォーマットが終わるころには、いつもと変わらない、あたりまえの夜になっていた。たったひと晩のうちに人類の歴史の道すじを三度にわたって変更した挙げ句、最終的になにひとつ変えなかった男は、自分のPCの前で眠りに落ちた。

太陽の光が東の世界を明るく染めはじめ、あたりまえの一日がまたはじまった。なにも起きなかった——まったくなにも。

人生

人生

大森望・泊功訳

母親　聞こえる、あたしの赤ちゃん？
胎児　ここはどこ？
母親　聞こえたのね？　こんにちは、赤ちゃん。あたしがママよ！
胎児　ママ！　ここ、ほんとにママのおなかの中なの？　まわりはぜんぶ水だよ。
母親　赤ちゃん、それは羊水っていうのよ。
胎児　ドクッ、ドクッ、ドクッ、ドクッっていう音が聞こえる。遠くで雷が鳴ってるみたいな。
母親　それはね、ママの心臓の音……赤ちゃん、あなたはママのおなかの中にいるのよ！
胎児　ここはほんとにすてきなところだね。ずっとここにいたい。
母親　だめよ、赤ちゃん。ママはこれからあなたを産むんだから！

胎児　生まれたくない！　生まれたくない！　生まれたくない！　外はこわい！

母親　ええ、わかったわ、いい子ね。そのお話はまたあとで。

胎児　ママ、おなかについてるこのひもはなに？

母親　それはへその緒っていうの。ママのおなかの中にいるあいだ、あなたはそれで生きてるのよ。

胎児　えっと……ママはこんなところに来たことがない気がするけど。

母親　ううん、ママもそこから生まれたの。覚えてないだけ。だから、あなたも忘れてしまうのよ、赤ちゃん。ママのおなかの中は暗い？　なにか見える？

胎児　外から弱い光が入ってきてる。赤っぽい黄色で、西套村《シータオ》の太陽が山のうしろに沈むときみたい。

母親　まあ、赤ちゃん、西套村のこと覚えてるの？　ママはそこで生まれたのよ！　それじゃきっと、ママがどんなふうだったかも覚えてるでしょ。

胎児　ママがどんなふうだったか覚えてるし、小さいころのママのことも知ってる。ママは最初に自分の顔を見たときのこと覚えてる？

母親　覚えてない。きっと鏡の中で見たんだと思う。おじいちゃんの家にあった鏡でね。三つに割れたあとでくっつけ直した、あのとっても古い鏡。

胎児　ちがうよ、ママ。いちばん最初は、水に映して見たときだよ。

母親　まあ。そんなことあるわけないわ。だって、ママの故郷は甘粛省《かんしゅく》（中国北西部の省。省都は蘭州市）なのよ。水不足で、空は黄砂だらけだった。

胎児　そうだよ。だからおじいちゃんとおばあちゃんは、毎日遠くまで水くみにいかなきゃいけなかった。その日、おばあちゃんが水くみにいったとき、まだおチビちゃんだったママもいっしょについていった。帰るときは、お日さまが頭の上からじりじり照りつけて、とっても暑くてのどがかわいてたのに、ママはおばあちゃんに桶の水が飲みたいっていわなかった。いったら、どうして井戸でちゃんと飲まなかったのって叱られるから。でも、井戸の前は水くみに並んでる人が多すぎて、おチビちゃんだったママは飲みたくても飲めなかったんだよね。あの年は日照りつづきで、むかしからあった井戸はほとんどかれちゃって、近くの三つの村の人たちはみんな、その深い井戸に水くみにいってた。……おばあちゃんが休んでるとき、ママは桶のへりから中の水をのぞいたり、水のにおいを嗅いだり、水からの涼しい空気を感じたり……そんなことをしてたね。

母親　まあ、赤ちゃん。そうだったわね、ママ、思い出した！

胎児　……そしてママは、水に映った自分の顔を見た。土ぼこりにまみれたちっちゃな顔。その上を伝う汗のすじ……これは、ママがものごころついてからはじめて見た自分の姿だよ。

母親　でも……どうしてあなたがママよりはっきり覚えてるの？

胎児　ママだって覚えてるよ。ただ思い出せないだけ。ぼくの頭の中では、ママが記憶してることはみんなはっきりしてて、ぜんぶ思い出せるよ。

母親　……。

胎児　ママ、そこにはほかにだれかいるみたいだね。

母親　ええ、瑩《イン》博士よ。あなたはね、ほんとだったらママのおなかの中で話すことなんてできないの。羊水の中には声を出すのに必要な空気がないから。でも、瑩《イン》博士がちっちゃな機械をつくってくれて、そのおかげでママとお話ができるようになったの。

胎児　うん、知ってる。その人、ママよりすこし年上で、メガネをかけて白衣を着てるね。

母親　赤ちゃん、彼女は学のあるすごい人で、偉大な科学者なのよ。

瑩《イン》博士　赤ちゃん、こんにちは！

胎児　えーと……。頭について勉強してる人ですよね。

瑩《イン》博士　そう、専門は脳科学よ。つまりね、人間の脳の中の記憶や思考について研究してるの。人間の脳にはたくさんの容量があって、ひとりの人間の脳細胞の数は銀河系の星の数よりも多いのよ。これまでの研究だと、人間の大脳は容量全体のごく一部、だいたい十分の一ぐらいしか使っていないって言われてる。わたしがリーダーをつとめるプロジェクトでは、主に大脳の未使用領域について研究してるの。以前は空白地帯とされていたその領域に、実は膨大な情報が蓄積されていたことをわたしたちは発見した。そして、研究をさらに進めた結果、驚くべき事実がわかったの。そこに蓄積されていた情報は、なんと、前の世代の記憶だったのよ！　ねえ、赤ちゃん、わたしの言ってることがわかる？

胎児　ちょっとわかるよ。博士がママに何度も話したから。ママにわかれば、ぼくにもわかる。

瑩《イン》博士　実を言うとね、記憶の遺伝というのは、生物界ではとても一般的なことなの。たとえば、蜘蛛が糸で網を張ったり、蜜蜂が巣をつくったりするでしょう。わたしたちはそれを本能と呼んでいるけど、実際はすべて、記憶の遺伝なの。そしてわたしたちは、研究の結果、人類にも記憶の遺伝があることを発見した。しかも、人間の親から子に遺伝するのは、他の生物の場合よりもっと完全な記憶だったの。こんなに膨大な情報量は、とてもDNAには収めきれない。遺伝媒質の原子の中に、原子の量子状態によって記録されている。だから量子生物学が誕生して……。

母親　博士、そんな説明、うちの子にはわかりませんよ。

瑩《イン》博士　あら、ごめんなさい。ほかの子とくらべてこの子がどれだけ幸運かということを、赤ちゃん自身にも知ってもらいたかっただけなんです。人間には記憶の遺伝があるとはいえ、遺伝に保存された記憶は、活性化しないまま脳内に潜在しています。ですから、こうした記憶をだれも認知できません。

母親　先生、子どもにもうすこし簡単に教えてあげてください。あたしは小学校しか出ていないものですから。

胎児　ママ、ママは小学校を卒業したあと、何年間か畑仕事をして、それからひとりで働きに出たんだよね。

母親　そうよ、あたしの赤ちゃん。ママは、水さえも苦いようなあの土地では、もう暮らせないと思ったの。違う生活をしたくなったのよ。

胎児　ママはいろんな街に移り住んで、ホテルで給仕をしたり、子守をしたり、工場で紙箱の糊づけをしたり、建設現場の賄《まかな》い係をしたり、いろんな仕事をしてきた。いちばんつらかったときは、廃品回収で生計をたててたよね……。

母親　ええ、そうよ。いい子ね、つづけてちょうだい。

胎児　ママはどのみち、いま話してるようなことはぜんぶ知ってるくせに。

母親　それでも話して。ママはあなたが話すのを聞くのが好きだから。

胎児　去年までは、瑩《イン》博士の研究所で雑用係をしてた。

母親　瑩《イン》博士は最初からママのことを気にかけてくれてたのよ。博士がたまに早く出勤して、廊下を掃除しているママと顔を合わせると、いつもちょっとのあいだおしゃべりして、ママの身の上話やなんかを聞いてくれたの。それからしばらく経ったある日、博士はママをオフィスに呼んでくれたのよ。

胎児　博士はママに、「もし生まれ変われるとしたら、どこで生まれたい？」ってたずねた。

母親　ママは、「もちろんここで生まれたい。大きな街で生まれて、都会の人間になりたい」と答えたわ。

胎児　瑩《イン》博士はとても長いあいだママを見つめていた。それからにっこり笑うと、ママにその笑いの意味を悟られないように、こう言った。「あなたに勇気があれば、それを現実にできるかもよ」

母親　ママは博士が冗談を言ってからかってるんだと思った。でもそのあと、博士は記憶遺伝というもののお話をしてくれたの。

瑩《イン》博士　わたしたちの研究から生まれた技術について、お母さんに説明したの。この技術は、人間の受精卵の遺伝子を改変して、その中にある遺伝的な記憶を活性化させる。そうすれば、次の世代は親から受け継いだ遺伝記憶を持てるのよ。「そんな子どもを産めって言うんですか？」って。
母親 あのときはただぽかんとして、博士にたずねたの。「そんな子どもを産めって言うんですか？」って。
瑩《イン》博士 わたしは頭を振って答えた。「あなたが産むのは子どもではなく……」
胎児 「……あなた自身よ」って。ママにそういった。
母親 ママは長いあいだよく考えて、博士の話を理解した。もしもべつの人の脳に入ってる記憶があなたの記憶とそっくり同じだったら、その人はあなたじゃないの？　ってことよね。でも、生まれてくるのが実際にどんな赤ちゃんなのかは、よくわからなかった。
瑩《イン》博士 わたしはお母さんにこう説明した。それは赤ちゃんではなく、赤ちゃんの体を持った大人なんだって。彼／彼女は生まれながらにして（いまの状況からすれば、実際はもっと早かったようだけど……）会話ができて、歩いたりとか、いろんな能力を驚くべき速さで身につけられる。若者としての知識や経験をぜんぶ持っているから、その後の教育的発達に関しても、ほかの子どもたちよりつねに二十年以上も先を行ってることになる。もちろん、なみはずれてすぐれた人間になるとは断言できないけれど、彼／彼女の子孫たちは確実にそうなるでしょう。なぜなら、遺伝的な記憶は世代を重ねるごとに蓄積されて、数世代後には想像もつかない奇跡を起こすからよ。この能力を持つことで、人類文明はまもなく飛躍的に進歩する。あなたとママは、将来、偉大な先駆者として歴史に名を残すのよ。

母親 そんなふうにして、ママはあなたを身ごもったわけ。

胎児 でも、パパがだれなのか、まだ知らないよ。

瑩《イン》博士 技術的な理由から、お母さんは人工授精でしか妊娠できなかった。精子提供者はみずからの身元を明かさないことを求め、お母さんはそれに同意したのよ。実はね、ほかの子どもとくらべて、あなたの人生の場合、父親が占める割合はとても小さいのよ、赤ちゃん。あなたが遺伝的に受け継いでいるのはすべて母親由来の記憶。だから、父親がだれかってことはそれほど重要じゃないの。もともと、両親の遺伝的記憶を同時に活性化させる技術はすでに開発済みだった。だけど今回は、慎重を期して、母親の記憶だけを活性化させた。両親の記憶がひとりの人間の意識の中に共存することがどんな結果をもたらすか、まだわからないから。

母親 （長いため息をついて）あたしひとりの記憶が活性化するだけでも、その結果がどうなるか、あなたたちは知らないんだもんね。

瑩《イン》博士 （しばらく沈黙して）そう。それも知らない。

母親 博士、ひとつ、ずっと訊けずにいたことがあるんですけど。博士も子どものいない女性だし、まだ若いんだから、どうして自分でこういう子を産まないのかって。

胎児　おばさん、ママはね、博士はとっても自分勝手な人だって、あとになって思ったんだよ。

母親　まあ、赤ちゃん。そんなこと言っちゃだめよ……。

瑩《イン》博士　いいえ、お子さんの言葉は事実ですし、あなたがそんなふうに考えたのも無理はありません。たしかにわたしは自分勝手でした。最初は記憶遺伝を持つ子どもを自分で産もうと考えていました。でも、あるひとつの可能性を考えて尻込みしたのです。人類の記憶遺伝は不活性状態に置かれたまま、ずっと残されてきました。なんの役にも立たないのに、なぜ残っているのでしょう。のちの研究によって、それは、人類進化の名残である盲腸のようなものだと判明しました。人間の遠い祖先は、きっと顕性遺伝によって、活性化状態にある記憶を親から受け継いできたはずです。ところが、長い年月をかけて、人類の記憶遺伝はしだいに潜性遺伝へと変化していった。これは理解しがたい進化です。ひとつの種《しゅ》が、どうして進化の過程で、はかりしれない利点のひとつを捨て去らなければならなかったのか？　でも、大自然のふるまいには、つねに理由があります。きっと、そこになにか危険を認識したからこそ、進化の過程で、人類の記憶遺伝をシャットダウンしてしまったに違いありません。

母親　瑩《イン》博士、あなたを責めたりはしません。自分で望んだんですから。あたしはほんとうにもういちど生まれ変わりたかったんです。

瑩《イン》博士　でも、そうはならなかった。そしていま、あなたが胎内に宿しているのは、けっしてあなた自身ではなく、やはりひとりの子どもです。あなたの記憶すべてを持った、ひとりの子どもなんです。

胎児　うん、ママ。ぼくはママじゃない。でも、いま頭の中にあるものは、みんなママの頭の中から来たものだってことは感じとれる。自分の記憶だとほんとに感じるのは、まわりの羊水と、ママの心臓が鼓動する音と、それに外から入ってくる赤っぽくて黄色い光だけ。

瑩《イン》博士　わたしたちはひとつ、致命的な過ちを犯してしまいました。記憶をコピーすれば、精神階層レベルでひとりの人間を複製できると思い込んでいましたが、どうやらまったくそうではなかったようですね。ある人間がその人になるには、脳の中の記憶以外にも、その人をその人らしくさせる他の要素がもっとたくさんあったのです。遺伝も複製もできないような要素がたくさん存在していたのです。ひとりの人間の記憶は一冊の本のようなもので、違う人が読めば、違う感じかたをします。いま、まずいことに、ひとりの人間の人生という重々しい本を、わたしたちはまだ生まれてもいないひとりの胎児に読ませてしまった……。

母親 ほんとうにそう。あたしは街が大好きなのに、あたしが覚えてる街は、子どもの頭の中ではこんな恐ろしいものに変わってしまっているんだもの。

胎児 街はほんとにこわいよ、ママ。外はなにもかもがこわい。こわくないものなんてないよ、生まれたくないよ！

母親 赤ちゃん、どうしてそんなことを言うの？　あなたは生まれてこなくちゃだめよ！

胎児 いやだよ、ママ！　ママは……西套村にいたとき、おじいちゃんとおばあちゃんに叱られたあの冬の朝のことまだ覚えてる？

母親 忘れるもんですか。あなたのおじいさんとおばあさんはね、いつも朝早くにママをお布団から連れ出して、いっしょに羊小屋の掃除をさせたのよ。ママはいつも起きるのがいやで、とってもつらかった。外はまだ真っ暗だし、冷たい風はナイフのようだった。あるときなんてまだ雪が降っててね、お布団の中はとってもあたたかくて、卵が孵《かえ》せそうだった。子どものころってお寝坊さんだから、ほんとうはもう少し寝ていたかったのに。

胎児 もうちょっと寝ていたかっただけなの？　あのときママは、ほんとうにいつまでも、あたたかいお布団の中にいたいと思ってたよね。

母親　……。そうだったようね。

胎児　生まれたくない！　生まれたくなんかないよ！

瑩《イン》博士　赤ちゃん、教えてあげる。外の世界は、雪の冷たい夜や風の寒い夜なんかじゃない。春の陽射しがうららかなときもあるの。人生は楽じゃないけど、楽しいことやしあわせなこともたくさんあるのよ。

母親　そうよ、赤ちゃん。瑩《イン》博士のいうとおりよ。ママもね、こんなに大きくなってみると、いっぱいうれしいときがあったわよ。たとえば、はじめて西套村を出たあの日。ちょうど太陽が昇ったばかりで、涼しい風がすーっと吹いてきて、それからたくさんの鳥の声が聞こえた。あのときママは、ほんとうに籠から飛び出した一羽の鳥のような気がした……。それから、はじめて街でお金を稼いで大きなショッピングモールへ行ったとき。あのときはうれしかった。赤ちゃん、あなたはどうしてそういう気持ちにならないの？

胎児　ママ、いま話してくれた、そのふたつのことはよく覚えてる。でも、どっちのときもこわかったよ。村を出た日、ママは三十里（中国の一里は〇・五キロメートル）以上も山道を歩いてから、やっと村の中心までたどりついて、バスに乗れたんだったね。山道を歩くのはすごくたいへんだったし、あのとき、ママのポケットには、たった十六元（現在の一元は約二十円）しか入ってなかった。それがなくなったらどうするつもりだったの？　外でなにがあるかわからないのに。それから、大きなショッピングモールもとてもこわかった。あんなに人が多くて、まるでアリの巣みたいだった。人間がこわいよ、あんなにたくさん人間がいてこわいよ……。

（沈黙）

瑩《イン》博士　進化がどうして人類の記憶遺伝をシャットダウンしてしまったのか、その理由がいまわかりました。精神がどんどん繊細になってきた人類にとって、無知というのは、はじめてこの世界に出てくるときに彼らを守ってくれる小さな家なのです。わたしたちはいま、あなたの子どもからその小さな家を奪って、彼を精神の荒野に投げ出してしまったのです。

胎児　ねえ、おばさん、おなかにあるこのひもは、なにをするためのもの？

瑩《イン》博士　お母さんにもう聞いたと思うけど、それはね、へその緒よ。あなたが生まれるまで、それが栄養と酸素を供給してくれるの。あなたにとって、それは命綱なのよ。

＊＊＊

二年後、ある春の日の朝。

瑩《イン》博士は、赤ん坊を抱いた若い母親といっしょに、墓地に佇んでいた。

「博士、あれは見つかりました？」

「ええと、脳に貯えられた記憶以外に、その人をその人らしくしているもののこと？」瑩《イン》博士はゆっくりと首を振った。「いいえ、もちろん見つかっていません。それはほんとうに科学で見つけられるものなのかしら」

昇りはじめた太陽が、周囲に立つたくさんの墓石を照らし、その下で長いあいだ土に埋もれて眠っている無数の命をやわらかなオレンジ色の光で包み込んでいた。

「愛はいったいどこから来るの？　頭の中、それとも心の中？」

「いまなんと？」若い母親はとまどった表情で瑩《イン》博士を見つめた。

「なんでもありません。シェイクスピアが書いた詩の一節です（『ヴェニスの商人』三幕二場の劇中歌より）」瑩《イン》博士はそう答えて、若い母親の腕から赤子を抱きとった。

その赤ん坊は、遺伝記憶を活性化させた、あの子どもではなかった。あの子の母親は、のちに研究所の実験助手のひとりと家庭を持った。その夫婦のあいだにノーマルに生まれたのがこの赤ん坊だった。

母親の記憶をすべて持っていたあの胎児は、最後に会話したその日の真夜中、みずからのへその緒を静かにひきちぎった。当直医が発見したとき、まだはじまってもいなかったその子の人生は、すでに終わっていた。事件のあと、赤ん坊の小さな手にそれほど強い力が出せたことに、関係者のだれもが驚いた。いま、二人の女性は、有史以来もっとも年若いその自殺者の小さな墓の前に立っていた。

瑩《イン》博士は、腕の中の赤ん坊を研究者の目で見つめたが、この子はそんなことにまったく関わりのないタイプだった。朝霧の中を漂う白い綿毛をつかまえようとして、細くてやわらかい小さな手をけんめいに伸ばしている。その黒々とした小さな瞳には、驚きと、喜びと、楽しさがはじけていた。この子の目に映る世界は、いままさに咲き誇っている大輪の花であり、大きなすばらしいおもちゃだった。目の前に延びている長く予測不可能な人生という旅路に対して、まだなんの準備もできていない。でも、だからこそ、すべての準備が整っている。

二人の女性は墓石のあいだの小道を歩き出した。若い母親は瑩《イン》博士の腕からわが子をとり戻すと、興奮気味に言った。

「さあ、愛しのベイビー。旅がはじまったわよ！」

円 圓

大森 望訳

秦の首都・咸陽、紀元前二二七年

荊軻《けいか》は、長机に置いた絹の巻物を広げた。秦の始皇帝は、絹の地図の上にゆっくりと現れる敵国の山河を見て、安堵を覚えた。地図に描かれている山河は、容易に把握できる。しかし、実際の土地に立つと、無力感を抱かずにはいられない。

荊軻は、燕王の降伏のしるしを献上するための使者として咸陽宮を訪れていた。

荊軻が地図を最後まで開き終えたとき、冷たい光がきらりと輝いて、鋭利な短刀が出現した。咸陽宮の大広間の空気が一瞬にして凍りついた。

大臣たちは、始皇帝から三丈（約十メートル）離れたところに立ち、だれひとり身に寸鉄も帯びていない。武装した衛兵はさらに遠く、正殿の階段下に控えている。秦王の安全のための距離だったが、いまはその距離ゆえに、突発的な暗殺を阻止することが不可能だった。

秦王は冷静だった。短刀を一瞥し、鋭く犀利《さいり》な視線を荊軻に向けた。注意深い王の目は、短刀の柄が王に向き、刃が暗殺者自身に向いていることを見てとっていた。

荊軻が短刀を手にとると、正殿の全員がひゅっと息を呑んだが、始皇帝は安堵の息をついた。荊軻の手は切っ先を握り、王に柄を向けていたからである。

「陛下、これでわたくしを殺してください」荊軻はそう言うと、短刀を捧げ持つようにして深く低頭した。「燕の太子・丹から、陛下を暗殺せよと命じられました。主君の命令には背けませんが、陛下に対する崇敬の念ゆえに、その命令に従うこともできません」

秦王は動かなかった。

「陛下、軽く刺すだけでかまいません。この短刀には毒がたっぷり塗られています。すこしでも傷をつければ、わたくしは絶命します」

座ったままの始皇帝は、静かに手を挙げて、階段の下から駆け上がってきた衛兵を制し、動じることなく言った。「そなたのような男が、もしいま朕を殺さぬとすれば、今後、殺そうとすることはあるまい」

荊軻は右手を短刀の柄へと滑らせた。切っ先は自分に向けられたままで、自決しようとしているかに見えた。

「そなたは学者であろう。死ねばその能力が無駄になる。わが軍のために力をつくせ。死ぬのはそれからでも遅くあるまい」秦王は冷たく言い放ち、手を振って荊軻に退《さ》がるよう合図した。

燕の暗殺者は短刀を長机に置くと、頭を下げたまま退出した。

秦の始皇帝は立ち上がり、正殿の外に出た。青く晴れ渡る空に、夜が残した淡い夢のごとく、白い月が浮かんでいた。

始皇帝は、階段を降りてゆく刺客を呼び止めた。

「荊軻、昼にも月は出るのか？」

「お答えします、陛下」長い階段の途中で、荊軻の白い服は陽光に照らされた雪のようにまばゆく輝いていた。「太陽と月が同時に空に輝くことは珍しくありません。月の暦で四日から十二日まででしたら、天気がよければ、日中のさまざまな時刻に月を見られる可能性があります」

秦の王はうなずいた。「ああ、太陽と月が同時に輝くのはよくあることだ」とつぶやいた。

＊＊＊

二年後、秦の始皇帝は荊軻を召喚した。

荊軻が咸陽の宮殿に着くと、官位を表す冠を脱がされた三人の官吏が衛兵たちによって正殿から連れ出されてくるところだった。三人のうちの二人は真っ青な顔で目を伏せて通り過ぎ、ひとりは自分で歩くこともままならず、衛兵にひきずられるようにして階段を降りながら、「陛下、命ばかりはお助けを」と、うわごとのようにつぶやいている。おそらく、三人とも死罪を言い渡されたのだろう。

始皇帝は、何事もなかったかのような朗らかな表情で荊軻と対面すると、三人の官僚が連行されていった方角を指さした。「徐福の船団が東の海に出たまま戻らない。となれば、だれかが責任をとらねばならぬ」

徐福は方士で、東の海の向こうの三仙山に赴き、不老不死の霊薬を持ち帰ってみせましょうと約束した。秦王は、不死の秘術を知る仙人への贈りものとして、汚れを知らぬ三千人の少年少女と膨大な財宝を乗せた大船団を徐福に与えたが、船団は三年前に出航したきり、一向に消息が知れなかった。

秦王は不愉快な話題は終わりにしようというふうに手を振った。

「そなたはこの二年間にいくつも驚くべき発明をしたと聞く。新式の弓は、同じ力で引いても、旧式の倍の距離を飛ぶ。魔法の発条《ばね》を備えた戦車は荒れた地形でも飛ぶように走る。新たな設計の橋は、以前の半分の材料で、以前の橋より丈夫になった。欣快である。どこからそんな発想が出てくるのだ」

「なにごとも、天の思し召しのままに、なすことができます」

「徐福も同じことを申したが」

「陛下、僭越ですが、徐福は魔道師です。占いや瞑想から天の思し召しを知ることはできません。あの者は、天の言葉を理解していないのです」

「天の言葉とは？」

「数学です。数とかたち、それは天が世界を書くための言葉なのです」

秦の始皇帝は考え込むようにうなずいた。「よし。では、そなたはこれまでなにしていた？」

「陛下のために、天の思し召しをもっと浸透させたいと励んでまいりました」

「進展は？」

「はい、陛下。いまは、天の神秘を収めた宝物蔵の扉の前に立っていると感じております」

「天はどのようにしてその神秘を伝える？　先ほど、天の言葉は数字とかたちであると申したな」

「とりわけ、円でございます」

困惑する始皇帝の前で、荊軻は許可を得て筆をとり、長机の上に置いた絹の布に円を描いた。なんの道具も使わずに描かれたのに、それは正確な真円に見えた。

「陛下、人の手になるものをべつにして、世界のあらゆるものの中に、真円を見たことはございますか？」

皇帝はしばらく考えて、口を開いた。「めったにないな。鷲の眼を見たことがあるが、あれはとても丸かった」

「はい、陛下。ほかにも、水中に棲む生物の卵や、露が葉の表面に接する部分の輪郭線などの例がありますが、それらはすべて、厳密に測定してみると、真円ではございません。わたくしが描いたこの円のように、どれほどきれいな円に見えても、肉眼では見えない歪みや誤差があり、実際には真円ではなく、楕円にすぎないのです。わたくしは真円を長年求めてまいりましたが、それは地上にではなく、天にあることがわかりました」

「ほう」

「陛下には、あえて宮殿の外に出て、空を見ていただきたいと存じます」

秦の始皇帝と荊軻が外に出てみると、その日も快晴だった。青い空に太陽と月が同時に出ている。

「太陽と満月はどちらも真円です」荊軻は空を指さして、「地上世界には存在しない真円を、天はひとつならず二つまで空に配置し、それらが空でもっとも目立つ存在となって、きわめて明解に天のことわりを伝えています。すなわち、天の神秘は円の中にある、と」

「しかし、円は直線を除けばもっとも単純なかたちであろう」秦の始皇帝はそう言いながら、正殿に戻ろうときびすを返した。

「しかし陛下、この単純なかたちの中に、目に見えない深い謎があります」荊軻は皇帝のあとを追いながらそう言った。長机に戻ると、また筆をとって、今度は絹布に長方形を描いた。「この長方形をごらんください。長辺が四寸、短辺が二寸です。天の言葉は、このかたちの中にもあります」

「どんな言葉だ？」

「天は、この長方形の長辺と短辺の比が二である、と言っております」

「朕を愚弄するのか？」

「めっそうもありません。いまのは単純な例です。次にもうひとつ」

荊軻は新たな長方形を描いた。

「この四角の長辺は九寸、短辺は七寸で、このかたちにはより豊かな天の言葉が込められています」

「これもまた、じつに単純に見えるが」

「そうではありません、陛下。この長方形の長辺と短辺の比率は、一・二八五七一四二八五七一四二八五七一四……となります。〝二八五七一四〟という数字列が何度もくりかえされるのです。どこまでも計算することはできますが、終わりがありません。単純に見えて、そこには豊かな意味があります」

秦の始皇帝はうなずいた。「おもしろい」

「では、天が与えたもっともすばらしいかたちである〝円〟を見てみましょう」荊軻は先ほど描いた円の中に、中心点を通過する一本の直線を引いた。「陛下、円周とこの直径の比、すなわち円周率は、無限に長い数列となります。三・一四一五九二六……とはじまって無限につづき、しかもどこまで行っても、先ほどのようなくりかえしはありません」

「くりかえしがない、と？」

「はい。この世界と同じくらい大きな布をご想像ください。この数字の列は、蠅の頭ほど小さな文字で空の端から端まで書き、また次の行へと書きつづけ、そうやって世界を覆う布のすべてを数字で埋めつくしたとしても、数字に終わりはありませんし、くりかえしもありません。陛下、この無限に長い数字の中に、天の神秘があるのです！」

　秦の始皇帝は表情を変えなかったが、その目が輝いていることが荊軻にはわかった。

「その数字を手に入れたとして、天の言葉をそこからどうやって読み解く？」

「いろいろな方法があります。ひとつは、数字を座標として使うことで、図を描けます」

「どんな図になる？」

「わかりません。宇宙の謎を示す大きな絵かもしれませんし、ひとつの文章かもしれませんし、もしかしたら本かもしれません。しかし、重要なのは、内容を解読するのにじゅうぶんな桁まで円周率を計算することです。そのためには数万から数十万桁が必要になると思いますが、いまはまだ百桁ほどしか計算できておらず、隠れた意味はほとんどわかりません」

「たったそれだけか？」

「たったそれだけを計算するのに、わたくしは十年を費やしたのです、陛下。円周率は、円に内接する多角形と外接する多角形の外周の長さを求めることで近似値が得られます。多角形の辺の数が多いほど精度が高くなり、桁数が増えますが、計算量は人間の力を超えるほど飛躍的に増大します」

　秦の始皇帝は、円とその中心を横断する直線を見つめながらたずねた。「不老不死の謎もこの中に見つかるのか？」

「陛下、きっと見つかるはずです！」荊軻は興奮した口調で言った。「生と死は天が世界に定めたもっとも基本的な法則です。ですから、生と死の謎の答えはこの中にあるはずですし、もちろん不老不死の謎の答えもこの中にあるでしょう」

「では、円周率を計算し、二年後には一万桁、五年後には十万桁まで求めよ」

「陛下、それは……まったく不可能です！」

秦の始皇帝が机に向かって長い袖を振ると、図が描かれた絹の布と筆と墨壺が床に落ちた。「必要なだけの人手と資源を要求するがよい」皇帝は鋭い視線を荊軻に向けた。「ただし、期限までに計算を完了せよ」

＊＊＊

五日後、秦の始皇帝はふたたび荊軻を呼び出した。ただし、謁見の場所は咸陽宮ではなく、巡幸の途上だった。王は円周率計算の進捗状況を荊軻にたずねた。

荊軻は叩頭《こうとう》して答えた。「陛下、このような計算ができる数学者を全土から集めましたが、八人しかおりません。必要な計算量の試算によると、わたくしを含めて九人が一生をかけても、計算できる円周率の桁数は三千桁。二年では、どんなに努力しても三百桁にしか届きません」

秦の始皇帝はうなずき、散歩に同行するよう、荊軻に合図した。一行はやがて、高さが二丈ほどある花崗岩の石碑のもとにやってきた。石碑のてっぺんには穴が開けてあり、その穴に通した太い牛革の縄で高い木枠から吊るされている。それはまるで巨大な振り子のようだった。石碑の平たい底面は、地面に立った人間の頭よりもすこし上にある。石の表にはなにも彫られていなかった。

秦の始皇帝は、空中に吊るされた巨大な石碑を指して言った。「もしそなたが期限までに円周率を計算できたら、これは地面に置かれて、そなたの数々の偉業を刻み、その功績を称える記念碑となる。しかし、もし計算を終わらせられなかったら、これはそなたの屈辱の碑となるだろう。その場合も地面に置かれるが、その前にまずそなたをこの下にすわらせ、しかるのちにその縄を切る。つまりこれは、そなたの墓石となるだろう」

荊軻は、空の大部分を占める宙吊りの巨大な石板を見上げた。流れる白い雲を背景にしているため、黒い岩塊はいっそう威圧的に見える。

荊軻は王のほうに向き直って言った。

「この命はかつて陛下にいただいたものです。もし仮に、期限どおりに円周率を計算し終えたとしても、わたくしの罪は許されるものではありません。それゆえ、わたくしは死を恐れません。あと五日、お待ちください。それでも実現可能な解決策が思い浮かばなければ、みずからこの石板の下に座りましょう」

＊＊＊

四日後、荊軻が謁見を申し出ると、始皇帝は即座に応じた。どうやら、円周率を計算するこの事業が、いまの秦王にとってもっとも重要なことのようだ。

「その顔を見れば、解決策が浮かんだことがわかる」始皇帝は笑顔で言った。

荊軻はそれには応じず、かわりに言った。「陛下は、必要なものがあればなんでも用意するとおっしゃいましたが、その約束はまだ有効でしょうか？」

「もちろんだ」

「では、三百万の兵をお貸しください」

この数字を聞いても秦王は驚かず、わずかに眉を上げただけだった。「その三百万とは、どのような兵か？」

「陛下の既存の軍隊の兵でじゅうぶんです」

「わが軍の兵士のほとんどが目に一丁字もないことは知っているだろう。複雑な数学を彼らに二年で教えることはできないし、ましてや計算を完成させることなど不可能だ」

「陛下、彼らが学ぶべき計算技術は、どんなに愚かな兵にも一時間で教えることができます。いま、三人の兵をお貸しくだされば、陛下の前で実際にお見せしましょう」

「三人？　三人だけでいいのか？　三千人でもすぐに用意できるぞ」秦王は疑わしい視線を荊軻に投げた。

「陛下、三人だけでけっこうです」

秦の始皇帝は、手を振って三人の兵士を呼び寄せた。三人とも若く、秦の他の兵士と同様、その一挙一動は忠実に指令に従う機械のようだった。

「きみたちの名前をわたしは知らない」荊軻は前の二人の肩を叩いた。「きみたち二人は信号を入力する役割を担う。名前は〈入力1〉、〈入力2〉としよう」そして最後のひとりを指さし、「きみは信号の出力を担当してくれ。きみのことは〈出力〉と呼ぼう」と言った。そして三名の兵士に手を振って持ち場を指示した。

「こんな具合に三角形をつくるように立ってくれ。〈出力〉が頂点で、〈入力1〉と〈入力2〉が底辺だ」

「楔形攻撃隊形をとれと命じるだけで済むだろうに」秦の始皇帝は軽蔑したように荊軻を

見た。

荊軻はどこからか調達した白と黒三本ずつの小さな旗を六本持ってきて、三名の兵士に二本ずつ手渡した。それぞれの兵士が、白と黒の旗を一本ずつ持つことになった。

「白は0を意味し、黒は1を意味する。よし、では三人とも、よく聞いてくれ。〈出力〉、きみはうしろを向いて〈入力1〉と〈入力2〉を見るんだ。もし二人がどちらも黒旗を上げていたら、きみも黒旗を上げる。そうでない場合は白旗を上げる。白旗を上げる状況は三通りだ。〈入力1〉が白で〈入力2〉が黒の場合。〈入力1〉が黒で〈入力2〉が白の場合。〈入力1〉と〈入力2〉がどちらも白の場合」

荊軻は指示をくりかえし、三人の兵がよく理解したことを確認すると、「よし、実行しろ」と大声で命令を発した。

「いまからはじめるぞ！　〈入力1〉と〈入力2〉、きみたちはどちらでも好きな旗を上げていい。よし、上げろ！　よし、もう一回！　上げろ！」

〈入力1〉と〈入力2〉の旗は三回上がった。一度目は黒黒、二度目は白黒、三度目は黒白だった。

〈出力〉はそれに正しく反応し、それぞれ黒の旗を一回、白の旗を二回上げた。

「よろしい、正しくできている。偉大なる皇帝陛下、陛下の兵士はとても賢明です！」

「こんなことなら莫迦でもできる。いったいなんの茶番だ」秦王は困惑したようにたずねた。

「この三名は、論理演算体系のひとつの回路を形成しているのです。論理門の一種で、〝論理積門〟と名づけました。門への入力がどちらも1なら、出力も1です。しかし、どちらかが0の場合——すなわち、0と1、1と0、0と0の場合——出力は0になります」荊軻は言葉を切って、皇帝の理解を待った。

秦の始皇帝は気のない表情で、「よし、つづけよ」と言った。

荊軻は三角陣を組んでいるべつの三名の兵士に向き直った。「では、次の回路をつくろう。きみ、〈出力〉くん。〈入力1〉と〈入力2〉のうち、片方でも黒旗を上げていたら、きみは黒旗を上げてくれ。この組み合わせは、黒黒、白黒、黒白の三通りだ。残りのひとつ、つまり白白の場合、きみは白旗を上げろ。わかったか？　よし、きみはとても頭がいい。門を正しく開閉する鍵になる。うまくやってくれよ。皇帝陛下も褒美をくださるだろう！　よしやるぞ。上げろ！　よし、もう一度上げろ！　もう一度！　うん、正しく実行されている。陛下、この回路は論理和門と呼びます」

次に荊軻は、また三名の兵士を使って否定論理積門をつくり、それにつづいて、否定論理和門、排他的論理和門、否定排他的論理和門、三状態論理門をつくった。そして最後に、二名だけを使って、もっとも単純な論理否定門をつくった。この場合、〈出力〉は、〈入力〉が上げた旗と違う色の旗を上げる。

荊軻は皇帝に深々と頭を下げた。「陛下、いま、すべての門の部品の動作試験が終わりました。三百万の兵士が覚えることはこれだけです」

「子どもでもわかるこんな単純な遊びで、どうして複雑な計算ができる？」始皇帝は不信感をあらわにした表情で荊軻を見つめている。

「陛下、この複雑な宇宙のすべては、実はもっとも単純な要素で構成されています。同様に、膨大な量の単純な要素を適切なかたちでひとつにまとめれば、非常に複雑な機能を実行できるのです。三百万人の兵士は、先ほど実演した門の百万個の部品を形成し、それらの部品が構成する計算陣形は、あらゆる複雑な計算を高速で実行できます」

「三百万は、わが軍にとってほぼ全兵力に相当する。しかし、そなたに与えよう」秦の始皇帝は意味ありげなため息をついた。「急げ。朕はすっかり年をとったような気分だ」

＊＊＊

一年が過ぎた。

 その日もまた、太陽と月がいっしょに空に出ている快晴の日だった。秦の始皇帝と荊軻は、高々とそびえ立つ石造りの台の上に立っていた。その背後に、大勢の文官や軍人が控えている。台の前方には、三百万人の秦軍が、十里四方の壮大な方陣を組んでいた。朝の光に照らされた兵たちは、三百万体の兵馬俑《よう》が織りなす巨大な絨毯のように静止していた。その巨大な絨毯の上空にうっかり侵入した飛ぶ鳥の群れは、重々しい殺気を感じとり、たちまち列を乱して飛び去った。

「陛下の軍隊は、ほんとうにこの世に二つとないすばらしいものです。これほど短い期間でこれほど複雑な訓練を成し遂げたのですから」荊軻は始皇帝に讃辞を贈った。

「全体的には複雑でも、ひとりひとりがすることはごく簡単だ。わが軍の日ごろの訓練とくらべれば、なにほどのこともない」始皇帝は、長剣の柄を撫でながら言った。

「それでは陛下、大命を発していただけますか」荊軻は興奮に震える声で懇願した。

 始皇帝がうなずくと、ひとりの衛兵が駆けてきて、王の剣の柄を握ってうしろに何歩かしりぞき、皇帝が自分では抜くことができない青銅の長剣を鞘《さや》から抜き放った。そして皇帝の前でひざまずき、剣を捧げ持った。始皇帝は長剣を手にすると、高く澄んだ大空へ向けて掲げ、大きな声で叫んだ。

「計算陣形！」

陣鼓が打ち鳴らされた。台の四隅に置かれていた四つの青銅の大きな鼎《かなえ》から、炎が同時に大きく燃え盛る。そばに立つ兵士たちが轟くように唱和し、方陣に向かって皇帝の号令を伝達する。

「計算陣形――」

下方の大地では、均一だった方陣の色彩が乱れ、動きを見せはじめた。複雑で精緻な回路の構造が浮かび上がってくる。そして、方陣のすべてにすこしずつ回路が刻まれ、十分後には、百平方里の計算陣形が大地に出現した。

荊軻はその巨大な人列回路を指して言った。

「陛下、われわれはこの計算陣形を秦一号と命名いたしました。ごらんください、あちらの真ん中に見えるのが中央処理装置、中核となる計算部品です。陛下の最精鋭の五つの兵団で構成されております。図面を参照していただければ、中にある加算器、記録器、積み重ね記憶などが見分けられるでしょう。外側を囲んできちんと整列している集団は記憶陣形です。この部分を構築する際に、人数が足りないことに気づきましたが、ここはそれぞれの小隊の動作がもっとも単純な箇所ですので、兵士ひとりひとりを訓練し、多くの色の旗を持たせることで、当初は二十名に割り当てていた動作をひとりで実行できるようにしました。その結果、記憶容量は〈秦1・0〉作動体系《オペレーティング・システム》の最低条件を満たすことができました。あちらの、すべての陣列を貫く無人の通路と、その通路上で命令を待つ身軽な軽騎兵をごらんください。あれは中央伝送路《システムバス》と呼ばれるもので、全陣形の部品間の情報伝達を担当します」

二人の兵が、人間の背丈ほども幅のある大きな巻物を運んできて、皇帝の前で広げた。巻物が最後まで開かれたとき、台の上の人々は、数年前に宮殿で起きた事件を思い出し、ごくりと唾を呑んだ。しかし、あのときと違って短刀が現れることはなかった。広げられた大きな絹布には、蠅の頭ほどの大きさしかない記号がびっしりと書かれていた。あまりに細かいため、下方の計算陣形を眺めるときと同様、じっと見ていると眩暈《めまい》がしそうだった。

「陛下、円周率計算のために開発した手順には序列がございます。ごらんください」荊軻は台の下に広がる計算陣形を示した。「待機している兵の陣形を硬《ハードウエア》物と呼びます。それに対し、この布に書かれているのは、計算陣形に入れる魂のようなもので、軟《ソフトウエア》物と呼びます。両者の関係は、琴と琴譜のようなものであるとお考えください」

始皇帝はうなずいた。「よろしい。はじめよ」

荊軻は両手を頭上に挙げると、おごそかに宣言した。

「皇帝陛下の勅命により、計算陣形を起動する！　体系の自己点検開始！」

石の台から半分ほど階段を降りたところに立つ兵の列が、手旗信号によって命令をくりかえした。たちまち、三百万の兵による陣形で小旗が打ち振られた。さながら湖面が波立ち、きらめくように見えた。

「自己点検完了！　起動手順、進行中！　計算手順、読み込み開始！」

下方では、伝送路の軽騎兵が計算陣形の中に駆け込んで、忙しく往復しはじめた。主通路はたちまち逆巻く急流となった。この川は無数の支流に分かれ、部門ごとの小陣形に入っていく黒旗の波と白旗の波が重なって大波となり、陣形全体に広がった。中央演算処理小陣形はとくに忙しく、まるで火薬に火が点いたようだ。

が、そのときとつぜん、火薬が燃えつきたかのように、中央演算処理区画のうねりが落ち着き、やがて完全に静止した。その静けさが、中央演算処理区画からあらゆる方角へと広がってゆく。まるで湖面が瞬時に凍りついてしまったかのごとく、最終的には計算陣形全体が動きを停止した。数カ所に散らばる部品だけが、無限循環に陥り、一定の周期で生気なく点滅している。

「体系異常停止《システムダウン》！」ひとりの信号担当官が大きな声で叫んだ。故障はすぐに判明した。中央演算処理区画で状態記録を司る門ひとつが不具合を起こしたのだ。

「体系再起動！」荊軻が自信たっぷりに命令を出した。

「待て！」王は長剣に寄りかかって口を開いた。「故障した部品を交換し、その門を担当していた兵士は全員、首を刎《は》ねよ！　今後、故障があった場合は同様に処置せよ」数人の騎兵が抜刀して方陣に駆け込んだ。不運な三人の兵は処刑され、新たな兵が補充された。台の上から見ると、中央演算処理区画にできた三つの血の海がいやおうなく目立った。

荊軻は体系を再起動させた。今度はうまくいった。十分後、兵たちは円周率計算の手順を実行しはじめた。方陣全体で旗が波打ち、長い演算が処理されていく。

秦王は壮大な眺めを指さして言った。

「まことに興味深い。ひとりひとりのふるまいは単純そのものだが、集まると複雑な知性が現れてくる」

「偉大なる皇帝陛下、これは機械の仕組みによるものでして、知恵などではございません。これら平民ひとりひとりはみな、ただの0です。ただ、いちばん最初に、陛下のような大人物の1が加わることで、彼らの全体がはじめて意味を持つものとなるのです」荊軻はお世辞を抜きにしてそう答えた。

「円周率を一万桁まで出すのにどれほどかかる？」皇帝がたずねた。

「十カ月ほどでしょう。順調に進めば、もっと早いかもしれません」

そのとき、王翦《おうせん》将軍が進み出た。

「陛下、よくお考えください。通常の軍事作戦においても、このような平原で、全軍を長期にわたり一ヵ所に集結させることはきわめて危険です。まして、この三百万の兵は身に寸鉄も帯びず、手にしているのは信号旗のみ。計算陣形は戦闘用の陣形ではなく、攻撃に対してまったく無防備です。平時でも、これだけの巨大な方陣を撤退させるには一日がかりですから、もし攻撃された場合には退却しようとしても手遅れです。陛下、この計算陣形は、敵国にとってみれば、まな板の上の鯉です！」

秦の始皇帝はそれに答えず、黙って荊軻を見やった。荊軻は叩頭して、「王将軍の言ったことはまったくそのとおりです。陛下、計算をつづけるかどうか、よくお考えください」と言った。

そのあと荊軻は、いままでにない大胆なふるまいを見せた。顔を上げ、皇帝とまっすぐ目を合わせたのである。皇帝はすぐにその意味を察した。これまでの成果は0にひとしい。それらは、皇帝自身が永遠の命という1をそこに加えることによって、はじめて意味をなす……。

「王将軍は心配が過ぎるようだ」始皇帝は長い袖をひと振りして言った。「韓、魏、趙、楚はすでに滅び、残るは燕と斉のみ。どちらも愚王に率いられた弱小国だ。民は疲弊し、国は最後の力を振り絞っている。わが国に対する脅威とはなりえない。放っておいても、円周率の計算が完了するころには、勝手に崩壊してこの大秦に服従しているやもしれぬ。むろん、将軍の慎重さにも理はある。計算陣形のまわりに警戒線を引き、燕と斉に対する監視をさらに強めることとしよう。これで問題はあるまい」

始皇帝は長剣を空に向かって高々と掲げた。

「計算はやり遂げねばならぬ。わが心は決した！」とおごそかに宣言した。

＊＊＊

計算陣形は一カ月のあいだ順調に稼働した。計算された円周率は二千桁を超えた。兵たちがさらに動作に慣れて、荊軻による計算手順の改良が進めば、いずれもっと速度が上がるだろう。三年後には、十万桁の目標に到達できそうだった。

＊＊＊

計算開始から四十五日目の早朝、高台から陣形が見えなくなるほどの濃霧が発生した。

隊列を組む兵士たちに見えるのは、前後五人までだった。しかし、霧が計算に影響を与えることはなく、陣形は稼働をつづけ、命令の声や伝送路を行き交う軽騎兵の蹄鉄の音が霧の中に響いた。

だが、計算陣形の北端に位置する兵の耳に、それとはべつの物音が届いた。最初は幻聴のようにかすかな音だったが、やがて、霧の中で雷が轟くような音に変わってきた。

それは、何万頭もの馬の蹄の音だった。巨大な騎馬の軍勢が北から計算陣形に迫っている。騎兵隊は、急ぐ必要はない、時間はたっぷりあるといわんばかりに、蹄と蹄を接する密集隊列を維持していた。

彼ら燕軍がいよいよ突撃を開始したのは、計算陣形の北側の列からわずか一里の距離まで近づいた時点だった。秦軍の兵たちは、燕の騎馬隊の先頭が計算陣形に突入したときはじめて、霧の中からとつぜん現れた敵軍をしっかりと見極めることができた。この最初の突撃では、疾走する馬の鉄の蹄だけで、何万人もの秦兵が踏み殺された。

そのあとにつづいたのは戦いではなく、虐殺だった。燕の指揮官たちは、自軍が組織的な攻撃を受けないことを、戦う前から知っていたのである。

大量殺戮を効率よく実行するために、騎兵は戟《げき》や矛などの伝統的な武器を使わず、長剣や釘歯棍棒を装備していた。燕の数十万の重装騎兵は死の絨毯を織りつづけ、その背後は秦軍の死傷者で埋めつくされた。

計算陣形の中心部を警戒させないよう、燕の騎兵は静かに行動し、人間ならぬ機械のように殺戮をつづけた。それでも、踏み潰され惨殺される秦兵の絶叫は霧を通して遠く広く聞こえた。

しかし、計算陣形の兵は、外界の騒ぎに惑わされず、計算要素としての任務に専念するよう、きびしい訓練を受けていた。さらに、濃霧のせいもあって、計算陣形の大部分は北側からの攻撃に気づかなかった。

血と泥と死体の山を残して死の絨毯が北から整然と進んでくるあいだ、計算陣形の他の部分は、意外にもまだ演算をつづけていたが、あちこちで誤りが増えはじめていた。

燕の騎兵軍団の第一波の背後には、十万以上の弓兵隊が控えており、彼らは長弓で計算陣形の中心部を狙った。たちまち数百万本の矢が砂嵐のように襲いかかり、そのほとんどが標的に命中した。

このころから計算陣形の内部に混乱が生じはじめた。それと同時に敵襲の知らせが伝わり、混乱の拡大に拍車をかけた。この知らせは主に伝送路上の軽騎兵によって広められたが、混乱が大きくなると伝送路が他の兵でふさがれてしまい、軽騎兵の馬はしかたなく計算陣形の中を突っ切ろうとして群衆を踏み荒らし、無数の秦兵を蹄にかけて殺すことになった。

計算陣形が攻撃を受けていない南、東、西では、秦軍の兵士が無秩序に逃げはじめたが、急速に大きくなる混乱の中では退却に時間がかかり、崩壊に陥った計算陣形は、溶けることのない濃厚な墨の滴のように密集した塊となり、端のほうでかろうじて分散しているだけだった。

東に逃げた大量の秦軍は、すぐに重装備の斉軍と遭遇したが、斉軍は突撃せずに歩兵と騎兵を組み合わせた強固な防衛線を形成し、秦軍が待ち伏せの輪に流れ込むのをじっと待ってから包囲した。

東の退路を断たれた秦軍は、南西に逃げることしかできず、武器も持たないまま散り散りに敗走した数十万の兵は、平原に溢れた濁流のようだったという。

しかし、その行く手も、第三の敵に阻まれた。匈奴の獰猛な騎兵は、狼が羊の群れを狩るように秦軍を殲滅した。

正午になると、強い西風が霧を吹き飛ばし、広大な戦場が真昼の太陽にさらされた。このときにはもう、燕・斉・匈奴の三軍が各所で合流し、秦軍包囲網を形成していた。三軍の騎馬隊はより激しい攻撃を秦軍の奥深くに仕掛け、生き残りの秦兵は後続の歩兵によって仕留められた。大量の火牛の群れや投石機が攻撃に投入され、虐殺の効率を高めた。

夕方になり、日の暮れた戦場に悲痛な喇叭《らっぱ》の音が響き渡った。あたり一面、死体が血の川のように散らばっていた。このとき、秦軍の敗残兵は、ばらばらの三ヵ所で包囲されるだけになっていた。

夜になると、空に満月が昇った。白い月光が地上の殺戮を淡々と照らし、水のような静かな輝きが死体と血の山を包み込んだ。夜を徹して行われた戦いは、翌朝になってようやく終わった。

大秦帝国軍の主力は、一兵残らず全滅した。

＊＊＊

その一ヵ月後、燕・斉の連合軍は咸陽に入城し、秦の始皇帝は捕らえられ、秦国は終焉を迎えた。

秦王が処刑された日も、太陽と月がともに輝いていた。月は澄んだ青空に浮かぶ純白の雪の円板のように見えた。荊軻のためにつくられた大きな石碑はまだ宙に吊るされたままで、秦の始皇帝はその下に座って燕の死刑執行人が石碑の縄を切るのを待っていた。

そのとき、見物人の中から白ずくめの衣服をまとったひとりの男が進み出た。荊軻だった。荊軻は秦王の前で叩頭した。

「そなたは最初からずっと燕の刺客だったのだな」秦の始皇帝は、顔を上げることなく言った。

「はい。しかしわたくしは、陛下だけでなく、陛下の軍勢も倒さねばなりませんでした。数年前のあのとき、たとえ暗殺が成功して、陛下がお隠れになったとしても、秦はまだ強く、賢明な軍師が指揮する数百万の軍隊と、経験豊富な将軍たちを誇り、燕にとっては恐ろしい敵のままだったでしょう」

「あのような大規模な軍隊を、いったいどのようにして気づかれずに送り込むことができたのだ？」秦の始皇帝は、生涯で最後の質問を発した。

「計算陣形の訓練と運用を開始してから一年ほどのあいだに、燕と斉は三本の隧道《すいどう》を掘り進めました。それぞれ百里の長さと、馬を走らせることができる幅があり、すべてわたくしが設計したものです。計算陣形の近くに連合軍が突如現れたのは、この隧道を使ったおかげです」

秦の始皇帝はうなずくと、それ以上はなにも言わず、目を閉じて死の訪れを待った。監吏が処刑準備の号令をかけると、鉈《なた》を手にした処刑人が一枚岩を吊るした高い木枠に登りはじめた。

気配を感じて秦王が目を開くと、荊軻がとなりに座っていた。

「陛下、わたくしもお供させていただきます。慰めになるかどうかわかりませんが、この大きな石が落ちれば、われわれ二人の記念碑となり、われわれの肉と血が混ざり合うことでしょう」

「そのようなことをしてなんになる」秦の始皇帝は冷たく言い放った。

「陛下、わたくしが死にたいのではなく、燕王がわたくしを殺したいのです」

秦王の顔に微風のような笑みが閃いた。「燕のためにそなたがこれほどの大事をなし、燕王以上に名を馳せたとすれば、そうなるのも当然か」

「それもありますが、いちばん大きな理由は、燕王に燕国独自の計算陣形の創設を奏上したことです。死罪を言い渡されたのは、それが理由です」

秦の始皇帝は顔を上げて荊軻を見た。このときの皇帝の目の驚きは本物だった。

「信じられないかもしれませんが、燕国の国益を思っての提案でした。計算陣形はたしかに大秦を滅ぼすための策略でしたが、それ自体は偉大な発明です。計算陣形を通して行われる演算は、天の言葉を読み、森羅万象の深い謎を理解することを可能にし、新しい時代を開くことになるでしょう」

このとき、死刑執行人はすでに木枠の上に登り、一枚岩を吊るした牛革の縄の前に立って、鉈を手に指示を待っていた。遠くの天蓋の下で、燕王が手を振って合図すると、監吏が大きな声で処刑の命令を出した。

その刹那《せつな》、荊軻は夢から覚めたようにはっと目を見開き、「わかったぞ！」と叫んだ。「陣形の計算は、軍隊がなくても、人がいなくてもできる。論理積、否定、否定論理積、否定論理和などの門は、機械部品を使ってつくれる。それらの部品はすべて機械で置き換えられる。しかも、きわめて小さくすることができる。それらを統合すれば機械の計算陣形になる。いや、もう計算陣形ではなく、計算機械と呼ぶべきだ！　すばらしい。燕王陛下！　計算機械！　計算機械です！」

荊軻は立ち上がって、遠くにいる燕の王に向かって叫んだ。そのとき、死刑執行人が鉈を振りかざし、牛革の縄を切った。

「計算機械！」荊軻は生涯最後に口にする四つの文字を声高に叫んだ。

岩塊が空から降ってきて、その影が一瞬にしてすべてを包み込んだ。秦の始皇帝は人生の終わりを見た。荊軻が見たのは、新しい時代の幕開けを示すひとすじの光が消えるところだった。

訳者あとがき

大森 望

日本初の劉慈欣短篇集『円』をお届けする。一九九九年に発表された著者のデビュー作から、『三体』（早川書房）の一部を土台に二〇一四年に書かれた表題作「円」まで、本邦初訳の四篇を含む全十三篇が、発表順に収録されている。原書にあたる短篇集は存在しないものの、日本で独自に編んだ選集ではなく、作品選択は原著者側による。どんな意図で選ばれたのかはよくわからないが、劉慈欣の作家歴のほぼ全体をカバーする、好個の作品集となっている。

すでに《三体》三部作を読んだ方なら、作中で扱われているさまざまなモチーフの原型を本書収録作に発見できるだろう。異星文明による地球侵略、環境問題、気候変動、山村での貧しい生活、教育、銀河を破壊する星間戦争、エネルギー問題、貧富の格差、人工冬眠、文明の終末、知的生命の営為を永劫の未来に残すための努力、そして科学とテクノロジーの重要性。著者は、これらの短篇で検討した多くのアイデアを《三体》に盛り込み、驚くべき大伽藍を——万里の長城を——築き上げた。三部作からこれらの作品を見れば、ひとつひとつがその材料のようにも思えるが、もちろん短篇としても折り紙付き。

本格的なSF長篇の第一作にあたる『超新星纪元』を刊行した二〇〇三年までに、著者は二十篇余の短篇を発表し、十を超える中国のSF賞を獲得している。本書収録の十三篇では、「円円《ユエンユエン》のシャボン玉」までの九篇が、この〝短篇SF作家時代〟の産物。ほとばしるアイデアと若々しいエネルギーと強烈な問題意識に満ちた作品群は、《三体》三部作に負けない驚きを日本の読者に与えるだろう。僕自身、「地火」や「郷村教師」、「詩雲」「栄光と夢」を初めて読んだときの衝撃は忘れがたい。こんなSFを書けるのは世界広しといえども劉慈欣だけではないか。《三体》の分厚さに恐れをなしてまだ手を出せずにいる読者にとって、本書は格好の劉慈欣入門書にもなる。とにかく読んでぶったまげてほしい。

なお、この時期、著者は山西省東部の娘子関《じょうしかん》発電所にコンピュータ・エンジニアとして勤めていた。そのため、一部の原稿の末尾には、脱稿の日付と、「娘子関にて」という言葉が記されている。娘子関は、山西省と河北省の省境となる関所で、石家荘《せっかそう》から西に五十五キロの太行《たいこう》山脈山間部に位置する。古くは軍事上の要衝で、唐の太宗、李世民の妹の平陽公主が女兵を率いてここに駐屯したことから、「娘子関（女性の関所）」の名がついたという。

以下、各篇について、原題（括弧内）と脱稿日（記載のあるもののみ）と初出データのほか、簡単な補足情報を付す。できれば読了後に参照していただきたい。なお、既訳を使用したものについては、本書収録に際し、大森の責任で全面的に改稿している。

●鯨歌（鯨歌）《科幻世界》一九九九年六月号

ドラッグの密輸のために利用される意外な技術とは……。劉慈欣の記念すべき商業誌デビュー作。泊功訳で《SFマガジン》二〇二〇年六月号に掲載。同号に解説を寄せた立原透耶氏はこう書いている。

> 『ピノキオ』や『白鯨』を彷彿とさせる物語ではあるが、科学が全てに勝利するかのように見えて……人類の不道徳を描ききる痛快かつニヤリとさせられる展開に、ストーリーテラーとしての実力を感じさせる。この作品がデビュー作というのには驚かされる。しかし、本作には劉のこれからの作品に描かれる要素がふんだんに詰め込まれている。科学者、親子、人類とはどういう生き物か、マクロとミクロの視点、道徳観念、ユーモア。個人的

にはどこまでも科学を追求する、善悪の概念も痛みも何もかも超越した科学者の姿が、なぜか『三体』の女性科学者、葉文潔《イエ・ウェンジエ》に繋がっているようにも思える。科学者という存在は、時に創造主であり、時に破壊者である。（中略）いや、人類そのものが相反する両面を兼ね備えていると本作は語っているのだ」

●地火《じか》（地火）一九九九年六月二日脱稿《科幻世界》二〇〇〇年二月号

炭鉱労働者だった父を亡くした主人公・劉欣《リウ・シン》が、石炭産業の根本的な改革と労働環境の改善を目指し、石炭地下ガス化という見果てぬ夢に挑む。SFというよりドキュメンタリー的な迫力に満ち、生々しい現実感が異彩を放つ。実際、著者の父親も炭鉱労働者だったそうで、本篇のディテールには実体験が反映されているのかもしれない。『中国九十年代科幻佳作集』に再録。日本では、橋本輝幸編『2000年代海外SF傑作選』（ハヤカワ文庫SF）に収録された（大森望・齊藤正高訳）。

●郷村教師（乡村教师）二〇〇〇年八月八日脱稿《科幻世界》二〇〇一年一月号

私財を投じて子どもたちの教育に人生を捧げてきた教師。だが、彼の寿命は尽きかけていた……。村の子どもたちに科学を教える話は『三体』第26章にも出てくるが、本篇では貧しい山村の苛酷な現実を描くパートと壮大な宇宙戦争パートのギャップが凄まじい。設定そのものは、「ひとりぼっちの宇宙戦争」（藤子・F・不二雄）や、その元ネタとされる「闘技場」（フレドリック・ブラウン）を彷彿とさせるが、著者みずから「中国SF史上もっとも奇抜でもっとも信じがたいコンセプト」と語る結末にはただ茫然。これを平然と書いてしまう豪腕に呆れるしかない。二〇〇一年度中国科幻銀河賞読者賞受賞。『2001年度中国最佳科幻小说集』に再録されている。本邦初訳。

●**繊維**（纤维）《科幻世界》惊奇档案・霹雳与玫瑰号（二〇〇一年八月号）
並行世界を繊維に見立てた掌篇。なぜか剣闘士が強調されるのは、二〇〇〇年に公開されたリドリー・スコット監督、ラッセル・クロウ主演の映画『グラディエーター』の影響か。《SFマガジン》二〇二一年二月号に泊功訳で掲載。

●**メッセンジャー**（信使）《科幻大王》二〇〇一年十一月号
プリンストンの自宅の二階で夜ごと趣味のヴァイオリンを奏でる老人。ある晩から、その窓の下に奇妙な若者が現れ、ヴァイオリンの調べにじっと耳を傾けるようになる。SF読者なら、老人がだれで、若者が何者なのかは早々に見当がつくだろう。クラシックなショートショートだが、若者の携えてくるメッセージの内容（と楽器の特徴）に劉慈欣らしさが現れている。《SFマガジン》二〇二〇年八月号に泊功訳で掲載（訳題「クーリエ」）。

●**カオスの蝶**（混沌蝴蝶）一九九九年七月十一日脱稿　《科幻大王》二〇〇二年一月号

カオス理論の初期値鋭敏性を利用し、文字どおり「ブラジルで一頭の蝶を羽ばたかせることによって、テキサスで竜巻を引き起こす」ような極秘プロジェクトが描かれる。著者が本篇を書き上げる直前、コソボ紛争末期の一九九九年三月二十四日から六月十日にかけては、北大西洋条約機構（NATO）により、首都ベオグラードをはじめ、コソボ、モンテネグロなど、ユーゴスラビア各地に激しい空爆が加えられていた。こうした現在進行形の社会的な問題を積極的に小説に取り入れる姿勢は、本書収録の「栄光と夢」や「円円《ユエンユエン》のシャボン玉」にも共通している。本邦初訳。

●**詩雲**（詩云）二〇〇二年十二月九日脱稿　《科幻世界》二〇〇三年三月号

エピソードとしては独立しているが、本篇の背景については若干の説明が必要かもしれない。というのも、「詩雲」は、《科幻世界》二〇〇二年十一月号に掲載された短篇「呑食者」の後日譚という体裁をとっているからだ。異星文明による侵略を描く「呑食者」は、ある意味、『三体』三部作の原型のひとつとも言える。

「呑食者」では、巨大なリングワールド（さしわたし五万キロで、穴の内径は三万キロ）に住む異星種族の国家〝呑食帝国〟に地球が侵略され、生き残った人類の半数が食用家畜としてリングワールドに移住させられてしまう。大牙《たいが》は「呑食者」にも地球への使者として登場するが、読めばわかるとおり、「詩雲」の物語はそれとはまったく独立しているのでご心配なく。なお、この「呑食者」は、二〇二二年にKADOKAWAから刊行された劉慈欣短篇集『流浪地球』に収録されている。興味のある方はぜひそちらを手にとってみてほしい。

本篇「詩雲」には、呑食帝国からも神と崇められる超高度な異星種属が登場。その〝神〟が漢詩の魅力にとり憑かれたことで壮大な物語が幕を開ける。五言詩や七言詩（とくに五言絶句や七言絶句）は日本でも漢文の授業で扱われるのでよく知られているが、詞《ツー》（宋代に流行したので宋詞とも言う）は馴染みのない人が多いかもしれない。もともとは曲（詞調《しちょう》）に合わせてつくられた韻文で、曲ごとに（詞の題名とは別に）タイトル（詞《し》牌《はい》）がついている。詩も詞も形式がきっちり決まっているのが特徴で、だからこそ〝李白〟が思いついたようなアイデアが実現可能になるわけだ。

こうした発想にはいくつか先例があり、たとえばホルヘ・ルイス・ボルヘスの「バベルの図書館」には、二十五種類の文字（アルファベット二十二文字とスペースとコンマとピリオド）のあらゆる組み合わせを網羅する本（すべて八十字×四十行×四百十ページ）を収蔵する仮想的な図書館が登場する。それを（デジタルデータながら）物理的に実現しようとしたらどうなるかをSF的に検討してみた結果――のもたらす驚きが本篇の肝だろう。

もっとも、劉慈欣の発想の原点は、ボルヘスではなく、スパコンですべての神の名前を記述しようと試みるアーサー・C・クラークの短篇「90億の神の御名」かもしれない。「詩雲」は、二〇〇三年度中国科幻銀河賞読者賞を受賞。《2003年度中国最佳科幻小説集》に再録。本邦初訳。

●**栄光と夢**（光荣与梦想）二〇〇三年三月七日脱稿　《科幻世界》二〇〇三年八月号

延期された東京オリンピックが無観客で開催された二〇二一年に本篇が初めて邦訳されたというのも妙に因縁めいているが、これは〝もうひとつのオリンピック〟を描く風刺SF。作中のシーア共和国は、原文では西亚共和国（西亜共和国）だから、日本語に訳せば「西アジア共和国」だが、それだとかえって混乱を招きそうなので、発音のほうをとって「シーア共和国」とした。

イラク戦争（第二次湾岸戦争）が勃発したのは、著者が本篇を脱稿した直後の三月二十日。その三日前、サッダーム・フセイン大統領に対し、国外退去しなければ全面攻撃するとの最後通牒をつきつけていたジョージ・W・ブッシュ米国大統領は、この日、予告どおり、英国軍などとともに、〝イラクの自由作戦〟と名づけた侵攻作戦を開始した。開戦理由のひとつとしてイラクの大量破壊兵器保有を挙げたが、戦争後もそうした兵器は見つからず、この情報は捏造だったとされている。本邦初訳。

●**円円**《ユエンユエン》**のシャボン玉**（圆圆的肥皂泡）二〇〇三年十二月十二日脱稿　《科幻世界》二〇

〇四年三月号
「カオスの蝶」と同じく、テクノロジーによる気象操作を扱っているが、トーンは正反対。他の収録作と比べて、あくまでポジティヴな本篇の作風はコントラストが際立つ。「地火」や「栄光と夢」と同じ著者の作品とは思えません。日本の読者なら、二〇〇一年にファミ通文庫から出た野尻抱介の長篇『ふわふわの泉』（現在はハヤカワ文庫JA）をなつかしく思い出すのではないか。もっとも、『ふわふわの泉』に出てくるシャボン玉のような粒子は、ダイヤモンドよりも硬くて空気よりも軽い新物質なので、「円円《ユエンユエン》のシャボン玉」より空想度が高い。とはいえ、「円円《ユエンユエン》のシャボン玉」が最終的に実現する光景も、すばらしく壮大でファンタスティックだ。二〇〇四年度中国科幻銀河賞読者賞受賞。本書収録の邦訳が、《SFマガジン》二〇二一年十二月号に先行掲載された。

●二〇一八年四月一日（2018年4月1日）《时尚先生Esquire》二〇〇九年一月号
男性ファッション誌《时尚先生Esquire》（时尚先生は「ミスター・ファッション」の意味）の未来特集で、十年後（二〇一八年）を描くという企画のために執筆された小品。この作品以降の四篇は、『三体』以後の作品ということになる。テクノロジーによって格差が広がる未来が描かれ、長寿化技術とともに《三体》でお馴染みの人工冬眠も登場する。《SFマガジン》二〇二〇年十月号に泊功訳で掲載。

●月の光（月夜）《生活》二〇〇九年二月号
環境問題をテーマにした歴史改変ＳＦ。エネルギー問題を解決するさまざまなアイデアが投入されるが……。初出時には、「これはＳＦ小説です。わたしたちは、エネルギーによる繁栄と裏腹に、それが枯渇する恐怖を抱えた時代に生きています。わたしたちの頭上にはこのダモクレスの剣があり、破滅を避けるための方法を模索しなければなりません」との前書きがついていた。二〇一九年、ケン・リュウ編『金色昔日《こんじきせきじつ》　現代中国ＳＦアンソロジー』に再録。同書の日本版（ハヤカワ文庫ＳＦ）には大森が英訳から邦訳したものが収録されているが、今回、原著者から提供された中国語の原文をもとに改稿した。

●人生（人生）二〇〇三年九月二十七日脱稿『时光尽头』（二〇一〇年一月刊）
まだ生まれてこない赤ん坊との対話というスタイルで書かれた衝撃的なアイデア・ストーリー。花山文芸出版社から刊行された作品集『時光尽头』（時の終わり）に収録された。《ＳＦマガジン》二〇二〇年十二月号に泊功訳で掲載。

●円（圓）*Carbide Tipped Pens*（二〇一四年一月）
本書を締めくくるのは、第50回星雲賞海外短編部門を受賞するなど、日本でも圧倒的な人気を博した人力コンピュータＳＦ「円」。発想の原点は、アーサー・Ｃ・クラークの短篇集『10の世界の物語』（ハヤカワ文庫ＳＦ）に収録されているそろばんＳＦ短篇「彗星の中へ」だろうか。宇宙船のコンピュータが故障し、地球に帰還するための軌道計算が不可能に。だがそのとき、ひとりの日系人が、そろばんを作って人力で軌道計算することを提案する……。

人間がコンピュータのかわりに計算する話は小川一水「アリスマ王の愛した魔物」や小林泰三「予め予定されている明日」にも出てくるが、それら先行作とくらべても、本篇のスケールとビジュアルは圧倒的だ。

中身は、『三体』の作中VRゲームの一エピソード（第17章「三体　ニュートン、フォン・ノイマン、始皇帝、三恒星直列」）を抜き出し、主人公を荊軻《けいか》に置き換えて、独立した短篇に仕立て直したもの。ケン・リュウがそれを"The Circle"のタイトルで英訳。ベン・ボーヴァ＆エリック・チョイ編のアンソロジー *Carbide Tipped Pens*（トー・ブックス）に掲載されたのち、ケン・リュウ編訳の『折りたたみ北京　現代中国ＳＦアンソロジー』に再録された。同書日本版（ハヤカワ文庫ＳＦ）には、中原尚哉氏が英訳から翻訳したものが収録されているが、今回、原著者から提供された原文をもとに新たに翻訳した。

＊＊＊

……と、ここまでは、二〇一一年十一月に刊行された本書ハードカバー版の訳者あとがきに手を入れたものだが、二〇二二年十二月、この文庫版の刊行に先立ち、山西省の自宅にいる著者にリモート・インタビューさせていただく機会があった。そのインタビューの中から、本書について触れた部分を、文庫版のボーナストラックとして収録する。

大森　『円　劉慈欣短篇集』の中で、とくに印象深い作品はありますか？

劉　「郷村教師」と「詩雲」ですね。

大森　「郷村教師」は、リアルな村の教師の話と、壮大な宇宙戦争の話が同居しています。これは劉慈欣作品の特徴のひとつだと思いますが、リアルな描写と奇想天外な発想を合体させることは、意識しておこなっているのでしょうか。

劉　そうですね、意識しています。わたしにとって、SFのクリエイティヴィティが直接かたちになって現れるのは、まさにこういう作品なのです。自分の小説の中で、広大な宇宙とすごく小さな個体を描こうと、最大限努力しています。

広大な宇宙と、小さな個体――あるいは、自分や身のまわりの出来事――とのあいだには、直接的な関係などないだろうと思っている人が多いと思います。しかし、そうではありません。わたしのSF小説の中では、両者が間接的ではなく直接的な関係を持っているのだということをなんとかうまく表現しようと、試行錯誤しながら書いています。

たとえば、夜空を見上げて、すごくきれいな星々を眺めて感傷に浸るとか、人生について深く考えるとか、そういう影響は間接的なものですよね。わたしは、そういう間接的な関係ではなく、個人と宇宙の直接的な関係を探ろうとしています。もちろんこれはすごくハードルの高い挑戦であり、大きな課題ですが、それこそがSFの最大の魅力であると思っています。

たとえば「郷村教師」でもそうですが、そういう可能性を探ることは、大きな宇宙と小さな存在とを、ひとつの小説の中で対比させることになります。大きなものと小さなものの対比、抽象と現実の対比。SFのなかでそれを一緒にすると、とても大きな驚きが生まれます。

大森 いわゆるセンス・オブ・ワンダーですね。劉さんの作品のいくつかでは、大きなものと小さなものの落差があまりにも大きくてびっくりしますが、「やりすぎた！」と思うことはありますか？

劉 やりすぎることもSFの魅力だと思っています。SFならば、広大な宇宙と小さな人間を結びつけることができると思います。ほかのジャンルの作品ではなかなか難しいことですね。

大森　もう一作の「詩雲」では、ホルヘ・ルイス・ボルヘスの「バベルの図書館」やアーサー・C・クラークの「90億の神の御名」を連想しました。この小説のアイデアはどこからきたのでしょうか。

劉　芸術と科学の関係というところが出発点です。これは、わたしが昔から考えてきたテーマです。中国の古典からもさまざまな驚きが得られるので、それを作品の中に投入しました。子どもの頃に中国の古典の詩に触れ、こんなに少ない文字で、しかも厳格な決まりがあるのに、想像の翼が非常に大きく広がっていることにびっくりしたんです。日本に昔からある短詩についても同じことが言えますね。当初、そういう詩は科学技術とはなんの関係もないと思っていましたが、あるとき、両者には内在的な関係があるのではないかと思い至り、それからずっと考えつづけて、最終的にこの作品に結実しました。

わたしは科学の信奉者ですし、科学の力もテクノロジーの力も信じています。それがわたしの根本にありますが、それでも、中国の古典の詩は、テクノロジーだけでは表現できないもの、獲得しえないものを持っていると思います。「詩雲」の中では、神と呼ばれる種族が、超テクノロジーを使って詩を書くのですが、結局、李白が残した詩にはおよばない。この小説では、科学技術と文学の動かしがたい関係を書きました。〝バベルの図書館〟にはあらゆるものがあり、そこからすぐれたものを探し出し、くっつけたり組み合わせたりして詩をつくればいいものができるように思えますが、それをやったとしても、芸術的に最高レベルの詩はできないということです。

これは補足ですが……この「詩雲」で描いたような状況が、いまは実現しつつありますね。ＡＩテクノロジーはたいへんな勢いで発展し、芸術分野にまでおよんでいます。テーマや要素を与えただけで、とても上手な絵をＡＩが描いてきてびっくりする。もしかすると、先ほど述べた芸術とテクノロジーの関係も、いつかは変わってくるかもしれません。

大森　最後に、この短篇集を読む日本の読者に向けて、一言メッセージをいただけますか？

劉　日本の読者のみなさん、こんにちは。この短篇集には、わたしが作家歴の初期に書いた作品が多く入っていますが、それらはみんな、広大な宇宙と小さな個人がともにＳＦの物語の中に描かれている作品です。代表的な作品ばかりだと思いますので、楽しんでいただけたらと思います。

大森　ありがとうございました。

＊＊＊

劉慈欣の著書が文庫化されるのは本書が初めてなので、あらためて著者の経歴を簡単に紹介する。劉慈欣（刘慈欣 Liu Cixin）は、一九六三年、北京市に生まれ、山西省東部の炭鉱町、陽泉市で育った。母親は小学校教師、父親は山西省の山西陽泉炭鉱集団に勤務していた。そういう子ども時代の記憶が、おそらく「地火」や「郷村教師」に反映しているのだろう。一九八八年、華北水利水電大学の水力発電エンジニアリング学部を卒業、山西省陽泉市の娘子関発電所にコンピュータ・エンジニアとして配属された。九時からの五時までの規則正しい勤務のかたわらSFを書きはじめ、一九九九年、書き溜めた作品のうち五篇をSF雑誌《科幻世界》に投稿したところ、そのすべてが採用となり、「鯨歌」を皮切りに、次々に《科幻世界》に掲載。こうして劉慈欣はSF作家としてのスタートを切る。その作品は当初から高い評価を得て、一九九九年から二〇〇六年まで、中国最高のSF文学賞である銀河賞を七年連続で受賞している。

二〇〇六年には長篇『三体』を《科幻世界》に連載し、二〇〇八年一月に単行本化。同年五月に『三体Ⅱ　黒暗森林』、二〇一〇年十一月、『三体Ⅲ　死《し》神永生《しんえいせい》』が出て、《三体》三部作（《地球往事》三部作）が完結する。二〇一四年十一月、ケン・リュウによる『三体』の英訳、*The Three-Body Problem* が Tor Books から出版され、これが翌年のヒューゴー賞最優秀長篇部門を受賞。アジアの作品として初めて（英語以外の言語で書かれた小説として初めて）の快挙だった。この歴史的な受賞を機に、中国では国民的な《三体》ブームが巻き起こり、三部作の累計売り上げは二一〇〇万部を突破。英訳版も三部作合計一〇〇万部以上の記録的な大ヒットとなり、中国SFが世界を席巻した。『三体』だけがフロックではなかった証拠に、『三体Ⅲ　死神永生』英訳版は二〇一七年のローカス賞SF長篇部門を受賞。二〇一八年には英国のアーサー・C・クラーク賞のイマジネーション賞（Imagination in Service to Society Award）が劉慈欣に贈られた。

日本でも、二〇一九年に『三体』が翻訳されると、たちまち大ブームが巻き起こり、二〇二二年末の時点でシリーズ累計八〇万部以上（電子書籍版、オーディブル版含む）という驚異的なセールスを記録している。現時点での劉慈欣邦訳書は以下のとおり（単著のみ・邦訳刊行順）。

『三体』立原透耶監修／大森望、光吉さくら、ワン・チャイ訳／二〇一九年七月、早川書房

『三体Ⅱ　黒暗森林』（上・下）大森望、立原透耶、上原かおり、泊功訳／二〇二〇年六月、早川書房

『三体Ⅲ　死神永生』（上・下）大森望、光吉さくら、ワン・チャイ、泊功訳／二〇二一

年五月、早川書房
『円　劉慈欣短篇集』大森望、泊功、齊藤正高訳／二〇二一年十一月、早川書房→二〇二三年三月、ハヤカワ文庫ＳＦ　※本書
『火守』池澤春菜訳、西村ツチカ絵／二〇二一年十二月、ＫＡＤＯＫＡＷＡ　※絵入り童話
『流浪地球』大森望、古市雅子訳／二〇二二年九月、ＫＡＤＯＫＡＷＡ　※短篇集（「流浪地球」「ミクロ紀元」「呑食者」「呪い5・0」「中国太陽」「山」を収録）
『老神介護』大森望、古市雅子訳／二〇二二年九月、ＫＡＤＯＫＡＷＡ　※短篇集（「老神介護」「扶養人類」「白亜紀往事」「彼女の眼を連れて」「地球大砲」を収録）
『三体0《ゼロ》　球状閃電《きゅうじょうせんでん》』大森望、光吉さくら、ワン・チャイ訳／二〇二二年十二月、早川書房
※他に、《三体》三部作のスピンオフ作品として、宝樹《バオシュー》『三体X　観想之《かんそうの》宙《そら》』（大森望、光吉さくら、ワン・チャイ訳／早川書房）がある。

　日本では『三体』と『三体Ⅱ　黒暗森林』が第51回と第52回の星雲賞海外長編部門を受賞。『三体』と『三体Ⅲ　死神永生』は二〇一九年と二〇二一年の年間ベストＳＦ投票で

海外部門の1位に輝いた。二〇二三年二月には、短篇「老神介護」（別題「神様の介護係」）を原作とする横山旬の漫画『神様の介護係』がKADOKAWAのヒューコミックスから発売されている。ついでに言うと、中国の通信大手テンセント（騰訊）の小説・漫画配信サイトWebnovelでは『三体』の漫画化が進行中。また、《劉慈欣SF漫画シリーズ》として、現在までに、本書収録の「郷村教師」「カオスの蝶」「円円《ユエンユエン》のシャボン玉」「円」と、『流浪地球』所収の「流浪地球」「ミクロ紀元」「呑食者」「山」、『老神介護』収録の「扶養人類」「地球大砲」、それに未訳の「梦之海」（夢の海）「全频帯阻塞干扰」（全帯域妨害干渉）を加えた十二篇が、それぞれ独立した単行本としてグラフィックノベル化され、中国語版、英語版、フランス語版、ドイツ語版などが刊行されている。

二〇一九年には、短篇「流浪地球」（『流浪地球』所収）を原作とする映画「流転の地球」が公開され、中国のSF映画史上最大のヒットを記録。中国国内の歴代映画興行収入ランキングでも4位に入った。二〇二三年一月にはアンディ・ラウを主演に起用した上映時間二時間五十五分の超大作「流転の地球Ⅱ」が公開され、こちらも、初日から四日間で興行収入が十六億四千万元（約三百億円）を超える大ヒットとなっている。

《三体》三部作の映像化も複数進んでいる。二〇二三年十二月に中国の大手動画配信サイト Bilibili（哔哩哔哩）でスタートしたアニメ版《三体》全二十四話（YHKT Entertainment制作）は、『三体II　黒暗森林』を中心に、オリジナルのエピソードを交えて大胆に脚色し、週に一話ずつ配信中（一話三十分）。また、テンセントの動画プラットフォームのテンセントビデオは、一作目の『三体』をふくらませるかたちで実写ドラマ化。二〇二三年一月から二月にかけて、全三十話（一話四十五分前後）が週に六話ずつ集中配信された。さらにNetflixでも、『ゲーム・オブ・スローンズ』の制作陣（デイヴィッド・ベニオフとD・B・ワイス）による実写ドラマ版が待機中で、二〇二三年中に配信予定。二〇二三年は劉慈欣作品の映像化が世界を席巻する年になりそうだ。

なお、二〇二三年夏には、劉慈欣の第一長篇『超新星紀元』（原書二〇〇三年刊）が早川書房より邦訳刊行予定。超新星爆発による放射線バーストが地球に降り注ぎ、大人たちのほとんどが死亡。人類文明の未来は十三歳以下の子どもたちに委ねられるが……。お楽しみに。

二〇二三年二月

本書は、二〇二一年十一月に早川書房より単行本『円　劉慈欣短篇集』として刊行された作品を文庫化したものです。

ケン・リュウ短篇傑作集 1
紙の動物園
The Paper Menagerie and Other Stories
ケン・リュウ
古沢嘉通 編・訳
早川書房

ケン・リュウ短篇傑作集2

もののあはれ

The Paper Menagerie and Other Stories

ケン・リュウ
古沢嘉通編・訳

巨大小惑星の地球への衝突が迫るなか、人類は世代宇宙船に選抜された人々を乗せてはるか宇宙へ送り出した。宇宙船が危機的状況に陥ったとき、日本人乗組員の清水大翔は「万物は流転する」という父の教えを回想し、ある決断をする。ヒューゴー賞受賞の表題作など、第一短篇集である単行本版『紙の動物園』から8篇を収録した傑作集

ハヤカワ文庫

オール・クリア（上・下）

All Clear

コニー・ウィリス

大森　望訳

〈ヒューゴー賞／ネビュラ賞／ローカス賞受賞〉二〇六〇年から、第二次大戦中英国での現地調査に送り出されたオックスフォード大学の史学生、マイク、ポリー、アイリーンの三人は、大空襲下のロンドンで奇跡的に再会を果たし、未来へ戻る方法を探すが……。『ブラックアウト』とともに主要ＳＦ賞を独占した大作

ハヤカワ文庫

ファニーフィンガーズ

——ラファティ・ベスト・コレクション2

Best Short Stories Collection of R. A. Lafferty

R・A・ラファティ

牧 眞司・編

伊藤典夫・浅倉久志・他訳

鉄からなんでも生み出す少女、オーリャド・ファニーフィンガーズ。やがて、彼女にボーイフレンドができるが……。愛らしくもせつない「ファニーフィンガーズ」、笛を吹くと舞い降りてくる不思議な月で遊んだ日々を想う「昔には帰れない」など、キュートで謎めいた物語全20篇を収めたベスト・オブ・ベスト第二弾

ハヤカワ文庫

折りたたみ北京

現代中国ＳＦアンソロジー

INVISIBLE PLANETS: CONTEMPORARY CHINESE SCIENCE FICTION IN TRANSLATION

ケン・リュウ編
中原尚哉・他訳

〔ヒューゴー賞／星雲賞受賞〕十万桁まで円周率を求めよと始皇帝に命じられた荊軻は三百万の軍隊を用いた人間計算機を編みだす。『三体』抜粋改作にして星雲賞受賞作「円」、三層都市を描いたヒューゴー賞受賞作「折りたたみ北京」などケン・リュウが精選した七作家十三篇を収録のアンソロジー　解説／立原透耶

ハヤカワ文庫

金《こん》色《じき》昔《せき》日《じつ》

現代中国SFアンソロジー

BROKEN STARS: CONTEMPORARY CHINESE SCIENCE FICTION IN TRANSLATION

ケン・リュウ編

中原尚哉・他訳

北京五輪の開会式を彼女と見たあの日から、世界はあまりにも変わってしまった——『三体X』の著者・宝樹《バオシュー》が、中国の歴史とある男女の運命を重ね合わせた表題作、『三体』の劉慈欣《リウ・ツーシン》が描く環境SFの佳品「月の光」など、14作家による中国SF16篇を収録。ケン・リュウ編による中国SFアンソロジー第2弾。解説／立原透耶

SFマガジン700【海外篇】

山岸真・編

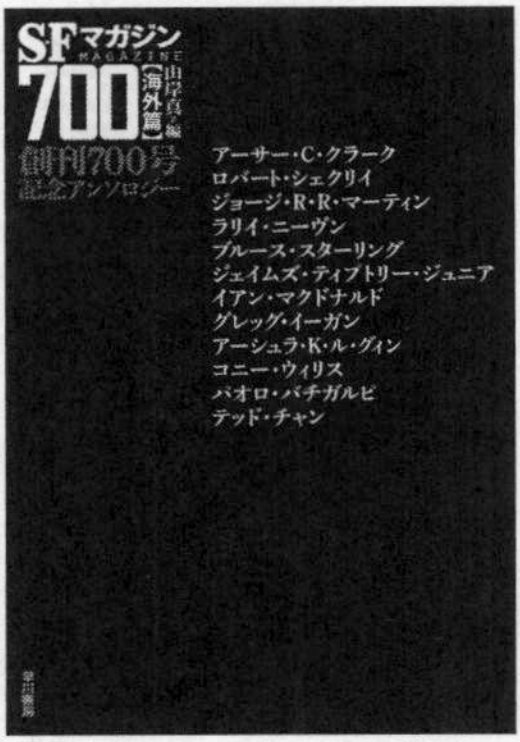

〈SFマガジン〉の創刊700号を記念する集大成的アンソロジー【海外篇】。黎明期の誌面を飾ったクラークら巨匠。ティプトリー、ル・グィン、マーティンら各年代を代表する作家たち。そして、現在SFの最先端であるイーガン、チャンまで作家12人の短篇を収録。オール短篇集初収録作品で贈る傑作選。

2000年代海外SF傑作選

橋本輝幸編

独特の青を追求する謎めく芸術家へのインタビューを描き映像化もされたレナルズ「ジーマ・ブルー」、東西冷戦をSFパロディ化したストロス「コールダー・ウォー」、炭鉱業界の革命の末起こったできごとを活写する劉慈欣《リウ・ツーシン》「地火《じか》」など二〇〇〇年代に発表されたSF短篇九作品を精選したオリジナル・アンソロジー

ハヤカワ文庫

2010年代海外SF傑作選

橋本輝幸編

〈不在〉の生物を論じたミエヴィルのホラ話「〝〟《ザ・》」、ケン・リュウによる歴史×スチームパンク「良い狩りを」、仮想空間のＡＩ生物育成を通して未来を描くチャンのヒューゴー賞受賞中篇「ソフトウェア・オブジェクトのライフサイクル」など二〇一〇年代に発表された十一篇を精選したオリジナル・アンソロジー

HM=Hayakawa Mystery
SF=Science Fiction
JA=Japanese Author
NV=Novel
NF=Nonfiction
FT=Fantasy

円《えん》
劉慈欣短篇集

〈SF2401〉

二〇二三年三月十五日　発行
二〇二四年八月十五日　九刷

（定価はカバーに表示してあります）

著者　劉《りゅう》慈《じ》欣《きん》
訳者　大《おお》森《もり》望《のぞみ》
泊《とまり》功《こう》
齊《さい》藤《とう》正《まさ》高《たか》
発行者　早川浩
発行所　株式会社　早川書房
郵便番号　一〇一‐〇〇四六
東京都千代田区神田多町二ノ二
電話　〇三‐三二五二‐三一一一
振替　〇〇一六〇‐三‐四七七九九
https://www.hayakawa-online.co.jp

乱丁・落丁本は小社制作部宛お送り下さい。
送料小社負担にてお取りかえいたします。

印刷・中央精版印刷株式会社　製本・株式会社明光社
Printed and bound in Japan
ISBN978-4-15-012401-4 C0197

本書は活字が大きく読みやすい〈トールサイズ〉です。